JÉRÔME CAMUT &
NATHALIE HUG

LOIN DE LA FUREUR DU MONDE

fleuvenoir

Fleuve Éditions
92, avenue de France – 75013 Paris
serviceclients@lisez.com

ISBN : 978-2-265-15608-1

Dépôt légal : septembre 2024

À nos enfants, Clara, Valentin et Louis.
Que leurs choix les gardent loin de la fureur du monde.

ACTE I

LA RUMEUR

1

Le 15 août

Un bouquet de fleurs sauvages à la main, Alix Ravaillé contemplait l'horizon, abandonnant son visage aux vents chauds. Par temps clair, le regard portait de la plaine des Pyrénées jusqu'aux remparts de la cité de Carcassonne, bien au-delà des limites de la Mâchecombe.

Réputé comme l'un des plus beaux d'Europe, ce massif forestier comprenait une vaste partie interdite au public depuis 1920, une forêt dense où les rayons du soleil peinaient à atteindre le sol. Sa végétation inextricable avait envahi les sentiers originels et contribué à sa réputation aussi mystérieuse que dangereuse.

Les gens du coin ne s'y aventuraient guère. Certains étaient persuadés que ses arbres millénaires exhalaient un poison mortel. D'autres que sa terre, parsemée de gouffres insondables, engloutissait les cadavres. Et d'autres encore qu'elle abritait une tribu de cannibales. Des sauvages chevelus et barbus, des hommes au corps peint qui descendaient de temps en temps de la montagne pour se nourrir de chair fraîche.

Loin de s'atténuer avec le temps, la rumeur avait continué de grandir, alimentée par un incendie monstre qui, une petite décennie plus tôt, avait piégé plusieurs personnes, dont un groupe de chasseurs. Alimentée, aussi, par les nombreuses disparitions inexpliquées qui s'étaient succédé depuis les années 1970. Suicides, fugues ou accidents ? Là, une trentaine de personnes s'étaient volatilisées – touristes, randonneurs ou pêcheurs dont on ne retrouvait que la voiture, des traces ou parfois les effets personnels imbibés de sang. Les anciens prétendaient même que la Mâchecombe avait dévoré une section de la Waffen-SS en 1943, avec leurs armes, leurs casques et toute leur malveillance. Des militaires aguerris, digérés par la montagne. Rien n'avait été régurgité, pas un os, pas un crâne, pas même une dent en or.

Longtemps, Alix n'avait prêté qu'une attention récréative à cette rumeur. Depuis l'adolescence, ses camarades et elle s'étaient maintes fois aventurés jusqu'au belvédère pour franchir les frontières de la forêt primaire, s'amusant à se faire peur avec la légende locale comme d'autres, ailleurs, défient la dame blanche ou visitent un château hanté.

Jusqu'au jour où sa mère n'en était pas revenue.

Solange était morte seule, à quelques kilomètres de sa maison. Combien de temps avait-elle survécu ? Était-elle consciente lorsque la rumeur l'avait emportée ? Que lui était-il arrivé, exactement ? Avait-elle chuté dans un ravin ? Été attaquée par un ours ou un loup ? Par un homme ? Tant de questions demeuraient. Tant de meurtrissures dans le cœur des siens. Tant de culpabilité, aussi, que rien ni personne n'était parvenu à adoucir.

Depuis, chaque 15 août, Alix venait se recueillir sur ce parking situé à mille six cents mètres d'altitude, accompagnée de son petit frère et de leur père. Aujourd'hui encore, après huit ans, Robert Ravaillé était un homme à moitié vivant, sans Solange.

— Je le pose où, papa ? demanda Noa, qui avait récupéré le bouquet des mains d'Alix.

— Ta maman adorait venir là, alors… où tu veux.

En scrutant l'ombre qui enveloppait le chemin, à l'endroit où sa mère s'était enfoncée dans la forêt, Alix éprouva le curieux sentiment qu'on l'épiait, comme chaque fois qu'elle se rendait ici. Dans le fond, c'était juste un 15 août, date où elle revivait l'horreur du deuil, les marques indélébiles, le manque à jamais. Même la forêt exhalait les parfums de cette journée où sa vie avait basculé.

La terrible réputation du lieu n'avait jamais effrayé Solange, qui avait toujours préféré les sentiers de la Mâchecombe aux rues pavées du village pour s'adonner au sport en plein air ou promener Noa. À l'époque, il avait le visage rond et souriant des bébés comblés, comme sur les paquets de couches. À bientôt 9 ans, c'était un enfant fragile et renfermé.

Il ne gardait aucun souvenir de sa mère, et vouait une admiration sans bornes à sa sœur aînée, qui l'avait élevé. Adolescente, Alix n'avait pas tout de suite eu conscience de la détresse de son père, qui avait masqué son chagrin pour qu'elle puisse vivre le sien. Quand elle l'avait compris, elle s'était efforcée de rendre à cette famille brisée son équilibre, et y était parvenue.

Après son master de droit, elle avait intégré la police municipale aux côtés de son père. Ils avaient surmonté cette épreuve, étaient sortis de l'enfer ensemble et, aujourd'hui, ils étaient plus unis que jamais.

— Je sais ! Je vais les mettre ici !

— C'est un très bon choix, murmura Robert d'une voix chevrotante en écartant de hautes fougères qui masquaient le tronc d'un mélèze. J'ai demandé la main de votre maman sur ce belvédère, il y a vingt-six ans. Et tu viens de déposer les fleurs juste devant notre promesse d'amoureux !

Boursouflé par les années de croissance de l'arbre apparut un cœur gravé sur l'écorce où l'on pouvait encore clairement lire « Sol & Bob ». Émue, Alix se détourna pour jeter un coup d'œil à son ami d'enfance, devenu son collègue. Adossé à son pick-up de service, son chien Ornicar à ses pieds – un saint-hubert retraité de la gendarmerie –, Christophe manifestait pudiquement son soutien à la famille Ravaillé en restant à distance.

— Chris ! Viens, lui proposa-t-elle.

Il s'approcha et passa affectueusement son bras sous le sien.

— Je collerais bien une amende à ton père pour dégradation d'une espèce protégée, pas toi ?

Alix sourit.

— Tu peux m'aligner aussi, dans ce cas.

— Ah oui ? Et qui est l'heureux élu ?

— Devine !

Elle embrassa la joue piquante de barbe de son collègue et ami sous l'œil attendri de Robert. Tous à Mâchecombe savaient qu'il espérait voir son adjoint devenir son gendre, tous sauf le principal intéressé.

— Je vous souhaite d'aimer comme on s'est aimés, Sol et moi.

Dans la foulée, il enlaça ses enfants qui lui rendirent son étreinte, et ils restèrent un long moment ainsi, soudés, immobiles dans le chagrin. Le visage contre le torse puissant de son père, et ses doigts entrelacés à ceux de l'homme qu'elle aimait en secret, Alix promit au souvenir douloureux de sa mère que, à présent, elle s'autoriserait enfin à être heureuse.

2

Plantée devant le miroir, Alix se remit une touche de déodorant à bille et ajusta son treillis. Il était 16 heures passées, et la température sous abri avoisinait les trente-cinq degrés. Pourtant, malgré la chaleur, elle avait préféré le pantalon au bermuda, qui relevait à ses yeux davantage de la panoplie du scout que d'un représentant des forces de l'ordre.

Sur son polo marine aux bandes bleu ciel, elle portait le seul bijou qu'elle s'autorisait au travail, un pendentif que son père lui avait offert à sa prise de fonctions, trois semaines plus tôt : « Garde-le sur toi chaque jour, ma fille. Il m'a toujours porté chance, il te protégera à ton tour. » Il s'agissait d'une pièce ancienne trouvée par son arrière-grand-père sur le front, pendant la Grande Guerre. Robert lui avait raconté qu'il avait échappé à une rafale en se baissant pour la ramasser.

Son intégration dans le service, Alix la fêtait ce soir-là à l'auberge du village. En plus de son père, son frère et Chris, il y aurait quelques amis et collègues, des villageois habitués de l'établissement, et l'incontournable Cisco, maire depuis cinq mandats et par définition son chef. Ainsi, Alix espérait que ce 15 août revêtirait une autre couleur que celle du deuil et de la tristesse infinie.

Seule ombre au tableau, la présence inévitable d'Hervé Pratz, premier adjoint au maire, un quadragénaire mielleux qui la draguait discrètement mais avec insistance. À la seule évocation de ce type, elle frissonna de dégoût.

« Vous êtes très belle en uniforme, mademoiselle Ravaillé », lui avait-il glissé à l'oreille quelques heures plus tôt en lui offrant un bouquet de roses qu'elle avait laissées faner sur le rebord de la fenêtre.

En fait, les compliments sur son apparence dérangeaient Alix, même ceux qui paraissaient sincères, car elle se fichait d'être jolie. Pire, elle refusait de l'être dans les yeux des hommes. Son corps, qu'elle sculptait en pratiquant diverses activités physiques, elle le dissimulait sous des vêtements achetés dans les surplus militaires. Et son visage gracieux, hérité de sa mère, rehaussé d'un nez de caractère, elle le cachait derrière ses cheveux ou des lunettes aviateur.

Sa mère… Jamais Alix n'avait abandonné l'idée de comprendre ce qu'il s'était réellement passé ce jour-là. Mais comme pour toutes les affaires liées à la Mâchecombe, pas l'ombre d'une piste sérieuse n'avait émergé.

Rien.

Juste le murmure inquiétant d'une forêt inextricable.

Et la rumeur avait continué à enfler au fil des ans, s'alimentant de sa propre légende, telle une bête affamée. Plus les disparitions paraissaient étranges, plus elles attiraient du monde. Enquêteurs, journalistes, curieux, il se racontait que la plupart de ceux qui osaient s'enfoncer dans les entrailles de la Mâchecombe n'en revenaient jamais.

Depuis une chambre de l'auberge où elle s'était éclipsée juste le temps de se rafraîchir, la vue sur la montagne était impressionnante. Le massif resplendissait dans la lumière, aussi attirant que dangereux.

À cette saison, la route du col aurait dû être encombrée de randonneurs et de voitures faisant la queue pour se garer au belvédère, mais la forêt et les lacs avaient été interdits d'accès pour cause de sécheresse. L'auberge ne comptait de ce fait aucune réservation avant le 1er septembre et les chalets du centre de loisirs étaient déserts. Même la colonie de vacances municipale avait fermé ses portes au début du mois d'août. Quant aux propriétaires de résidences secondaires, ils avaient renoncé à leur séjour, en partie à cause de l'interdiction de remplir leur piscine privée. Résultat, Mâchecombe ressemblait à un village fantôme.

Alix avait d'abord cru que ce serait idéal pour débuter sa carrière, prendre ses marques. Elle redoutait une nouvelle disparition, une affaire sordide qui aurait ravivé la légende et rameuté la presse et les amateurs de sensations fortes. Mais après vingt et un jours occupée à surveiller des rues, des maisons et des campings vides, elle espérait qu'il se passe enfin quelque chose.

Dans ses jumelles, elle scruta la route du col à la recherche du 4 × 4 de Christophe qui, après la cérémonie du belvédère, s'était rendu à la mission scientifique. Un véhicule avait été aperçu par des bergers dans la zone protégée. Probablement des touristes attirés par la sombre réputation du lieu.

La raison lui disait de ne pas s'inquiéter, pourtant Alix sentait grandir en elle un fond d'angoisse. Chaque fois que l'un d'entre eux montait seul à la Mâchecombe, l'appréhension gagnait le reste du groupe. Personne n'en parlait, mais certains regards ne trompaient pas. Même son père, qui en avait vu d'autres quand il était gendarme, n'aimait pas s'aventurer là-haut.

Il n'y avait guère que Chris qui ne redoutait pas la montagne. Il avait sa propre théorie sur la rumeur et n'en démordait pas. L'accès au massif avait été fermé vers 1920 pour étudier le processus de retour à la forêt primaire. Depuis, il n'y avait eu aucune activité humaine sur une surface de deux mille kilomètres carrés, soit vingt fois la taille de Paris. Aucun abattage, pas de défrichage non plus. Les chemins avaient disparu, happés par la végétation, et tous ceux qui se hasardaient sur ce territoire hostile finissaient invariablement par se perdre ou tomber dans une combe masquée par les buissons. Les cadavres étaient ensuite dévorés par les loups, les ours ou les charognards, dont la population s'était naturellement développée loin des hommes.

Le crissement du volet métallique de la devanture du bar-tabac, situé au rez-de-chaussée, sortit Alix de ses songes. Il lui restait mille détails à régler avant l'arrivée de ses invités pour l'apéritif et il était grand temps qu'elle s'active, si elle voulait que tout soit prêt.

Dès qu'elle fut descendue, ses angoisses concernant les préparatifs s'envolèrent. Les doigts de fée d'Isaura, la patronne de l'auberge, avaient une fois de plus accompli des merveilles et dressé les plateaux. C'était un bonheur d'observer le savoir-faire de cette femme d'origine portugaise, dont les aïeux étaient restaurateurs depuis trois générations. Pratiquement née dans cette cuisine, l'aubergiste achevait de nettoyer le bazar qu'Alix avait répandu avant de monter se changer.

Dans la salle, le vieux Joseph jouait au 421 avec Manolo, le serveur, qui essuyait des verres. Deux clients venaient de payer l'addition et s'apprêtaient à affronter la canicule, armés de gourdes. Un habitué lisait le journal dans un coin.

— Comment va ma policière préférée ? demanda malicieusement Joseph.

— Toi, tu vas te faire écharper par son père ! le taquina Manolo.

— Tu te trompes, petit, car le capitaine Bob, lui, au moins, a le respect des anciens.

Alix faillit corriger le vieil homme. Son père n'était plus capitaine depuis qu'il avait quitté la gendarmerie, mais les habitudes perduraient. Dans ce village où Robert n'avait pourtant jamais exercé en tant que gendarme, il demeurerait à jamais le « capitaine Bob ».

Alors qu'Isaura les informait justement à travers le passe-plat que « le chef » était parti faire un saut chez lui, un lointain bruit de moteur s'éleva. Joseph s'en amusa. Il suffisait de parler du loup pour qu'il se montre. Mais, bientôt, Alix s'alarma du raffut que faisait la voiture. Visiblement, la boîte de vitesses était coincée sur la première. Intriguée, elle ouvrit la porte qui donnait sur le carrefour, et le lecteur de journal, curieux, en profita pour se faufiler dehors.

— M'est avis que votre collègue a abusé du rosé au déjeuner !

Un des pick-up de la police municipale descendait la route du col à toute allure. Et sa trajectoire erratique laissait en effet penser que son conducteur était ivre. Son immatriculation était celle du 4 × 4 de Christophe.

— Chris ! Putain, qu'est-ce que tu fous !

Dans l'ultime virage, le véhicule manqua verser dans un fossé, mais il se redressa et poursuivit son chemin droit vers l'auberge. Alix repoussa le client qui restait figé malgré le danger.

— Attention ! s'écria-t-elle à l'intention de ceux qui étaient encore à l'intérieur. Il fonce sur nous !

Tout se déroula si vite qu'Alix n'eut pas le temps d'avoir peur.

Jusqu'au dernier moment, elle sauta sur place en agitant les bras, espérant que Chris la verrait et ralentirait. Puis, quand elle n'eut plus le choix, elle se jeta sur le côté tandis que, dans sa course folle, le pick-up fracassait la double porte à petits carreaux de verre teinté, brisait un pilier de soutènement, emboutissait le comptoir où était installé Joseph, et achevait sa course meurtrière dans le mur, le corps désarticulé du vieil homme écrasé sur le capot.

L'air empesta aussitôt le pastis et les gaz d'échappement du moteur, qui hurlait toujours.

3

La sidération paralysa Alix une poignée de secondes. Un immense blanc absorbait ses émotions.

Se relever exigea d'elle un effort surhumain – son esprit refusait d'imaginer dans quel état se trouvait Christophe –, et ce fut comme si se remettre sur ses pieds reconnectait son cerveau au réel.

Au-dessus du comptoir défoncé, de longues fissures lézardaient les plâtres jusqu'au plafond, éclaboussés de sang. Les verres, les étagères, les bouteilles d'alcool, les miroirs, pratiquement rien n'avait résisté. Un jet d'eau sous pression s'échappait d'un tuyau en geyser, aspergeant le mur à quelques centimètres du compteur électrique.

Le corps de Joseph, soudain, s'affala sur le côté. Sa tête pendouillait et ses yeux étaient exorbités. Il n'y avait plus rien à faire pour lui.

Alix surmonta sa peur et se précipita vers la portière du 4 × 4. Celle-ci était déformée par l'impact et la vitre avait volé en éclats. Elle aperçut alors le conducteur, un civil étranger à Mâchecombe. Au soulagement que lui apporta cette information succéda une interrogation : dans quelles circonstances cet individu s'était-il retrouvé au volant du pick-up de Christophe ?

Elle força la poignée. La tôle coincée céda et elle faillit chuter, emportée par son élan. Après quoi elle glissa une main entre le corps avachi et le tableau de bord et coupa le moteur.

Le silence effroyable qui remplaça le vacarme stupéfia la jeune femme. Puis les sons réapparurent.

— Manolo ? appela-t-elle. Isaura ? Vous m'entendez ?

Personne ne répondit.

Ne panique pas. Occupe-toi de celui-là, déjà…

Le pouls du conducteur n'était pas perceptible à la carotide, alors elle saisit le poignet ensanglanté de l'homme et y chercha, en vain, un signe de vie.

— Alix, ma chérie ? Tu vas bien ?

La jeune femme sursauta quand la main ferme de son père se posa sur son épaule.

— Il est mort. Viens.

Les jambes d'Alix se mirent à trembler au point qu'elle peina à tenir debout, et ses larmes jaillirent alors que Robert l'étreignait avec force.

— J'ai cru que c'était Chris…

— Ce n'est pas le moment de flancher, gardien Ravaillé. D'abord, on gère les urgences.

Alix suivit le regard de son père. Un autre homme gisait dans l'habitacle, coincé entre le siège avant et le bloc-moteur. Sous le choc, elle ne lui avait même pas prêté attention.

— Celui-là est vivant. Je veux que tu restes à côté de lui et que tu le rassures. Il ne doit pas bouger, OK ?

— Tu vas où ?

La voix d'Alix était partie dans les aigus.

— Fais ce que je te dis. Parle-lui. Je reviens.

— Papa, Joseph est…

Son père avait déjà vu le corps et il comprit aussitôt ce que les lèvres de sa fille ne parvenaient pas à formuler.

— Je sais. Je vais récupérer Manolo.

Alix avait beau tenter de se souvenir, elle ne situait pas ses amis au moment de l'accident. Tout s'était déroulé trop vite.

— Et Isaura ?

— Ça va aller. Maintenant, fais ce que je t'ai demandé !

Tremblante, la jeune femme contourna la voiture et scruta les décombres. Elle aperçut avec soulagement la patronne de l'auberge à proximité des toilettes, le visage en sang, l'air hagard.

Le blessé gémissait. Elle s'empara de sa main, une main énorme et velue dont les doigts se refermèrent sur les siens. Alix voulut se dégager de l'étreinte, mais le colosse serra plus fort.

Lors des entraînements, il manquait le stress, et cette épouvantable odeur d'hémoglobine et de sueur qui la mettait au bord du malaise. Pour ne pas s'enfuir en hurlant, Alix garda les yeux rivés sur son père, qui s'était éloigné pour contacter les renforts. Ses mots étaient précis, inspirés par une longue carrière dans la gendarmerie. Il mentionna à son interlocuteur cinq victimes, peut-être plus, au moins trois villageois et deux individus non identifiés retrouvés dans un véhicule volé de la police dont il dicta l'immatriculation.

À cet instant, le type lâcha la main d'Alix pour s'agripper à la portière. L'effort lui arracha des cris de douleur, mais il parvint à s'extraire de l'habitacle.

— Non ! Ne bougez pas ! Vous êtes blessé.

La voix d'Alix sembla ramener l'homme à la réalité. Il la dévisagea, puis se pencha pour vomir un flot de bile et de sang sur ses chaussures. Quand il releva la tête, ses pupilles s'étaient animées d'une peur sans nom.

— Y a le diable, là-haut, putain ! grimaça-t-il alors que Robert l'aidait à s'allonger sur une des banquettes de la salle de restaurant. On va tous crever !

D'un coup d'œil, Alix comprit que l'on avait tiré sur l'inconnu. Elle lança un regard inquiet à son père qui la rassura d'un sourire.

— Calmez-vous, sinon vous allez aggraver vos blessures. Appuyez sur la plaie en attendant les secours. Votre paume bien à plat. Oui, comme ça. Tenez le coup, les pompiers ne vont pas tarder.

Robert finissait tout juste sa phrase quand Cisco déboula dans la salle avec Pidgi, un des gars de la municipale.

— Mais quel foutoir ! s'exclama l'élu.

Quelques secondes plus tard, le maire blanchit quand, fouillant les lieux du regard à la recherche de Manolo et d'Isaura, il distingua la tignasse grise de Joseph, et un de ses bras qui dépassait entre le pare-chocs déformé du 4 × 4 et le comptoir enfoncé. Il se retint à une chaise, qu'il tira pour s'asseoir un peu plus loin.

— Journée de malheur. Saloperie de Mâchecombe, elle aura ma peau !

— Chris ? On a des nouvelles ? questionna Alix.

— Il ne répond pas aux appels radio, l'informa Pidgi d'un ton sinistre. Chef ? ajouta-t-il à l'adresse de Robert en lui faisant signe de le suivre auprès du maire.

Alix et son père finirent de caler le blessé sur la banquette et rejoignirent Cisco.

— Je n'aurai pas d'ambulance avant demain, annonça ce dernier à voix basse. Il va falloir s'occuper nous-mêmes des victimes.

La première agglomération d'importance se trouvait à quarante kilomètres, au bout d'une route sinueuse. Ce n'était pas pour rien qu'on surnommait Mâchecombe « l'île sur le toit du monde ».

— Les pompiers sont en grève ? s'agaça Robert. On a une plaie par balle, là. Des plombs de chasse.

— Il y a eu un carambolage monstre dans la vallée. La seule voie d'accès est coupée et il est trop tard pour avoir l'hélico. Faudra l'emmener à l'infirmerie de la colo.

— Et les corps ? s'affola Alix. Qui va venir les chercher ?

— On les transporte aussi jusque-là, y a une chambre froide au réfectoire. Par contre, il faut prévenir votre blessé qu'il devra patienter.

Désemparée, Alix interrogea son père du regard.

— Je m'en occupe, proposa Robert, qui se rendit au chevet du colosse.

Ce dernier semblait somnoler, mais ses mains, larges comme des battoirs, qui appuyaient sur ses plaies, montraient qu'il était aux aguets.

— Nous allons vous soigner ici. Les secours sont coincés dans la vallée.

À ces mots, le type attrapa Robert par le cou et se mit à serrer de toutes ses forces. On aurait dit un chien d'attaque ivre d'adrénaline.

— Pas question que je reste dans ce trou avec ce démon !

— Papa !

— Lâche-le ! hurla Pidgi en dégainant son arme. Lâche-le ou je tire !

Alix bondit et essaya d'enlever les bras du type. Elle n'était pas de taille contre cette montagne de muscles, qui l'envoya valdinguer d'un revers du coude. Elle se réceptionna par miracle sur ses pieds, juste à temps pour voir son père reculer afin de déstabiliser son agresseur, puis donner un coup de reins qui fit tomber celui-ci de la banquette avec un cri de douleur et de rage.

Robert menotta le forcené dans la seconde, et garda son genou sur son torse.

Le tee-shirt du gars était trempé de sang.

— Pidgi, va chercher la bagnole, on fonce à l'infirmerie de la colo !

— On devrait demander de l'aide au docteur L'Essart ! suggéra Alix.

— Ce vieux fou ? lança Cisco. Il ne sortira jamais de sa tanière !

Déterminée, la jeune femme souleva le tee-shirt du blessé et photographia son torse et son dos. Sous les traînées rouges, on devinait un tatouage.

— Je vais aller lui parler !

— Dis-lui que tu viens de la part du maire. Il m'en doit une !

— Tu veux que Pidgi t'accompagne ? s'enquit Robert.

— Non, papa, tu auras besoin de monde, ici.

Alix posa une bise sur la joue de son père et s'éloigna en direction de sa voiture de service, garée un peu plus loin. En chemin, elle demanda aux badauds de rester à distance en attendant que les renforts sécurisent les lieux. Elle s'exprima en s'efforçant de montrer autorité et calme, il n'était pas question de provoquer la panique dans le bourg.

Ici, les rumeurs fusaient plus qu'elles ne couraient, et Alix ne doutait pas que, bientôt, on invoquerait la malédiction pour expliquer l'effroyable accident qui venait de défoncer la façade de l'auberge, seul lieu convivial de ce petit village. Les réseaux sociaux s'affoleraient, et les rues grouilleraient de curieux.

Si elle était honnête, Alix devait avouer qu'elle n'en menait pas large. Ses mains tremblaient alors qu'elle s'installait au volant. Une question l'obsédait : qu'est-ce qui, là-haut, avait à ce point effrayé cet homme, pourtant aussi costaud qu'un fort des Halles ?

4

La bergerie était située à l'écart du village, au bout d'un chemin rocailleux. Alix s'annonça en klaxonnant, puis elle coupa le moteur, descendit de son véhicule et poussa une grille occultée à l'aide de planches et de fils barbelés. Tout en avançant vers les bâtiments, elle appela. Entrer seule chez ce type bizarre lui inspirait une crainte irraisonnée. Elle préférait ne pas le surprendre et cogna à la porte.

Faute de réponse, Alix s'aventura à l'intérieur. L'endroit sentait l'animalerie et, à en croire l'agencement de la grange où une étable côtoyait un espace de vie, le docteur Lionel L'Essart habitait avec ses bêtes. Sol en terre battue, foin stocké dans un coin, poutrelles et voliges apparentes. Un poêle servait de cuisinière et de chauffage. Une ampoule suspendue à une poutre était reliée à un va-et-vient en céramique comme il n'en existait plus que dans les vieux films.

Alix traversa la bâtisse et déboucha sur une cour encombrée d'un tas de fumier et de carrioles vermoulues. Elle appela encore, puis jeta son dévolu sur une construction plus basse où elle trouva le propriétaire des lieux, assis sur un tabouret, occupé à traire ses chèvres. Une dizaine d'entre elles patientaient sagement autour de lui.

— Bonjour, docteur L'Essart, j'appartiens à la police municipale. Le maire m'envoie vous chercher. Il y a eu un accident au village. Ils conduisent actuellement le blessé à la colo.

Imperturbable, l'homme poursuivit sa tâche sans lui prêter la moindre attention. Alix l'observa. Lui aussi avait été victime de la Mâchecombe et il était un des seuls à en être revenu : l'incendie qui avait ravagé une partie du massif et emporté un groupe de chasseurs des années plus tôt lui avait laissé de terribles stigmates sur le visage et les mains. Ses doigts boursouflés de cicatrices semblaient aussi rigides que du bois.

— Monsieur ? On a besoin de vous ! Les secours ne monteront pas avant demain, la route d'accès est coupée.

— C'est étrange, pour te présenter, tu dis que tu appartiens à la police. N'as-tu pas de nom ?

— Je m'appelle Alix Ravaillé.

L'homme continua de presser les pis de la chèvre, puis hocha la tête et lâcha :

— Quelle raison pousse une fille de ton âge à s'enterrer dans ce trou ?

— J'aime vivre ici.

Le médecin eut un haussement d'épaules avant de pivoter vers sa visiteuse, et Alix dut se dominer pour soutenir son regard sans détailler ses traits ravagés par les flammes.

— Balivernes.

— Un homme risque de mourir, si vous ne m'accompagnez pas tout de suite !

Même les chèvres incommodaient la policière. Leurs pupilles rectangulaires leur donnaient un air dérangeant, presque démoniaque.

— Pourquoi celui-ci mériterait-il que j'abandonne mes bêtes pour le sauver ?

— Vous êtes médecin, vous avez prêté serment !

— Il est du village ? Et dis-moi la vérité, je connais tout le monde, à Mâchecombe.

— Non. Il n'est pas du coin.

— Alors, c'est un de ces fouinards venus souiller la montagne. Si tel est son destin, qu'il crève, comme tous ses semblables. Rentre chez toi, jeune fille. Va dire à ceux qui t'envoient que ce n'est pas mon problème.

À court d'arguments, Alix exhiba les photos du blessé dans l'auberge dévastée, espérant que la vision des plaies réveillerait un quelconque sens du devoir dans le cœur du médecin. Il les ignora.

— Pourquoi tu tiens tant à sauver cet inconnu ?

— C'est mon boulot !

Un sourire amusé naquit sur la partie indemne du visage de l'homme. Déstabilisée, Alix ne put cette fois s'empêcher de détailler les cicatrices qui figeaient l'autre moitié. Le feu avait dévoré le pavillon de l'oreille et laissé des cordes de peau rosâtre sur la joue, le crâne ainsi que le cou, qui luisaient dans la lumière.

La policière était mal à l'aise. C'était impossible, bien sûr, mais elle eut la sensation fugace qu'il savait qu'elle était restée les bras ballants en attendant qu'on lui dise quoi faire à l'auberge. Sa jeunesse et son inexpérience plaidaient en sa faveur, et pourtant elle ne se cherchait pas d'excuses : elle n'avait pas été à la hauteur et il était temps de se rattraper.

— Je ne vais pas regarder mourir quelqu'un sans rien faire !

— Je sais que tu te fiches de cet homme, qu'il te fait même peur. Alors, je te le redemande, pourquoi le sauver ?

— Il a volé la voiture de mon collègue. Il sait forcément où il est.

— Ton petit ami a disparu ?

— Je vous ai donné mes raisons, à vous de m'aider !

Alix interposa une nouvelle fois l'écran de son téléphone entre la chèvre et son soigneur, puis elle fit défiler les clichés. L'abdomen du blessé était entièrement tatoué, comme son dos.

— Comment pourrais-tu aimer la montagne qui a fait de toi une orpheline ?

— La montagne n'y est pour rien.

— Peut-être… Quoi qu'il en soit, perdre ta mère t'a changée. J'aimerais savoir en quoi.

— Ce n'est pas le moment…

— J'insiste pourtant. Tu tiens une vie entre tes mains. Si tu me révèles qui tu es, je t'accompagnerai.

Alix détesta cet homme qui profitait de la situation pour la pousser à bout.

— Je ne suis personne, souffla-t-elle en fixant ses pieds.

— Si, tu as l'air d'être quelqu'un. Mais ce que je me demande, c'est ce que tu expies en restant ici.

— J'aurais dû être avec elle.

À contrecœur, Alix raconta que, ce jour-là, elle avait choisi de se baigner au lac avec Christophe, plutôt que de se balader à vélo avec sa mère. Solange s'était émue de voir sa fille adolescente justifier gauchement sa préférence pour les gens de son âge, et l'avait encouragée à vivre ses premiers émois. Alix s'était alors réjouie d'avoir une mère aussi compréhensive et, pour la remercier, avait passé une partie de la soirée à lui confectionner son plat préféré.

Mais Solange n'était pas rentrée pour le dîner.

Le lendemain, on avait retrouvé son vélo abandonné à l'écart d'un sentier qu'elles empruntaient souvent. Mère et fille avaient en effet l'habitude de monter en voiture jusqu'au belvédère pour éviter la route, trop dangereuse. De là, elles rejoignaient les voies cyclables et les chemins, et grimpaient à l'assaut de la montagne pour pique-niquer au bord des torrents.

Solange n'avait pas été dévorée par la montagne ni empoisonnée par ses arbres. Les traces relevées montraient qu'elle avait glissé le long d'un pierreux. En contrebas, sa chute avait été amortie par de jeunes sapins. On savait même à quel endroit son corps avait frappé le sol. Du sang poissait la rocaille. De là s'éloignaient des empreintes de pas. Sans doute avait-elle eu dans l'idée de contourner un éperon rocheux, peut-être de descendre vers le lit d'un cours d'eau d'où elle aurait pu regagner un sentier. Les empreintes conduisaient jusqu'à l'eau. Au-delà, il n'y avait plus rien.

Des semaines avaient passé. Interminable angoisse, incompréhension et incertitude, une période sombre teintée de brefs moments d'espoir, aussitôt anéantis par l'atroce réalité. L'automne avait livré, sous les ronces fanées d'une combe, le sac à dos de Solange avec sa gourde vide, ses baskets terreuses, ses vêtements de sport en lambeaux et durcis de sang séché. Autour de ses restes, les experts avaient identifié d'innombrables traces de passages de loups et d'ours.

— Quand elle est morte, mon petit frère n'avait pas 1 an. Pour lui, je suis sa mère, je suis sa sœur, je suis tout. Si un jour il choisit de partir d'ici, je partirai avec lui. Pas avant.

— Tu as peur de ce qu'il y a là-haut, n'est-ce pas ? Tu te demandes ce qui est vraiment arrivé à ta mère.

— Je n'ai pas peur de ce que j'ignore. Mais vous avez raison, ne pas savoir ce qui lui est arrivé me fait souffrir. Et puisque vous semblez tellement intéressé par ma vie, sachez que j'aime cette montagne et cette forêt comme si elles étaient des membres de ma famille. Je ne suis pas de ceux qui croient que la Mâchecombe dévore les gens. Vous êtes satisfait ?

— Plaie par balle, annonça froidement le médecin en se levant. Chevrotine à bout portant. Il faut extraire les plombs ce soir, sinon ce monsieur rejoindra la liste des morts du jour.

— Merci.

— Ne me remercie pas, c'est toi qui vas l'opérer. Je serai la tête et tu seras les mains. Les miennes sont foutues.

Bouche bée, Alix dut refréner une vague de panique. Son expérience médicale se limitait aux bobos de Noa.

— Tu veux sauver cet homme, oui ou non ?

5

D'abord, Alix rasa l'abdomen du blessé, puis elle l'aspergea de Betadine pour le désinfecter. Concentrée, elle suivit, geste après geste, les indications du docteur L'Essart, écœurée par l'odeur du sang et des antiseptiques, stressée par cette responsabilité qui pesait sur ses épaules, et perturbée par l'étrange exposition de l'intimité de l'autre, réduite à un champ opératoire.

Quand la jeune policière était arrivée à l'infirmerie, Pidgi était sur place avec le blessé. Tandis que le médecin pratiquait un premier examen, Alix avait discuté avec son père. Celui-ci l'avait informée qu'il s'apprêtait à prendre la route du col avec quelques hommes. Chris ne répondait pas à la radio, malgré les multiples appels, mais il ne s'inquiétait pas. Dressé pour chercher des secours, Ornicar aurait déjà donné l'alerte, si son maître avait couru le moindre danger.

Aussitôt, Alix avait repoussé l'idée que le saint-hubert avait peut-être été abattu par un braconnier, ou qu'il avait pu tomber dans un gouffre, et avait pris des nouvelles de son frère. Là encore, son père l'avait rassurée. Noa était à la maison avec Jackie, elle veillerait sur lui jusqu'à leur retour.

La voix du blessé et sa main qui venait d'attraper son poignet la ramenèrent brutalement à l'instant présent.

— Lâchez-moi !

— T'es toubib, au moins ?

— Évite de déconcentrer ton chirurgien, sans quoi, tout à l'heure, la lame du scalpel pourrait riper sur une artère. On parlera alors d'erreur médicale et on oubliera, parce que t'es pas d'ici. Au pire, si on te rate, on vengera ceux à qui t'as pourri la vie et on sauvera ceux que ton chemin aurait encore pu croiser.

Une seconde, Alix éprouva de la reconnaissance pour le médecin. Mais ce sentiment se teinta bien vite d'une forme de crainte respectueuse, car elle le pensait tout à fait capable de mettre ses menaces à exécution.

— Je travaille pour la police municipale de Mâchecombe, répondit-elle à son tour. Je m'appelle Alix Ravaillé. Et vous ?

— Fratelli. Vous avez chopé le cinglé qui se terre là-haut ?

Alix suspendit son geste. Ce nom de famille lui rappelait celui des méchants dans les *Goonies*, un de ses films préférés quand elle était môme. Pourtant, son instinct lui disait qu'il y avait une part de vérité dans ce qu'il affirmait.

— Quel cinglé ?

L'homme indiqua son tatouage partiellement recouvert de Betadine et posa son index à côté du visage scarifié d'un saint Georges terrassant le dragon.

— Ce malade a bousillé le dessin. Vous voyez, là ?

— Sois dans l'instant, jeune fille, s'interposa doucement Lionel L'Essart. Tu es chirurgienne, les médecins ne sont pas des flics.

Alix l'ignora. Les informations que ce type pouvait lui confier étaient trop importantes pour qu'elle s'en prive.

— C'est lui qui vous a tiré dessus ?

— Il nous a attaqués la nuit dernière. On avait pas mal picolé et… il avait des yeux de fou.

— Vous pourriez le décrire ?

— Alix, éponge ! Pendant que tu bavardes, ton patient saigne.

— On aurait dit un démon.

— Un démon avec un fusil… murmura Alix.

Chaque ferme de la région recelait au moins une arme de chasse, et la plupart n'étaient pas déclarées. Ces plombs témoignaient tout de même d'une chose : ce n'était pas Christophe qui avait tiré.

— Qu'est-ce que vous faisiez à bord de la voiture d'un policier ?

— On s'enfuyait du bivouac quand on a trouvé la caisse abandonnée, portière ouverte. On n'a pas réfléchi, on voulait juste se barrer de là.

— Un mot de plus, jeune fille, et je te laisse te débrouiller avec ce monsieur, la prévint L'Essart. Il est temps de passer à la suite.

Alix acheva de nettoyer la plaie en poursuivant sa réflexion, frustrée de ne pouvoir parler davantage avec cet homme. Pour la première fois, la rumeur qui habitait la forêt prenait corps, et les contours d'un être humain visiblement dangereux se dessinaient. Que voulait dire le blessé en évoquant « un démon » ?

Quand leur patient fut assommé par la kétamine, un puissant analgésique que l'ancien médecin utilisait sur ses chèvres, l'intervention put commencer.

Le début fut la partie la plus délicate, quand il fallut élargir la plaie au scalpel. Trancher dans la chair d'un vivant, ça n'avait rien à voir avec découper un steak dans son assiette. Les muscles résistaient, ils se défendaient contre l'agression comme s'ils possédaient leur propre volonté. Ensuite, Alix dut extraire les projectiles tout en épongeant le sang. Et, avec la répétition des gestes, vint une sorte de routine.

C'était une chose étrange, d'opérer, de garder en permanence la conscience d'agir pour le bien de quelqu'un tout en risquant de le tuer. Et encore plus étrange d'être assistée par un médecin qui entretenait sa réputation de misanthrope à grand renfort de propos désagréables.

— Et merde, râla la jeune femme, qui laissait échapper un plomb pour la troisième fois.

— Imagine que tu t'entraînes sur un cadavre.

Le conseil, abruptement lâché, aida Alix à achever la procédure sans tourner de l'œil. Les derniers plombs évacués, il fallut rincer la plaie, découper les chairs trop abîmées et recoudre. Pour cette ultime opération, Lionel L'Essart se positionna face à la policière afin de tirer sur les fils et rapprocher les bords écartés du muscle.

Après trois heures de concentration extrême, Alix ressentait une fatigue immense. Mais elle tint à finir le travail en nettoyant la peau autour de l'incision et en réalisant un pansement.

Sous la Betadine et le sang, elle prit alors la mesure du tatouage qui couvrait le ventre et une partie du thorax de son patient. En dehors du dragon constellé de trous par la décharge de chevrotine, le cavalier et son cheval étaient intacts… à l'exception, en effet, du visage casqué du lancier, défiguré par quatre lacérations parallèles.

— On dirait que celui qui tue la bête y perd son âme, murmura le médecin en rangeant son matériel. Voilà une intéressante énigme pour le docteur redevenu policier, non ?

6

L'intervention achevée, Alix rejoignit Pidgi, qui l'attendait à la cafétéria de la colonie de vacances avec une Thermos de café. Elle se servit un gobelet et se laissa tomber sur un des canapés, à côté de Manolo le barman qui dormait, le bras maintenu par une attelle de fortune.

Le breuvage était brûlant, très fort et amer. Alix songea qu'avec une telle dose de caféine elle ne trouverait pas le sommeil de la nuit, mais ça n'avait pas d'importance. De toute façon, tant qu'elle n'aurait pas eu de nouvelles rassurantes de Christophe, elle ne fermerait pas l'œil.

À présent qu'elle n'était plus dans le feu de l'action, les images de l'accident remontaient à la surface, et la jeune femme éprouva une peine infinie pour Joseph. Tous les après-midi, cet octogénaire avenant jouait à la belote à l'auberge en buvant son pastis. Il marchait avec une canne à pommeau doré qu'il manipulait avec l'adresse d'un artiste de cabaret. Il aimait épater la galerie et… Soudain, Alix prit conscience qu'elle ne connaissait rien de cet homme hormis ces banalités. Comment avait-elle pu se contenter de le croiser chaque jour sans jamais s'intéresser à sa vie ? Avait-elle, comme la plupart des gens, sombré dans l'indifférence, claquemurée derrière des barrières protectrices ?

Dehors, le crépuscule fut balayé par des phares. Plusieurs véhicules se garèrent. Dans la foulée, les portières s'ouvrirent sur quatre volontaires, Cisco et enfin son père. Aux rides soucieuses qui barraient son front, Alix comprit qu'il rentrait bredouille.

— On a sillonné les rives des trois lacs jusqu'au col et patrouillé sur le chemin des crêtes. Rien. Avec cette sécheresse, pas moyen de trouver des traces de passage. Son talkie était dans son véhicule, et son portable aussi. Avec un flingue qui n'est pas le sien…

Alix encaissa courageusement les mauvaises nouvelles. Son père, lui, bouillonnait.

— Le type que vous avez soigné n'est pas un touriste, c'est clair ! Il en est où ? J'aimerais bien lui poser deux-trois questions, à ce lascar.

— Il ne se réveillera pas avant des heures, papa. Il a donné un faux nom, et prétend que quelqu'un les a attaqués.

— Le diable, je parie ?

— Presque. Un démon avec un fusil.

— Un peu facile…

— Je suis d'accord. Son copain et lui auraient « emprunté » la voiture de Chris pour échapper à leur agresseur. Je tape le rapport dès que je suis à la maison.

— Comment tu te sens ?

Alix refusa de prononcer les mots qui lui brûlaient les lèvres. Cette forêt avait avalé sa mère, à présent elle faisait disparaître son meilleur ami et régurgitait sa voiture avec à l'intérieur des étrangers, l'un mort, l'autre vivant.

— C'est normal que tu sois encore confuse.

— Je sais, papa.

— Non, tu ne sais pas, et c'est pour ça que je t'en parle. Le conducteur devait avoir ton âge. Et Joseph n'aurait pas dû mourir aujourd'hui. De drôles d'idées vont te passer par la tête, alors, s'il te plaît, ne garde pas ça pour toi,

OK ? En attendant, tu rentres te reposer. On verra plus tard pour la paperasse, les cow-boys de la judiciaire vont sûrement se pointer demain. Je te préviens dès que j'ai du nouveau. Je vais raccompagner le doc.

— Pas question, opposa Lionel L'Essart qui avançait dans le hall, sa mallette à la main. Ta fille est venue me chercher, *elle* me raccompagne.

7

Alix précéda le médecin jusqu'à sa voiture. Au moment où elle déverrouilla les portières, celui-ci annonça qu'il préférait rentrer à pied.

— Fouler la terre, c'est ce qu'il y a de mieux pour évacuer toute cette tension.

— Je ne vous ai pas senti stressé un instant.

— Nous avons opéré un mort-vivant, Alix. Je ne crains pas pour les morts. En fait, je parlais de toi.

— Vous pensez qu'il ne s'en sortira pas ?

— Les prochaines quarante-huit heures seront décisives. Mais rassure-toi, tu as fait ce qu'il fallait. Tu vas vraiment devenir policier municipal ? demanda le médecin alors qu'ils marchaient côte à côte.

— Je le suis déjà.

— Pourquoi as-tu choisi ce métier ? Ou peut-être devrais-je dire : pour qui ?

— Mon père.

— C'est un ours, et il est censé te protéger. Pourquoi aurait-il besoin de toi ?

— Je n'ai pas dit qu'il avait besoin de moi !

— Tu es aussi claire que de l'eau de roche. Et je suis assez doué pour décrypter les sous-entendus. Déformation professionnelle, je suppose.

— Les gens ont été durs avec lui.

— Quelle rumeur est la plus délétère, d'après toi : celle qui véhicule la vérité ou celle qui véhicule le mensonge ?

— Spontanément, je dirais la rumeur tout court. Et vous ?

— Que veux-tu savoir exactement ?

— Que pensez-vous de ce qu'on dit sur la Mâchecombe ?

— Je pense qu'il s'agit d'abord d'une réponse à l'angoisse qu'ont suscitée les divers accidents qui ont endeuillé ce lieu.

— Parce que les gens ont peur de ce qu'ils ne comprennent pas…

— Absolument. La rumeur grandit avec l'impuissance du groupe à trouver des réponses. Mais la plupart de ceux qui aiment cette montagne détestent les esprits tordus qu'elle fascine. Et ils ont raison, car il y a plus à craindre d'un de ces psychopathes avides de rumeur que de la rumeur elle-même… Enfin, pour ton père, c'est encore différent.

— C'est-à-dire ?

— Les gens sont méchants. C'est comme ça, c'est tout.

Lorsque Alix était adolescente, certains villageois surnommaient Robert « Bob la pompe ». Longtemps, elle n'en avait pas compris la raison, jusqu'à ce qu'elle surprenne une conversation entre sa mère et Jackie, et qu'elle découvre que ce sobriquet découlait de la grave blessure par balle qui avait arraché son père à son métier de gendarme.

Le projectile qui avait expédié Robert six mois à l'hôpital n'avait pas uniquement traversé sa hanche. Sa verge avait également été perforée. S'était ensuivie une délicate opération de reconstruction, avec pose d'une pompe destinée à rétablir la fonction érectile. D'où Bob la pompe…

Oui, les gens sont méchants. Alix avait grandi avec cette certitude. Ceux qu'elle croisait tous les jours savaient pour son père, blessé dans le cadre de sa mission de sécurité publique et dans son amour-propre, pourtant ils n'avaient pas hésité à le blesser un peu plus encore en l'affublant de ce surnom dégradant.

— Ça s'est calmé à la mort de ma mère. Maintenant, c'est « capitaine Bob ».

— Tes concitoyens ont considéré qu'il serait déplacé de se moquer d'un homme qui venait de perdre la femme de sa vie et devait élever deux orphelins.

— Je ne l'ai plus entendu, ça ne signifie pas qu'ils ont arrêté !

Alix lut une immense bienveillance dans les yeux du médecin. Cet homme énigmatique avait un don pour susciter les confidences. Ce qu'elle ne comprenait pas, en revanche, c'était sa subite curiosité pour elle.

— Pourquoi vous intéressez-vous autant à moi ?

— Tu n'es pas comme les autres, Alix. Et, contrairement à ce que tu imagines, c'est une véritable force.

Durant quelques instants, elle se contenta de marcher aux côtés de Lionel L'Essart, songeant aux rentrées des classes, quand elle était enfant, à ces moments qui la terrifiaient tant, à la cour de récréation où elle faisait figure de victime idéale.

C'est vrai qu'Alix s'était toujours considérée comme différente. Elle avait même cru que la faute lui incombait. Jusqu'à ce qu'une psychologue scolaire mette des mots sur son problème. En réalité, si elle se sentait mal à l'aise en société, c'était parce qu'elle ne savait pas lire le mensonge. Même le plus anodin. Or, tout le monde mentait. Par omission, par convenance, par paresse.

— Combien de personnes veulent entendre la vérité quand elles demandent « Comment ça va » ? dit-elle.

— Est-ce une façon de *me* le demander, jeune fille ?

— Peut-être. Dans le fond, je ne sais rien de vous. D'ailleurs, personne ne sait rien de vous.

— J'étais un homme, un mari, un soigneur avant que la vie ne m'arrache tout, y compris la moitié du visage. Toi, tu vois ce qu'il me reste d'humanité parce que ton cœur est pur.

— J'essaie juste de ne pas blesser les gens comme ils me blessent, même si parfois c'est difficile.

— Réfléchis mieux, dans ce cas. Tu es à l'âge où tout est envisageable. Tu as encore la possibilité de mener une vie exceptionnelle, de faire en sorte qu'elle ait du sens.

Les mots ébranlèrent la jeune femme.

— C'est bien parce qu'on ne se connaît pas qu'on peut tout se dire, non ? reprit le médecin. À ce propos…

Avant même qu'elle ait le temps de réagir, il arracha d'un coup sec le pendentif d'Alix et le déposa dans sa main qu'il referma délicatement.

— Qu'est-ce qui vous prend ? C'est un porte-bonheur !

— La superstition est la religion des imbéciles ! Tu n'as pas à porter la culpabilité de tes aînés. Fais tes propres choix, ils seront forcément meilleurs que les leurs. Crois-moi, il y a mieux à faire que de vouloir leur ressembler.

8

Perturbée par le geste brutal de Lionel et par ses propos qu'elle n'avait pas entièrement su interpréter, Alix stationna sa voiture dans l'allée. Le projecteur du jardin s'alluma dès qu'elle eut franchi le portail, et elle se sentit délestée d'un poids. Le corps de ferme où les membres de la famille Ravaillé vivaient depuis des générations lui évoquait une créature à moitié enterrée. Aujourd'hui encore, elle avait le sentiment qu'ici le temps n'avait pas de prise. Les murets de pierre de pays qui clôturaient le terrain semblaient appartenir à la terre depuis toujours. Et la grange avec ses poutres en chêne et sa charpente aux airs de forêt paraissait à jamais figée dans la pénombre. Cet endroit lui procurait du réconfort.

Un éclair déchira la nuit. Par réflexe, Alix égrena les secondes. L'orage était distant de trois mille mètres. Le vent en provenance du nord-ouest était en revanche en train de forcir, la pluie arrivait.

Avant de rentrer, elle grimpa sur les mezzanines de la grange pour fermer les vasistas, et s'y attarda un instant. Après le décès de sa mère, les travaux d'aménagement des greniers en appartement s'étaient interrompus. Son père n'avait pas eu la force de les poursuivre et il restait là les bâches, les pots de peinture, les meubles que Solange avait chinés pour offrir un nid douillet à sa fille quand elle habiterait en ville, loin de ses parents, et viendrait à Noël et en été pour les vacances.

Solange était une femme enthousiaste et volontaire qui insufflait une ambiance joyeuse à la maison, et son énergie au quotidien transformait chaque jour en une singulière aventure. Alix aurait aimé lui ressembler, être aussi aimable, aussi populaire et avoir son aisance. Hélas, elle se sentait inadaptée dans ce monde et se réjouissait d'avoir terminé ses études. Ainsi, elle avait pu quitter la ville, où elle avait souffert de la solitude, pour s'installer au calme.

Songeuse, elle retraversa la cour, qui s'illumina à son passage, puis entra sans un bruit. Jackie, qui lisait dans le salon, la rejoignit alors qu'elle se débarrassait de ses vêtements dans l'entrée.

— Noa dort. Pas la peine de me raconter, je viens d'avoir ton père. Quant à moi, je ne suis pas sûre de rester, ça dépend de toi. Tu peux me dire que tu as envie que je reste et en réalité penser le contraire, ou prétendre l'inverse parce que tu ne voudrais pas me déranger. Mais dans le fond, de quoi as-tu besoin ?

Jackie vivait à Mâchecombe depuis une dizaine d'années. On ne lui connaissait pas de famille, pas d'enfants. Invariablement vêtue de vert, cette artiste plasticienne âgée d'une petite cinquantaine d'années arpentait la région, mains gantées de cuir doublé de soie, coiffure impeccable et bracelets tintinnabulants, à la recherche d'objets improbables qu'elle métamorphosait en œuvres d'art qu'on s'arrachait sur Internet. À la mort de Solange, elle s'était imposée comme une nounou providentielle pour Noa et une confidente pour Alix, dont l'adolescence ravagée par le chagrin menaçait de se transformer en naufrage.

— Tu peux rentrer, trancha la jeune femme après un temps d'hésitation. Je vais prendre une douche et me coucher.

Jackie attrapa son manteau et son sac accrochés à une patère puis posa un baiser sur la joue d'Alix.

— Je passerai demain matin pour réveiller Noa, au cas où tu aurais besoin de sortir.

Alix lui sourit en retour et, épuisée par sa soirée, vit avec soulagement la porte se refermer sur elle.

Les premières gouttes de pluie s'écrasaient sur la terre desséchée de la cour. Grosses comme des billes, elles formaient un petit cratère à chaque impact.

9

Les yeux fermés, Alix livra son visage aux jets tièdes, toutes ses pensées tournées vers Chris, cherchant à imaginer pourquoi il ne donnait pas de nouvelles.

Dans la zone où il patrouillait, il y avait un observatoire incendie et trois refuges pour randonneurs. Privé de sa voiture, il aurait dû songer à s'abriter dans l'un d'eux pour y passer la nuit. Mais elle avait tenté de les joindre par radio, en vain. Elle espérait de tout son cœur qu'il ait trouvé une grotte où se protéger de l'orage, et qu'il l'appellerait dès qu'il le pourrait.

Chris était son meilleur ami. Elle l'avait vu sortir avec des dizaines de filles, avait chaque fois souhaité leur rupture et toujours été exaucée. Il le disait lui-même : elle seule le comprenait, elle seule l'aimait tel qu'il était, avec ses envies de liberté, son refus de s'engager, et Alix était persuadée qu'un jour il s'apercevrait qu'ils étaient destinés l'un à l'autre.

La température de l'eau fraîchit. Elle se savonna et se rinça avec l'étrange sensation qu'on l'observait.

— Noa ?

Seul le silence lui répondit. Pourtant, quand elle coupa l'eau et attrapa sa serviette sur le radiateur, elle eut l'impression de frôler quelque chose d'inhabituel.

La peur la tétanisa. Nue, elle se sentait vulnérable comme jamais.

Avec des gestes lents, la respiration suspendue, elle s'enroula dans la serviette et écarta le rideau. La foudre s'abattit près de la maison avec un bruit assourdissant qui la fit violemment sursauter.

Le plafonnier s'éteignit.

Là, dans une obscurité zébrée d'éclairs, la silhouette d'un géant aux cheveux hirsutes, barbe broussailleuse et longues mains, se dessina sur le mur.

Alix poussa un cri de surprise avant de remarquer que Noa se tenait debout dans le couloir enténébré, sa lampe-stylo braquée, immobile, les yeux rivés sur la porte d'entrée.

Elle s'approcha lentement pour ne pas l'effrayer et l'enlaça, pas vraiment certaine qu'il soit réveillé. Il arrivait à l'enfant de déambuler dans la maison pendant la nuit. Ce n'étaient pas vraiment des crises de somnambulisme, plutôt un demi-sommeil qui l'envoyait invariablement se réfugier dans le lit de sa sœur. Noa se blottit contre elle.

— Tu peux me lire une histoire ?

— Mais oui, mon bonhomme.

Tout en raccompagnant son frère à sa chambre, Alix se demanda pour la millième fois qui des deux avait eu la part la plus facile : elle qui avait connu leur mère et pouvait donc la regretter, ou lui qui n'en gardait aucun souvenir ? Pendant qu'il se glissait sous la couette, Alix alluma une veilleuse et alla chercher un des livres rangés sur l'étagère.

— C'est l'orage qui t'a réveillé ?

Noa secoua la tête.

— Un cauchemar ? insista-t-elle en s'asseyant à côté de lui.

— C'est Dandelombe.

Dandelombe était l'ami imaginaire de Noa. Il le décrivait depuis des années comme un être mi-humain, mi-animal vivant dans la forêt. Le psychologue qu'ils avaient consulté avait encouragé Robert et Alix à ne pas dire à l'enfant que cet être n'existait pas. D'après le thérapeute, cette chimère dont il peinait à se débarrasser représentait ce qui restait de la maman de Noa, dévorée par la montagne.

— Quoi, Dandelombe ? demanda Alix alors que Noa plissait le nez, l'air préoccupé.

— Je crois qu'il est fâché.

— Qu'est-ce qui te fait penser ça ?

— Il avait pas les mêmes yeux que d'habitude.

Alix prit son frère dans ses bras pour le rassurer.

— Tu as envie de me raconter ?

— Il veut pas que je parle de lui.

— Tu sais qu'il ne te fera jamais de mal, n'est-ce pas, Noa ?

— T'es sûre ?

— Mille fois sûre.

La jeune femme se leva pour tirer les rideaux. Quelque part, une porte claqua et, dans la foulée, l'électricité revint, éclairant le couloir. Par la porte entrouverte de la chambre, elle crut voir sur les tomettes des traces de pas.

— Noa ?

Son appel resta sans réponse, l'enfant s'était rendormi. Intriguée, Alix s'avança vers le palier et découvrit sur le sol du corridor d'étranges marques de terre aux reflets bleutés, encore mouillées de pluie.

DANDELOMBE

10

Le 16 août

Seule dans cette cuisine où elle avait tant de souvenirs avec sa mère, Alix tentait de réparer les maillons de sa chaîne porte-bonheur à l'aide d'une petite pince. La veille, après avoir bordé et embrassé Noa, elle avait fait le tour de la maison pour comprendre d'où venaient les traces découvertes dans le couloir. Sans succès.

Probablement un animal. Un chien errant, peut-être. Une porte avait claqué à cause d'un courant d'air, il avait dû se faufiler par là. De toute façon, les abords de la ferme étaient équipés de lampes à détection automatique de mouvements et personne ne pouvait traverser la cour sans les activer.

À l'aube, Alix s'était réveillée en sursaut. Lovée contre le corps tiède de son petit frère, elle ne s'était pas sentie glisser dans le sommeil. Qu'est-ce qui l'avait alertée ? Malgré son cerveau embrumé, elle aurait juré avoir entendu un aboiement. Mais en dehors des craquements ordinaires de la vieille maison, elle n'avait ensuite plus rien perçu...

Après quelques minutes, elle renonça à réparer son pendentif et alluma le téléviseur sur une chaîne d'infos.

Fouiller dans le réfrigérateur à la recherche d'un encas lui rappela l'auberge. À cause de la coupure de courant, tout était perdu, les quiches, les salades, les desserts... Et Joseph reposait dans la chambre froide de la colo, à côté d'un inconnu décédé au volant de la voiture de Christophe.

Alix songea alors à Ornicar. Elle imagina le saint-hubert hurlant à la mort dans la montagne, trop loin de la première habitation pour qu'on l'entende. L'appétit coupé, elle renonça à avaler quoi que ce soit. Et se figea soudain.

Si, il y avait bien un chien qui aboyait quelque part. Elle tendit l'oreille pour capter le bruit étouffé et dut se rendre à l'évidence : les aboiements provenaient de l'intérieur de la maison. La radio !

Alix se rua dans le bureau de son père.

— Chris ! Est-ce que c'est toi ? lança-t-elle dans le micro.

En guise de réponse, la jeune femme obtint de nouveaux aboiements, et elle eut la confirmation qu'il s'agissait d'Ornicar : en reconnaissant la voix d'Alix, le saint-hubert s'était mis à gémir.

— Chris, c'est toi ? Dis-moi ce qui se passe.

Aussitôt, Alix se sentit stupide. Si elle pouvait entendre Ornicar, c'était parce que Christophe actionnait la fonction micro de la radio. Il était donc forcément là mais dans l'incapacité de s'exprimer. Hélas, cette explication ne la rassurait pas.

— OK, je te dis un secteur et tu tapes un coup pour oui, deux coups pour non. On va procéder par élimination.

Au bout de quelques minutes, elle réussit à localiser son ami. Il était en sécurité dans un des refuges. Lorsqu'elle coupa la communication, l'horloge accrochée au mur indiquait 5 h 15.

Son père n'étant toujours pas rentré, Alix prépara son sac de randonnée et laissa un message à Jackie pour lui expliquer qu'elle devait s'absenter et qu'elle comptait bien sur elle pour s'occuper de Noa au réveil. Puis elle s'en alla.

11

Depuis la fenêtre des locaux de la police municipale, situés au rez-de-chaussée de la mairie de Mâchecombe, Robert Ravaillé observait la place du marché.

À la télévision, le présentateur d'une chaîne locale détaillait les dégâts occasionnés par les inondations de la nuit dans la région pyrénéenne. Les trombes d'eau qui s'étaient abattues sur une terre desséchée avaient ruisselé jusque dans la vallée. On ne comptait plus le nombre de ponts emportés par des torrents furieux, de maisons détruites, de glissements de terrain, de personnes déplacées, de victimes et de disparus.

Dans l'ensemble, le bourg avait été épargné. Les rues pavées et l'ancien système de drainage avaient canalisé les eaux surabondantes dans le cœur de village. Mais dans la zone commerciale érigée moins d'une décennie plus tôt, ce n'était pas la même chanson. L'opticien resterait fermé un bon moment, ainsi que l'assureur, l'office de tourisme, deux magasins de vêtements et la boutique coopérative de produits locaux. *Quel gâchis !*

De rares passants se hâtaient vers les commerces sous une bruine persistante. Par réflexe, le policier scruta les environs. Il connaissait tout le monde, ici. Il savait à quel milieu les uns et les autres appartenaient, qui frayait avec qui, qui magouillait. Et qui avait, comme lui, vu l'un des siens avalé par la Mâchecombe.

À celui qui écoutait la rumeur, celle-ci disait qu'ils avaient été touchés par la malédiction. Et quelque part, c'était vrai. Car tous les villageois connaissaient quelqu'un, qui connaissait quelqu'un, qui avait perdu un proche ou un aïeul dans cette « montagne de malheur ». Robert, lui, ne croyait pas un mot de toutes ces histoires.

Du regard, il accompagna la silhouette d'une mère de famille jusqu'à ce qu'elle disparaisse dans la boulangerie, l'imagina acheter son pain, poussa le fantasme jusqu'à lui faire commander un gâteau pour l'anniversaire de ses jumeaux, puis fit machine arrière. Du pain, rien que du pain, cette femme n'avait pas les moyens de s'offrir du superflu depuis que son mari était parti se pendre dans la forêt.

On n'avait jamais trouvé le corps. Juste une lettre d'adieu sur la table de la cuisine. Selon Robert, qui avait sa propre théorie sur cette affaire, le type était un cavaleur. Il s'était installé en Espagne avec sa maîtresse et avait profité de la rumeur pour s'évaporer dans la nature.

Quant au boulanger, il avait perdu son grand-père bûcheron lors de la canicule de 1976. Il n'était jamais rentré de la Mâchecombe. Là non plus, il n'y avait pas eu de cadavre. La police avait enquêté pendant des mois, convaincue qu'il s'agissait d'un règlement de comptes sur fond de braconnage, mais n'avait rien pu prouver. Alors le dossier était allé grossir la pile des *cold cases* de la région.

Robert quitta son poste d'observation pour se faire couler un café. Une bonne partie de la nuit, il avait monté des équipes de bénévoles, attribué des tâches précises et coordonné les maigres moyens dont disposait la commune pour aider les quelques sinistrés. À présent, il regrettait de ne pas être aux côtés de sa fille.

Il n'aimait pas la savoir seule dans la montagne, et d'ailleurs il n'aimait pas la savoir seule tout court. Mais qui aurait osé s'opposer à Alix ? Sûrement pas lui. C'était une jeune femme entêtée, volontaire, loyale et, aspect de sa personnalité qui pouvait autant s'apparenter à un défaut qu'à une qualité, souvent insolente, quoique toujours pertinente.

Ainsi, quand il avait avancé que Christophe pouvait attendre, il s'était entendu rétorquer : « Papa, si c'était moi, tu lâcherais sans hésiter les petits vieux de Mâchecombe pour venir me chercher, non ? » Et elle avait raison, alors il s'était contenté de lui recommander la prudence et de lui rappeler qu'on ignorait encore ce qu'il s'était passé là-haut.

« Promis, je ferai attention, papa, avait-elle répondu.

— Bon sang, Alix, tu fais chier ! Tu es censée obéir à ton chef ! Tu me tiens au courant à la demie de chaque heure, c'est clair ? »

Sa fille était dotée d'une personnalité si particulière ! Avec elle, il fallait être d'une logique implacable. Dans le cas contraire, on s'exposait à une attitude frondeuse. Était-ce pour cette raison qu'elle comptait si peu d'amis ? Peut-être…

En plus d'avoir aidé à gérer les dégâts causés par les intempéries, Robert avait dû surveiller le blessé à la colonie. L'homme ne s'était réveillé qu'une fois, grelottant, pour réclamer à boire et une couverture, et s'était rendormi. Le mystère restait donc entier. Qu'est-ce que ce colosse tatoué fabriquait dans la montagne ?

La nuit avait été courte. Et le temps où Robert encaissait facilement des week-ends sans dormir était révolu. Il sirota son café en rêvassant devant une photo où il figurait en uniforme de gendarme, embarqué avec des Indiens Kayapos sur une pirogue remontant le Maroni.

La Guyane, quelle époque ç'avait été ! Il avait 24 ans, et tant d'ambition !

Tout ça pour finir, trois décennies plus tard, chef de la police municipale dans le trou du cul du monde. Pour cet homme qui avait appartenu à l'élite de la gendarmerie, la chute avait été sacrément rude.

Son regard nostalgique passa sur le portrait de sa femme, qu'il embrassa du bout des doigts, puis sur ceux d'Alix et de Noa. Ses enfants étaient tout pour lui.

Il rinça sa tasse, attrapa ses clés de voiture et vérifia ses mails avant de sortir. Il espérait une réponse au signalement qu'il avait envoyé, mais l'écran de son ordinateur resta muet.

12

Aux commandes d'un quad du service, Alix quitta la route du col pour s'engager sur la voie privée conduisant à la mission scientifique. Le portail d'accès pendait sur un gond, défoncé. Au passage, elle remarqua des traces de peinture sur le métal, probablement laissées par le pick-up de Christophe. Pour le reste, elle trouva volets et portes clos.

Avant que la saison des incendies ne les contraigne au chômage technique, deux botanistes suivaient le projet de retour à la forêt primaire initié près d'un siècle plus tôt. Désormais, il ne subsistait de la civilisation qu'une route forestière piquée de nids-de-poule et envahie d'herbe et de fougères qu'Alix emprunta pour rallier son objectif, situé au cœur de la zone protégée. Après dix bonnes minutes, elle traversa des gorges grâce à une passerelle métallique dangereusement rouillée. En contrebas, des eaux furieuses alimentées par l'orage charriaient d'impressionnantes quantités de terre et de végétaux. Comme la structure grinçait, Alix se hâta de la franchir, imaginant le sort réservé à quiconque chuterait dans ce déchaînement.

À quelques kilomètres de là, elle gara son quad près d'un endroit où des fougères avaient été piétinées et repéra presque aussitôt un lambeau de tissu maculé de boue. Son cœur se serra quand elle découvrit la bande patronymique de Christophe, arrachée du Velcro. Un peu plus loin, elle ramassa l'arme de service de son ami, toujours protégée dans son holster. À l'évidence, ses agresseurs l'avaient braqué ici. Peut-être subsistait-il des traces de pneus dans la terre, mais Alix n'aurait pu en jurer. Les pluies diluviennes de la nuit avaient raviné le terrain.

Pour estimer la distance qui la séparait encore de l'abri où Christophe s'était réfugié, la jeune femme se fia à sa connaissance de la topographie. Inutile de tenter de se géolocaliser, elle était au cœur d'une zone blanche. Elle enfourcha de nouveau son engin et repartit à vitesse réduite, zigzaguant entre les végétaux hachés par l'orage, jusqu'à une vieille borne kilométrique. Là, sa progression fut stoppée par un immense mélèze couché en travers de la route. Alix abandonna son quad au pied du tronc et s'éloigna à pas rapides.

Très vite, elle eut la certitude qu'elle n'était pas seule dans cette forêt. Pourtant, elle eut beau se retourner, scruter le sous-bois, s'arrêter pour tenter de surprendre un éventuel poursuivant, elle ne vit personne. La présence d'une percée artificielle finit néanmoins de l'alerter, donnant à ce sentiment une réalité plus tangible.

Il y avait quelqu'un dans le coin, sans aucun doute.

Des arbres avaient été tronçonnés sur plusieurs centaines de mètres et laissés sur le sol. Au-delà, cette piste éphémère de toute évidence labourée par d'imposants véhicules se courbait et disparaissait à la vue.

Un véritable massacre. Du braconnage, assurément.

Alix était choquée. Elle se demanda comment ses collègues et elle avaient pu ne rien voir. Prise d'une irrépressible angoisse, elle vérifia son arme de service et quitta la route pour s'introduire sous la frondaison, machette brandie, puis se fraya un chemin dans la végétation enchevêtrée.

À cet instant, si les arbres avaient eu des yeux, son malaise n'aurait pas été plus grand.

13

De nombreux véhicules encombraient le parking de la colonie de vacances, transformée en centre d'hébergement pour les sinistrés, et Robert rencontra des difficultés à se garer. Vaguement agacé, il traversa le réfectoire d'un pas alerte, se servit au passage un autre café, et rejoignit l'infirmerie où le maire prenait son petit déjeuner, seul, les traits fatigués.

— Ne tire pas trop sur la corde, lui suggéra Robert en s'attablant face à lui. Tu as des adjoints.

Cisco posa son smartphone sur lequel il parcourait les infos.

— Joseph devait dîner à la maison, ce soir. J'avais prévu de lui repasser *Un singe en hiver*, histoire de lui rappeler que les vieux schnocks comme lui, ça ne date pas d'hier. Merde… tu te lèves le matin, et le soir, t'es mort.

Du revers de la main, il essuya une larme, puis renifla. Robert eut un geste amical pour le maire, qui se ressaisit.

— T'es venu prendre des nouvelles de ton blessé ?

— Oui.

— Et à ta mine des mauvais jours, je suppose que vous ne l'avez toujours pas identifié.

— J'ai l'impression qu'avec tout ce bordel dans la vallée on n'est pas près de voir la queue d'un gendarme. Il est réveillé ?

— Bien réveillé. Il m'a envoyé me faire foutre et a réclamé un médecin. Un vrai. J'ai prévenu la caserne, ils essaient de faire monter quelqu'un dans la matinée.

— OK, merci. Va te reposer, Cisco, tu en as besoin.

Armé de ces maigres informations, Robert entra dans la chambre qui jouxtait l'infirmerie. Il jaugea son interlocuteur, s'adossa à la fenêtre et patienta tout en le dévisageant. Avec son crâne rasé et sa barbe fournie, le blessé lui évoqua des images de catcheurs. Et il ne fallait pas se fier à son teint pâlot ni à ses mains tremblantes. Il y avait de la filouterie dans ses yeux, qui allaient et venaient entre l'écran noir du téléviseur et le policier, immobile et taiseux. Aussi celui-ci décida-t-il de le laisser parler le premier, quitte à ce que ce silence déroutant s'éternise.

— J'ai demandé à voir un médecin, pas un flic !

Robert s'assit à califourchon sur une chaise et croisa les bras sur le dossier. Un bref coup d'œil à sa montre lui apprit que, bientôt, Alix aurait rejoint le refuge. Elle lui avait indiqué un peu plus tôt avoir récupéré l'arme de service de Christophe près de la vieille route, non loin d'une zone d'abattage sauvage au cœur de la forêt primaire.

— Qu'est-ce que tu fous là, à me mater pendant que je crève ?

— L'orage a tout emporté dans la vallée. Je suis désolé, monsieur Fratelli, on n'aura pas d'ambulance avant un moment.

— Pourquoi tu rappelles pas le grand brûlé ? Il avait l'air de s'y connaître.

Sans se départir de son calme, Robert énuméra la liste des faits reprochés au suspect : vol d'un véhicule de police, port d'arme prohibée, chasse dans une zone protégée… Après quoi, il le questionna :

— Qu'est-ce que vous fichiez dans la voiture de mon adjoint ?

— Classique : vous faites chier l'honnête citoyen que je suis pour des conneries, alors qu'il y a un véritable démon là-haut.

D'expérience, le policier sut que la matinée allait être longue. À force de patience, il finirait pourtant par apprendre quelque chose. Et, avec un peu de chance, il réussirait même à tomber sur la vérité.

Au bout de deux heures d'audition, le blessé réclama une pause. L'homme, blême et assoiffé, avait toujours des nausées et se plaignait de difficultés à respirer. Robert, agacé mais conscient qu'il n'obtiendrait rien de plus pour l'instant, capitula. Il en était certain, ce n'était pas la première fois que ces types séjournaient dans la forêt primaire, justement parce qu'on n'y croisait personne.

Combien étaient-ils ? Qu'y fabriquaient-ils ? À demi-mot, le blessé avait juste admis qu'ils aimaient surtout cet endroit pour ses rumeurs de disparitions : « Rien de tel que de raconter une expédition de nuit pour faire frissonner les filles. » Et il avait aussi juré que, s'il en sortait vivant, il n'y mettrait plus jamais les pieds.

La voiture de patrouille de Christophe ? Trouvée sur la vieille route, alors qu'ils fuyaient ce démon fort comme dix hommes. Ils avaient découvert le 4 × 4 portière ouverte, clé sur le contact, et l'avaient « emprunté ». « Juste un petit emprunt » pour filer aux urgences.

Un tissu de mensonges, que Robert avait consignés dans son carnet. Il avait joué à l'interrogateur méticuleux et bas de plafond pour que le blessé, devenu suspect, ne se méfie pas. Et il avait posé et reposé cent fois les mêmes questions.

Habile, le lascar ne s'était pas empêtré dans ses explications. Pourtant, Robert avait épuisé toutes les méthodes d'interrogatoire apprises au cours de sa carrière de gendarme. Soit il s'était rouillé depuis sa prise de fonctions à la direction du minuscule service de police municipale où il traitait, pour les plus corsées, des affaires de vols de bétail, d'accidents de la route ou de cambriolages de résidences secondaires, soit ce malfaiteur était particulièrement rompu à l'exercice.

Quoi qu'il en soit, Robert devrait obtenir rapidement des informations, car il ne donnait pas cher de la peau de ce type. Pas besoin d'être médecin pour reconnaître les symptômes d'une hémorragie interne. Encore un jour, peut-être moins, et il se retrouverait avec un nouveau cadavre sur les bras.

14

Épuisée par sa lente progression dans une forêt où les arbres tombés s'enchevêtraient en une sorte de mikado géant, Alix poussa un cri de joie quand elle entendit Ornicar, qui courait vers elle en jappant.

Deux minutes plus tard, elle entrait dans le refuge. Là, allongé sur une banquette, Christophe avait les yeux clos, le visage tuméfié, et son pantalon était couvert de sang séché. Avec ses mains jointes sur le ventre, il ressemblait à un gisant médiéval. Seul détail rassurant dans cette vision choquante, sa poitrine se soulevait régulièrement.

Alix s'agenouilla à son chevet, constata qu'il souffrait d'une légère fièvre. Curieusement, ses plaies paraissaient avoir été nettoyées et enduites d'un mélange à base d'herbes et de miel.

— Chris ? Comment tu te sens ?

— Comme une merde…

Ses lèvres amochées absorbaient en partie ses mots, mais il avait de toute évidence bien récupéré au cours des dernières heures. Il se redressa en grimaçant.

— Ce connard m'a mis une putain de droite, précisa-t-il en touchant une zone bleuie sous le menton.

— Ne bouge pas.

— Mon flingue… je l'ai planqué.

Alix déposa l'arme de Christophe sur la table. Celui-ci se laissa retomber sur les coussins avec un soupir de soulagement.

— T'es une championne !

Amusée, la jeune femme brancha la radio pour contacter son père et, malgré les protestations de son meilleur ami, l'informa qu'il faudrait l'hélicoptère pour évacuer Christophe.

— Compte pas dessus, Al. Je te rappelle que c'est la galère, dans la vallée, que la sécurité civile est au taquet et que tous les moyens aériens sont déjà utilisés.

— OK. T'angoisse pas. Il y a de quoi manger, ici. Chris est encore groggy, mais il va bien. C'est le principal. On redescendra sûrement demain, le temps qu'il aille mieux.

Sur ces mots, Alix retourna au chevet de son ami et enserra ses mains.

— Vous les avez eus ? demanda-t-il.

La policière raconta à Christophe l'accident survenu à l'auberge, la mort d'un de ses agresseurs et de Joseph, le carambolage, l'opération, les plombs de chevrotine qui pouvaient incriminer n'importe quel habitant des environs.

Tout en parlant, la jeune femme mit de l'eau à bouillir sur un réchaud, trouva des sachets de verveine dans un placard et prit une tasse dans un autre.

— Qu'est-ce qui s'est passé ?

Avant de répondre, Christophe déglutit à plusieurs reprises.

— Le balèze était blessé, l'autre complètement défoncé, je me suis arrêté pour les aider et ils m'ont tabassé. Sans Ornicar, je crois qu'ils m'auraient achevé.

— Qui t'a conduit jusqu'ici ?

— De quoi tu parles ?

— Moi, en plein jour et en quad, j'ai mis quatre heures entre l'endroit où ils t'ont chopé et ce refuge. Comment t'as fait, toi, la nuit et sous l'orage ?

Le front de Christophe se rida sous un effort de réflexion. Il paraissait fouiller son esprit très loin, comme s'il était sur le point de récupérer une bribe de souvenir, qui lui échappa.

— Je ne sais pas, mioche… Quel orage ?

15

Perdue dans ses pensées, Alix fixait l'âtre, assise sur la table du coin cuisine, les pieds posés sur un banc. Christophe dormait. Même guidé par Ornicar, il n'avait pas pu marcher tout ce temps dans une forêt inextricable parsemée de ravins et de gouffres. Surtout dans son état. Se pouvait-il qu'il ait été secouru ? Qu'on l'ait amené jusqu'ici ? Mais qui ? Et pourquoi cette personne ne s'était-elle pas manifestée ?

Dehors, le plafond nuageux plongeait les sommets dans une purée de pois où les arbres craquaient de façon sinistre. Par la fenêtre, on distinguait les silhouettes fantomatiques de proches sapins.

La voix de Christophe interrompit ses rêveries. Il avait besoin de soulager sa vessie, alors Alix l'aida à se mettre debout, puis le soutint jusqu'à l'extérieur, où elle demeura, comme une béquille, tandis qu'il pissait sans retenue.

— Tu ne m'auras rien épargné, railla-t-elle en s'empêchant de respirer les effluves fétides qui se mêlaient à la brume.

— Attends que je t'épouse, tu me torcheras le cul quand je serai impotent.

Alix ressentit une pointe de déception, car elle aurait aimé qu'il ne plaisante pas sur le sujet. Lorsqu'ils rentrèrent, trempés par l'humidité ambiante, elle le reconduisit vers sa couchette. Sa nuit agitée l'éprouvait encore, et les antalgiques qu'elle avait apportés contribuaient à entretenir un état de somnolence.

— Si les vieux fous sont chirurgiens, marmonna Christophe en fermant les yeux, alors je peux encore espérer devenir une rock-star. Va savoir, avec un peu de chance, peut-être que je ne finirai pas ma vie à Mâchecombe…

Sa voix devint pâteuse et il s'endormit, abandonnant Alix à ses angoisses. Très tôt, elle avait été confrontée à l'impermanence des êtres, et elle s'était bâtie sur la conviction qu'à tout moment la vie pouvait basculer. Un père ne rentrait pas de son travail, une mère se volatilisait en plein après-midi. Même pas besoin de circonstances exceptionnelles, du type guerre ou cataclysme. Dans la vraie vie, les gens disparaissaient sans dire adieu, ils mouraient sans mise en garde, et on était traumatisé pour le reste de l'existence.

Soudain, le curieux manège d'Ornicar retint l'attention de la policière : il s'approchait de la porte, le poil hérissé, les crocs apparents, un grondement montant du fond de la gorge. Puis, sans transition, il déguerpit en couinant de peur et alla se cacher sous la banquette.

Alix lui connaissait un caractère de dominant, elle l'avait vu dérouiller bien plus gros que lui. Pourtant, ce qu'il y avait dehors semblait le terroriser…

Pour se donner de l'assurance, elle sortit son arme de service. Qu'en ferait-elle si quelqu'un l'agressait ? Probablement rien. La jeune policière avait appris à ne pas craindre son revolver, mais cet apprentissage ne la transformait pas en guerrière pour autant. Ce geste n'était pas anodin et surajoutait au possible danger. Brutalement, la triste réputation dont pâtissait cette immense forêt devenait tangible.

À la radio, son père l'avait mise en garde contre la présence de braconniers dans les parages : « Ce sont pas des enfants de chœur, Al. Reste sur tes gardes ! » Alix se figura alors un, puis deux, puis une horde d'assassins encerclant le refuge. Elle se fit violence pour ne pas hurler, et ouvrit la porte sur la brume compacte.

Il n'y avait rien, et la jeune femme se moqua de ses peurs. Elle avança d'un pas, puis d'un autre, et réussit ainsi à s'éloigner d'une dizaine de mètres. Elle atteignit les premiers arbres, longea un éboulis en effleurant la pierre humide. Ce contact la rassura. Mais, alors qu'elle s'apprêtait à contourner les blocs, une puissante odeur animale la prit à la gorge.

Alix sentit ses membres trembler.

Juste au-dessus d'elle, une silhouette était accroupie sur la roche…

Humaine ? Elle n'aurait pu l'affirmer, mais elle devinait une paire d'yeux dans une forme qui tenait autant du végétal que de l'animal.

Des yeux féroces qui la transperçaient.

16

Les empreintes digitales du prétendu Fratelli avaient parlé, et le curriculum vitae auquel elles renvoyaient dans les dossiers de la justice était attribué à un certain Ange Caruso, connu pour faits de crimes en bande organisée. Cambriolages, escroqueries, attaques à main armée, le malfrat fréquentait d'ordinaire les lieux touristiques, mais ne boudait pas la campagne quand les circonstances l'exigeaient.

Il avait de nombreux complices, jamais les mêmes, qu'il payait grassement. Des criminels assez habiles pour rester sous les radars de la police.

Si l'aplomb de Caruso l'avait un temps abusé, Robert savait à présent à qui il avait affaire, et il pourrait ajouter quelques délits au palmarès de l'énergumène : braconnage, coupe illégale de bois, détention d'armes. Peut-être même usage de ces armes, s'il parvenait à reconstituer ce qu'il s'était passé avant l'accident.

Hélas, quand il entra dans la chambre, il comprit qu'il n'aurait pas les réponses à ses questions. Aussi pâle que la taie d'oreiller, Ange Caruso grelottait sous les couvertures. La sueur perlait à son front, des cernes noirs mangeaient ses joues et un seau de vomissure était posé à côté de lui.

— Ton chirurgien m'a tué, grinça-t-il en reconnaissant le policier.

Robert attrapa une chaise et se positionna près du suspect.

— Où sont les autres ?

— T'en as combien, des questions de ce genre ?

Même mourant, Ange Caruso avait le don de le mettre à cran. D'autant que, dans le fond, la recherche de la vérité n'intéressait plus autant Robert qu'avant. Aujourd'hui, tout ce qu'il désirait, c'était récupérer sa fille et restaurer la tranquillité à Mâchecombe.

— Dis-moi au moins qui a tiré sur qui, et pourquoi.

— Mes gars et moi, on ne se tire pas dessus. C'est tout ce que t'as besoin de savoir.

— Qui t'a demandé de raconter cette histoire de démon ? C'est forcément un gars du coin, donne-moi un nom.

— Pourquoi tu ne me crois pas, le flic ? Je vais crever, pour quelle raison je te baratinerais ?

Ange Caruso ferma les yeux. Il respirait avec peine.

Robert se leva et s'approcha de la fenêtre, constata que le temps semblait se remettre au beau. L'aubergiste, privée de son établissement, s'employait à nourrir les personnes qui n'avaient pas encore pu regagner leur domicile sinistré par l'orage. Il pouvait la voir décharger sa camionnette de caisses de conserves, légumes et pâtes, qui venaient de ses réserves.

Les nuages s'effilochaient et la température tombait sensiblement alors que le soleil se couchait. Face à lui se dressait la masse énorme du mont voisin. Sa fille se trouvait quelque part sur le versant opposé, au milieu d'une forêt de deux mille kilomètres carrés. Il tenta de se rassurer en se disant qu'elle n'était pas seule, qu'il y avait Christophe avec elle, pas très en forme certes, et puis Ornicar.

Ce chien valait bien trois hommes, il se ferait tailler en pièces si nécessaire pour défendre Alix. Avec lui, elle serait prévenue si quelqu'un tentait de s'approcher du refuge cette nuit-là.

17

Le 17 août

Les sens aux aguets, Alix scrutait le sol détrempé à la recherche de traces de pas. La veille, le brouillard s'était insinué dans son esprit pour lui montrer des chimères. Elle n'en doutait presque plus. Mais ce *presque* l'obsédait au point qu'elle avait décidé de s'en assurer dès l'aube. Deux hypothèses tournaient dans sa tête : les yeux pouvaient appartenir à Pratz – il était chasseur, utilisait des filets de camouflage, et qu'il la suive sur des kilomètres ne l'aurait pas plus étonnée que ça –, ou à l'un des braconniers dont son père lui avait parlé à la radio.

Autour de la bâtisse, en dehors des traces de pattes d'Ornicar, elle repéra uniquement ses propres empreintes. Ce qui ajoutait au mystère, car ça impliquait que, l'avant-veille, Christophe avait rallié le refuge avant l'orage, qui avait ensuite effacé les preuves de son passage. Comment avait-il pu faire aussi vite ?

Prudemment, Alix s'approcha des blocs de roche où elle avait eu si peur. Sa main se posa sur la crosse de son revolver. Souvent, la simple vue d'un barillet garni suffisait à calmer les ardeurs des malveillants. C'est ce que Robert lui avait affirmé le jour où elle était entrée sous ses ordres.

Et il avait ajouté : « On serait à Bogota, je te dirais de changer de métier, mais tu vas travailler à Mâchecombe. Ici, le plus grand danger pour un flic, c'est le verglas. »

Sauf que le verglas ne laissait pas d'empreintes… d'ours !

Alix n'en crut pas ses yeux. Celles-ci étaient nettes, enfoncées dans la boue, avec sur l'avant cinq ronds prolongés d'un trait. Les griffes de l'animal devaient mesurer entre cinq et six centimètres.

Cette découverte lui fit froid dans le dos. Avait-elle sans le savoir été à proximité immédiate d'un de ces mâles de trois cents kilos qui mesuraient jusqu'à deux mètres lorsqu'ils se dressaient sur leurs pattes arrière ?

Ses doigts gourds enserrèrent la crosse de son revolver tandis qu'elle contournait les éboulis où elle s'était sentie épiée. Au-dessus d'elle, le rocher formait un à-plat où un prédateur aurait en effet pu se tapir. Pourtant, Alix eut alors la certitude qu'un ours n'aurait pas pu se hisser là, du simple fait que les parois étaient lisses. Ou alors en s'aidant du sapin qui jetait ses plus grandes branches au niveau des éboulis ? Cette hypothèse lui sembla tarabiscotée. Pourquoi un ours agirait-il ainsi ? Pour se cacher, pour trouver de la nourriture… Non, définitivement, cette idée était bancale…

Pour s'en assurer, Alix grimpa malgré tout dans l'arbre, avança à califourchon sur l'une des branches qui surplombaient le rocher et se laissa tomber dessus.

À l'endroit où elle avait cru voir les yeux fous dans la brume, elle éprouva, bien qu'amoindrie, la peur qui s'était emparée d'elle. Car sur la roche demeurait la marque terreuse et légèrement bleutée d'une main. Ce même bleu qu'elle avait observé dans le couloir de leur maison, après que son frère lui avait confié avoir été réveillé par Dandelombe.

Aussitôt, Alix redescendit de son perchoir et retourna au refuge, fermement décidée à éclaircir ce mystère.

Elle ne suivrait pas un ours, pas plus qu'une créature de cauchemar, mais un homme de chair et de sang qui prenait de toute évidence un malin plaisir à terroriser son petit frère depuis des années ! Un psychopathe !

Christophe l'accueillit, une tasse de café soluble en main. Les chairs tuméfiées de son visage viraient désormais au rouge carmin.

— J'ai eu ton père à la radio, il va nous rejoindre vers midi. Je crois qu'il est pas rassuré à l'idée qu'on redescende que tous les deux. Putain, mioche, j'ai jamais eu la tronche en vrac comme ça !

Alix imagina comment les poings énormes du colosse tatoué et de son acolyte s'étaient écrasés sur le visage de son ami, songea qu'il devait avoir le nez cassé et qu'il ronflerait à vie, retint un sourire et se contenta de répondre :

— Tu ne te souviens pas de l'orage parce que tu es arrivé ici avant.

Christophe se laissa choir sur la banquette.

— Si tu le dis.

— Chris, quelqu'un t'a aidé.

— J'ai pensé à un truc, éluda-t-il. Ça te dirait qu'on achète la grange de tes parents ? Seuls, on n'a pas les moyens d'emprunter, mais à deux, peut-être.

Surprise, Alix posa la gourde qu'elle s'apprêtait à remplir.

— T'as fumé la moquette ?

— Quoi, tu ne nous vois pas ensemble dans notre *home sweet home* en train de mater *Friends* ou *Breaking Bad* en bouffant des pizzas ?

— Et voir défiler tes conquêtes ? Non merci !

— Oh, ça va... J'y peux rien, si les mecs du coin sont trop relous pour toi !

Alix faillit répliquer qu'un mec lui plaisait depuis qu'elle avait 12 ans, et qu'il était trop aveugle pour s'en rendre compte, mais elle se borna à affirmer que sa vie avec son père et son frère lui convenait parfaitement. Et c'était vrai. Robert lui fichait une paix royale, il n'entreprenait jamais rien sans lui demander son avis, à tel point qu'Alix lui rappelait parfois qu'elle vivait chez lui et non l'inverse.

— Hé, tu vas où, mioche ? s'étonna Christophe alors qu'elle chargeait son sac avec tout le matériel nécessaire à une expédition.

— Un malade se fait passer pour un ours et fiche la trouille à Noa. Je vais lui remettre les idées en place.

— Ton père m'a donné l'ordre de pas bouger d'ici.

— Chris... Et pourquoi je ne resterais pas à la maison à tricoter avec Jackie, tant qu'on y est ? D'ailleurs, mon père ne m'a rien ordonné, à moi, lança-t-elle, espiègle.

Dans le fond, elle avait bien conscience que traquer seule ce type alors que des criminels se planquaient dans la montagne était déraisonnable, mais l'approche de lourds nuages acheva de la décider.

Bientôt, il allait de nouveau pleuvoir, et la piste serait effacée, perdue à jamais. Et ça, elle ne l'acceptait pas. Elle devait protéger Noa de ce tordu.

— Je pense que les braconniers sont déjà loin, reprit-elle. Non, celui dont je te parle, c'est forcément un local. Peut-être même que c'est Pratz ; ce connard est tout à fait capable de se déguiser pour venir me mater sous la douche.

— Alix, bon sang...

— T'inquiète, lui coupa-t-elle la parole, je prends Ornicar. Y a pas mieux que lui pour flairer les pistes.

— OK, mais t'appelles ton père pour lui dire, parce qu'il va m'écharper quand il saura que tu t'es tirée toute seule.

Alix sourit.

— Tu lui diras que je suis partie pendant que tu pionçais !

Sur ces mots, la jeune femme envoya un baiser à son ami et s'enfonça dans la forêt.

18

Au début, Alix douta de ses conclusions. Les empreintes semblaient effectivement avoir été laissées par un ours. Mais le souvenir de cette trace de main sur la roche lui rappelait que quelqu'un s'était tenu juste au-dessus d'elle la veille, dans la brume, et elle ne parvenait pas à oublier son regard.

Après une heure passée à scruter le sol, son obstination paya. À trois kilomètres du refuge, la marche du plantigrade cessa d'être à l'amble. Le quadrupède était devenu bipède, et Alix n'eut plus aucun doute sur la nature de la créature qu'elle pistait. Il y avait donc vraiment, dans ces montagnes, un taré qui se faisait passer pour un animal.

Dans ces contrées sauvages, le chasseur pouvait facilement devenir proie, et elle se félicita d'avoir emmené Ornicar. Si quelqu'un les approchait, il donnerait aussitôt l'alerte.

Malgré sa taille imposante, le saint-hubert allait et venait aisément dans cette végétation dense. Ce qui n'était pas le cas d'Alix, parfois obligée d'escalader des pentes abruptes ou de se glisser sous des enchevêtrements de troncs. À certains moments, en suivant les pas, elle se faufila dans d'étroits corridors ouverts par des sangliers ou des chevreuils et progressa dans des tunnels de fougères et de lianes qui recouvraient d'anciens sentiers bordés de murets de pierres sèches.

Revenue sur la route forestière, Alix crut soudain que la piste s'arrêterait là, mais, une fois encore, Ornicar se révéla fin limier. Après quelques minutes, le chien l'entraîna dans la forêt, puis vers une lande piquée d'arbustes rabougris où les traces s'enfonçaient dans un marécage. Droit devant, une falaise dressait un rempart infranchissable.

Bientôt, le type serait pris au piège. Entre la paroi et l'endroit où elle se tenait, il y avait une nouvelle portion de forêt, un lac sur sa droite et un à-pic vertigineux sur sa gauche.

La jeune policière prit un instant pour se désaltérer et manger une barre de céréales. Ensuite, elle pénétra une nappe de brume où elle peina à se repérer, et essuya une averse qui lui fit craindre de perdre tout indice.

En une poignée de minutes, la température chuta d'une quinzaine de degrés. Trempée et frigorifiée, Alix parvint au pied de la falaise, qu'elle longea pour se protéger des intempéries, jusqu'à un campement qui avait souffert de l'orage.

Cachée dans l'ombre des sapins, elle observa les alentours aux jumelles. Dans cette zone aussi, une voie avait été ouverte à travers les arbres à coups de tronçonneuse. Et, sur place, elle distingua des traces de sang, ainsi que des empreintes d'hommes et de plantigrade.

Elle contacta immédiatement son père *via* son talkie et lui résuma ses découvertes : la frayeur de la veille, la marque de main, Dandelombe qui n'était pas une chimère mais un type qui se faisait passer pour un ours, le bivouac… Après une sérieuse avoinée, les ordres tombèrent :

— Tu surveilles le camp discrétos, compris ? Et s'il y a du mouvement, homme ou animal, tu ne bouges pas. Je te rejoins avec une équipe d'ici à 14 heures.

— Papa, pas besoin de mobiliser des hommes, je pense que c'est Pratz.

— Qu'est-ce que tu racontes ? Pratz est parti en Espagne aux ferias. Et puis, il y a quand même une différence entre un lourdaud comme lui et un psychopathe capable de se balader dans la nuit déguisé en ours !

— Je sais, mais…

— Redescends sur terre et fais ce que je te dis !

Cela faisait une bonne heure qu'Alix luttait contre des crampes aux cuisses et aux mollets quand Ornicar fila en aboyant de l'autre côté du campement. Perchée dans un arbre, elle n'avait pas noté la moindre présence, alors elle se risqua hors de sa cachette et se lança à la poursuite du chien. En approchant du bivouac, elle nota que les traces aboutissaient près du feu de camp, où les passages avaient été innombrables.

Pour la millième fois depuis qu'elle était là, la policière se posa la même question : que faisaient les empreintes de Dandelombe sur le camp des braconniers ? Elle n'envisageait en effet pas une seconde que celui qui se faisait passer pour un ours appartienne à la bande. En revanche, s'il s'agissait comme elle l'imaginait d'un local, peut-être les malfaiteurs avaient-ils bénéficié de son aide. L'hypothèse semblait plausible. Sinon, comment ces braconniers seraient-ils arrivés jusqu'ici sans que la police ou les gardes-chasse les repèrent ?

Comme le saint-hubert aboyait quelque part en amont, Alix s'éloigna à petites foulées. Elle gagna le lit d'un torrent défoncé à coups de pelleteuse et agrandi pour créer un bassin. Un groupe électrogène alimentait des pompes reliées à de gros tuyaux qui remontaient la pente sur la rive opposée, puis disparaissaient, happés par la déclivité.

— Qu'est-ce que… ?

Soudain, Ornicar jaillit d'un bosquet, les oreilles basses et le regard fuyant. Alix l'appela, mais le chien s'immobilisa en couinant.

— Bah, qu'est-ce que t'as, nigaud ?

À cet instant, elle ressentit une vive douleur au niveau du cou.

Alix voulut y porter la main, persuadée qu'elle venait d'être piquée par un insecte, mais elle n'acheva pas son geste et s'effondra sans connaissance.

LA COMBE

19

Robert gara son Nissan derrière le quad d'Alix et se glissa sous le tronc du mélèze qui barrait la route. Quelques centaines de mètres plus loin, il s'engagea sur la piste taillée à coups de tronçonneuse dont sa fille lui avait parlé.

Incapable de se résoudre à attendre les renforts qui tardaient, Robert était parti en éclaireur. Alix et lui avaient conjointement décidé de ne pas communiquer, mais au cours de l'interminable marche rapide qu'il s'imposa malgré sa douleur à la hanche, son pouce taquina plusieurs fois l'interrupteur de son talkie.

Tout en cheminant, il songea avec angoisse que certains de ses choix avaient conduit à ce carnage. Depuis l'interdiction préfectorale d'accès au massif, il avait fermé les chemins pédestres et réduit la surveillance du site à deux patrouilles par semaine. Il avait aussi encouragé trois de ses adjoints à solder leurs congés et renvoyé chez eux les gars de la mission scientifique par crainte des incendies. Si les botanistes avaient été présents, jamais Caruso et ses complices n'auraient pu perpétrer leur forfait.

Le bivouac des malfaiteurs enfin localisé, Robert quitta la piste pour rejoindre Alix au lieu convenu où, ne la trouvant pas, il finit par rompre le silence radio. Pas de réponse. Où était-elle passée ?

Prudemment, l'ancien gendarme s'avança vers la limite du campement. Là, des véhicules dissimulés par des branchages – un camion léger tout-terrain et un Range Rover, dont les pneus avaient été lardés de coups de couteau – matérialisaient l'un des angles de la zone établie sur un plan triangulaire, les deux autres étant dessinés par des troncs entre lesquels subsistaient les lambeaux d'une toile de camouflage.

Au-delà, la forêt avait été défrichée sur près d'un hectare, et les troncs coupés évacués. Par où le bois avait-il été transporté ? Une seule route traversait Mâchecombe, or aucun convoi ne l'avait empruntée ces derniers jours, il l'aurait su.

À l'aide de ses jumelles, Robert scruta la partie déboisée et repéra une piste vers l'amont. Il irait y jeter un coup d'œil après avoir exploré les lieux. D'après le monceau de boîtes de conserve vides jetées dans un trou, plusieurs individus mangeaient sur le site depuis un bon moment. Un examen sommaire des effets éparpillés par la tempête révéla des vêtements, de la nourriture, des paquets de munitions pour fusil de chasse, fusil à pompe et pistolet automatique, des recharges de gaz et des réchauds.

Dans l'habitacle du camion, le policier mit la main sur le fusil de chasse mais ne trouva pas d'autres armes correspondant aux cartouches. En revanche, il isola une douille de neuf millimètres sur le sol, puis une deuxième juste devant le capot du Range Rover. Autant d'éléments qui amenaient plus de questions que de réponses, car le colosse n'avait pas été blessé avec une balle de ce calibre. Qui avait crevé les pneus des véhicules et tiré sur Caruso ? La forêt avait-elle été le théâtre d'échanges de tirs entre braconniers ou d'un règlement de comptes ? L'idée manquait de sens, mais Robert avait appris que l'accumulation des détails finissait toujours par bâtir une réalité acceptable.

Plus loin, il remarqua une zone piétinée où de nombreuses traces de sang ajoutèrent à sa confusion. À en croire les empreintes au sol, un ours avait attaqué le bivouac, et cette attaque avait eu lieu après l'orage. Peut-être que le plantigrade était passé par là après le massacre, guidé par son flair…

Robert balisa la scène de crime, imaginant qu'il s'était produit ici un carnage incompréhensible. Qui était la victime ? Et où étaient les restes ? L'animal avait-il dévoré le corps ? Y avait-il réellement un ours dans les parages, ou bien devait-il se fier à la théorie d'Alix ?

Perplexe, Robert reprit son chemin jusqu'à ce que, dans la boue, il distingue les empreintes d'Ornicar et celles de deux ou trois humains. L'angoisse saisit son cœur. Mais il poursuivit son exploration et, quelques instants plus tard, buta sur un groupe électrogène qui alimentait des pompes plongées dans le cours d'un torrent. Les tuyaux aboutissaient dans un bassin artificiel. À côté, une minipelle fournissait de la terre et du gravier à une rampe de lavement qui s'achevait sur un tamis. L'ancien gendarme avait saisi cent fois ce type de matériel lorsqu'il débutait sa carrière en Guyane. Les gens qui s'en servaient ne s'embarrassaient pas de scrupules vis-à-vis de l'écosystème. Les arbres, ça repousse…

Derrière la minipelle, il découvrit sans surprise des dizaines de bidons d'essence et d'huile minérale protégés du soleil par une pergola de fortune. Il y avait aussi des jerricans de cyanure, de soude caustique et de mercure destinés à amalgamer les paillettes d'or. Le parfait cocktail de l'orpailleur clandestin.

20

Alix peina à ouvrir un œil. La brume s'était dissipée… Il y avait des galets partout. Des galets chauds, lisses, gris et blanc, noir et vert. Des galets de toutes les couleurs, comme ceux que l'on trouve dans le lit des torrents…

Le torrent ! Alix observait un étrange dispositif de pompes quand Ornicar avait jailli de nulle part et…

Le soleil approchait du zénith, ce qui induisait qu'elle était restée inconsciente pendant au moins deux heures.

Comment avait-elle chuté dans cette combe ?

La jeune femme se rappelait cette sensation de piqûre dans le cou. Elle inspecta sa peau mais ne releva aucune boursouflure, rien d'anormal. Se pouvait-il qu'elle ait eu une absence ?

Le corps raide et douloureux, elle se fit violence pour s'asseoir. En grimaçant, elle se débarrassa de son sac à dos, dont les sangles lui mordaient les épaules, et constata qu'elle n'avait plus son talkie-walkie. En revanche, son mobile était toujours rangé dans la poche latérale, ce qui la rassura d'emblée. Si elle avait été agressée, on ne l'aurait pas laissée avec un téléphone.

Alix le connecta, attendit le cœur battant qu'il démarre, puis l'écran afficha tristement l'absence de réseau.

— Merde !

Elle appela, cria, hurla. En vain. Il allait falloir trouver un moyen de sortir d'ici toute seule.

La jeune femme observa les lieux en inspirant calmement. L'heure n'était pas à la panique. Elle devait garder son sang-froid, si elle voulait se tirer de ce mauvais pas. La combe avoisinait les quatre à cinq mètres de profondeur et, par endroits, des racines jaillissaient à travers les fissures de la roche. Si elle parvenait à en attraper une, elle se hisserait jusqu'au rebord.

Alix se releva, étira ses muscles endoloris et s'avança précautionneusement sur le sol instable, les bras écartés comme ceux d'un funambule, puis elle se cala contre la paroi et se mit sur la pointe des pieds… Presque ! La plus grosse racine devait se situer à cinquante centimètres de sa main, il suffirait qu'elle saute pour l'agripper. Mais lorsqu'elle donna l'impulsion, les galets roulèrent sous ses pieds et elle tomba lourdement avec un cri.

Courageusement, elle se releva et renouvela l'opération.

Ses nombreuses tentatives se soldèrent par autant d'échecs qui l'épuisèrent physiquement et moralement.

Les galets se dérobaient sous ses appuis et lui blessaient les chevilles. Ses tibias allaient bientôt être couverts de bleus et ses genoux ressembleraient à ceux d'une gamine qui aurait chuté à vélo.

Exténuée, elle se rassit le temps de retrouver des forces et de faire le point. Six barres de céréales, une demi-gourde d'eau tiède, trois sachets de sucre, des petits-beurre chipés à l'auberge, un canif, une boussole et une trousse à pharmacie représentaient tout son trésor.

Avec si peu d'eau sous cette canicule, Alix ne pourrait pas réhydrater son corps. Les premiers symptômes survenaient déjà. Léger mal de tête, yeux brûlants, langue épaisse et lèvres desséchées. Mais ce n'était rien en comparaison de ce qui l'attendait : d'abord la confusion, puis les hallucinations, et enfin la mort.

Pour se protéger, Alix noua son tee-shirt de rechange sur son crâne et chaussa ses lunettes de glacier, qu'elle gardait toujours au fond de son sac.

La vie était si fragile, le corps humain si vulnérable. Si son père ne la trouvait pas dans les vingt-quatre heures, elle finirait comme sa mère, dévorée par la montagne.

21

Depuis le couloir, le chef de la police municipale de Mâchecombe observait le corps d'Ange Caruso, dont les contours se dessinaient sous le drap mortuaire. L'orpailleur présumé était mort, étouffé par son propre sang, alors que Robert redescendait de la montagne pour tenter de lui arracher des informations.

Bien sûr, quand il avait prévenu ses brigadiers de son passage à la colonie, Pidgi l'avait informé que l'état du type se dégradait et qu'il avait perdu connaissance. Mais l'ancien gendarme avait fait la sourde oreille, il était prêt à lui arracher des aveux à coups de poing si nécessaire, le nom de ses complices, leur plan, n'importe quoi qui lui aurait permis de comprendre où était passée sa fille.

Alix va bien, se répéta Robert, incapable de quitter des yeux le cadavre de cet homme. *Elle va bien.*

La montagne réservait toujours des surprises à ses visiteurs. Il suffisait d'un rien pour faire tourner le vent ou chuter les températures, la météo des cimes était capricieuse et imprévisible. Ainsi, à la moindre alerte, roulement de tonnerre ou nappes de brume, il valait mieux s'abriter que de poursuivre sa marche.

Lui-même, trop peu équipé pour continuer à explorer les lieux, avait dû se résoudre à rebrousser chemin.

Robert avait présumé de ses forces en se précipitant seul à la rescousse de sa fille. Ses deux gourdes, il les avait vidées à l'aller, et il avait bu celle qu'il réservait à Alix au retour. En fait, il n'avait pas envisagé qu'elle ne serait pas au point de rendez-vous.

Si Alix avait la fâcheuse habitude de n'en faire qu'à sa tête, elle n'aurait jamais laissé son père dans l'inquiétude, surtout après ce qui était arrivé à Solange. Or, elle ne répondait pas au téléphone, visiblement hors réseau, ni à ses appels au talkie, lui laissant le champ libre pour échafauder les pires scénarios.

La présence de complices de Caruso, piégés dans les hauteurs à cause des dégâts de l'orage et des routes coupées, offrait notamment une sombre éventualité. En se lançant à la poursuite de celui qu'elle accusait de jouer les pervers en se faisant passer pour l'ami imaginaire de Noa, sa fille pouvait avoir croisé la route de ces malfaiteurs. Et cette perspective n'avait rien de rassurant.

Ces types avaient franchi la frontière espagnole pour venir ici avec des tonnes de matériel. Ils avaient défriché, saccagé et excavé la terre jusqu'à la roche pour trouver le filon. L'eau nécessaire avait été pompée depuis le torrent jusque dans ce canyon transformé en retenue artificielle. Et puisque des bidons de mercure avaient été utilisés, ça signifiait que de l'or avait été trouvé. Une fois ce tableau dressé, Robert n'envisageait pas une seconde que ceux qui s'étaient donné tant de mal pour l'extraire l'abandonnent au bivouac sans surveillance.

— C'est ce qui s'est passé, c'est ça ? murmura-t-il au cadavre. Celui qui était censé surveiller le magot a décidé de se faire la malle avec ?

Robert s'accrochait à cette idée, car elle pouvait expliquer pourquoi Alix restait planquée en faisant silence radio.

Elle avait repéré le fuyard, et le traquait dans la montagne. C'était elle le prédateur. Elle qui chassait.

Alix était intelligente, sportive et débrouillarde, et non, elle n'était pas morte. Une certitude qui ne reposait sur rien de tangible, mais il ne pouvait penser autrement, sans quoi il s'effondrerait sur place.

— Réponds, bordel ! hurla Robert en donnant un grand coup de pied dans le chambranle.

À cet instant, l'arrivée d'un SMS ramena l'ancien gendarme à la réalité. Christophe était de retour au poste mais sans nouvelles d'Alix.

22

À la tombée de la nuit, les galets, si chauds dans la journée, transformèrent la cuvette en glacière où, épuisée et assoiffée, Alix grelottait. Elle s'enroula dans la couverture de survie qui tapissait le fond de sa trousse de premiers secours et se pelotonna, les yeux rivés sur la voûte céleste.

Sous deux cents milliards de soleils, la jeune femme jugea son sort dérisoire. Le disque de la Voie lactée mesurait dans les cent vingt mille années-lumière. Jamais elle n'avait ressenti avec tant d'acuité sa propre insignifiance. À peine plus qu'une fourmi piégée dans un trou de sable. Voilà ce qu'elle était. À peine plus qu'une fourmi.

Elle se reprocha de pleurer, parce que ses larmes l'empêchaient de voir les étoiles, et aussi parce que cette eau perdue lui manquerait le lendemain. S'il y avait un lendemain.

Elle s'endormit sur ces idées bizarres, et se réveilla en sursaut quelques heures, ou peut-être quelques minutes, plus tard. Une fraction de seconde, elle se crut dans son lit. Puis les récents événements lui revinrent de plein fouet.

Un minuscule croissant de lune jetait une lueur argentée sur le rebord de la combe et les arbres qui la dominaient.

Alix scruta la nuit, devina une silhouette immobile.

Des cheveux longs, une barbe, un corps de géant.

Dandelombe.

Elle se redressa, son cœur battant la chamade.

— Pratz ! Je sais que c'est toi ! Arrête tes conneries, tu m'entends ?

L'écho de sa voix fut absorbé par la roche. Loin dans le ciel, un rapace passa devant la lune. Quelque part sur sa droite, une pierre dégringola la pente, entraînant d'innombrables cailloux.

— Hé, Pratz ! Lance-moi une corde ! Tu dois bien avoir une corde, non ?

L'incongruité de sa requête frappa Alix, qui réalisa qu'elle n'était pas tombée toute seule dans cette combe, mais qu'elle y avait été jetée par un pervers. Et qu'il n'avait pas l'intention de l'aider.

— Pratz, je t'ai pas vu, reprit-elle en se retenant de hurler. Je sais d'ailleurs pas si c'est toi. Alors tu n'as qu'à m'envoyer une corde, et j'attendrai demain pour remonter. Comme ça, tu auras tout le temps de te trouver un alibi, OK ?

À force d'écarquiller les yeux, Alix ne distinguait plus vraiment cette silhouette, elle se demanda même si elle était réelle. Elle ferma les paupières avant de les rouvrir et de balayer la zone du regard.

— Ho, t'es toujours là ?

Subitement, la jeune policière se mit à douter de l'identité du tordu auquel elle avait affaire. En effet, elle n'imaginait pas Pratz commettre quelque chose de si grave.

Alix chassa de son mieux la panique qui l'envahissait et se concentra sur les paroles de son père qui, au cours de sa formation, l'avait briefée sur la conduite à tenir en cas de prise d'otage : « Rester calme, parler de soi, dire qui on est, qu'il y a des gens qui nous aiment et qu'on aime des gens. C'est important que le preneur d'otage considère que notre vie est précieuse pour les autres. »

Dispensés dans les locaux du service, ces conseils avaient semblé évidents, d'une mise en pratique toute simple. Alors que maintenant...

Que dire d'elle-même à un détraqué qui l'avait jetée dans une combe et la matait sous la douche ?

— Je m'appelle Alix Ravaillé, commença-t-elle en inspirant pour calmer les battements de son cœur. Je vis avec mon père et mon frère à Mâchecombe. Vous savez, c'est le village le plus proche d'ici, le plus haut des environs. Les gens le surnomment « l'île sur le toit du monde ».

Pendant plusieurs minutes, Alix se raconta, elle évoqua sa mère décédée après un stupide accident de VTT dans la montagne, son frère Noa qui ne serait jamais un garçon comme les autres, parce qu'il avait été élevé par elle qui n'était pas comme les autres non plus.

— C'est difficile à formuler, mais, en gros, dans la vie, les gens mentent souvent. Eh bien... je suis incapable de distinguer le mensonge de la vérité.

Alix attendit un instant que la silhouette se manifeste puis, comme elle ne perçut rien, elle poursuivit :

— La psy m'a expliqué que c'était un handicap, que même les grands primates savent quand on essaie de les embobiner. Pas moi ! Un comble pour une flic, non ? Parce que je suis policière dans la vie. Je vous l'ai dit, ça ?

De nouveau, Alix se tut. Elle espérait une réaction de la part de la silhouette.

Un rire, même sardonique, lui aurait davantage convenu que ce silence.

Elle tendit l'oreille. Le feuillage bruissait, des branches craquaient et un grand-duc ulula quelque part.

Soudain, elle capta un murmure juste au-dessus d'elle. Une voix débitait des paroles incompréhensibles. Alix poussa un cri de terreur et perdit tout contrôle d'elle-même, au point de se mettre à lancer des galets, jusqu'à ce qu'elle prenne conscience qu'elle insultait le vent et la nuit.

La silhouette avait disparu. Et, avec elle, était née la certitude que celui qui l'avait jetée là et qui se faufilait dans sa maison pour parler avec son petit frère n'était ni Pratz ni un gars du village. Mais le démon qui avait tant effrayé Ange Caruso.

23

Quand Jackie ouvrit la porte, Robert comprit qu'il serait vain de tenter de masquer son inquiétude. Il était 22 heures passées. En quittant la colonie, il avait rejoint Christophe au poste et, ensemble, ils avaient refait dix fois le parcours d'Alix autour du bivouac sans trouver de nouveaux indices.

Sa fille s'était volatilisée.

— C'est quoi, la mauvaise nouvelle ? lui demanda-t-elle en le tirant vers elle pour le faire entrer. Pourquoi tu voulais que je garde Noa ici ? Il est quand même mieux chez lui, dans son lit !

Robert bredouilla quelque chose qui ressemblait à « je ne suis pas sûr », et le front de Jackie se rida un peu plus.

— Alix est dans la montagne. Elle n'a pas… Elle ne répond pas à mes appels depuis ce matin.

Dans les premiers instants, Jackie refusa de saisir la gravité de la situation. Elle énuméra les différentes raisons qui pouvaient expliquer le silence de la jeune femme, depuis son étourderie légendaire qui lui faisait oublier de fermer les robinets ou d'éteindre le gaz sous une casserole jusqu'au coup de fatigue qui avait pu la surprendre. Par ces chaleurs, cela n'aurait rien eu d'étonnant.

— Je ne veux pas que ça recommence ! murmura Robert, effondré.

Jackie s'empara de ses mains.

— Rien ne recommence, Bob. Alix est débrouillarde. Elle connaît la forêt. Allez, viens manger. J'ai des brochettes cuites. Je te fais une mayo ? Tu adores ça. Et, non, insista-t-elle, tu ne restes pas seul à gamberger.

— C'est gentil, mais Christophe m'attend à la maison. Je te laisse prévenir Noa qu'on rentre ? J'ai horreur de le réveiller.

— T'as vu l'heure ? Laisse-le dormir ici !

— Je dois lui parler.

— C'est toi qui vois, marmonna-t-elle.

Quand elle eut tourné les talons, Robert s'imagina en train de disparaître dans l'épaisseur des papiers peints, aussi verts que les vêtements de pluie que Jackie entassait sur un perroquet, verts comme le paillasson, les meubles et la vaisselle.

Comment tiendrait-il debout, si Alix ne rentrait pas ?

Cette question lui donnait l'impression qu'une centaine de poignards s'enfonçaient dans son ventre. Il le savait, la douleur s'acharnerait, encore et encore, et lui s'y accrocherait avec une forme de plaisir malsain, comme si seule cette horreur pouvait garder sa fille en vie.

Sur le chemin de la ferme, tandis que Noa lui parlait du puzzle de trois mille pièces qu'il réalisait avec sa nounou, Robert songea à différentes façons d'aborder le sujet qui le préoccupait. L'ami imaginaire, ce Dandelombe dont ils avaient maintes fois discuté, jamais il ne l'avait considéré comme une réalité. Et quand Alix l'avait évoqué, il avait écarté la possibilité que ce soit Pratz. Mais cela ne signifiait pas pour autant que sa fille divaguait en prétendant qu'un sale type s'introduisait chez eux déguisé en ours.

Et s'il avait commis une erreur ?

— Papa, où est Alix ?

— Elle surveille la montagne, elle sera là demain.

— La chance ! Elle dort sous les étoiles !

Cette expression dans la bouche de Noa pinça le cœur de Robert, qui songea à Solange. Les années passaient, et le souvenir de sa femme ne s'estompait pas. Au contraire, présent, insistant, il le tourmentait tant qu'il n'aurait jamais songé à refaire sa vie.

— Comment Michel-Ange il a peint Dieu, puisqu'il ne l'a pas vu ?

— Hein, quoi ?

Perdu dans ses pensées, Robert ouvrit la porte d'entrée, débarrassa par automatisme son fils de son sac et de son blouson et l'entraîna jusqu'à la cuisine, où il chercha Christophe des yeux. Il l'aperçut en train de fumer sur la terrasse et en fut surpris. Il ne l'avait pas vu allumer une clope depuis deux ans.

Robert eut envie de s'en griller une, lui aussi. Trente ans qu'il s'était affranchi de cette saloperie, et là, il rêvait de se brûler la langue sur le papier et de sentir chauffer ses poumons.

— Michel-Ange, il a jamais vu Dieu, si ?

— Je suppose qu'il l'a imaginé… Ou peut-être qu'il l'a vu, va savoir.

Sa réponse échoua à satisfaire Noa, qui s'apprêtait à renchérir quand Robert l'interrompit :

— Écoute, je voulais te parler d'une chose… Enfin, je pensais à toi aujourd'hui, et je me demandais…

Au léger plissement des yeux de son fils, Robert sut qu'il était vain de tenter d'aborder le sujet de manière insouciante, aussi décida-t-il d'avancer à découvert.

— Dandelombe t'a déjà fait du mal ?

— Mais papa, il n'existe pas, je l'ai inventé !

— Tu en es sûr ? Noa, j'ai besoin que tu me dises la vérité, c'est important.

La question sembla gêner l'enfant, qui secoua néanmoins la tête et argua que, à son âge, il ne croyait plus à ces choses de bébé.

Noa couché, l'angoisse monta d'un cran, puis les pas de Robert le guidèrent jusqu'à la chambre d'Alix. La décoration n'avait pas changé depuis qu'elle était partie à Toulouse pour ses études.

Combien de fois l'avait-il encouragée à choisir des meubles, à remplacer sa literie et ses vieux posters ? Il s'assit sur le lit. Dans la maigre lueur du réverbère, son regard vagabonda sur le plateau du bureau, puis sur la table de nuit. À côté des cadres photo brillait le pendentif qu'il avait offert à Alix.

La chaîne avait été arrachée et, brutalement, sans qu'il se l'explique vraiment, la colère doucha l'accablement.

Il se précipita dans la cuisine.

— Comment t'as pu la laisser partir seule, bon sang ! apostropha-t-il Christophe, qui préparait des sandwichs pour le dîner.

— Tu crois que je t'ai attendu pour m'en vouloir ?

— Tes regrets, tu peux te les carrer où je pense !

— OK, si tu veux. Mais moi, je te dis que tant qu'on n'a pas vu Ornicar rentrer la queue basse, elle va bien.

— Ou il est crevé à côté d'elle !

— Putain, Bob, t'as pas trouvé mieux à faire que te flageller ? Soit son talkie est vide, soit elle observe le silence radio. Elle a de quoi tenir plusieurs jours dans son sac, fais-lui confiance ! C'est une flic comme toi !

— C'est une môme !

— C'est ma collègue, je sais qu'elle va assurer !

— Ouais, ça t'arrange surtout de penser ça.

Christophe s'agaça :

— Je ne te permets pas, merde !

— Tu sais à qui tu parles ? Est-ce que…

Il s'interrompit en voyant les projecteurs extérieurs s'allumer. Plusieurs silhouettes en uniforme pénétraient dans la cour.

Pour avoir été maintes fois de l'autre côté de la porte, Robert savait que, lorsqu'un gendarme se présentait au domicile d'une famille, c'était que les nouvelles n'étaient pas bonnes. Mais pas cette fois.

Cette fois, il allait enfin avoir de l'aide pour retrouver Alix.

24

La capitaine de gendarmerie Straub se prénommait Mélina. Et si elle gardait un souvenir agréable de Robert Ravaillé, qui avait été un temps son supérieur, ça ne l'empêcha pas de lui annoncer froidement qu'elle n'était pas venue pour lancer une mission de sauvetage mais pour perquisitionner le campement des orpailleurs. Elle craignait en effet la présence de plusieurs criminels dans la région.

— On part à l'aube pour y être avant midi. Ravaillé, vous préférez qu'on s'installe ici ou à vos bureaux ?

— Il me semble que vous avez déjà choisi, capitaine.

Robert désigna la table de ferme qui occupait la salle à manger.

— Vous pouvez vous établir là avec vos hommes. Je vais lancer du café pour tout le monde.

Sur ces mots, il fit signe à Christophe de le rejoindre à la cuisine.

— Elle ne t'a même pas écouté ! s'emporta celui-ci.

— Laisse-moi lui parler, Chris. Un militaire, c'est pas un flic.

— Tu te fous de ma gueule ? On parle d'Alix, là ! Elle est toute seule, là-haut, avec une bande de cinglés !

— Tu ne t'énerves pas ou je te vire, OK ? Calme-toi, prépare les cafés et fais-moi confiance.

Sentant que Christophe baissait les armes, Robert inspira un grand coup et regagna la salle à manger.

— Vous me racontez, capitaine ?

— Votre recherche d'empreintes a alerté une dizaine de services. Caruso et ses gars font courir beaucoup de monde, et depuis un moment.

Le groupe d'enquête de Mélina Straub traquait le malfaiteur depuis deux ans. Et ils avaient à plusieurs reprises renoncé à l'interpeller afin de le prendre en flagrant délit.

— Son pedigree ?

— Trafic de stupéfiants, contrebande de cigarettes, enlèvements, escroquerie en bande organisée en Italie, Croatie, Hongrie et Slovaquie. Il est aussi soupçonné dans cinq affaires d'homicides en Belgique, en Allemagne et aux Pays-Bas. Fratelli, c'est le surnom que lui donnait son *alter ego* : Enzo Rossi. Lui vient de la Mafia.

— Rien que ça !

— Ces types sont des pros, Ravaillé, et des putains de caméléons. Ils sont capables de se faire passer pour des agneaux au milieu des loups et de dégommer la meute de l'intérieur.

— L'individu décédé au volant ?

— Inconnu au bataillon. On ne déterminera peut-être jamais son identité.

D'après Mélina Straub, l'une des spécificités du duo consistait à opérer dans une région en intégrant des locaux dans leur équipe.

— Le conducteur n'est pas d'ici, je le saurais.

— Peut-être pas lui, mais ils bénéficient de complicités, soyez-en sûr. Vous n'avez pas idée de leur dangerosité. Quand Caruso et Rossi tiennent une proie, ils ne la lâchent pas. J'ai vu d'honnêtes citoyens devenir des criminels par peur des représailles. Je serais vous, je jetterais un coup d'œil sur les signes extérieurs de richesse de vos administrés.

Même si rien n'était impossible, Robert douta de l'argument avancé par la gendarme. Les gens du coin avaient la tête sur les épaules, et à sa connaissance ne fréquentaient pas de malfaiteurs.

— Un point positif, Caruso ne fera plus jamais de mal à personne, déclara le policier.

— Rossi, en revanche, s'il est coincé là-haut, peut faire un carnage pour s'en sortir.

— Votre mafieux, c'est quel genre ?

— Homicides, séquestrations, viols. Quand il faut faire parler un ennemi, c'est lui qui s'y colle. C'est un teigneux, capable de s'enterrer et de bouffer des vers pour éviter la prison. Votre adjoint a eu de la veine de s'en tirer avec des ecchymoses, croyez-moi.

Robert comprenait la position de son interlocutrice quand elle arguait qu'il serait inconscient d'organiser une battue avec les villageois tant qu'un ou plusieurs fugitifs couraient la montagne. Mais le portrait qu'elle lui avait dressé d'Enzo Rossi ajouta à son angoisse. Il s'efforça néanmoins de rester calme.

— Alix a repéré un type bizarre, qui laisse des traces d'ours derrière lui.

— C'est assez dans le style de la bande, d'utiliser le folklore local. La légende de la Mâchecombe est connue jusqu'à Paris, alors pourquoi pas !

— Autorisez-moi à monter une petite équipe, capitaine. On travaillera hors de la zone que vous allez occuper.

— Pas question, Ravaillé. Je suis responsable de l'opération, et je ne prendrai pas le risque que Rossi fasse un carton sur nos hommes, ou prenne un otage.

Christophe, qui entrait justement avec un plateau entre les mains, s'arrêta sur le seuil, muet de surprise.

— Vous allez la laisser toute seule avec ce cinglé ?

— Chris !

— Mlle Ravaillé est un agent assermenté, jeune et en pleine forme, intervint la capitaine Straub. Je ne doute pas qu'elle réapparaîtra bientôt avec une explication toute simple à son silence.

— Vous considérez surtout que, si Alix est avec Rossi, on la trouvera. Morte ou vive, c'est ça ?

— Ravaillé, lâcha Mélina Straub en plantant son regard sombre dans les yeux de Robert. Je compte sur vous pour que vos adjoints restent à leur place. On s'y met ?

25

Le 18 août

La faim, Alix s'y habituait. Son estomac était désormais une poche de vide qui cherchait à la happer. En revanche, la soif provoquait une sensation terrible. Sa langue collait à l'intérieur de ses joues desséchées. L'envie impérieuse de boire l'obsédait. Dans sa gourde, il ne restait plus qu'une gorgée, qu'elle conservait précieusement. Cette dernière représentait son seul espoir, et elle se maudissait d'avoir bu au petit matin, persuadée que son père avait lancé les recherches et qu'elle avait besoin d'humecter son palais pour crier.

Il n'y avait pas eu de secours. Pas d'hélicoptère, même pas un semblant de bourdonnement.

À travers ses lunettes de glacier, Alix apercevait des avions qui sillonnaient le ciel, loin, très loin. Certains passagers devaient observer le sol. Il y avait peu de neige sur les sommets alentour, presque plus ces dernières années. Elle, elle se trouvait là, quelque part dans cette verdure, fragile créature vaincue par des cailloux glissants au fond d'une cuvette d'à peine cinq mètres de profondeur.

Le matin même, à l'aube, elle avait léché les fines gouttelettes de rosée sur les galets de son piège à fourmi.

Jusqu'au dernier moment, elle s'était ensuite retenue d'uriner, pour ne pas perdre d'eau. Elle avait fini par craquer.

Entre les galets, elle avait déniché une brindille, qu'elle avait plantée vers le ciel. L'ombre raccourcissait inexorablement tandis que la chaleur augmentait. Et Alix se focalisait sur le souvenir des publicités Coca-Cola, bouteilles ruisselantes de fraîcheur. S'imaginait glisser sa langue sous le robinet. Pour repousser ces fantasmes cruels, elle se concentra sur son cadran solaire de fortune, regardant ainsi passer le temps.

Après une dizaine d'heures, elle se décida à tenter une dernière fois de sortir de la combe. En se déshydratant, elle s'était allégée, et gagea qu'en pesant moins lourd sur les galets elle ne les ferait peut-être pas rouler.

Patiemment, elle en amoncela un maximum en les coinçant les uns contre les autres. Ensuite, elle grimpa dessus quasiment en rampant, se mit à quatre pattes, puis sur ses jambes, et se releva lentement, comme si elle pouvait leurrer les pierres.

Étonnée de s'être dressée sur son tas de cailloux, les mains contre le roc pour se stabiliser, Alix parvint à attraper une solide racine et s'y cramponna.

Ce fut alors que le monticule s'écroula.

Suspendue à bout de bras, incapable de se hisser jusqu'à une autre racine, un peu plus haut, qui lui aurait permis de prendre appui sur la première, elle tint une longue minute dans cette position, peut-être deux, la liberté et la survie à portée de doigts, ou presque. Puis les forces lui manquèrent.

Elle finit par lâcher et tomba lourdement sur le dos. Des larmes coulèrent sur ses joues. Elle ne pouvait même plus crier de douleur.

Elle demeura ainsi, les bras en croix, face au soleil, fière d'avoir vécu jusque-là.

Sa langue et sa bouche, humidifiées par son ultime gorgée, se détendirent.

Plaisir fugace aussitôt anéanti par ses lèvres craquelées qui lui lançaient des décharges électriques doublées d'un goût de sang.

26

Le soleil était déjà haut dans le ciel quand la colonne de véhicules militaires parvint à la hauteur du mélèze qui barrait la route.

— On va se déployer à partir d'ici, annonça Mélina Straub.

Robert objecta que, pour rejoindre le campement des orpailleurs, le plus rapide consistait à emprunter la voie ouverte à la tronçonneuse, mais la capitaine en décida autrement.

— Et on continue à pied le temps que mes hommes déblaient la voie.

L'organisation était simple : un groupe surveillerait la piste et la route, un hélicoptère les rejoindrait sous peu pour leur prêter main-forte, les autres avanceraient dans les sous-bois sur un terrain escarpé, parsemé d'énormes rochers. Un homme tous les cinq mètres.

— Y en a pour deux bonnes heures !

— Alors on ne perd pas de temps !

Mélina Straub fit signe à ses hommes de la suivre et se cala sur le rythme de Robert. Bien qu'elle eût passé une grande partie de la nuit à étudier les plans du massif de la Mâchecombe à ses côtés, en partageant avec lui des gâteaux secs et des litres de café, elle n'avait pas changé d'avis au sujet de la battue.

— Vous savez, je comprends sans mal votre inquiétude, lui dit-elle subitement. Je suis moi-même mère de famille.

— Je crois, à l'inverse, que vous ne comprenez rien, répliqua-t-il, coupant court à la discussion.

Était-ce la chaleur additionnée à la fatigue des dernières quarante-huit heures, ou l'idée que sa fille s'était lancée sur les traces d'un dangereux criminel ? Robert n'aurait su le dire, mais il se sentit subitement mal. À 54 ans, peut-être entrait-il dans le début de la fin. Pourtant, il ne fumait pas, buvait peu. Et si la marche était son unique activité physique, il la pratiquait au quotidien. Depuis quelques jours, hélas, sa vieille douleur se réveillait, irradiant le bas de son corps de décharges électriques, du bassin jusqu'au bout de son gros orteil. Cela faisait des années qu'elle ne s'était pas manifestée avec autant de violence.

Régulièrement, il jetait un coup d'œil vers Mélina Straub. Une fille droite autrefois et qui, aujourd'hui, semblait appréciée par ses subalternes. Devait-il s'en méfier, ou au contraire se reposer sur elle ? Seul le temps lui donnerait la réponse.

— J'ai su ce qui est arrivé à votre femme, reprit-elle, hésitante. Tous les collègues en parlaient à l'époque. Je… suis désolée.

Robert se contenta d'un bref signe de tête. Huit ans après, il ne savait toujours pas comment réagir à la sympathie qu'on lui témoignait. Ce chagrin qu'il traînait était trop personnel, trop intime pour qu'il le partage.

Après une heure de marche, le terrain se modifia. La pente s'adoucit et les grands arbres cédèrent la place à une végétation de type maquis. La zone présentait de nombreuses cavités naturelles à ciel ouvert où prospérait de la broussaille. En s'élargissant, les cavités se firent canyons, le même genre en plus étroit que celui transformé en retenue d'eau en amont.

— Bob, tu me reçois ? C'est Chris.

D'un geste souple, Robert attrapa son talkie qui crépitait.

— Cinq sur cinq. Vous en êtes où ?

Christophe et deux gendarmes avaient été envoyés au hameau abandonné situé au terminus de la route forestière. Une planque envisageable. Son dernier résident y était mort au début des années 1920. Robert n'y était allé qu'une poignée de fois, adolescent, à l'âge où on aime se faire peur avec des histoires de maisons hantées et de puits sans fond dont les anciens affirmaient que seules les créatures du diable en sortaient.

Pas d'eau, pas d'électricité, pas de tout-à-l'égout. Personne n'avait eu l'envie de retaper les bâtiments, dorénavant coupés du monde par une forêt primaire interdite d'accès.

— Ils sont passés par là, annonça Christophe. Plusieurs hommes. Impossible de s'avancer sur un nombre sans l'IJ. On poursuit vers les refuges. Les forestiers débitent le mélèze, la route est quasiment dégagée. Et vous ?

— On approche du site. Sois prudent, Chris, je te rappelle dans une heure.

Machette à la main, Robert et les gendarmes se frayèrent un chemin à travers une végétation subitement plus dense, et aboutirent dans une étrange portion de la forêt primaire.

L'endroit était masqué à la vue par de nouveaux bosquets, comme si la nature avait cherché à le protéger des curieux. La zone, vaste, était essentiellement constituée de chênes tordus aux branches chargées de lianes, et le sol était là aussi creusé de canyons naturels qui évoquaient un décor de conte. En amont du canyon le plus important, un amoncellement de rondins et de boue formait un impressionnant barrage.

— On garde les yeux ouverts, lança Mélina Straub. Le barrage, ça veut dire qu'on n'est plus très loin du site d'orpaillage.

Quelques instants plus tard, le pilote de l'hélicoptère signala un mouvement dans le secteur où se trouvaient les machines abandonnées. Un individu, clairement identifié comme étant Enzo Rossi, venait d'y récupérer un sac et tentait de disparaître sous le couvert des arbres.

Il y eut alors plusieurs coups de feu, l'hélicoptère changea brusquement de trajectoire avec un hurlement de tuyères, et la montagne explosa dans un déluge d'eau et de feu.

RAVAGES

27

Sidéré par la puissance de la détonation, Robert vit le barrage se disloquer dans un nuage de fumée devant Mélina Straub, qui le précédait avec trois de ses hommes. Son cerveau enregistra les détails. Les rondins comme autant de projectiles, un vieil arbre aux branches ratatinées, la mort déferlante, les racines noueuses, les cris, les pierres meurtrières et un rocher salvateur, là, juste à côté.

— Accrochez-vous !

Sa voix fut avalée par le mur d'eau qui s'apprêtait à s'abattre sur eux. Robert se roula en boule contre le roc, protégeant sa tête de ses bras. Instinctivement, il ferma les yeux et cessa de respirer au moment où l'eau jaillit en geyser, projetant au-dessus de lui un corps, puis un autre, dans sa course folle.

Il fut littéralement douché par une eau froide, après quoi il endura une pluie de débris mêlée de boue amalgamée de déchets végétaux.

La nuit l'enveloppa, happant tous les sons.

De la terre s'insinua dans ses narines, ses oreilles, et tenta de forcer ses lèvres. Il serra les mâchoires à s'en briser les dents. La Mâchecombe ne l'emporterait pas comme elle l'avait fait avec tant d'autres. Noa l'attendait, Alix avait besoin de lui…

Quand le déferlement cessa, Robert déploya ses dernières forces pour s'extraire de cet amas. À bout de souffle, il n'entendait qu'un bourdonnement. Souffrait-il ? Oui, de partout. Mais il était vivant.

Conscient qu'avec ses mains terreuses il ne parviendrait pas à essuyer son visage, le policier récupéra à tâtons sa gourde et s'aspergea jusqu'à ce qu'il réussisse à y voir clair.

Un spectacle de désolation s'offrit alors à lui.

Les eaux avaient charrié une quantité invraisemblable de limon, qui couvrait la roche et les arbres alentour sur près d'un mètre de hauteur. Écœuré par la forte odeur de matière en décomposition, il chercha du regard Mélina Straub et les hommes qui l'accompagnaient. Il tourna sur lui-même, aperçut des remous dans la vase. Trois, peut-être quatre gendarmes… Ils auraient dû être une dizaine.

Désemparé, Robert observa ce qu'il restait du barrage, quelques troncs coincés par des rochers. La majeure partie avait été emportée par des milliers de mètres cubes d'eau, et les malheureux qui s'étaient trouvés en première ligne avaient été à leur tour transformés en effroyables projectiles.

À présent, les survivants du déluge convergeaient péniblement vers la zone sinistrée, et leurs appels sortirent Robert de son hébétude. Il les rejoignit comme il put, lentement, les jambes enfoncées jusqu'aux genoux dans une substance visqueuse.

En aval, une parcelle d'épicéas avait bloqué les fûts charriés par les eaux, créant des mares boueuses où l'on devinait des mouvements. Quelque chose s'agitait sous cette fange…

— Par ici ! héla Robert, horrifié.

Il se hâta d'atteindre l'endroit qu'il venait de repérer, farfouilla dans la mélasse, attrapa un corps qu'il souleva de toutes ses forces. Tandis qu'il maintenait le buste à l'air libre, la victime vomit un mélange de glaires et de boue et, bientôt, proféra les pires menaces à l'encontre de Rossi.

Cette voix féminine arracha un sourire à Robert, qui s'employa à vider le reste du contenu de sa gourde sur Mélina Straub. Dans la foulée, il l'aida à s'adosser à un tronc.

La capitaine cracha encore plusieurs fois avant de pouvoir respirer pleinement. On ne distinguait plus son uniforme tant il était maculé de terre et de feuilles, et Robert imagina que lui aussi devait ressembler à un golem.

— Le fils de pute, il va me le payer ! éructa-t-elle, les yeux fous de colère.

De prime abord, Robert partagea cet avis, mais il envisagea aussitôt ce qui allait arriver à cette forêt qu'il tentait de protéger depuis des années. Car ce ne seraient pas dix gendarmes qui viendraient en renfort, mais cent, ou plus. Sans compter les médias et les autres, tous ces gens que l'annonce de la découverte d'or dans la Mâchecombe attirerait comme des mouches.

Restait à savoir si ce déploiement de personnel permettrait de retrouver Alix saine et sauve. Car il n'y avait finalement rien de plus important.

Il laissa la capitaine Straub se remettre de sa frayeur et rejoignit les gendarmes qui recherchaient leurs camarades.

28

Assis sur un rocher, Robert écoutait la capitaine remonter le moral de ses hommes. Sur la dizaine présente au moment de la rupture du barrage, trois s'en sortaient indemnes, deux étaient sérieusement blessés, deux autres avaient nécessité un hélitreuillage. Quant aux corps des derniers, retrouvés disloqués en aval, ils venaient d'être glissés dans des sacs mortuaires.

Pour couronner cette matinée tragique, Enzo Rossi s'était volatilisé. Et Robert savait d'expérience à quel point cette forêt regorgeait de cachettes. Si l'on disposait de nourriture, on pouvait tenir des semaines sans se faire prendre.

Bref, une sale journée pour tous.

Dans l'urgence, les casernes avaient dépêché du personnel dans la vallée pour surveiller la seule route d'accès à Mâchecombe ainsi que les chemins de randonnée, dont certains menaient jusqu'en Espagne.

Au fond de lui, Robert crevait de trouille à l'idée qu'Alix soit entre les griffes de cet Enzo Rossi. Mais il s'efforça de repousser sa peur. Si elle était souvent un garde-fou vital, elle pouvait aussi se montrer délétère. Le policier connaissait bien cette ennemie, maintes fois éprouvée quand il était gendarme. Elle l'avait d'ailleurs conduit à se trouver sur le trajet de la balle qui avait mis un terme à sa carrière.

Courageusement, Robert s'aida d'une branche pour se lever et s'éloigna des oreilles indiscrètes pour rappeler Christophe, qui avait tenté de le joindre à plusieurs reprises depuis l'explosion.

La voix inquiète de son adjoint lui parvint à travers la radio :

— Chef, ça va ? On nous a dit que c'était un carnage, de votre côté.

D'un regard, Robert embrassa la forêt ravagée par les eaux.

— Je confirme, se contenta-t-il de lâcher. Et vous ?

— Toujours rien. On sera sur zone dans deux heures max.

— Faites attention, le type est complètement taré. Terminé.

Robert coupa la communication et s'appuya contre un tronc épais.

— Bon Dieu ! ragea-t-il après son corps qui le trahissait au pire des moments.

Avec la fournaise qui s'abattait sur la région depuis des jours, la Mâchecombe était en train de se métamorphoser en sauna, et il peinait à reprendre son souffle. Déjà la boue se craquelait, offrant le rare spectacle d'un désert en pleine forêt.

Par-dessus l'odeur de décomposition végétale, il discerna celle d'une charogne. De nombreux animaux avaient succombé aux fortes chaleurs, et la rupture du barrage avait charrié carcasses et déchets. Malgré tout intrigué par la puissance des effluves, Robert chercha à localiser la source de la puanteur. Elle provenait de l'arbre contre lequel il se reposait. Et précisément d'un trou assez large qui s'était formé à la fourche des branches maîtresses.

Il se hissa sur la pointe des pieds pour regarder à l'intérieur de l'excavation.

— Putain, c'est quoi, ce bordel ?

Il tira sur un grand pan d'écorce pourrie qui se détacha aussitôt, révélant un buste humain dénudé, curieusement peint en bleu, et dont la tête disparaissait sous des bandes de tissu, à la façon d'une momie.

Un instant pris de panique, Robert soupira de soulagement en remarquant une forte pilosité au niveau du torse du cadavre. À première vue, l'homme était mort depuis quelques jours, guère plus.

— Personne ne touche à rien dans un rayon de cinquante mètres ! hurla-t-il à la cantonade. Capitaine !

Tandis que Mélina Straub approchait pour constater sa découverte, il s'éloigna afin d'examiner les environs. Face à lui, le canyon libéré du barrage était parsemé d'arbres rabougris baignant dans la boue. On aurait dit des cheminées de termitières.

Pris d'une subite intuition, le policier s'enfonça dans le canyon, tellement concentré qu'il n'entendait plus Mélina Straub distribuer ses ordres. Il éclaira l'intérieur d'un autre arbre creux avec sa Maglite.

Apparut tout d'abord une matière partiellement recouverte de lichens qui lui évoqua la fourrure d'un animal en cours de putréfaction. Mais il lui suffit d'écarter davantage la partie du tronc qui se détachait pour offrir à la lumière du jour le squelette d'un humain.

— Rectification : personne ne touche à rien nulle part ! Capitaine, un autre ici !

— Ravaillé ! Ici aussi !

Robert rejoignit la capitaine, qui se tenait devant un arbre un peu plus loin, sa torche à la main. Une fraction de seconde, il refusa d'accepter la nature de cette chose ronde enveloppée dans des lambeaux de tissu d'où émergeait une longue chevelure. Mais il dut se rendre à l'évidence.

Sous l'étoffe usée jusqu'à la corde, il distinguait parfaitement des dents, dont certaines comportaient des plombages, la forme d'une mâchoire inférieure, une orbite dans laquelle se tortillait un ver, et une partie du crâne sillonné de sutures osseuses. Le corps du squelette était quant à lui ramassé en position fœtale.

Face à cette vision d'horreur qui paraissait se rire de lui, il fut traversé par un frisson de dégoût. Et, dans le même temps, l'apparition le fascina. Ces restes humains semblaient avoir été digérés par l'arbre. C'était tellement déconcertant, et si proche de l'idée qu'il se faisait d'un rituel païen.

Robert et Mélina Straub échangèrent un regard interloqué.

Autour d'eux, de nombreux arbres présentaient des excavations…

29

L'eau coulait, limpide, habitée de reflets d'une incroyable beauté, fraîche, si fraîche. Le bruit de la cascade s'accompagna d'un gazouillement, qui enfla au point d'occuper l'espace sonore.

Où était-il perché, cet oiseau ?

Autour d'elle, il n'y avait que cette immense cascade, ce cirque dont elle occupait le centre. Le sifflement mélodieux venait sûrement d'une sorte de paradis… Était-il possible qu'il existe ?

Des picotements sur la peau d'Alix lui firent entrouvrir les yeux.

La sensation de fraîcheur s'évanouit soudain. Ses lèvres crevassées, sa langue épaisse, son corps entier lui rappelèrent qu'elle agonisait dans la combe.

L'oiseau qui s'était posé sur son bras pour y picorer des moucherons s'envola et, à la place, Alix perçut la pression de deux doigts sur son poignet.

Puis plus rien.

Ses paupières étaient lourdes, ses yeux chauds semblaient remplis de grains de sable.

Dans son esprit, l'image du paradis se désintégra, et une silhouette hirsute aux contours flous se matérialisa à contre-jour. Silhouette qui bondit et disparut de son champ de vision.

Les galets, durs et lisses, roulèrent, mais ils n'évoquaient plus rien de ceux qui bordaient les sources sauvages. Le roc, les racines inaccessibles et le soleil qui dardait ses rayons implacables remplacèrent cette eau si merveilleuse.

Sous sa paume, elle sentit un objet inconnu, mou, râpeux. Une gourde en peau retournée, cousue à la main, dont le fermoir constitué d'un anneau en métal était obturé par un bouchon en liège. Si Adam avait fabriqué une gourde pour Ève, elle devait ressembler à celle-ci…

Ses yeux quittèrent la gourde pour fouiller le ciel. Où était ce bourdon dont elle percevait les battements d'ailes, si forts, si mécaniques ? Un bourdon qui, sans doute, cherchait à lui voler son eau.

Tremblante, Alix retira le bouchon, porta le goulot à ses lèvres… Et connut l'indicible sensation du bonheur absolu.

Cette eau était la vie, la vie qui se frayait un chemin dans sa bouche, sa gorge, et enveloppait sa poitrine. Sa fraîcheur lui brûla le palais, remonta dans ses sinus comme une trace de feu. Mais Alix se moqua bien de cette légère douleur, l'eau était son amie.

À boire ainsi à grandes goulées, la jeune femme manqua s'étouffer. Alors elle s'arrêta et reboucha la gourde, s'interrogeant sur la raison pour laquelle sa survie avait fini par prendre de l'importance dans l'esprit de son tortionnaire.

Peut-être qu'il va te donner de l'eau tous les trois jours pour voir combien de temps tu tiendras sans manger.

La perspective de ce calvaire la paniqua. Alix n'endurerait pas très longtemps ce petit jeu. Son corps se recroquevilla, ses bras s'enroulèrent autour de son sac à dos où elle enfouit son visage tout en se berçant doucement.

Ses angoisses s'évanouirent, remplacées par un curieux état de sérénité qu'elle n'avait pas souvent éprouvé.

Elle s'endormit alors comme une masse, sans même s'être demandé si la gourde ne contenait pas autre chose que l'eau de ses chères montagnes.

30

Le 19 août

Depuis des heures, Robert progressait en grimaçant sous l'épaisse frondaison de la Mâchecombe, fouillant le moindre recoin sous les bosquets, dans les ronciers et derrière des fougères si hautes que les hommes, pourtant distants de moins de dix mètres, se perdaient facilement de vue. Il ignorait combien de temps encore sa hanche le laisserait se mouvoir sans hurler à chaque pas. Mais il ne lâcherait pas la chasse à l'homme, quoi qu'il lui en coûte. Tout le monde savait qu'en retrouvant Enzo Rossi on aurait une chance de savoir ce qu'il était advenu d'Alix. Et cette chance, il ne la négligerait pas, même si, jusqu'à présent, la traque n'avait rien donné de probant.

Des empreintes, dans cette forêt chaotique, il y en avait des milliers. Elles appartenaient à des loups, des ours, des lynx, des hordes de sangliers et de cervidés. À un moment, on avait identifié celles d'Alix. Les chiens avaient cependant perdu sa trace si radicalement que les gendarmes étaient persuadés que la zone avait été aspergée de produits neutralisant le flair.

De temps à autre, un berger belge de la section cynophile du premier régiment de chasseurs parachutistes aboyait devant un amas de roches qu'il fallait sonder, et bien souvent on découvrait l'entrée d'une cavité, parfois celle d'un gouffre. L'endroit était alors examiné pour détecter d'éventuels indices d'un passage récent, et noté sur une carte en prévision d'un examen plus approfondi.

Tout en observant attentivement les lieux qu'il foulait, Robert avançait en se demandant quel type d'individu peignait le cadavre d'un homme en bleu, avant de le dissimuler dans un tronc creux. On parlait déjà de neuf squelettes emprisonnés dans les arbres du canyon. Était-ce l'œuvre d'un tueur en série ? Le cimetière privé d'une bande de criminels ? Le passe-temps macabre d'un fou ? Ce fou était-il un familier qu'il appelait par son prénom, un habitué de l'auberge, un membre du conseil municipal, un adhérent du club de randonnée, un vacancier ? Était-il question de meurtres, d'un trafic de cadavres autour des disparus de la Mâchecombe ?

La tentation de tirer des conclusions hâtives était forte face à ce charnier qui s'était constitué au nez et à la barbe de son équipe. Toutefois, Robert choisit de se méfier des évidences. Il était plus sage d'attendre le résultat des autopsies plutôt que de spéculer sur l'origine de ces corps, dont certains paraissaient être là depuis des décennies.

Cette idée le crispa. Lui avait espéré des semaines avant d'avoir la confirmation que sa femme était morte. Il n'osait imaginer à quoi ressemblaient des années d'incertitude, qu'il associait à une interminable agonie.

— Si tu savais comme je m'en veux.

À quelques pas de lui, Christophe avançait laborieusement dans un champ de fougères. Ses yeux brillaient d'une profonde tristesse. Alix et lui s'étaient rencontrés à l'adolescence, ils s'aimaient comme un frère et une sœur. Enfin… peut-être sa fille avait-elle développé pour lui une forme d'affection amoureuse. Robert n'en était pas sûr.

Ces choses-là lui échappaient. Solange, elle, était de ces personnes qui devinent la naissance de l'amour avant même que les principaux intéressés ne s'en soient aperçus. Mais Solange n'était plus.

— Ne perds pas ton énergie en regrets, Chris ! On va la retrouver ! affirma-t-il en haussant la voix pour couvrir le passage d'un hélicoptère qui survolait la frondaison dans un bourdonnement de tonnerre.

— Oui, on va la retrouver !

Mais l'un comme l'autre feignait l'assurance qu'il affichait.

Robert détourna la tête et se reconcentra sur le sol. Il se souvint de l'arrivée de son premier enfant. Sa gaucherie pour la langer, son émoi devant ses sourires de bébé… Comment les oublier ? Il n'y a pas d'évidence à devenir père, quand toute sa vie on a juste été un homme. Pour lui, le miracle s'était produit quand sa fille avait été déposée au creux de ses paumes par la sage-femme, amusée de le voir tout étonné.

L'angoisse ressurgit de plus belle.

La Mâchecombe dévorait les gens, les arbres digéraient les corps, la montagne brisait des destins.

Où puiserait-il la ressource nécessaire pour accompagner Noa dans la vie si Alix ne rentrait pas ?

Robert s'imagina traînant sa carcasse douloureuse, allant de jour triste en jour triste, de sanglot en sanglot, vieillard s'empêchant de goûter aux plaisirs de l'existence au prétexte qu'il n'avait su protéger sa fille…

Robert serait aussi à jamais celui qui, après des dizaines d'années de mystère, avait contraint la Mâchecombe à rendre les corps qu'elle avait volés.

31

La nuit tombait quand Robert déboucha sur la voie ouverte par Caruso et ses hommes. Toute la journée, il avait participé à la battue en dépensant des trésors d'énergie pour maintenir son moral à un niveau suffisant. Et quand il avait été question de redescendre au village pour dîner avec Noa, il avait demandé à Christophe de prévenir Jackie qu'il ne rentrerait pas ce soir-là.

Alors qu'il s'accordait un moment pour souffler, un véhicule tout-terrain bleu marine s'immobilisa à ses côtés. Au volant, Mélina Straub lui fit signe de monter à bord.

— Vous tenez le coup, Ravaillé ?

— Et si vous m'appeliez Bob ? dit-il en s'asseyant sur le siège passager. Tout le monde m'appelle Bob, ici.

— Je n'en ferai rien, rétorqua-t-elle en rétrogradant pour attaquer la pente. Imaginez que je doive procéder à votre interpellation, j'aurais l'air maligne. « Au nom de la loi, Bob, je vous arrête ! » Franchement, ce n'est pas possible.

Un instant, Robert ne sut dire si elle était sérieuse. Il préféra ne pas s'attarder là-dessus.

— Vous vouliez me parler, capitaine ?

— Vous êtes un enfant du pays, non ?

— J'y suis né, je l'ai quitté pour la gendarmerie, et j'y suis revenu il y a treize ans pour ne pas finir ma carrière le cul vissé à un siège de bureau. Attention, il y a une souche qui affleure !

La voiture fit une embardée, puis poursuivit son ascension à vitesse réduite. Discrètement, Robert observa la gendarme qui ne bronchait pas, les yeux rivés sur les ornières laissées par le passage de ses hommes.

— Si demain on me disait que depuis treize ans je fréquente celui qui planque des cadavres dans les arbres, ça m'en boucherait un coin ! ajouta-t-il.

— Et pourtant, Ravaillé… vous serez d'accord avec moi, la bande de Caruso n'a rien à voir dans cette affaire. Hormis le fait qu'en faisant exploser le barrage pour nous dégommer ils vous ont permis de découvrir ce cimetière, bien sûr. Non, celui qui a caché ces corps vit ou séjourne dans les parages régulièrement. C'est obligé.

— Je crois que je serais bien en peine d'enquêter sur mes amis et mes voisins…

— Même pour résoudre la fameuse énigme des disparus de la Mâchecombe ?

Une bonne partie de la journée, Robert avait cherché à imaginer qui dans son entourage pouvait endosser ce rôle d'assassin. Autour de lui, les gens n'étaient pas pires ou meilleurs qu'ailleurs. La différence, c'était que, dans ces campagnes reculées, chacun en savait un peu trop sur tout le monde. C'était pratique dans certains cas, étouffant dans d'autres, mais c'était ainsi.

— Qui se balade ici ? Les membres de la mission scientifique ?

— Oui. En dehors de mon service qui patrouille sur la vieille route, ils sont les seuls à en avoir l'autorisation. Mais je suis à peu près certain qu'aucun d'entre eux n'a travaillé à Mâchecombe plus de cinq ans. Or, certains corps sont plus anciens que ça.

Mélina Straub acquiesça, puis elle demeura pensive jusqu'à ce qu'elle stationne son véhicule à côté de trois autres.

— Le téléphone appartenant au conducteur qui a embouti votre auberge a livré des photos sur lesquelles il pose à côté d'une balance électronique. Vous me croyez si je vous dis qu'ils ont récolté sept kilos d'or ? Au cours actuel, il y en a pour près de cinq cent mille euros. C'est probablement ce que contient le sac qu'Enzo Rossi est venu chercher au bivouac avant de faire sauter le barrage. J'ai demandé des renforts pour surveiller Mâchecombe et ses abords. Les collègues espagnols sont alertés aussi. Rossi n'a pas pu quitter la zone. Il est là, planqué, et je ne bougerai pas de cette putain de montagne avant de l'avoir interpellé !

— Vous avez identifié le conducteur ?

— Non, son portable était un prépayé. Tout ce que je peux vous dire, c'est que les autres l'appelaient Benji. Un surnom, sans aucun doute. Venez.

Robert suivit la capitaine jusqu'à une tente qui abritait, posés sur de longues tables pliantes, des restes humains extirpés des troncs d'arbres creux. Ne portant pas de tenue adéquate, ils se postèrent derrière les pans en plastique transparent. Ce qui suffit amplement à Robert, tant le spectacle était frappant.

Certains squelettes semblaient complets, encore ramassés dans une position fœtale grâce à des cordelettes. D'autres étaient partiels. D'autres encore laissaient apparaître des vestiges de chair et de peau, comme s'ils avaient été embaumés. Sur ceux-là, il subsistait des traces du pigment bleu que Robert avait observé sur le cadavre le plus frais.

— Vous avez trouvé quelque chose ? Une signature ? Un indice ?

— D'après les premières constatations, la procédure d'embaumement est la même pour toutes les dépouilles. En revanche, aucun mode opératoire précis ne se dessine quant aux causes des décès. Et on ignore toujours s'il s'agit du même homme qui tue et qui ensevelit.

— Un homme…

— Oui, c'est empirique, je l'admets. Mais pour soulever un corps ligoté en chien de fusil et l'enfoncer dans un tronc creux, il faut de la force.

— Ou être plusieurs.

— Nous en saurons plus après l'autopsie de la dernière victime en date. Apparemment, le malheureux a été abattu, puis dévoré *post mortem*.

— Je crois que c'est arrivé sur le campement, j'ai localisé des traces qui pourraient matcher.

— J'ai lu votre rapport, l'IJ est sur place. Pour les autres, nous aurons davantage besoin d'un paléontologue que d'un légiste, je ne vous le cache pas.

Les yeux de Robert ne savaient plus où se poser. Tant de morts dans sa forêt. Comment était-il passé à côté ? Un bref étourdissement le saisit, qu'il dissimula en se rattrapant à la structure métallique de la tente.

— Ah, j'oubliais : mes hommes ont ramassé un pistolet neuf millimètres à l'endroit où votre adjoint a été agressé par Caruso. Cette arme est peut-être la preuve que nous espérons. Mais puisque nous n'apprendrons rien de plus aujourd'hui, je vous conseille d'aller vous reposer. On se revoit demain à l'aube.

La capitaine partie, Robert s'isola et s'abandonna à des larmes trop longtemps retenues. En contrebas, il apercevait, brouillé, le halo lumineux des projecteurs installés dans le canyon où s'activaient les équipes de la gendarmerie scientifique. Tant qu'il avait été dans l'action, son moral l'avait tenu debout. Désormais, la tombée de la nuit balayait ses convictions, et son instinct ne lui murmurait plus rien.

Alix avait quitté le refuge depuis près de trois jours. Tout ça n'était qu'un cauchemar insupportable et il haïssait cet état d'incertitude qui interdisait tout espoir. Il était par ailleurs incapable d'accepter que le drame s'invite une nouvelle fois dans sa vie. Il refusait de laisser la Mâchecombe avaler son enfant.

D'un coup, la voix de Jackie dans son talkie le ramena à la réalité.

— Bob ? Tu ne vas pas passer ta vie dans la montagne, quand même. Bob ! Tu m'écoutes, au moins ? Parce que je vois très bien où te mènent tes obsessions. Tu t'es déjà persuadé que tu ne reverrais pas Alix, alors tu as décidé de te laisser mourir là-haut. C'est beau, c'est tout le romantisme de Rousseau dans la peau d'un seul homme ! Mais je me dois de faire appel à ta mémoire défaillante, Robert Ravaillé : tu as un autre enfant ! Noa. N. O. A. Tu te souviens ?

32

Perchée sur les branches hautes d'un sapin, une silhouette observait les agissements des hommes. Qu'espéraient-ils en farfouillant dans les arbres creux pour exposer à la lumière ce qui n'aurait pas dû être révélé ? Pourquoi ces êtres profanaient-ils les sépultures de leurs congénères ?

Les morts ne doivent jamais être bougés !

Et que faisaient-ils, revêtus de combinaisons blanches, inspectant tout et rien à des centaines de mètres à la ronde, fourrageant dans le moindre taillis, sondant la terre ? Quel était le sens de cette agitation ?

Les morts réclament le silence !

Comme à l'accoutumée, les hommes détruisaient. Mâles et femelles confondus, ils étaient des robots, tous semblables, des petits êtres sans âme. En fait, il n'existait pas sur cette terre créatures plus nocives que celles-ci.

Il était si tentant de prendre une, deux ou dix de ces vies. Anéantir ce qui n'avait pas sa place dans la montagne. Attendre la nuit et attraper les plus faibles, arracher au groupe les plus couards, ceux qui gémissent et se recroquevillent. Ceux qui ne combattent même pas. Ceux qui, pourtant, avaient osé pénétrer dans sa forêt. Mais il ne pourrait jamais en tuer assez. Car ils étaient innombrables.

La silhouette descendit de son perchoir et s'approcha avant de s'immobiliser. Tronc émanant des troncs, branche parmi les branches. Si elle révélait sa présence, elle cesserait d'être une rumeur. Or ce temps n'était pas encore venu.

D'abord, elle voulait comprendre pourquoi autant d'hommes osaient profaner son territoire de chasse.

Ensuite, elle trancherait.

Deux d'entre eux avançaient dans sa direction, tandis qu'un hélicoptère rasait les cimes. La silhouette recula contre l'écorce, devint l'arbre et le lierre.

Silence enveloppé de hardes, elle arrêta de respirer, les yeux rivés sur les gorges palpitantes, et attendit que le hasard décide. Tout en écartant les fougères pour scruter le sol, les hommes discutaient de leurs horaires de travail, des jours de récupération et d'autres sujets qui la laissèrent indifférente. Nonchalants, ils passèrent devant elle sans la voir. Lorsqu'ils inspectèrent le tronc, elle était déjà loin.

Aussi fluide à se mouvoir dans la forêt que l'eau du torrent sur les galets, la silhouette dévala la montagne par des chemins oubliés. Ombre au cœur de la nuit, elle traversa la cour d'une ferme, escalada la façade en s'accrochant à la glycine et s'introduisit dans une chambre. Là, ses yeux s'accoutumèrent à la semi-obscurité, devinèrent bientôt un plancher parsemé de vêtements et de jouets.

Malgré l'onguent à la menthe dont elle avait enduit ses narines, sa respiration devint difficile. Dans l'air surchauffé se mêlaient l'odeur des plastiques, du graphite des crayons, des solvants des feutres, celle de la poussière, du papier, des relents d'urine et de sueur. Ces dernières fragrances l'attirèrent au pied du lit où dormait un frêle enfant, simplement vêtu d'un slip, et dont le corps abandonné au sommeil luisait de transpiration. Sur son ventre avançait une tégénaire de belle taille ; elle posait comme à regret ses pattes sur la peau diaphane.

Il y avait aussi un chat, sur ce lit.

La silhouette détestait ces animaux qui n'avaient même pas bon goût, que ce soit en ragoût ou à la broche. Elle s'empara de l'araignée et la laissa filer sur le mur, puis se pencha vers le petit d'homme. Sa cage thoracique se soulevait régulièrement. Ses fines côtes saillantes lui rappelèrent les nasses en osier qu'elle confectionnait pour pêcher. Elle se demanda si, en l'adaptant, un si petit squelette pourrait servir de piège à poissons.

La silhouette rangea cette idée singulière dans un coin de sa tête et, du bout des doigts, effleura les paupières du jeune dormeur.

Aussitôt, une lumière l'éblouit. Celle d'une lampe électrique enserrée dans la main de l'enfant. Il la fixa, les yeux gonflés de sommeil.

La silhouette posa sa paume sur le manche de son poignard, prête à le faire taire. Mais le petit d'homme ne cria pas. Il l'observait avec une expression de crainte respectueuse. Comme lors de leur première rencontre, fortuite celle-là, quand son ballon était venu mourir à ses pieds.

Ce jour-là, l'enfant n'avait pas appelé au secours en découvrant que la rumeur existait : barbe et cheveux hirsutes, bras et cuisses de géant, longues mains destinées autant à détruire qu'à créer, yeux ardents qui brûlaient au milieu d'un visage noirci au charbon. Il était demeuré bouche bée, émerveillé, tandis que la rumeur lui rendait son ballon d'une pichenette.

— Dandelombe…

À chacune de ses visites, l'enfant tentait de l'enfermer dans ce mot. La silhouette, immobile, ne s'en formalisa pas. Son être se concentrait sur son regard, et sa sécurité dans la lame de son poignard.

— Tu as faim ?

L'enfant se tortilla pour récupérer un morceau de chocolat qu'il avait dissimulé dans sa table de nuit, et le lui tendit.

La silhouette ne bougea toujours pas. Songeuse. L'enfant cachait sa peur en l'appâtant, ignorant que jamais elle ne goûterait à la nourriture des hommes, ou même à leur chair, par crainte d'être contaminée.

Mais un enfant ?

Pourrait-elle ingurgiter ses secrets en le mangeant ?

Comprendre ainsi ce que ses aînés trafiquaient dans la montagne ?

Quel goût pouvait-il avoir ?

La question était pertinente, mais dévorer ce petit d'homme anéantirait la relation spéciale qu'ils entretenaient. Non, la silhouette devait se contenter de l'amadouer. Poursuivre l'apprivoisement initié des années plus tôt, après leur rencontre inopinée.

Sa main relâcha le poignard et sortit de sa besace un crâne de lynx, que l'enfant rangea dans une boîte enfouie sous son lit. Là s'accumulaient tous les trésors qu'elle lui avait rapportés de son territoire.

— Oh, merci, Dandelombe ! Il est beau, il est gros, en plus !

Sur les traits de l'enfant, il ne subsistait aucune trace du sommeil dont il avait été tiré. Il avait l'air heureux. Soudain, pourtant, une ombre remplaça la joie.

— Dis, ma sœur est dans la montagne, toute seule, avec un tas de méchants. Tu veilleras sur elle ?

La silhouette réfléchit à ce qu'impliquait de répondre positivement à cette demande, puis hocha la tête. Alors que l'enfant s'apprêtait à lui exprimer sa reconnaissance, elle lui imposa le silence d'un geste brusque.

L'escalier grinçait sous des pas.

— Chut ! souffla l'enfant, qui se glissa sous le drap et éteignit sa lampe.

Au moment où la porte s'ouvrit, la silhouette avait déjà bondi par la fenêtre avec la souplesse d'un félin et atterri un étage plus bas. Elle traversa la cour dans la foulée et regagna la forêt.

Passé la lisière, elle redevint rumeur.

La rumeur était cette terre et ces tourbières, ces lacs et ces gouffres, ces cavernes, ce tumulus où reposaient les dépouilles des anciens humains.

Elle connaissait la saveur de chaque torrent, savait où trouver les plantes lactifères, où les abeilles sauvages cachaient leur miel.

Elle appréciait les innombrables couleurs de la nuit et se mouvait sans mal dans les ténèbres.

Elle était l'oiseau, l'arbre et le lynx, le serpent, la glace et le feu, elle était la forêt, la montagne et l'envers du monde.

Au-delà du territoire des hommes, la rumeur était la vie et la mort.

Surtout la mort.

ACTE II

LA GROTTE

33

Le 20 août

À minuit, Noa dormait depuis une bonne heure, et Robert attendait le sommeil en regardant un documentaire sur Arte. Contrairement à son habitude, il avait verrouillé les accès vers l'extérieur, et interdit à son fils de sortir chercher le pain le lendemain matin sans venir le réveiller.

Dehors, les gendarmes patrouillaient en voiture.

Avec Noa, ils avaient passé un long moment à parler. Et Robert n'avait pu que constater à quel point il était vain d'essayer de cacher quoi que ce soit à un gamin dans un monde ultra-connecté. L'enfant voulait tout savoir des liens entre l'absence de sa sœur – c'était lui qui préférait ce terme à celui de « disparition » –, le dangereux criminel en fuite et les morts découverts dans les arbres creux.

Conscient que les informations délirantes qui circulaient sur les réseaux sociaux à propos de la Mâchecombe angoissaient Noa, Robert s'était montré patient, et avait presque réussi à dissimuler ses propres peurs. Hélas, il s'était trahi sur un simple mot, en disant « ta maman » au lieu d'Alix.

Noa l'avait regardé d'un air tragique. Dans ses yeux, il avait lu une détresse telle qu'il n'imaginait pas qu'un garçon de son âge puisse en éprouver. Dans la seconde, pourtant, son bonhomme s'était repris et l'avait enlacé en lui murmurant : « T'en fais pas, papa, demain, je viens avec toi à la battue. Je suis sûr qu'on va la retrouver. »

Il s'était alors senti stupide de cette inversion des rôles. Et encore plus en s'entendant répondre que les gendarmes ne recherchaient pas Alix mais un criminel armé, et que ce n'était pas la place d'un enfant. Du haut de ses 9 ans, Noa avait compris qu'on abandonnait sa sœur, et il s'était couché le cœur empli de colère.

À présent, les paupières de Robert s'alourdissaient, ses muscles raides et douloureux se détendaient. Tant pis, il s'installerait sur le canapé, parce que, s'il se levait maintenant, il prenait le risque de ne pas se rendormir. Sa tête dodelina, une partie de sa psyché refusait le repos.

Alix, où que tu sois, ne perds pas espoir…

Son corps fut parcouru de spasmes. Sa main, serrée autour de la télécommande, se relâcha. Il glissa vers l'oubli.

Quand il se réveilla en sursaut, il était désorienté.

Noa était à ses côtés et tirait sur son tee-shirt.

— Papa, tu parlais dans ton sommeil.

— Qu'est-ce que tu fais debout ? s'inquiéta Bob en se redressant.

— J'ai fait un cauchemar.

Pelotonné contre son père, Noa raconta qu'il craignait les gens morts dans la forêt et qu'il se demandait s'ils étaient capables de sortir des arbres et de venir le voir la nuit.

— Les morts ne reviennent jamais, Noa.

Comment l'enfant envisageait-il la mort, l'éventualité d'un au-delà ? Robert devait admettre qu'il n'en avait pas la moindre idée.

— T'es sûr ? Et les zombies ?

— C'est dans les films, mon grand. Il ne faut pas confondre les films et la réalité.

— Maman, elle est dans les arbres, elle aussi ?

Rarement Noa avait posé des questions sur les circonstances qui entouraient la disparition de Solange, et Robert se sentit démuni. Impossible, en effet, de lui expliquer que les loups s'étaient partagé ses restes.

En es-tu certain ? Et si elle avait également pourri dans les arbres creux ?

— Non ! NON !

— Pourquoi tu cries, papa ? T'es fâché ?

— Pardon, c'est pas contre toi, Noa. C'est juste que j'ai aussi fait un mauvais rêve, tout à l'heure, et…

— Les morts dans les arbres te font peur, à toi aussi ?

— Oui, je crois que oui.

Robert enlaça Noa et lui murmura que sa sœur allait bien. Qu'ils mangeraient une raclette à son retour parce que c'était son plat préféré, et tant pis si on était en plein mois d'août et qu'il faisait si chaud qu'on n'aurait sans doute pas besoin d'appareil pour faire fondre le fromage.

— Ne te fais pas de souci, Dandelombe va la protéger, lui souffla son fils en retour.

— C'est lui qui te l'a dit ? tiqua le policier.

— Je sais pas.

— Noa ! Qu'est-ce que tu as vu ?

Sur le visage de l'enfant passa une sombre inquiétude.

— Noa, si tu sais quelque chose, dis-le-moi ! Quelqu'un est entré dans la maison ?

Le jeune garçon acquiesça prudemment.

— Quand ça ?

— Tout à l'heure. Quand tu es venu voir si je dormais. Mais il n'a rien fait de mal !

— Qu'est-ce qu'il a fait, Noa ?

— Rien, il était juste là.

— Où ?

— Dans ma chambre. Il est reparti dans la forêt.

Robert se retint de bondir sur ses pieds pour fouiller la maison. Noa tremblait et hoquetait de chagrin, ce n'était pas le moment de l'affoler.

— Tu l'avais déjà vu ici ?

— Oui, plusieurs fois. L'autre jour, il était dans le couloir, il regardait dans la salle de bains.

— Quand ?

— Le soir de l'orage.

— Où était Alix ?

— Sous la douche.

34

Blottie au fond d'elle-même, Alix ne prit pas tout de suite conscience qu'elle n'était plus seule. Son odorat la prévint d'abord, lui signalant les effluves musqués d'un corps. Puis son ouïe. On respirait tout près d'elle. Une onde de chaleur émanait d'une zone difficile à estimer. Sur son côté droit. Non, plutôt à gauche…

Étrangement, Alix n'éprouva aucune peur lorsque des doigts cherchèrent son pouls au niveau de la carotide, lorsque deux paumes palpèrent son ventre pour évaluer sa souplesse, tâtèrent ses cuisses ainsi que ses jambes et testèrent ses chevilles, lorsqu'une joue se posa sur sa poitrine, sur son cœur.

Elle avait l'impression d'être une enfant chez le médecin, et s'abandonna avec confiance à l'étrange auscultation dont elle faisait l'objet. Finalement, quand un long bras se glissa sous elle pour l'éloigner de la froide morsure des galets, son épaule se cala contre un torse et sa tête partit en arrière, libérant ses paupières qui s'ouvrirent sur la nuit.

Aussitôt, des idées saugrenues l'envahirent.

Montait-elle au ciel ?

Non, les anges ne transpirent pas.

Sa tête dodelinait au rythme de la marche de celui qui la portait. Les étoiles apparaissaient et disparaissaient.

Et les fragrances de bois, de sève, de terre se succédaient, se mêlant à l'odeur de ce corps qui l'avait hissée hors de la combe. Jamais Alix n'avait éprouvé un tel lâcher-prise. Elle fut envahie par une tristesse infinie d'avoir attendu si longtemps avant de percevoir le parfum du vent. Une tristesse contrebalancée par la joie d'avoir assez vécu pour le découvrir à temps.

Elle sombra alors dans une somnolence dont elle émergea à plusieurs reprises.

L'univers continuait de monter et descendre.

Alix posa sa tempe contre la poitrine de son ange à l'odeur d'homme. Son sauveur.

Malgré l'effort, il respirait lentement. Son cœur, en revanche, donnait des coups de bélier à l'intérieur de son poitrail. Elle s'abandonna, consciente qu'elle n'existait presque plus entre ces bras puissants.

L'absence de mouvement la réveilla.

La main d'Alix retomba sur un sol frais et ses doigts effleurèrent de la roche. Ouvrir les yeux, juste les ouvrir pour voir où elle était… Ses paupières en plomb refusèrent de lui obéir. Jamais elle n'avait connu un tel état de confusion. Il fallait qu'elle se lève, qu'elle sache où on l'avait emmenée.

Elle captait des sons. Un goutte-à-goutte. Des *ploc* espacés d'une quinzaine de secondes, une éternité qui lui fit penser à un tombeau.

Somnoler, demeurer sous la surface. C'était si bon. Si on la laissait faire, elle dormirait plus souvent. Elle passerait même le reste de sa vie à dormir, parce que les rêves étaient le seul endroit où personne ne lui voulait du mal. Rien n'est impossible, dans les rêves, on peut changer le cours des événements, on peut retourner à la source du bonheur, là où l'enfant séjourne à jamais. Encore et encore…

Cette main qui lui caressait le visage, Alix la ressentait parfaitement. Cette peau si délicate, ces gestes si sensuels prodigués juste pour elle, parce qu'elle était le trésor de sa maman…

Il faisait si froid, cette nuit-là. « Un froid de gueux », disait son père. En guise de cadeau de Noël, Alix avait demandé à camper dans un igloo, au milieu des bois, à proximité du lac où elle aimait se baigner l'été. Cette montagne, depuis toute petite, elle l'appelait « sa montagne ». Tous les ans, elle y séjournait pendant les vacances d'été. Elle s'y était inventé une vie future où elle s'occuperait des animaux et des gens qu'elle aimait.

La rencontre avec l'hiver lui avait montré un tout autre visage de la Mâchecombe. C'était à peine si elle avait reconnu la maison de ses grands-parents, la forêt endormie sous un épais manteau de neige. Sa montagne ne sentait presque plus rien, le froid gardait tout pour lui.

Construire l'igloo avait été une formidable aventure. Monter jusqu'au lac équipés de raquettes, aider son père à découper les blocs de neige. Christophe les avait accompagnés, même s'il ne passerait pas la nuit avec eux. À 13 ans, il semblait tout savoir sur les igloos. Elle se souvenait de cette nuit de Noël qui avait coiffé sa montagne d'une pureté incroyable, des milliers d'étoiles plus brillantes qu'ailleurs, d'un air si froid qu'il donnait l'impression de vibrer, et des sons réverbérés par la glace qui recouvrait le lac.

Quelle merveille de se trouver sous la neige avec ses parents pour elle toute seule, ses parents proches l'un de l'autre ! Ils paraissaient heureux, alors, oubliant leurs disputes, ces moments difficiles après le retour de l'hôpital de son père, quand il pleurait en secret en disant qu'ils n'auraient sûrement pas d'autre enfant. Alix les avait surpris plusieurs fois, mais n'avait pas tout compris de leurs préoccupations.

Ce soir-là, dans la montagne, éclairés avec des bougies, ils s'étaient raconté des histoires, chacun leur tour. Comme son père l'avait prévu, dans l'igloo, la température était montée à zéro degré alors qu'à l'extérieur le thermomètre indiquait moins vingt-trois. Papa avait toujours raison, même quand ce qu'il disait semblait impossible.

Si elle ne devait garder qu'un moment de bonheur, ce serait celui-là. Un moment qui avait atteint son comble lorsque Solange avait annoncé à Alix que la famille s'installerait à Mâchecombe, à condition qu'elle accepte d'être à l'internat, puisqu'il n'y avait aucun collège au village.

L'appréhension passée, Alix s'était dit que son vœu de vivre dans ce paradis se voyait exaucé avec dix ou vingt ans d'avance.

Quelle nuit !

Son dernier souvenir avant de s'endormir était si doux. Elle sentait encore la main de sa maman caresser son visage.

35

Le reste de la nuit, Robert ressassa sa conversation avec Noa, sans aboutir à un début de réponse. Habituellement, il aurait pensé que l'enfant reparlait avec son ami imaginaire parce qu'il était angoissé depuis que sa sœur avait disparu dans la montagne. Il aurait jugé quasi nulle la possibilité qu'un pervers déguisé en ours s'introduise chez lui. Surtout avec le système de lampes automatiques, qui s'allumaient au moindre mouvement. Mais à présent, après ce que lui avait raconté Alix, pouvait-il encore se permettre de nier l'évidence ?

Jusque-là, il pensait que sa fille était l'otage d'Enzo Rossi. Et de toutes les explications à son absence, celle-ci était la plus rassurante, car Alix y apparaissait comme une monnaie d'échange. Mais Rossi ne hantait pas la forêt depuis des années. Le mafieux n'était pas Dandelombe, cette ombre menaçante !

Devait-il en toucher un mot à Straub ? Reconsidérer la piste d'Hervé Pratz, l'adjoint du maire censé être parti aux ferias, et dont on était sans nouvelles ?

La première chose qu'il fit au lever, ce fut d'allumer le téléviseur de la cuisine sur une chaîne d'info. Aussitôt, il jura en découvrant le visage de Cisco, son édile, qui affirmait s'inquiéter pour la sécurité de ses administrés et avait publié un arrêté interdisant à la presse l'accès à la municipalité. Sous l'image, un bandeau signalait : « UN VILLAGE TRANQUILLE ATTAQUÉ PAR UNE BANDE CRIMINELLE ».

Robert n'en revenait pas. Alix était portée disparue depuis soixante-douze heures, le corps de Joseph reposait à côté de celui d'un malfrat, la montagne était un immense cimetière sauvage, et monsieur le maire en profitait pour assurer sa promotion, montrant à quel point il était investi et apte à gérer une situation de crise majeure.

Sur une autre chaîne, un éminent psychiatre parlait quant à lui des arbres de vie, expliquant que, d'après Jung, le tronc creux représentait le sexe féminin hébergeant le corps d'un homme dans le but de le faire renaître, et que l'on retrouvait cette manifestation funéraire de la maternité dans de nombreuses cultures.

— Qu'est-ce que c'est que ces conneries !

La découverte de cadavres à la Mâchecombe survoltait les médias.

Il y était question de forêt qui digérait les gens, d'un tueur en série qui œuvrait depuis des décennies sous le nez de la police locale. On lui avait même déjà donné le surnom d'« Embaumeur » à cause des crânes emmaillotés et des squelettes ficelés comme des momies.

« DE LA RUMEUR À L'EMBAUMEUR ».

— Quelle merde ! cracha-t-il entre ses dents.

Robert prit une bouteille de jus d'orange dans le frigo, but quelques gorgées sur place à même le goulot, accroupi dans la délicieuse fraîcheur qui descendait du freezer.

Quand il referma la porte, Noa se tenait face à lui et lui tendait un dessin.

— Tiens, papa, c'est Dandelombe quand il était fâché à cause de l'orage.

Des dessins de son ami imaginaire, Noa en avait réalisé des quantités. La créature variait dans ses accoutrements, parfois revêtu de hardes, d’autres fois ressemblant à un arbre ou à un ours. Ce qui ne changeait pas, c’étaient ses yeux, animés de feu, et ses mains, immenses.

Mais cette fois, un détail frappa Robert : les doigts et les pieds de Dandelombe étaient aussi bleus que les cadavres retrouvés dans les arbres creux.

36

Immobile, Alix guettait. Un bruit autre que le goutte-à-goutte régulier, un mouvement d'air qui manifesterait une présence. Pas question pour autant de montrer qu'elle était réveillée. Entre ses paupières mi-closes, elle explorait l'espace qui s'offrait à elle. Cet endroit qui sentait le moisi, la paillasse où elle gisait…

Une fois, deux fois, dix fois peut-être, engluée dans le sommeil, Alix s'était rendormie. Mais à présent, son esprit lavé des brumes engendrées par l'eau de la gourde avait récupéré toute son acuité.

Qui l'avait droguée ?

Des mains l'avaient touchée, soulevée, emportée.

Où était passé son sauveur ? Pourquoi ne se montrait-il pas ?

À moins d'un mètre d'elle se dressait une paroi rocheuse dont les détails disparaissaient dans la pénombre. Lentement, essayant d'imiter les gestes d'un dormeur, Alix se retourna.

De l'autre côté, de la roche de couleur claire éclaboussée de lumière naturelle l'attendait. Une paroi lisse, comme si de l'eau l'avait gommée, huilée. Des impacts martelaient la matière. Son tombeau était une caverne de la taille d'une grange.

Au-dessus d'elle, elle avait eu le temps de noter la présence d'une étroite coursive, bien trop haute pour qu'elle puisse l'atteindre. Et encore plus haut, d'une voûte minérale sombre.

Cet examen sommaire lui coupa le souffle.

La jeune femme, se sachant désormais seule, s'assit.

Les couleurs de l'aurore lui parvenaient d'une anfractuosité. Elle décida d'aller regarder sur quoi cette ouverture débouchait, gagna le pied de la paroi, s'accrocha au rebord de ce qui ressemblait davantage à une large meurtrière qu'à une fenêtre, et se hissa sur un promontoire où des arbustes peinaient à s'enraciner. Quand elle fut debout, Alix eut un mouvement de recul. L'avancée rocheuse s'achevait moins de trois mètres plus loin sur un précipice vertigineux.

À travers la végétation, elle devina des sommets rocailleux qu'elle ne reconnut pas et, tout en bas, à plusieurs centaines de mètres, la surface laiteuse d'un plafond de nuages.

Combien avait-il fallu d'hommes pour la porter jusqu'ici ?

Pour la première fois, Alix songea qu'elle était peut-être la proie d'un groupe, et cela lui flanqua la nausée.

Elle envisagea d'appeler à l'aide, puis se ravisa. A-t-on idée de vouloir précipiter l'apparition de ses bourreaux ?

Car elle en était maintenant certaine : on ne l'avait pas sauvée. On l'avait emportée là où personne ne la retrouverait jamais.

37

Perché à quatre mètres au-dessus de la salle d'où sa proie cherchait un moyen de s'évader, il observait Alix, plus silencieux qu'une ombre. Le comportement de cette femme-des-hommes le rendait perplexe, au point qu'il décida, chose impensable la veille encore, de rester rumeur sous son propre toit.

Quand elle lui avait hurlé dessus la nuit, du fond de la combe, il l'avait nommée Blanche-de-Lune à cause de son teint diaphane, mais la morsure du soleil avait désormais ombré son visage. Allait-il devoir modifier ce nom ? Après réflexion, il jugea que ce n'était pas une bonne idée. Elle avait survécu à la fournaise, sa peau rougie pèlerait et retrouverait sa pâleur initiale.

Des heures plus tôt, il l'avait installée dans cette salle, la plus éloignée des entrées de son univers souterrain, au cœur de la montagne, là où les Anciens avaient creusé un dédale de couloirs et d'escaliers reliant les cavernes naturelles entre elles, ou les compartimentant avec des parois que le ruissellement avait minéralisées. Dans cet endroit secret, l'ignorant se perdait à coup sûr.

À son réveil, Blanche-de-Lune n'avait ni parlé ni appelé, pas même crié. Et il avait été surpris de la voir pleurer. Souffrait-elle d'un mal physique ? Non ! Avant de la conduire dans son antre, il l'avait soigneusement examinée pour s'assurer qu'elle n'était pas malade. Une affection mentale ?

Surtout, ne pas hâter ses conclusions. Sa seule contrainte était de ne pas se laisser contaminer par la femme-des-hommes. Il s'était d'ailleurs longuement lavé après l'avoir transportée. À présent, il devait surveiller l'air qu'il respirait, parce que le poison des hommes se transmettait aussi par ce moyen.

Pour la dixième fois, il appliqua sous ses narines un mélange d'huiles essentielles qu'il utilisait d'ordinaire pour soigner ses blessures, et concentra son attention sur Blanche-de-Lune, qui tentait d'ouvrir la porte.

En quelques heures, il avait déjà recueilli de précieux enseignements.

Premièrement, elle manifestait une réelle envie de vivre. Elle l'avait prouvé en jetant ses dernières forces dans la combe aux galets, pour essayer de s'en extraire. Était-ce un détail important ?

Deuxièmement, elle savait faire semblant de dormir, comme une araignée roulée en boule cherche à abuser son prédateur en imitant la mort. Ce qui révélait sa capacité à élaborer des stratégies, aussi dérisoires soient-elles.

Troisièmement, en se faisant discrète depuis qu'elle avait repris ses esprits dans la caverne, elle montrait un comportement réfléchi, du niveau de celui de la biche qui se cache dans les herbes quand le loup sous le vent la frôle sans la voir. Elle avait visiblement évolué puisque, dans la combe, elle avait choisi de hurler vers le ciel.

Ces observations, il les additionna à ce qu'il savait de cette espèce : les hommes possédaient une apparence identique à celle des êtres humains, mais la ressemblance s'arrêtait là. En réalité, ils les singeaient pour les leurrer, et les leurraient pour les anéantir. Les hommes, robots destinés à détruire la vie intelligente, avaient d'ailleurs pratiquement atteint leur objectif.

Comment, maintenant, définir la nature exacte de Blanche-de-Lune ?

Un être humain était debout, non fractionnable, respirant, intégré à la terre, fait d'elle et y retournant, mais aussi garant du savoir des Anciens. Jusqu'à présent, un être humain, c'était lui et les membres de son clan. Les hommes étaient tous les autres.

Qu'est-ce qui le différenciait de Blanche-de-Lune ?

En répondant à cette question, il pourrait définir ce qu'elle était. Le problème, c'était qu'il ne savait pas comment procéder.

Devait-il la plonger dans l'eau, la pousser du haut d'une falaise, tester la couleur de son sang ? Fallait-il l'inciser du sommet du crâne jusqu'au bout du gros orteil pour vérifier s'il ne s'y cachait rien qui sorte du naturel ?

Les cadavres d'hommes, qu'ils aient été dévorés par des animaux ou des insectes, qu'ils soient puants et pourrissants, raides ou très frais, devenaient vite des charognes à l'intérieur. Morts, rien ne les distinguait du reste des êtres vivants. Ça, il l'avait déjà constaté.

Sa peau est chaude. Les morts sont froids.

Découper Blanche-de-Lune ne servirait à rien. À moins de l'ouvrir vivante.

Il imagina alors tremper ses mains dans ses entrailles et découvrir qu'elle était aussi humaine que lui, qu'il l'avait tuée pour se rendre compte qu'il ne l'aurait pas fallu.

Non, ce n'était pas la bonne méthode. Mais alors, que faire ?

Elle est un individu, ce que l'on ne peut diviser. L'arbre n'est pas un individu, l'herbe non plus. La souris et Blanche-de-Lune sont des individus.

Serait-il judicieux d'attraper un ou deux autres spécimens pour les étudier ?

Il envisagea un instant cette idée, puis y renonça. La montagne grouillait d'hommes comme jamais.

Ce n'était pas le moment de tenter de nouvelles expériences.

38

Avec quelques volontaires, Robert effectua une tournée des administrés que l'orage avait sinistrés afin de s'assurer que personne ne manquait de rien, puis il rejoignit les équipes dans la montagne, accompagné de Christophe.

Obnubilé par les confessions de Noa, il avait demandé à un de ses agents, rentré de congés pour grossir les rangs, de surveiller discrètement les allées et venues suspectes dans le village. Mais malgré ces précautions, il ne desserra pas les dents de la matinée.

Robert était incapable de se résoudre à se confier à ses hommes, pas même à son jeune adjoint. Une pointe de honte et une pincée de paranoïa guidaient son silence. Ce Dandelombe était forcément un gars du coin. Et ce type les avait tous bernés, lui le premier. Il s'était quand même introduit chez lui à plusieurs reprises ! Alors, jusqu'à preuve du contraire, tous devenaient suspects.

En attendant, une autre question demeurait : l'homme que la presse appelait déjà l'Embaumeur et l'ami imaginaire de Noa étaient-ils, comme il le soupçonnait, une seule et même personne ?

Arrivé au pied de la piste qui conduisait au campement des orpailleurs, Robert stationna son Nissan derrière une impressionnante file de véhicules militaires.

— Sois prudent, dit-il à son adjoint, peu rassuré à l'idée que celui-ci aille récupérer seul le quad d'Alix. Et si tu vois quoi que ce soit, tu me tiens au jus.

Dès qu'ils se séparèrent, le policier repéra le maire un peu plus loin, dans un attroupement. La veille, les gendarmes avaient prospecté une zone située au-dessus du bivouac, au nord-ouest exactement. Cette fois, le dispositif se préparait à inspecter une parcelle au nord-est du cimetière sauvage. L'air important, Cisco partageait ses connaissances de la montagne avec l'ensemble des effectifs : gouffres, grottes, canyons, la zone était un véritable gruyère.

L'inquiétude des militaires résidait dans la contiguïté de leurs missions : appréhender un dangereux criminel, libérer son otage, et protéger les indices d'une vaste scène de crime, qui permettrait l'arrestation de l'Embaumeur.

Quand Cisco eut achevé son laïus, Robert s'approcha. Derrière eux, les gendarmes s'organisaient pour gravir la pente en direction du campement.

— Tu prends goût à la célébrité ? T'es sur toutes les chaînes, il paraît.

— Va pas croire que je tire la couverture à moi, Bob. Mon passage à la télé, c'était pour qu'Alix ait le maximum de chances.

— Tu fais bien de me le préciser, je dois dire que ce n'était pas très clair.

Robert considérait l'édile comme un filou pas méchant, un garnement qu'il avait fréquenté sur les bancs de l'école et qui n'avait pas changé. Dans la région, il était de notoriété publique qu'ils étaient brouillés depuis le lycée et qu'ils ne s'appréciaient pas vraiment. Si bien que, lorsqu'il avait postulé pour prendre la tête de la police municipale, Robert avait été surpris d'emporter la partie.

« Au moins, on ne pourra pas prétendre que j'ai placé un ami à ce poste clé. Tu fais ton boulot, je fais le mien, et on n'a pas besoin de s'aimer pour ça », s'était justifié le maire.

À partir de ce jour-là, à défaut d'être proches, les deux hommes s'étaient estimés.

— Tu sais, les journalistes n'ont pas encore fait le lien avec Solange, mais tu peux être sûr que ça ne tardera pas. Attends-toi à ce qu'ils te contactent.

— Le lien ? Quel lien ?

— Après ta femme, ta fille disparaît… C'est le genre d'histoires glauques qui passionnent les foules…

Ensemble, ils grimpèrent ensuite la pente en silence jusqu'à la zone de regroupement, où chacun prit sa place dans le dispositif. Robert étant armé, on le laissa libre de ses mouvements. Sa hanche l'élançait toujours, malgré la dose de cortisone et d'antalgiques qu'il avait ingurgitée. Mais la douleur redevenait supportable, et il la considérait même comme une alliée, seule capable de l'aider à rester vigilant malgré la fatigue.

À la mi-journée, Robert abandonna la battue pour se rendre aux abords du cimetière, où l'attendait Mélina Straub qui supervisait le travail de la gendarmerie scientifique.

— Je n'imaginais pas qu'on aurait si vite les médias sur le dos. C'est la merde ! J'ai fait installer un barrage filtrant à quinze kilomètres d'ici. Je suis d'accord avec votre maire sur un point : pas question de voir rappliquer les curieux, les pisse-copie et les chercheurs d'or.

— C'est de ça que vous vouliez me parler ?

— Non, j'ai des résultats à vous montrer.

Robert suivit la capitaine sous la tente, sidéré de constater qu'un deuxième barnum avait été dressé, et qu'il n'y aurait déjà bientôt plus de place pour recevoir de nouvelles dépouilles.

— Il y en a vingt-sept.

Le policier eut un bref mouvement de recul.

— Ravaillé ?

— Vous inquiétez pas, j'ai juste un coup de bambou, ça va passer.

Vingt-sept. C'était compliqué d'accepter l'extravagance de ce nombre. Vingt-sept corps qui avaient, dans des circonstances à définir, été dissimulés dans la forêt de Mâchecombe, sans que quiconque s'en aperçoive.

Était-il devenu aveugle ?

On ne trimballe quand même pas vingt-sept cadavres sans laisser de traces !

Tandis que la capitaine l'informait que les restes humains seraient transportés dans les bâtiments de la colonie de vacances pour y être étudiés avant d'être autopsiés, Robert songea aux excès auxquels ce nombre vertigineux allait pousser les médias et les réseaux sociaux.

La région de Mâchecombe était entourée d'une aura morbide depuis des années. Dorénavant, on parlerait de forêt de l'horreur, et ces rumeurs attireraient de nouvelles hordes de curieux en mal de sensations fortes qui menaceraient la tranquillité des habitants et exposeraient l'écosystème de la forêt primaire, un gâchis après un siècle d'efforts.

Sans compter que, Cisco avait raison, sa propre histoire affolerait bientôt les journalistes. Il voyait déjà les gros titres : « UNE FAMILLE MAUDITE ! », « UN EX-GENDARME FRAPPÉ PAR LE MALHEUR », « SOLANGE ET ALIX, MÈRE ET FILLE, VICTIMES DU MÊME TUEUR À HUIT ANS D'INTERVALLE ».

Pris d'une violente nausée, Robert sortit de la tente pour vomir un mélange de bile et de café. Il demeura quelques instants dehors, en profita pour se rincer la bouche et respirer l'air frais des montagnes.

Lorsqu'il retourna auprès de Mélina Straub, celle-ci lui tendit des dossiers comme si de rien n'était. Reconnaissant, il se concentra sur leur contenu, les portraits de deux femmes et d'un homme. Le nom et la photo d'identité de celui-ci ravivèrent des souvenirs anciens.

— Leurs disparitions ont, respectivement, fait l'objet d'un signalement par leurs familles en avril 2003, septembre 2005 et janvier 2011.

— Je n'étais pas encore ici pour les deux premières affaires. Mais la dernière, oui. J'étais tout juste nommé à la direction du service. Un chef d'entreprise parti en rando en solitaire. Les collègues de la section de recherche de Toulouse sont restés sur place une dizaine de jours, en vain, puis ils ont plié bagage. Vous les avez identifiés comment ?

— Grâce à des effets personnels trouvés sur ou dans les corps. Mais on ignore encore si les cadavres correspondent aux objets ensevelis avec eux. Il faut attendre les analyses ADN pour ça.

Cette découverte, en soi, était déjà alarmante. Elle confirmait que ça faisait au moins deux décennies que des victimes étaient portées jusque dans cette partie reculée et difficile d'accès de la montagne, ce qui témoignait du caractère obstiné de l'Embaumeur.

— Certaines inhumations remonteraient à plus de quarante ans, précisa Mélina Straub, comme si elle lisait dans ses pensées.

— Merde.

— Oui, merde.

— On connaît les causes de la mort pour chacun ?

— Pas encore. En revanche, le dernier en date a parlé. Il a été abattu d'une balle de neuf millimètres aux alentours du 15 août. On vérifie si ça matche avec le pistolet de Caruso. Mais ce n'est pas uniquement pour ça que je vous ai fait venir, Ravaillé. On a déniché une planque à moins d'un kilomètre de là dans laquelle on a noté des traces récentes de passage. Vous venez ?

39

Alix se tenait tapie dans un recoin, face à l'unique porte de son univers.

La soif était revenue.

Dehors, ce devait être l'après-midi.

Au cours de la nuit précédente, elle avait désespéré de revoir jamais une couleur, ou une forme définie. Au point que, en à peine quelques heures, le renoncement s'était enraciné dans son esprit aussi durablement que les ténèbres.

Personne ne s'était manifesté.

Parce qu'elle refusait de jouer le rôle de la victime dans un jeu pervers aux règles établies par un autre, elle s'était juré de n'appeler à l'aide qu'en dernier recours. Le détraqué qui la retenait ici se montrerait tôt ou tard, et s'il ne le faisait pas, elle mourrait de soif, de faim, de peur et d'amertume.

Existait-il une logique dans l'esprit de son tortionnaire ? Comment raisonner à la façon d'un dément quand on ne l'est pas soi-même ?

Le temps passant, la lumière du jour, qui lui parvenait depuis l'anfractuosité, glissa sur la roche marbrée de moisissures. Au début, Alix crut voir, à la faveur de ce clair-obscur, des veines plus sombres dans la matière. Mais ses yeux décelèrent finalement une figure tracée au charbon de bois, un cercle découpé en quatre quartiers de même taille et, en dessous, des lettres en partie effacées.

Alix chercha à deviner un prénom. Peut-être Cerise, ou Marise, ou encore plus simplement Marie. Le sens de ces inscriptions lui échappait, mais ce qu'elles impliquaient détruisit le maigre réconfort apporté par la chaleur qu'emmagasinait la roche sous la caresse du soleil. Car elles racontaient que d'autres avant elle avaient été séquestrés dans cette caverne. Et si personne ne l'avait jamais su, c'était que…

Hélas, les découvertes ne s'arrêtèrent pas là.

À côté du cercle apparurent des dessins enfantins représentant plusieurs scènes où des petits personnages interagissaient avec un ogre. On aurait dit qu'ils volaient, couraient, se défendaient contre le grand personnage, sans parvenir à se soustraire à lui.

Alix scruta la paroi à s'en fatiguer les yeux pour tenter de comprendre quelque chose à tout ça, mais il n'y avait aucun moyen de déduire quoi que ce soit à partir de ces maigres informations.

Un peu plus à gauche, elle distingua comme un texte composé d'une dizaine de lignes de caractères qui lui étaient inconnus. Elles étaient réparties dans deux cartouches. L'ensemble lui évoqua les tables de la Loi de l'Ancien Testament. On aurait dit une langue primitive.

Soudain, un cri lointain, éraillé, interminable lui parvint.

Frappée d'effroi, Alix se recroquevilla sur sa paillasse avec la certitude que cette femme qui hurlait ne pouvait être que la fillette dont les dessins baignaient à présent dans un des derniers rais de lumière de la journée.

Une fillette qui avait grandi…

40

Face à la construction qui épousait la forme du relief, Robert ne put réprimer un vertige. La chaleur écrasante l'expliquait sans doute, la fatigue aussi. Mais il y avait autre chose. En fait, il connaissait cette zone pour y avoir combattu un feu de forêt des années plus tôt.

La bâtisse faisait penser aux bergeries ancestrales. Trapue, munie de rares ouvertures très étroites, elle était adossée à la falaise. Son toit entièrement végétalisé devait passer inaperçu depuis le ciel, et les murs, par un habile agencement de galets, reproduisaient presque les couleurs de l'arc-en-ciel.

Le policier était sans voix. De l'incendie qui avait ravagé neuf cents hectares il ne subsistait que de rares vestiges, quelques troncs calcinés qui se dressaient toujours vers le ciel. Partout ailleurs, la nature avait repris ses droits, et la main de l'homme avait œuvré à proximité de la bâtisse.

Il y avait de la vigne garnie de belles grappes de raisin, un potager soigneusement entretenu d'où émergeaient des fanes de carottes et de pommes de terre, et où il remarqua plus loin des citrouilles en pagaille et des plants de tomates. Des quantités d'herbes aromatiques et médicinales poussaient au pied de pommiers, de pruniers, de noisetiers et de noyers.

Les connaissances en botanique de Robert s'arrêtaient là, mais l'ensemble était harmonieux, et, il n'aurait pu l'expliquer, ce lieu tranquille le rassura. Si la personne qui vivait ici était l'auteur du cimetière sauvage, alors il était impossible qu'elle soit aussi tordue qu'il l'imaginait. En cherchant à approfondir ce ressenti, il finit par se dire que cette fermette respirait la vie.

— Vous étiez très fort pour flairer à l'instinct lors des perquisitions, avança Mélina Straub. Je vous laisse entrer, si ça vous convient.

Son sentiment ne se démentit pas quand il descendit, au moyen de trois marches, dans l'unique pièce de l'habitation. Ce qui le saisit tout d'abord, ce fut l'absence totale de toute trace de l'incendie. Celui qui avait reconstruit cet endroit s'était donné beaucoup de mal pour les faire disparaître. Puis ses narines furent envahies par un vivifiant mélange d'odeurs que dégageaient des brassées de plantes séchées suspendues au plafond. La menthe et le thym dominaient. Il y avait aussi du cannabis.

Le sol conservait sa fraîcheur malgré la canicule. Un filet d'eau sourdait de la falaise contre laquelle la bâtisse prenait appui, et s'écoulait dans plusieurs bacs avant de s'échapper sous un mur de soutènement. Pas d'électricité, rien de moderne. Dans un coin, il nota une paillasse à l'ancienne, quelques draps et des vêtements unisexes pliés sur des étagères, des sabots. On se serait cru dans la maison de Peau d'âne.

À l'opposé de la partie nuit, des couteaux de boucher luisaient sur un billot. Au-dessus, des pots en terre cuite contenaient des huiles essentielles, du miel, de la graisse animale. Des objets avaient été récemment retirés, il subsistait de leur présence une légère trace dans la poussière. *D'autres pots, une paire de ciseaux, peut-être un livre.*

Le mobilier était sommaire. Près d'un mur, une table destinée à divers usages cachait deux tabourets. Au centre de la pièce, une chaise à bascule trônait et, près du billot, une étroite armoire l'intrigua. Il l'ouvrit.

À l'intérieur, il recensa des mèches en coton pour lampe à huile, emballées dans des sachets en plastique portant la mention de la marque MégaCréa, une boîte en fer regroupant une trentaine de briquets à gaz jetables et une collection de cristaux de quartz.

— Quelles sont vos impressions, Ravaillé ?

Robert se retourna vers la capitaine.

— Je me demande pour quelle raison on a recréé ce lieu ici, et qui l'a fait.

— C'est-à-dire ?

— Il ne restait quasiment rien après l'incendie monstre qui a failli réduire le village en cendres il y a sept ans. Quand on est venus sur site pour constater les dégâts avec les pompiers, on a bien trouvé des ruines, mais…

— Vous voulez dire que c'était habité ? intervint-elle.

— Si c'était le cas, on ne l'a jamais su.

— Et vous ignoriez que cette maison avait été reconstruite ?

— La zone est fermée. On évite de patrouiller dans le coin pour laisser la végétation reprendre. Si je m'en réfère à la croissance des fruitiers, cet endroit a été réhabilité il y a cinq ans tout au plus.

Le policier soupira, dépité de ne pas avoir grand-chose de plus à dire.

— Je ne suis même pas capable d'imaginer le propriétaire de cette bâtisse. Une femme ou un homme ? Jeune, vieux ? Un survivaliste, un marginal ? Ça pourrait très bien être un couple de hippies sur le retour, des citadins en quête de nature, ou même un gars de chez nous qui se planque là avec sa maîtresse.

— Pourquoi un couple ?

— Deux tabourets ne serviraient à rien, sinon. Je ne crois pas qu'on reçoive beaucoup de visites dans le coin.

— Un lien avec l'Embaumeur ?

— Rien ne nous permet de l'affirmer... D'autant qu'il ensevelit des cadavres depuis au moins deux décennies et que cet endroit est plus récent...

— Mais ?

— Le pigment bleu utilisé sur les corps, l'IJ sait ce que c'est ?

— Origine végétale, sans aucun doute. *A priori*, il s'agit de poudre de myrtille mêlée à du calcaire et fixée avec de l'alcool. On n'a pas encore tous les résultats. Vous pensez que cette maisonnette a un rapport avec notre affaire ?

— Ce que je suppose, c'est que celui ou ceux qui vivaient ici en sont partis récemment et n'y reviendront pas de sitôt.

41

Manger et boire. C'était si bon, si simple, si évident.

En découvrant la jarre et le panier qu'on avait déposés pour elle, Alix avait d'abord envisagé de ne pas y toucher. Cet acte de résistance lui avait semblé un corollaire logique à sa décision de ne pas appeler à l'aide. Mais qui ne passa pas l'épreuve de son estomac vide et de sa bouche desséchée.

À présent rassasiée, la jeune femme pouvait de nouveau réfléchir.

L'univers, la vie, l'espoir, tout s'était réduit à cette caverne.

L'euphorie d'avoir apaisé sa faim s'estompa très vite. Et l'idée qu'elle était le jouet d'un pervers qui séquestrait des enfants devenus une voix de femme fit son chemin dans son cœur.

Il n'y aurait pas de lendemain heureux. Alix devait l'accepter. Et changer d'attitude si elle ne voulait pas mourir. Si ce malade la nourrissait, c'était qu'elle avait une valeur à ses yeux. Alors elle l'interpella, cria, battit l'air et cogna contre le bois épais de l'unique porte de sa geôle. Lorsqu'elle se tut pour reprendre son souffle, l'oreille collée contre le vantail, elle écouta son environnement. Ce qu'elle capta n'était pas clair. On remuait à côté, on déplaçait des objets qui semblaient lourds. Mais il n'y eut rien d'autre. Aucune parole. Pas de musique. Pas de radio branchée sur des infos.

Alix frappa encore, hurla son prénom, son âge, donna sa qualité de policier, évoqua ses droits et les problèmes qui attendaient son ravisseur s'il ne la libérait pas. Puis, de guerre lasse et la gorge irritée, elle se laissa glisser au sol, exténuée, désespérée.

Les bruits avaient cessé.

Les pulsations de son cœur s'intensifièrent, accompagnées de ce lointain bourdonnement qui habite le silence.

Pour ne pas l'entendre, elle recommença à appeler, cria qu'elle existait, vivait ici contre son gré, mais vivait malgré tout.

Personne ne se manifesta.

Le désespoir s'immisça dans chacune de ses pensées. On ne séquestre pas une jeune femme pour la rendre à ses proches fraîche et dispose.

Alix aurait tant voulu comprendre les intentions de son geôlier, au moins comprendre qui il était, et pourquoi il s'acharnait sur elle. Elle se résigna cependant et se réinstalla sur sa paillasse aux relents de foin, adossée à la roche.

Qui allait entrer par cette maudite porte ? Un, plusieurs sales types ?

Elle songea à son père qui devait la chercher avec la dernière énergie. Que ferait-il à sa place ?

Alix s'effondra en larmes. Son corps secoué par les sanglots se recroquevilla.

S'échapper, fuir ce lieu, au moins par l'esprit. Elle partit mentalement en quête d'une image réconfortante, et le visage de Christophe s'imposa.

Il avait toujours joué les grands frères, et pas uniquement parce qu'il était de trois ans son aîné. Il était ainsi fait. Protecteur avec elle. Avec les autres en général.

Son corps se détendit, sa respiration s'apaisa et elle finit par se redresser.

Un jour, Christophe rencontrerait sa future femme. Et ce jour-là, il y aurait une fille sacrément chanceuse sur cette planète. Ils ne se marieraient pas, mais ils auraient des enfants. Il avait toujours parlé de ses enfants, même quand lui-même en était encore un.

Alix était heureuse de l'avoir dans sa vie. Un ami comme lui, ça ne courait pas les rues. Mais elle imagina alors qu'elle pourrait être cette fille chanceuse.

Quand elle sortirait de cet endroit maudit, elle lui avouerait tout ce qu'elle n'avait jamais osé lui révéler, tout ce que son cœur recelait.

Elle lui dirait tout de ces graines qu'il avait plantées en elle et que le temps avait nourries. Elle lui raconterait qu'ils ne devaient plus perdre le reste de leur vie à se passer à côté.

42

Le 21 août

Le jour n'était pas près de se lever quand Robert entra dans un des immenses dortoirs de la colonie de vacances. Lui qui avait le cœur bien accroché ne put réprimer un frisson en découvrant les corps. La veille, la salle avait été débarrassée des lits au profit de tables sur lesquelles reposaient désormais les restes humains, dont certains étaient encore emprisonnés dans le tronc qui leur avait servi de cercueil. Vingt-sept tables pour vingt-sept affaires de disparitions non résolues.

Une demi-douzaine de techniciens en tenue s'affairaient à nettoyer les ossements dans un silence épais. C'était impressionnant. Et oppressant. Robert se dirigea à regret vers le planton qui l'attendait pour le mener jusqu'à Mélina Straub. Il aurait aimé pouvoir faire quelque chose pour ces malheureux, ne serait-ce qu'accélérer leur identification…

La capitaine de gendarmerie s'était octroyé un autre dortoir en guise de bureau. Entourée de ses adjoints, elle étudiait des cartes d'état-major sur lesquelles elle avait fiché des punaises de couleurs différentes.

D'un regard, Robert établit qu'il s'agissait de la zone d'orpaillage, des refuges dotés d'une radio, de la maison aux murs arc-en-ciel et des gouffres recensés par les équipes cynophiles. Des secteurs quadrillés indiquaient quant à eux par où les diverses battues étaient passées.

Lorsqu'elle aperçut le policier, Mélina Straub s'interrompit, ordonna à ses hommes de poursuivre sans elle, et le rejoignit.

— Je me rends au domicile de M. Vidal, vous m'accompagnez ?

— Chez Joseph ? Vous m'expliquez ?

— La direction du site MégaCréa a bien voulu me communiquer la liste de ses clients…

MégaCréa. Les mèches pour lampe à huile stockées dans l'armoire de l'étrange maisonnette en pierre située au cœur de la forêt primaire.

— Et ça vous mène au vieux Joseph ? Impossible !

— Il n'y a qu'un client à Mâchecombe : lui. De là à imaginer qu'il fournissait la personne qui vit là-haut, il n'y a qu'un pas que je me suis empressée de franchir en demandant une autorisation de perquisition. Voilà pour le topo. À vous, maintenant, parlez-moi de lui.

— C'était un ami de mes parents, je l'ai toujours connu ! Pardon, mais vous avez une idée derrière la tête, n'est-ce pas ?

— Absolument. Je le soupçonne d'être impliqué dans cette histoire d'Embaumeur.

— Attendez…

— On a trouvé des traces de poudre de myrtille dans la maison arc-en-ciel.

— La teinture bleue qu'utilise l'Embaumeur, souffla Robert. Ça ne veut pas dire que…

— Non, mais on est en droit de s'interroger, le coupa-t-elle. Et puis ça va au-delà de ça. Vous et moi, nous sommes d'accord : Ange Caruso n'a pas pu découvrir le filon aurifère sans une complicité locale. La zone ne serait pas fermée depuis près d'un siècle, j'y croirais peut-être, mais là… Je ne sais pas, j'ai l'impression que tout est lié, pas vous ?

Ils traversèrent le parc de la colonie en silence et remontèrent la rue principale jusqu'à la place de l'église, où Joseph recevrait bientôt les derniers sacrements avant d'être enterré.

Le cœur de Robert battait à tout rompre et sa voix tremblait.

— Quand on parle d'un mort, on dit toujours que tout le monde l'aimait, et puis on gratte le vernis et on se rend compte que le défunt n'était pas si apprécié. Concernant Joseph, je ne sais pas si tout le monde l'aimait, mais moi, oui. C'était un brave type sans histoires, ancien militaire, un gars gentil qui ne s'est jamais marié, n'a pas eu d'enfants, et avait prévu de léguer ses biens à la municipalité.

— En soixante-dix-neuf ans, il a bien dû lui arriver deux ou trois bricoles, tout de même, non ?

— Il était retraité depuis la fin des années 2000, jouait à la belote tous les après-midi à l'auberge avec les gens qui voulaient bien taper le carton avec lui. Non, vraiment, je ne vois pas quoi vous raconter de tordu sur lui.

43

Le soleil traverse le ciel à la vitesse d'un oiseau migrateur. À peine a-t-il disparu derrière les montagnes que la lune se lève à son tour, ronde et pleine, et fend de la même façon la nuit en une poignée de secondes. Alors, de nouveau, l'or remplace l'argent.

Allongé sur un éperon rocheux, il admire le spectacle, conscient qu'il dort, les yeux grands ouverts à l'intérieur, plus vivant encore dans le Rêve que dans l'Éveil.

Le soleil le surplombe, puis le dépasse pour projeter sur son visage l'ombre mouvante de Blanche-de-Lune, qui s'étend à ses côtés. Du corps de cette femme-des-hommes émane davantage de chaleur que de l'astre lui-même. Et, subitement, celui-ci interrompt sa course.

Blanche-de-Lune dans la lumière du jour devient panthère dans celle de la nuit. Malgré tout, les traits de la femme subsistent. Lèvres et babines, crocs et dents, nez et truffe se confondent. Seuls les yeux conservent un éclat doré, quel que soit l'astre qui les éclaire. Et il les trouve si beaux qu'il veut les garder pour lui.

Il tend la main pour les prendre, mais Blanche-de-Lune se redresse, ses crocs glissent hors de ses lèvres étirées dans un grand sourire, sa bouche s'ouvre soudain et plonge vers son cou.

La douleur ne dure pas, anéantie par un plaisir fabuleux qui ne fait qu'augmenter à mesure que son sang disparaît dans la gorge avide. Et tout en se nourrissant de lui, Blanche-de-Lune embaume l'air de phéromones si délicieuses, si compatibles avec ce violent désir qu'il n'a jamais encore pu assouvir !

Il est prêt. Pas une fois depuis la création du monde un être vivant n'a été aussi prêt que lui !

Que craint-il, après tout ? Dans le Rêve, les humains sont immortels…

Il s'éveilla en sursaut.

Aux bruits qui lui parvenaient, il sut que Blanche-de-Lune urinait. Jaillit en même temps la promesse d'un monde extraordinaire, odeurs pointues de pluie, de terre, de cèdre, de musc et de sang. Promesse inédite. Attirante. Ce mélange puissant le pénétra, et il sentit son corps se transformer brutalement, son membre se raidir jusqu'à la douleur.

Aussitôt, il sauta de son perchoir et se rétablit sur le sol de la caverne.

Blanche-de-Lune, toute proche, émit un couinement de peur.

Il s'approcha pour capter sa chaleur, électrisé par ces sensations nouvelles, se contentant d'observer celle qui semblait exercer sur lui une attraction inouïe, pouvoir que n'avaient pas ses congénères.

Dans le Rêve, il n'avait pas possédé Blanche-de-Lune. Dans le Rêve, elle s'était repue de lui. Alors il attendit que se prolonge l'acte initié, parce que le Rêve ne ment jamais. Il attendit longtemps, les narines dilatées, le corps tendu, au supplice.

Sidéré par ce qu'elle provoquait en lui, il fut tenté de la toucher pour éprouver l'élasticité de sa chair, sa résistance, sa moiteur.

La fleur exhale ses parfums pour attirer l'abeille. Pourquoi Blanche-de-Lune embaumerait-elle ainsi la caverne, si elle n'était pas prête à le recevoir ?

Le Rêve ne mentait pas…

Et puis soudain lui apparut son erreur. Il n'avait pas protégé son odorat avec des huiles essentielles. Il avait baissé sa garde. À présent, cette créature pénétrait son être par la voie des airs, avec pour conséquence immédiate une perte de contrôle absolue.

Sa main enserra le manche de son couteau. Il suffirait d'un geste pour prendre la vie de Blanche-de-Lune. Morte, elle n'aurait plus la moindre influence sur lui. Morte, ses atours de femelle s'éteindraient dans la putréfaction.

Il manqua de peu verser le sang, mais une voix émergea du fond de ses Souvenirs et le retint : « Nul ne peut revenir sur ses actes. Alors fais en sorte de ne jamais rien regretter. »

Incapable de retrouver son calme si près de sa prisonnière, il escalada la paroi et gagna le grand air pour échapper à son odeur. Se calmer nécessiterait une longue course sur les crêtes.

Éreinter le corps pour que l'esprit s'apaise.

44

La demeure de Joseph, Robert la connaissait par cœur. Les murs en granit, les fenêtres étroites qui laissaient entrer une lumière chiche. Elle était restée dans son jus, comme on dit, telle que dans sa mémoire.

La dépendance hébergeait un alambic vieux d'un siècle. Joseph ne s'occupait plus de ses vergers depuis des années, mais son chai regorgeait de bouteilles d'eau-de-vie de prune, de poire, et d'à peu près tous les fruits qui poussent dans la montagne.

Après une demi-heure passée à fouiner dans les affaires du défunt, Mélina Straub parvint à la même conclusion que Robert : il n'y avait aucune lampe à huile dans cette maison. En revanche, dans l'immense cuisine, ils mirent la main sur un stock de mèches de la marque MégaCréa.

Pendant qu'une dizaine de gendarmes investissaient les lieux, le policier s'assit sur le canapé du salon. C'était étrange de se trouver dans les meubles de Joseph sans lui, et sacrilège de violer ainsi son intimité comme s'il était un criminel.

Cette pièce portait en elle une époque révolue. Les murs, les parquets chargés d'encaustique, le buffet en bois ciré, le plafond où le vieux ne distinguait de toute évidence plus les grandes toiles d'araignées qui le tapissaient, tout devait conserver les vibrations des gens qui avaient vécu là. Il restait même sûrement quelque chose de ses parents, de sa propre jeunesse et de celle d'Alix.

Son regard erra à la surface des objets, accrochant çà et là une réminiscence, puis se posa sur les albums photo stockés sous la table basse. Il n'hésita qu'une seconde. Plus personne n'était là pour lui faire les gros yeux.

D'album en album, il remonta le temps. Mâchecombe sous la neige et le soleil, Joseph avec une femme, Joseph avec ses deux sœurs et leur famille, Joseph avec ses parents. Robert croisa aussi des photos de lui et de Solange, et il ne put que soupirer en se remémorant ces souvenirs égarés. Après quoi il ouvrit celui consacré à la carrière militaire de Joseph, dans lequel figuraient des clichés de lui à son bureau, sur le terrain en compagnie de visages anonymes, ou lors de défilés. Soudain, le policier tomba en arrêt devant une photo où il était alité dans une chambre d'hôpital, serrant la main d'un médecin.

— Vous avez trouvé quelque chose ?

En relevant les yeux, il constata que Mélina Straub, assise dans un fauteuil, le fixait. Accaparé par les clichés, il ne s'était pas aperçu de sa présence.

— On dirait que vous avez vu un fantôme.

— Je viens de découvrir que Joseph connaissait Lionel L'Essart depuis… au moins quarante ans, déclara-t-il après avoir retourné la photo pour y lire la date imprimée.

— L'homme qui a opéré Caruso, c'est ça ? Voilà qui va rendre l'étude de la vie de M. Vidal plus intéressante que prévu !

Au ton de la capitaine, Robert devina qu'elle avait ravalé un « Je vous l'avais dit ! », et il lui en sut gré. Pas un instant il n'avait imaginé que Joseph puisse avoir un lien avec la personne qui vivait dans la maisonnette aux pierres colorées. Sauf qu'il n'aurait pas non plus soupçonné un lien avec le docteur L'Essart. Apparemment, le vieil homme savait garder un secret.

Jusqu'à ce moment précis, le policier avait rechigné à mentionner le coffre-fort dont la clé était scotchée sous le plateau de la table. Le défunt n'avait même pas encore été enterré, et il n'avait eu aucune envie de trahir sa confiance. Mais devant ces photos, il se sentit con. Pourquoi Joseph lui avait-il soigneusement caché le fait qu'il connaissait le médecin depuis des décennies ?

Déboussolé, Robert récupéra la clé et décrocha un tableau qui représentait une scène de chasse à courre. Mélina Straub le regarda faire sans lui adresser la moindre critique puis, lorsque la porte du coffre s'ouvrit, elle lui demanda de s'écarter. Elle déposa ensuite sur le buffet plusieurs actes de propriété, une collection de montres anciennes et une anodine, mais lourde, boîte à gâteaux en fer qui révéla au bas mot une dizaine de kilos de pépites d'or.

45

En pénétrant dans l'église où débutait la messe d'enterrement, Robert songea qu'il pouvait encore rebrousser chemin. Était-ce une si bonne idée d'être venu ?

Noa l'accompagnait. L'enfant avait insisté. Il connaissait un peu Joseph et l'aimait bien, principalement parce que celui-ci lui fournissait des pièces pour jouer au flipper quand ils se rejoignaient tous à l'auberge.

Pour marcher sans grimacer de douleur, Robert avait ressorti la canne de son père. Son corps le lâchait et cette église comble faisait remonter beaucoup de souvenirs.

L'édifice sentait la moisissure et l'encens, avec à l'arrière-plan des fragrances de bougie mêlées aux déodorants, parfums et after-shave de l'assemblée. À quelques notes près, Robert retrouvait l'odeur de sa première communion. Hélas, il avait aussi enterré sa mère, son père et sa femme ici.

Ces derniers jours, les émotions le submergeaient. Alors il se fit violence pour ne pas pleurer et, la main de Noa dans la sienne, il parcourut toute l'allée centrale. Les seules places disponibles étaient devant. Dans le regard des autress, dont certains étaient des amis, il lut la même expression gênée et contrite à laquelle il avait eu droit à la mort de Solange. Il parvint malgré tout à refréner son envie de fuir, salua Jackie, assise entre Manolo et Isaura, et s'installa avec Noa sur le banc de la famille, désert.

Désemparé, il se concentra sur les mots du prêtre, qui parlait de Joseph, de sa vie. Que savait-il de lui ? Ce curé officiait dans cette paroisse un dimanche par mois.

Joseph avait-il cherché à faire le bien tout au long de son existence brutalement interrompue par un accident qui avait détruit l'auberge et bouleversé toute une communauté ?

Le vieux aimait surtout le pastis, la belote et les cancans du village !

Et cet or dont regorgeait le coffre-fort de Joseph, en serait-il question ?

Discipliné, Noa se levait et s'asseyait, imitant ses voisins. Robert, lui, évita de solliciter inutilement sa hanche. Du fond de son cercueil, Joseph se moquait de toute façon bien qu'on se mette debout ou non pour honorer sa mémoire.

À cet instant, le policier songea qu'à quelques centaines de mètres de là, à la colonie, les corps sortis des arbres creux attendaient une dernière sépulture.

Cercueil, arbre creux. Quelle différence, en réalité ? Finalement, ce psychiatre à la télévision ne délirait peut-être pas. Le parallèle avait du sens. Et ça signifiait que l'Embaumeur, d'une certaine manière, honorait les morts. Mais qui tue des gens pour respecter leur dépouille ?

Robert pouvait envisager qu'on se débarrasse d'un ou de deux cadavres. Vingt-sept, en revanche…

— Papa, qu'est-ce qu'y a ?

L'église. Le cercueil de Joseph. Les gens…

Une longue file patientait dans l'allée centrale pour une dernière bénédiction. Les villageois défilèrent à côté de Robert les uns après les autres, à moins d'un mètre, presque à se frôler.

Tout à coup, une rumeur monta des derniers rangs, puis se propagea comme une onde à mesure que les têtes se tournaient. Le policier en comprit l'origine quand il vit Mélina Straub, suivie par une quinzaine de gendarmes qui se postaient devant les différentes issues de l'église.

La capitaine lui fit signe de la rejoindre près du confessionnal. Robert demanda alors à Noa de l'attendre sagement avec Jackie, et s'exécuta en tentant de masquer sa claudication.

— On a un gros pépin, Ravaillé. Le camion de l'IJ a été attaqué il y a moins d'une heure.

— Merde ! Des victimes ?

— Deux collègues blessés par balle, et toutes les preuves récoltées sur le site d'orpaillage incendiées. J'ai décidé de placer la commune sous cloche. Il y a de toute évidence parmi vos concitoyens des personnes qui causent trop. Les entrées et les sorties sont sujettes à autorisation jusqu'à nouvel ordre.

Robert se tourna vers le cercueil de Joseph, et découvrit que l'attention de l'assemblée était concentrée sur lui et la capitaine.

— J'ai besoin de vous pour identifier ces personnes, conclut-elle. Profitons d'avoir presque tous les habitants de Mâchecombe sous la main, OK ?

46

La gorge serrée, Alix assista à l'extinction des dernières lueurs du crépuscule, rassemblant ce qu'il lui restait de forces pour affronter une nouvelle nuit. Puis l'obscurité coula sur son monde une chape d'angoisse à laquelle elle se résigna.

Très vite, elle perdit toute notion d'espace et de temps.

Dans cette situation critique, elle ne disposait d'aucun avantage. Ses ongles n'étaient même pas longs.

Juste devant elle, Alix sentit un infime courant d'air.

Aussitôt, elle écarquilla les yeux et lança ses mains en avant. Ses doigts se refermèrent sur le vide. Elle bascula alors la tête la première vers le sol et roula, se releva dans la foulée, désorientée, et tourna sur elle-même, à l'affût.

Son cœur battait si fort qu'elle en avait mal à la poitrine. Ses jambes se dérobèrent et elle se retrouva à quatre pattes, confuse, vulnérable. Pourtant, sa volonté d'en découdre ne l'avait pas quittée.

Alix se ressaisit, gagna la porte à tâtons et frappa contre le vantail en s'époumonant. Cette fois, il ne s'agissait plus d'insultes mais d'invitations à venir se battre. Sur tous les tons, elle traita l'autre de psychopathe et de lâche, et finit par le supplier de rompre sa solitude.

L'adrénaline qui lui avait permis de se dresser se dissipait, la laissant plus démunie encore. Maintenant que sa raison reprenait les commandes, elle comprenait que ses cris, ses vociférations et son attitude n'avaient dû faire qu'alimenter la satisfaction de son bourreau.

Lui avait le temps.

Elle n'avait plus rien.

Réfugiée dans un coin, Alix perçut des frottements au-dessus de sa tête, sur cette coursive inaccessible qui la surplombait. Des bruits de corde aussi. Ou peut-être pas... Comment se fier à ses sens, quand toute sa vie on a été habitué à actionner un interrupteur pour chasser les ténèbres ?

Ce dont elle était certaine, en revanche, c'était que le pervers se tenait là-haut, tapi, occupé à la surveiller.

— Qui êtes-vous ? Qu'est-ce que vous voulez, à la fin ?!

— Je veux savoir qui tu es.

Entendre la voix de l'autre terrifia Alix, qui parvint au prix d'immenses efforts à calmer sa respiration. Sa raison analysa cette nouvelle information. La voix était grave et douce, mais il se dégageait de son ton une autorité glaçante. L'homme qui s'adressait à elle s'exprimait comme si ses mots étaient des projectiles.

Interdite, Alix demeura silencieuse. Tremblante.

Un long moment passa.

Puis :

— Je suis le dieu dans l'ombre. Je suis celui qui court sous les couleurs de la Lune, je suis aussi le dernier humain. Et toi, qui es-tu ?

Alix réprima un rire nerveux.

Quel genre de malade mental parlait ainsi de lui ?

Elle secoua la tête de dépit. Et la lumière se fit subitement dans son esprit, entière. Elle venait d'être frappée par une révélation qui expliquait tout.

Dieu dans l'ombre.

Dandelombe.

C'était évident, une simple déformation d'un mot entendu par un enfant. Et une source supplémentaire de désespoir. Car face à un sale type comme Pratz, ou même face aux braconniers, elle aurait su comment s'y prendre, tandis que là...

Pour quelle raison cet individu se comportait-il ainsi ?

Il approchait son frère depuis des années sans le blesser. Et désormais il avait jeté son dévolu sur elle. D'abord il l'avait effrayée, puis attirée jusqu'à lui, ensuite il l'avait torturée dans la combe sous le soleil, et à présent il voulait... Il voulait quoi, au juste ?

— Qui es-tu ? répéta-t-il.

— Je suis une petite fille terrorisée qui craint le noir. J'aimerais comprendre ce que je fais ici, qui est la femme qui crie et pourquoi vous ne l'aidez pas.

Silence.

Alix songea qu'elle n'aurait peut-être pas d'autres chances de nouer le contact avec son ravisseur.

Qui es-tu ?

La plus simple des questions exigeait la réponse la plus intime.

— Vous voulez savoir qui je suis. Eh bien, c'est compliqué à définir... Ma mère me disait qu'on passe sa vie entière à le découvrir.

« Je m'appelle Alix, mais ça ne raconte rien de moi, mes parents m'ont donné ce prénom. Selon ma mère, Alix, c'est forcément une fille pleine d'esprit qui sait ce qu'elle veut. Je ne suis pas certaine d'être cette fille. Qui je suis ? En vrai, ça dépend. Qu'est-ce qui vous intéresse, dans le fond : qui j'étais avant d'arriver là, ou qui je suis maintenant... hein ? Parce que c'est très différent. Maintenant, je sais. Je suis une fille de 23 ans qui crève de peur. Mais avant...

« Avant j'avais des rêves, je ne crois pas que j'avais envie de trucs délirants, genre être connue ou riche. En fait, je m'en foutais, de ces conneries. Ce que je voulais, surtout, c'était être aux côtés de mon père et de mon frère. Je ne voulais pas me marier, même si parfois j'y pensais comme ça. Je ne crois pas non plus que je voulais des enfants. Je ne sais pas si vous êtes au courant, mais l'avenir n'est pas super encourageant. Ce que j'aimais, c'était vivre ici avec les gens auxquels je tiens. J'aimais ces montagnes et cette forêt, les arbres, j'aimais beaucoup les arbres. Alors si j'avais dû vous répondre il y a quelques jours, j'aurais pu dire simplement : je suis Alix, celle qui aime la compagnie des arbres. Ça sonne un peu niais, mais puisqu'il n'y a que vous pour m'écouter, j'ai le droit de dire ce que je veux.

« Voilà, c'est tout. Et c'est pour ça que j'ai besoin de comprendre ce que vous espérez de moi, parce que mes rêves d'avant, j'adorerais continuer de les avoir... Hein, qu'est-ce que vous en dites ?

Sa voix résonna une fraction de seconde entre les parois de la salle. L'angoisse qui étreignait sa gorge s'était relâchée. Parler lui avait fait du bien, même si, elle n'en doutait plus, son ravisseur ne se manifesterait pas en retour. Elle avait évoqué sa mère, son père et son frère, et c'était un peu comme s'ils l'avaient rejointe sous la montagne.

Cette communion de pensée fit d'ailleurs surgir un souvenir avec sa mère, qui nourrissait une passion pour la musique, surtout la pop, et en particulier le duo formé par Paul Simon et Art Garfunkel. Mélancolique, Alix se mit à fredonner la mélodie de *The Sound of Silence*, la préférée de sa mère. « C'est la plus jolie et la plus triste des chansons sur la solitude qu'on ressent parfois au milieu de la foule », avait-elle l'habitude de dire. Puis les paroles s'échappèrent de ses lèvres :

— *« Hello darkness, my old friend... »*

Dans le noir de sa cellule, Alix chanta tout en visualisant la pochette de l'album, les visages radieux des chanteurs et cette photo de foule immense. Cinq cent mille personnes réunies à Central Park.

Ce morceau, elle le connaissait par cœur depuis qu'elle était gamine. D'abord, elle l'avait mémorisé phonétiquement. Ensuite, elle avait appris l'anglais et compris ce que voulait dire sa mère. Ce sentiment d'isolement, elle l'avait éprouvé pendant ses études. Quand les autres vivent pour leur plaisir exclusif, quand ils ne prêtent pas attention à celle qui préfère la compagnie des arbres. À présent, pourtant, Alix donnerait tout ce qu'elle avait pour retourner là-bas et supporter de nouveau le fait de ne pas être cette jeune femme jolie et populaire qu'elle rêvait d'être.

Chanter les ténèbres dans le noir prenait un sens bien différent.

47

Le 22 août

Ce jeudi encore, environ cent cinquante militaires allaient se déployer dans la forêt de la Mâchecombe avec le renfort de deux hélicoptères. Robert, lui, avait confié le service à ses adjoints et pris sa matinée. La première depuis bien longtemps.

La veille, à l'église, il était monté au micro pour demander aux villageois de collaborer avec les gendarmes, les avait prévenus que, s'il se trouvait parmi eux des complices de Caruso et de Rossi, ils étaient en danger, car ces criminels ne laissaient jamais de témoins dans leur sillage. Et qu'ils devraient donc se manifester d'urgence.

L'annonce avait fait grand bruit. Robert avait patienté le temps que les gens s'insurgent et se regardent de travers. Puis il les avait avertis que la capitaine Straub les recevrait en audition les uns après les autres dans les locaux de la police municipale. Les convocations étaient déjà lancées, et certains sortiraient de l'église pour s'y rendre directement.

Là encore, les paroles du policier avaient déstabilisé la foule, mais cette fois Cisco était venu à sa rescousse.

Plus ses administrés accepteraient de coopérer, plus vite Mâchecombe regagnerait sa tranquillité.

En rentrant chez lui en fin de journée pour embrasser Noa, après avoir assisté à une dizaine d'auditions et rassuré ses concitoyens inquiets, Robert avait été sermonné par Jackie. « À ce rythme, tu vas t'écrouler. Alors soit tu m'écoutes, soit tu vas droit dans le mur et tes enfants n'auront vraiment plus personne ! Il faut que tu te reposes. Pas question que tu retournes dans la forêt demain ! »

Groggy de fatigue, perclus de douleurs, Robert avait capitulé. Quiconque connaissait Jackie savait de toute façon qu'elle était prête à tout pour les gens qu'elle aimait et qu'il était vain de lutter.

À la mort de Solange, il l'avait surprise en train de fouiller les placards de la cuisine, pestant contre le désordre qui régnait dans la maison. Munie d'une boîte de lait maternisé, elle s'était plantée devant lui en lui annonçant que, désormais, elle irait chercher Noa à la crèche chaque jour, lui préparerait son biberon et l'emmènerait en balade. À la fin de son laïus, elle s'était tout de même fendue d'une question : « Noa, il est allergique au lactose, ou juste intolérant ? »

Jackie était ainsi devenue leur bonne fée à tous les trois.

La veille n'avait pas fait exception à la règle. Le cocktail de morphine et d'anxiolytiques qu'elle avait sortis de son armoire à pharmacie avait offert à Robert sa première nuit complète depuis la disparition d'Alix.

Quelques heures plus tôt encore, il étouffait, avait la sensation qu'il allait crever. Au matin, le calme avait remplacé le vacarme des pensées et la douleur n'était qu'un mauvais souvenir. Le corps soulagé, l'esprit de Robert avait pu se retrancher dans un endroit où les événements tragiques ne le percutaient plus de plein fouet. C'était comme s'il les observait à distance.

De la pièce voisine lui parvenaient les voix de Noa et de Jackie. Déjà auditionnée par les gendarmes et mise hors de cause, elle avait obtenu comme tous ceux qui étaient dans son cas l'autorisation de sortir de Mâchecombe. Aussitôt, elle avait proposé de conduire le petit à Collioure, où sa sœur tenait un hôtel, afin qu'il puisse souffler un peu loin du tumulte.

Au moment du départ, Noa paraissait soulagé de quitter le village, et préoccupé.

— Ne t'inquiète pas, mon grand. Dès que j'aurai ramené ta sœur, on vous rejoint. En attendant, n'oublie pas que tu n'y es pour rien. Tu me fais confiance, n'est-ce pas ?

Après ça, Robert regarda longtemps la rue déserte, anxieux à l'idée de rentrer dans sa maison vide. Sans ses enfants, il n'était plus grand monde. Il y arriva pourtant, et mangea même sans trop de difficulté, étonné de retrouver un appétit perdu depuis des jours.

Il en était au fromage quand le portail du jardin grinça sur ses gonds.

Cisco l'interpella, hésitant.

De là où il se tenait, Robert constata qu'il avait une mine affreuse. Il faut dire qu'avec les événements survenus dans sa commune au cours de la semaine écoulée, le maire de Mâchecombe avait sa dose de soucis. Sans compter que Joseph était un de ses amis proches et que cette perte devait beaucoup l'affecter.

Robert avait prévu de rejoindre la battue après le déjeuner, et cette visite contrariait ses plans, mais le ton de Cisco l'alerta. Quelque chose n'allait pas, et que cet homme habitué à jouer les vainqueurs le laisse transparaître indiquait qu'il était vraiment sous pression. Alors il attrapa sa canne et se leva pour l'accueillir. Dehors, il désigna une table sous la tonnelle.

— Assieds-toi, t'as l'air exténué. Je vais te faire un café.

— Je ne serais pas contre un verre. Quelque chose de fort.

Dans les yeux du maire, Robert aperçut un gouffre.

— Oh, toi, t'as déconné. Viens, on sera plus tranquilles à l'intérieur.

48

Assis sur la coursive, il méditait tout en observant la silhouette de Blanche-de-Lune, allongée sur la paillasse en chien de fusil. Il émanait d'elle comme une vibration qui définissait ses contours dans la pénombre.

« L'être humain existe dans l'altérité, vivre seul revient à vivre pour rien. » Les finesses de la notion d'altérité lui échappaient encore. En revanche, il comprenait ce que signifiait exister dans le regard de l'autre. Il y avait les loups dont il partageait le territoire de chasse et qui le connaissaient, les corneilles, les cochons qui s'apprivoisaient aisément et paraissaient avoir pour les humains une affection particulière, et ceux de son clan. Ils existaient grâce à lui et il existait grâce à eux.

Quelle place Blanche-de-Lune occuperait-elle dans son univers ?

Il l'avait écoutée chanter dans le noir, bouleversé par sa voix, intrigué par les paroles auxquelles il n'avait rien saisi, en avait conclu qu'il devait s'agir de modulations de la mélodie.

Était-ce un subterfuge destiné à le charmer ? Était-ce dangereux ?

En dessous de lui, au fil des heures, les vibrations de stress s'étaient transformées en un ondoiement plus tranquille. Blanche-de-Lune s'était assoupie, épuisée par la peur.

Peu à peu, ses souvenirs d'elle se stratifiaient dans son esprit : elle était celle qui cherche l'ours dans la brume, celle qui parle au chien, celle qui grille au soleil, celle qui pleure dans le noir, celle qui aime la compagnie des arbres et celle qui chante. Là, il sut qu'il ne résisterait pas indéfiniment à l'attraction. Aussi décida-t-il de retourner auprès d'elle, mais cette fois il s'humecta les narines d'huiles essentielles avant de se laisser glisser silencieusement du haut de la coursive le long d'une corde.

Soudain, il la vit tressaillir et sa respiration se fit rapide, au point qu'elle haleta. Elle n'était pourtant pas sortie du sommeil… Se pouvait-il qu'elle soit en train de rêver ?

Accroupi à distance, dos contre la paroi, il hésita à s'approcher. Mais l'envie irrépressible de la toucher fut plus forte. Il resta près d'elle un moment, ses doigts effleurant ses cheveux, son front, attentif, curieux, avec au fond des tripes une appréhension qui libérait en lui une extraordinaire onde de chaleur.

Lorsqu'il se fut repu d'elle, il alluma la lampe à huile qu'il avait préparée et alla s'asseoir à l'autre bout de la salle, dans une zone demeurée dans la pénombre. *Je suis une petite fille terrorisée qui craint le noir*, se répéta-t-il.

— Je suis le vent qui me pénètre, je suis l'eau qui traverse la terre et les nuages, je suis les animaux que je mange et les arbres par leurs fruits, je suis la montagne et la forêt.

Son murmure réveilla Blanche-de-Lune, qui se pelotonna contre la roche et allongea un bras pour attraper la lampe. Sur son visage si paisible dans le sommeil, la peur s'était de nouveau invitée.

— Je suis les miens dans mes souvenirs, je suis ceux qui n'existent pas encore et qui attendent mes actes.

Blanche-de-Lune s'était adossée au mur et grelottait.

De froid ? Non, la montagne protégeait de la canicule. Il y faisait frais, mais la température n'avait rien de comparable avec la morsure des hivers.

La peur, toujours.

La lampe aurait dû réconforter la petite fille qui tremblait à l'intérieur d'elle. Il aurait voulu la rassurer, mais renonça. Il devait se tenir à distance de cette créature tant qu'il n'aurait pas tranché sur son espèce.

Femme-des-hommes ou humaine ?

Depuis qu'il l'avait respirée sans protection, il n'avait pas ressenti de modification notable de son corps. En revanche, elle occupait ses pensées.

— J'ai besoin de savoir ce que vous attendez de moi. Ça m'épuise de vivre dans la terreur. Si ça continue, je vais disparaître dans la roche, ou me jeter du haut de cette falaise, c'est ce que vous voulez ?

La question l'embarrassa. La voir disparaître ? Pourquoi le souhaiterait-il ?

— Merci pour la lampe, c'est gentil.

Le ton de Blanche-de-Lune s'était adouci. Elle avait l'air sincère.

« Les robots mentent. C'est dans leur nature. »

— Vous vous appelez comment ?

« Méfie-toi d'elle. Ne lui montre jamais ni tes forces ni tes faiblesses. »

— Tu le sais déjà, je suis le dieu dans l'ombre.

— Moi, c'est Alix.

— Non, tu es Blanche-de-Lune.

— Vous pouvez me surnommer Blanche-de-Lune, mais ce n'est pas mon prénom. C'est Alix, mon prénom. Et c'est tout ce qu'il me reste de ma mère, alors j'y tiens. Dites-le : Alix. Allez, dites-le ! Mon prénom ne va pas vous mordre ! A.L.I.X. Alix.

La veille, elle avait voulu savoir qui criait sous la montagne, et pourquoi il n'intervenait pas. Cette question l'avait estomaqué. Les femmes-des-hommes se souciaient-elles toutes de la souffrance des humains, ou seulement celle-ci ?

— Alix, murmura-t-il enfin, convaincu que ses propres mots ne pouvaient pas le blesser. Alix.

Et il prit un plaisir infini à prononcer ces deux syllabes.

— Merci. Et vous, à part dieu dans l'ombre, c'est quoi, votre prénom ?

Malgré la voix insistante qui résonnait dans sa tête et le mettait en garde, il décida de tranquilliser la fillette apeurée.

« Sois certain qu'elle trahira ta confiance à la première occasion. Tous les humains ont été trahis par les robots, tout le savoir ancien a été détruit. »

— Tu peux m'appeler John.

Et il s'en alla.

L'EMBAUMEUR

49

Après avoir avalé un verre de prune cul sec, Cisco en réclama un autre, et le vida d'un trait lui aussi. Le maire transpirait à grosses gouttes, et Robert devinait que la chaleur n'était pas la seule responsable de son état.

— Doucement, avec cette cagna, mon vieux ! Tu vas te ratatiner le ciboulot.

— La situation m'a échappé, Bob, je te jure. Je ne pouvais pas savoir dans quoi je m'embarquais.

— De quoi tu parles ?

— L'or m'a bouffé la cervelle. Le jour de l'accident à l'auberge, on était avec les orpailleurs. Ça s'est mal passé, alors on s'est barrés et je me suis dit que je devais te mettre au courant. J'ai demandé à Hervé de les surveiller pendant que je descendais te chercher…

— Attends, c'est vous qui avez fait venir ces tarés dans la montagne ? Pratz et toi ?

Cisco acquiesça d'un signe de tête.

— Comment vous saviez, pour l'or ?

— Je tiens ce secret de mon grand-père, qui le tient du sien.

— Putain, vous êtes des beaux salauds, dans la famille ! Ça fait combien de temps que vous exploitez le filon ?

— Tu te trompes, les vieux n'ont rien fait. Au contraire, ils ont protégé le site et fermé les chemins aux hommes. La forêt primaire, c'était un bon prétexte. C'est même à cause de ça que le grand-père du boulanger a été zigouillé en 76, pendant la canicule. Pour garder le secret. C'était important que ça se sache pas, tu comprends ?

— T'as couvert un meurtre ?

— Je l'ai appris bien plus tard ! En tout cas, aujourd'hui, tout le monde est mort, et il y a prescription.

— Sauf si on retrouve le corps dans les arbres creux. Alors là, mon vieux, t'es bon comme la romaine !

Robert avala un verre de prune à son tour. Les aveux du maire passaient mal. D'autant que ce type était un véritable donneur de leçons.

— Ange Caruso, il arrive comment, dans cette histoire ?

— Imaginer tout ce fric à portée de main… J'ai pas réussi à la boucler, et Pratz affirmait qu'il avait des contacts.

— Tu m'en diras tant. Continue !

— On allait extraire en petite quantité tous les week-ends. La montagne semblait chier de l'or, je te jure ! Après, on écoulait les pépites chez les négociants en Espagne, on profitait des ferias pour se noyer dans la masse.

— Et Joseph ?

— Quoi, Joseph ?

— Il avait dix kilos dans son coffre.

À la mine stupéfaite de Cisco, Robert comprit qu'il n'était pas au courant. Dans ce cas, d'où venait cet or-là ? Un individu comme Hervé Pratz n'était pas du genre à offrir ses pépites…

— Caruso, Rossi, ils créchaient où ?

— Là où vous avez trouvé le campement.

— Ils étaient pas dans la maison arc-en-ciel, t'es sûr ?

Cisco secoua la tête.

— La bergerie qui a brûlé ?

— Laisse tomber. Qui vous a mis en relation avec Caruso ?

— Enzo Rossi. Il prenait les paris aux ferias. C'est lui qui nous a présentés.

— Et vous avez pensé que c'était une bonne idée de frayer avec un mafieux ?

— C'était pas écrit sur son front, Bob !

— Quand tu dis que ça s'est mal passé entre vous, là-haut, tu veux dire quoi, exactement ?

— On était censés partager l'or, mais lui et Rossi s'en mettaient plein les poches en douce. Pas très honnêtes, les cocos !

Comment Cisco en était venu à imaginer qu'il ne se ferait pas dévorer par ces requins ?

— Le deal, c'était que je me débrouille pour que la mission scientifique soit fermée une dizaine de jours, et pendant ce temps ils récoltaient l'or.

— L'arrêté préfectoral d'interdiction de randonnée vous a donc bien arrangés. Parle-moi du 15 août, maintenant.

— Je suis monté avec Hervé pour trouver un accord avec eux. Le truc, c'est que Rossi n'avait pas l'intention de discuter. Et Caruso a menacé de nous faire la peau. Si on s'était pas tirés, Bob, ils nous auraient jetés dans un trou !

— Qui a fait feu le premier ?

— J'en sais rien, je te le jure ! On s'est vus sur le site d'orpaillage, et quand on a senti le vent tourner, on s'est barrés en leur crevant discrètement les pneus. Comme ça, ils étaient coincés. C'est à ce moment-là que j'ai dit à Hervé de les surveiller tandis que je descendais te chercher.

L'alcool semblait ragaillardir Cisco, car il se lança dans une longue explication de ce qu'il imaginait s'être passé entre Hervé Pratz et la bande de Caruso. Les criminels avaient dû tomber sur le malheureux, qui s'était défendu. Il en voulait pour preuve que Caruso avait été touché par des plombs de chasse. Pendant qu'Enzo Rossi restait dans la montagne pour garder le magot, le dénommé Benji aidait Ange Caruso à trouver des secours. Ils avaient ainsi rejoint la vieille route à pied, où ils avaient tabassé Christophe et volé sa voiture.

La suite, Robert la connaissait pour l'avoir vécue : le pick-up fracassait l'auberge d'Isaura, tuant Joseph et Benji. Et Cisco se pointait l'air de rien juste après.

La faute originelle du maire de Mâchecombe et sa kyrielle de conséquences se déroulèrent dans l'esprit du policier avec une logique implacable. Il revit Cisco débarquer en sauveur et organiser l'évacuation d'Ange Caruso vers la colonie de vacances. Depuis une semaine, il jouait à celui qui ne savait pas, faisant perdre un temps précieux à tout le monde, à commencer par lui !

Dans le fond, tout ce malheur aurait pu être évité. Il aurait suffi que Cisco l'informe de la présence de ces criminels, ensemble ils auraient réfléchi à une solution. Mais non, il avait fallu que cet imbu orgueilleux et lâche s'entête, causant une cascade d'événements tragiques.

Si Robert avait été au courant de la dangerosité de ces individus, jamais il n'aurait autorisé Alix à partir seule chercher Christophe. Sa fille n'aurait pas disparu, et lui-même ne serait pas sur le point d'imploser.

C'était affligeant. Rageant.

— C'est toi qui as donné le convoi de l'IJ ?

— Les types de Rossi m'ont menacé, moi et ma famille. Ils m'ont obligé à leur communiquer l'heure de départ et l'itinéraire. Contre des mafieux, qu'est-ce que je pouvais faire ?

— T'avais qu'à y penser avant !

— Je suis désolé.

Robert se fit violence. Il ne devait pas s'énerver, cela ne ferait qu'envenimer les choses.

— Pratz, tu l'as revu ?

— Non, on avait inventé l'histoire de ferias, alors j'ai gardé cette version dont on était convenus, mais j'ai peur qu'il lui soit arrivé malheur.

— À l'évidence, asséna le policier sur un ton sinistre. Et pour les cadavres dans les arbres, t'étais au courant de quelque chose ? Un secret de famille comme pour l'or, peut-être ?

— Non, je te jure que non !

— Arrête de jurer, tu me mets les nerfs. Dis, Joseph, il t'avait raconté qu'il connaissait Lionel L'Essart depuis plus de quarante ans ?

— C'est quoi, le rapport avec moi ?

— Je pose les questions !

— Tu sais bien que Joseph et moi on était chien et chat. Il a toujours voté contre moi, ce vieux salaud.

— Admettons. Quand je l'ai interrogé, Caruso avait l'air terrorisé. Il a parlé d'un démon. Vous avez vu quelqu'un sur le site ?

— Personnellement, non. Par contre, je leur ai dit qu'en cas de problème ils n'avaient qu'à s'appuyer sur la rumeur. Je pensais que c'était le meilleur moyen de noyer le poisson. Il a vraisemblablement écouté mon conseil. Toi et moi, on sait bien que personne ne survivrait tout seul là-haut !

— Mouais…

Écœuré, Robert songea qu'il haïssait ce monde où la plupart des gens refusaient d'assumer leurs responsabilités. Face à lui, Cisco chargeait Hervé Pratz, son soi-disant meilleur ami, sans sourciller. Pourtant, sans doute connaissait-il parfaitement l'enchaînement de circonstances qui avait entraîné les échanges de tirs, et probablement y avait-il même participé. Mais Pratz ne reviendrait pas pour témoigner, et Cisco le savait. C'était tellement plus simple, d'incriminer les morts.

— Qu'est-ce qui va se passer pour moi, maintenant ?

— Tu mériterais que je te foute la branlée de ta vie.

— Bob...

— Tais-toi, je réfléchis.

Comme Cisco se resservait une dose d'alcool de prune, Robert se demanda ce qu'il pensait de son vis-à-vis. Ils se connaissaient depuis cinquante ans. Gamins, ils avaient eu les mêmes petites copines. Ils pouvaient par conséquent difficilement se jouer la comédie, car ils s'étaient découverts à cet âge où l'on dit vraiment qui l'on est.

— Si tu sais quoi que ce soit qui peut m'aider à retrouver Rossi et ma fille, je te conseille de parler *illico*.

Sur ces mots, son téléphone vibra. Il fit signe à Cisco de garder le silence et décrocha.

— Ravaillé, j'écoute.

— Straub à l'appareil. J'ai les conclusions de la balistique. C'est bien Caruso qui a descendu notre cadavre bleu. J'ai besoin de vous pour l'identification. Je vous envoie la photo.

Un mail arriva sur le portable de Robert, qui ne l'ouvrit même pas.

— Hervé Pratz. Je confirmerai sur place, mais je suis certain que c'est lui.

— Vous n'avez pas l'air surpris ?

— Je vous raconterai de vive voix. Maintenant, veuillez m'excuser, capitaine, j'ai de la visite.

Sur ce, le policier raccrocha.

— Toi, Cisco, t'as intérêt à me dégotter un truc, n'importe quoi, qui nous aide à coincer les types qui ont attaqué le convoi de l'IJ, ou je te donne à Straub sans hésitation. Y a deux gendarmes au tapis, tu risques perpète, tu piges ?

Le maire observa un moment le fond de son verre. Quand il releva les yeux, Robert y lut un immense désespoir.

— Tout ce que je peux te dire, c'est que Benji, celui qui est mort dans la bagnole, c'était pas un pro du crime mais un bûcheron saisonnier.

— Ils l'ont ramassé où ?

— Apparemment, le mec élaguait les arbres dans les campings et les centres de vacances. C'est là qu'ils se sont connus. Et c'est là qu'ils se planquent, au milieu des touristes, quand ils ont besoin de se mettre au vert.

— T'as une idée du nombre de campings qu'il y a en Europe, espèce de crétin ?

— J'ai tué personne, Bob. Si tu me laisses aller en taule, je vais crever. Je rendrai l'or, j'en ferai don aux Petites Sœurs des Pauvres, je ferai tout ce que tu veux, mais me balance pas !

Robert s'esclaffa.

— Putain, Cisco, tu mesures le merdier que tu as déclenché en faisant venir ces types ici ? Comment veux-tu que je la ferme ? Je suis flic !

— T'es aussi un père. Et je pense savoir dans quel coin ils se sont repliés, Bob. Ça vaut bien tout l'or du monde, non ?

— Je sais pas, je jugerai sur pièces.

— Sois pas chien ! On se connaît bien, toi et moi. C'est comme si on était frères, tu crois pas ?

50

Le 23 août

Sous la lumière triste d'un jour gris, John avança jusqu'au bord de la falaise qui dominait Mâchecombe. Il pissa, la face tournée vers l'aval, satisfait que le monde des hommes ait disparu dans la brume.

Au cours de la nuit, les eaux tombées du ciel s'étaient une nouvelle fois insinuées partout, dans la terre et dans le roc, sous la montagne, hors des lacs et des torrents, animant d'intentions meurtrières la boue et les rochers.

Comme on n'y voyait pas à cent mètres, il s'en remit à son ouïe pour sonder la zone qui s'étendait sous ses pieds. Depuis que les hommes fouillaient la forêt, il était essentiel de redoubler de vigilance. Immobile, il interpréta alors les bruits qu'elle produisait. Il fallait qu'elle vive, bruisse, craque, murmure et s'agite pour qu'il se sente en sécurité.

Rassuré, il descendit prudemment en direction du village, et se dissimula sous une cascade de lierre. De sa cachette, il observa les lieux tandis que la brume se dissipait. Devant lui, une clairière formait une tache éblouissante au milieu des verts sombres de la forêt. Le dolmen en occupait le centre, masse imposante de trois rochers supportant une dalle monumentale.

La présence des hommes sur son domaine avait hanté sa nuit, peuplé ses songes de chairs lacérées et de vies englouties. Dans le Rêve, il avait brandi son couteau, les avait éventrés, dépecés… Et quand il s'était marqué le torse de leur sang puis avait brûlé leurs tripes, Blanche-de-Lune était apparue. Elle l'avait dévisagé sans peur, avait avancé sa main vers lui, qui ne bougeait pas, ne pouvait pas bouger, son corps devenu plus lourd que la montagne. Finalement, lorsqu'il avait voulu la prendre, elle s'était volatilisée.

Au réveil, il s'était senti comme possédé. Perturbé, il l'était indubitablement depuis qu'il avait respiré l'odeur de cette envoûtante créature sans se protéger. Ses pensées lui échappaient, son attachement à elle tournait à l'obsession. Par un moyen inconnu, elle s'était établie dans son esprit, grignotant sa raison, affadissant ses envies habituelles.

Le mal n'était-il pas déjà là, installé en lui, rendant incertain le devenir du dieu dans l'ombre ?

Avant de s'aventurer dans la clairière, il attendit qu'un chevreuil vienne y brouter de jeunes branches. La présence de cet animal, un mâle aguerri aux périls de la chasse, signifiait que les hommes étaient loin.

Dans l'Éveil, John se savait en danger en permanence.

L'Éveil ne permettait pas l'échec. L'Éveil était l'endroit le plus risqué du Réel. À la différence du Rêve, où l'on pouvait se jeter d'une falaise ou sauter depuis les cimes des arbres pour voler, quand on chutait dans l'Éveil, on se brisait le dos ; quand on y mangeait une baie toxique, on mourait. Et la mort durait bien plus que le temps séparant les vivants de la fin du monde. John le savait, les morts, on ne les revoyait jamais.

Pour le moment, Blanche-de-Lune s'était manifestée dans ses Souvenirs, dans l'Éveil et dans ses Rêves. Il manquait l'Imaginaire pour faire d'elle un individu distinct de la masse de ses congénères. Si cela arrivait, elle existerait dans le Réel, la somme des quatre parties, et alors seulement il pourrait penser à elle en l'appelant Alix.

Alix.

Les sonorités de ce prénom lui évoquaient l'instant où les silex s'entrechoquent pour créer des étincelles.

Alix.

Lorsqu'il fut certain qu'il ne risquait rien, John avança vers la clairière. C'était là, à proximité de cette cachette réservée au troc, qu'il avait rencontré pour la première fois Éclat-de-Rouille et son ballon. C'était là qu'il avait dit au petit d'homme qui il était.

Parvenu sous le dolmen, John fouilla une anfractuosité et y récupéra une bourse en tissu. L'odeur artificielle qui en émanait remontait à quelques jours. Il examina le contenu, constata avec inquiétude qu'elle ne renfermait que des mèches pour lampes à huile et un flacon d'alcool, mais aucune des drogues qu'il espérait. Il la glissa malgré tout dans sa besace et déposa en échange deux pépites d'or. Puis il déguerpit.

Une poignée d'heures plus tard, il arriva aux abords du lac où se trouvait l'entrée la plus basse de sa caverne – un dédale de salles reliées entre elles par des boyaux naturels ou des tunnels creusés par les Anciens et s'élevant dans le cœur de la montagne sur plusieurs niveaux – et remarqua, alarmé, que la battue se rapprochait. Les hommes ne découvriraient pas cette issue, à moins qu'ils ne fouillent les eaux au pied de la falaise. En revanche, les chiens seraient en mesure de percevoir les cris de sa prisonnière s'il lui prenait l'envie d'appeler depuis la salle, dont l'ouverture donnait de ce côté.

L'idée d'être contraint d'abandonner la montagne effraya John au point que la colère le submergea. Il rebroussa chemin et s'élança sur les sentiers qu'on distinguait à peine sous les galeries de végétation de la forêt primaire.

À intervalles réguliers, il dispersa sur son passage d'infimes quantités d'huiles essentielles, et regagna ainsi les hauteurs du pierreux où était dissimulé un second accès à sa caverne. Il remonta un étroit boyau, traversa la grotte principale, et rejoignit sa prisonnière.

Les rayons du soleil commençaient tout juste à pénétrer les lieux.

L'air près de l'anfractuosité était tiède. Au loin, pourtant, les cimes baignaient dans une brume de chaleur.

Par chance, Blanche-de-Lune dormait.

John la fit rouler sur le dos et s'allongea de tout son long sur elle, une main plaquée sur sa bouche, l'autre brandissant son poignard.

Elle ouvrit des yeux effrayés.

Les huiles essentielles ne le protégeaient plus. Il sentit son cœur s'affoler au contact de sa peau, et son ventre s'embrasa.

« Débarrasse-toi d'elle ! »

À cet instant, il manqua basculer. Ses pensées s'entrechoquaient. De son corps montait un désir impérieux, puissant, qui annihilait presque sa raison. Une nécessité brutale qui le laissa au bord de l'abîme, haletant.

Ses doigts sur les lèvres de Blanche-de-Lune vibraient, et cette onde se propageait. Déjà sa main entrait en résonance avec celle-ci, bientôt ce serait au tour de son bras, son cœur, son sexe et son cerveau. Alors, c'en serait terminé du dieu dans l'ombre.

John se sut en grand danger. Il ne devait surtout pas semer sa laitance en elle avant d'avoir la certitude qu'elle était une humaine.

Il éloigna la pointe de sa lame du visage de sa prisonnière, déformé par la terreur, puis libéra sa bouche et dit :

— Tu cries, tu meurs !

En contrebas, des aboiements de chiens et des éclats de voix lointains manifestèrent la présence des hommes.

Blanche-de-Lune garda le silence.

Dans ses yeux brillants d'intelligence, il sut qu'elle venait de comprendre que sa vie dépendrait de son attitude. Alors il se redressa pour qu'elle respire mieux, prêt à la poignarder si besoin, et l'observa tandis qu'elle protégeait sa tête avec ses bras.

Devant sa détresse, la colère de John s'apaisa aussitôt.

— N'aie pas peur, la nuit ne reviendra plus.

51

Recroquevillée sur sa paillasse, Alix cherchait à oublier l'image de ces instants passés les yeux rivés dans ceux de son agresseur qui ne cillaient pas, au point qu'il semblait s'être statufié. Seuls son sexe gonflé de sang, palpitant contre le sien, son haleine et son odeur corporelle avaient manifesté la vie durant ces interminables secondes.

Au fond de sa mémoire, elle avait gravé le poids de ce corps, la force qui s'en dégageait et la terreur que son contact lui avait inspirée. Son geôlier était plus jeune que ce qu'elle avait imaginé. La trentaine, peut-être même moins. Difficile d'estimer l'âge d'un barbu. Avec ses longs cheveux blond-roux et ses traits fins, Alix aurait pu le trouver beau. Mais ses yeux, dans lesquels elle n'avait pas décelé une once de bienveillance, le rendaient inquiétant. On aurait dit ceux d'un animal attentif. Ni méchant ni gentil, juste attentif, entièrement présent dans l'instant. C'était exactement ce regard d'une incroyable intensité qu'elle avait croisé dans la brume, près du refuge, et qui l'avait tant effrayée.

« Tu cries, tu meurs ! » Au moins, cette fois, ce qu'il attendait d'elle était clair.

Depuis, les chiens s'étaient tus. Les hommes lancés à sa recherche étaient passés tout près, ils ne reviendraient plus. L'espoir était mort, condamnant Alix à un éternel tête-à-tête avec son ravisseur.

Il s'appelle John, appelle-le par son prénom et répète-lui le tien. Il a l'air perché mais pas stupide. Il a même l'air intelligent… Il faut simplement que tu parviennes à t'adresser à ce déséquilibré sans que les choses dérapent.

— John ?

Quand la porte s'ouvrit sur lui, Alix vit s'envoler ses beaux raisonnements.

Elle se ratatina sur la paillasse et arrêta de respirer, incapable de détacher ses yeux de celui qui l'observait, immobile sur le seuil.

Son impressionnante musculature était fine, dense et sèche, comme celle d'un grimpeur, et de nombreuses cicatrices marquaient sa peau en tous sens.

— J'ai soif. Je peux avoir de l'eau, s'il vous plaît ?

Après un temps qui lui parut interminable, il avança et s'accroupit devant elle. La jeune femme se mit à haleter et son esprit cessa de fonctionner normalement. Elle n'était plus certaine de contrôler très longtemps encore ses membres parcourus de tremblements.

Soumets-toi, ou tu vas mourir !

— Ne me faites pas de mal, John. Je vous en supplie…

Alix aurait voulu disparaître, là, tout de suite.

Pour toute réponse, il la renifla. La tête. La nuque. Tout son corps. Puis il abaissa son pantalon et sa culotte, plongea son visage entre ses cuisses, poursuivant son exploration sans vergogne.

Ne résiste pas !

Alix n'apercevait que ses poings posés sur le sol. Curieusement, dans son esprit surgit l'image d'un dos argenté, ces gorilles mâles dominants.

— Dis-moi ce que tu es, murmura-t-il à son oreille. Je veux savoir si tu es une femme-des-hommes ou une humaine.

Dans le cerveau d'Alix, l'incompréhension batailla avec la peur. Elle était perdue.

— Je ne suis pas un dieu… Je suis humaine, juste humaine !

La réaction tarda à venir. Le souffle de son geôlier s'était modifié, et Alix devina qu'il pleurait en silence.

Elle en resta muette de surprise.

— Ils ont rompu l'ordre naturel, finit-il par déclarer d'une voix altérée. Le sais-tu ?

Les pensées d'Alix tourbillonnaient. Attendait-il une réponse de sa part ? Et si oui, existait-il une bonne réponse ? L'étonnante façon qu'il avait de s'exprimer la déroutait.

— Où sont les autres ? ajouta-t-il.

Alix n'avait aucune idée sensée à laquelle se raccrocher. Mais elle se douta que la question n'était pas anodine.

— Je peux vous aider à les chercher, si vous voulez.

52

Robert ouvrit un œil pour regarder l'heure sur le radio-réveil.

10 h 34.

Qui frappait à sa porte comme un dingue ?

Il fourra sa tête sous l'oreiller pour ne plus rien entendre. Sa gueule de bois lui collait la langue au palais. Il n'avait pas eu son compte de sommeil, et mettrait sans doute des semaines à récupérer. Soudain, le souvenir de la journée de la veille, enterré par ses agapes, remonta.

Il se rappela qu'il avait préféré abuser de la prune de Joseph avec Cisco plutôt que de le livrer aux gendarmes. En revanche, ils avaient mis au point un mensonge qui permettrait de faire progresser l'enquête sans compromettre le maire de Mâchecombe.

Celui-ci lui avait en effet communiqué une information cruciale en avouant qu'il avait vu le fameux Benji affublé d'un tee-shirt « Aqua Mundo », nom du célèbre univers aquatique des Center Parcs. Alors, après l'identification du cadavre d'Hervé Pratz, quand Cisco, soumis au même régime que ses administrés, avait été auditionné, il s'était « souvenu » que son adjoint l'avait interrogé sur ces parcs de loisirs, car « un ami espagnol des ferias voulait y passer un week-end entre mecs ». Peut-être un détail anodin, mais on ne savait jamais…

L'univers tangua lorsque Robert s'assit au bord du lit. Il se leva en chancelant, enfila une chemise et un jean. Sans morphine, sa hanche était douloureuse. Il devrait donc choisir entre bousiller son cerveau ou participer aux battues.

Il attrapa sa canne et gagna le salon, où la table était encombrée de cartes IGN du massif forestier. Elles étaient couvertes d'annotations, de symboles, de gribouillis au sens connu de lui seul. C'était avec ces cartes qu'il avait arpenté la montagne à la recherche de sa femme disparue. Et Robert était persuadé que quelque part dans ce dégradé de verts veiné de courbes de niveau se trouvait Alix, vivante.

On cogna de nouveau à la porte.

— J'arrive, bordel !

Au passage, il repéra son téléphone dans la cuisine, s'en saisit, vit qu'il était sur vibreur et que Mélina Straub avait tenté de le joindre trois fois au cours de la dernière demi-heure.

Le cœur du policier s'emballa quand il découvrit la capitaine sur son perron.

— Votre info était bonne, Ravaillé. On a interpellé les braqueurs du convoi en Sologne. Malheureusement, Rossi n'était pas avec eux, ce qui signifie qu'il est *a priori* toujours dans les parages. Vous m'offrez un café ?

Robert bredouilla des excuses pour sa tenue débraillée et sa mine fatiguée, puis il précéda Mélina Straub dans la cuisine, où elle s'attabla au mange-debout avec le naturel d'une familière des lieux.

Tandis qu'il fouillait les tiroirs en quête de ses anti-migraineux, elle sirota son ristretto.

— Votre maire n'avait pas l'air très à l'aise, hier soir, observa-t-elle. Ce n'est pas un bavard…

Robert chassa la désagréable impression que les mots de la capitaine cachaient un sous-entendu et avala son cachet avec un verre d'eau du robinet, encore tiède de cette chaleur qui n'en finissait pas. Alors qu'il allait répliquer, elle reprit :

— Lionel L'Essart, c'est qui, pour vous ?

— Personne. Il ne sort quasiment jamais de sa bergerie, les occasions de le croiser sont rares. Pourquoi ? demanda-t-il en se faisant couler un café à son tour.

— Vous connaissez son passé ?

— Dans les grandes lignes. Vous aussi, apparemment.

— Lui et sa femme Carmel étaient des urgentistes de l'armée, promis à une belle carrière, et puis il y a trente ans, ils se volatilisent. La police a suivi des pistes dans plusieurs pays en Europe et en Amérique du Nord. À l'évidence, ils avaient soigneusement préparé leur disparition. Pour quelle raison ? Aucune réponse. Aucun indice. Jusqu'à ce qu'on retrouve la trace de monsieur ici même, à Mâchecombe, il y a sept ans. Vous savez quoi, à ce sujet ?

Robert s'installa face à la gendarme.

— Cette année-là, neuf cents hectares de forêt sont partis en fumée. On a limité les dégâts grâce aux bombardiers d'eau stationnés dans les Landes, parce que les véhicules terrestres n'avaient aucun moyen de monter là-haut. C'est Joseph qui est tombé sur L'Essart, évanoui sur la route du col, le lendemain. Le pauvre type était salement brûlé. Il a fait deux ans d'hosto, et il est revenu au village. Je ne me suis pas occupé de l'enquête à l'époque, c'était l'affaire des gendarmes, mais elle a conclu que lui et sa femme randonnaient, qu'ils ont fait un détour à cause d'une battue administrative et qu'ils ont été piégés comme les chasseurs par l'incendie. Il s'en est sorti, pas elle. Le feu court sous terre, ici, et il vous crame sans une flamme.

— Je crois que la maison arc-en-ciel est à lui.

— À L'Essart ? Vous l'avez vu ? Comment voulez-vous qu'il aille jusque là-haut, ses cicatrices raidissent tant ses membres que je me demande comment il arrive encore à arquer !

— C'est un médecin.

— C'est un berger qui passe ses journées à traire ses chèvres !

— Il connaissait Vidal, et il est du genre à cultiver des herbes médicinales dans la forêt, non ?

— Vous allez vite en besogne.

— Quoi qu'il en soit, je suis certaine qu'il était au courant pour l'or.

— C'est possible. Même si j'en doute, quand on voit comment il vit.

— Pourquoi s'établir à Mâchecombe, si ce n'est pas pour le magot ?

— OK, peut-être bien qu'il savait ! Mais ça n'en fait pas un tordu qui colle des cadavres dans les arbres !

— J'ai pas dit ça.

— Vous le pensez tellement fort qu'on doit vous entendre jusqu'à Toulouse !

— Et moi, je vous trouve bien complaisant avec lui !

— Quand il est sorti de l'hosto défiguré et veuf, il était seul au monde. Cisco espérait qu'en l'aidant à se réinsérer il finirait par offrir un toubib à ses administrés. Malheureusement, ça ne s'est jamais fait, il n'a jamais repris pied. Et la bergerie où il vit appartient à… appartenait à Joseph. Ce qui signifie que, bientôt, L'Essart sera de nouveau SDF. À moins que la commune ne décide de le reloger.

— Ça vous chafouine… Pourquoi, s'il n'est rien pour vous ?

— Vous n'êtes pas une grande sentimentale… C'est un mec brillant qui a fondu les plombs, pas un criminel !

Mélina Straub descendit du tabouret avec un sourire.

— Parfait. Eh bien, nous allons voir ça tout de suite : il nous attend à la colonie et, apparemment, il ne parlera qu'à vous.

53

Perché sur la coursive, John laissait glisser une corde entre ses doigts. Au bout, il y avait une jarre d'eau et un filet contenant un nécessaire de toilette. Dans le silence de la caverne, le bruit du chanvre sur sa peau ressemblait à celui du déplacement d'une couleuvre sur une roche plate.

Le seau toucha le sol à proximité de la forme allongée sur la paillasse sans provoquer de réaction. Manifestement, elle ne mimait pas le sommeil.

John s'empressa de remonter le crochet.

Se laver, manger, boire et se soulager. Combler ces besoins permettait la vie de tous les organismes. Le reste n'était qu'occupations plus ou moins utiles, précieuses ou agréables.

Il attendit, l'esprit tourmenté. Depuis sa dernière visite, il s'était retranché dans une grande méfiance vis-à-vis de celle qu'il préférait toujours nommer Blanche-de-Lune. Elle lui avait proposé de l'aider à rechercher d'autres humains. Exactement ce qu'il désirait ardemment ! N'était-ce pas la preuve d'une immense fourberie, et donc de son appartenance certaine à l'espèce des hommes ?

Cette créature perfide s'était introduite dans sa tête, et John se demanda s'il allait devenir comme elle. La perspective de son futur pourrissement intérieur l'effrayait.

« Si l'autre entre en toi, tu disparaîtras. »

Qu'allait-il faire, à présent ?

Jamais aucun homme ne s'était aventuré jusqu'à son territoire de chasse avant que les chercheurs d'or n'envahissent la forêt. Depuis, il en avait vu plus qu'au cours des dix dernières années. Et avec eux, la violence s'était abattue sur la montagne.

John n'avait pas pour habitude d'abandonner des êtres en situation de vulnérabilité, fussent-ils des hommes. En secourant l'un d'eux, qui errait sous l'orage, en le transportant dans un refuge où il avait soigné ses blessures, il avait mis en danger son secret. Puis il avait recommencé avec Blanche-de-Lune.

Elle l'ignorait, mais en la jetant dans la combe, il lui avait évité d'être enlevée par l'un de ceux qui avaient dévasté son domaine, un véritable prédateur qui la pistait. Et en l'emportant dans son antre, il avait honoré sa promesse faite à l'enfant.

Malheureusement, chacun de ces actes contrevenait à une loi fondamentale qui établissait qu'aucun homme ne devait jamais connaître l'existence des humains.

Dans ce cas, comment envisager de rendre sa liberté à Blanche-de-Lune, témoin de sa présence sous la montagne ?

« Personne ne cherche celui qui n'existe pas. »

Devait-il la tuer ?

« Tuer un homme en fait venir d'autres. »

Pour qu'elle ne raconte rien à son sujet, il pourrait lui couper la langue. Pour qu'elle ne montre pas ce qu'elle savait, il pourrait lui crever les yeux. Pour qu'elle n'écrive pas, il pourrait lui trancher les mains. Hélas, mutiler une femme-des-hommes aurait les mêmes conséquences que la tuer.

D'autres hommes viendraient.

Pourtant, il l'avait constaté, ceux qui profanaient son domaine manifestaient un intérêt bien plus vif pour leurs morts que pour celle qui avait disparu. Ils avaient à peine exploré les berges du lac, puis étaient repartis. Qu'est-ce qui pouvait expliquer cela ? Pour porter secours à son clan, John, lui, remuerait le ciel et la terre.

Une idée bouleversante germa peu à peu dans son esprit : était-il possible qu'elle soit une humaine parmi les hommes et qu'ils l'aient abandonnée pour cette raison ?

Les yeux rivés sur sa prisonnière qui dormait, apaisée par les extraits d'aubépine et de passiflore qu'il ajoutait à l'eau, John convoqua son Imaginaire.

Il se figura que de rares humains se cachaient parmi les hommes, noyés dans la masse pour survivre. Jusqu'à présent, il avait toujours considéré cette théorie comme une légende. Mais Blanche-de-Lune n'avait-elle pas proposé de l'aider à les retrouver ? Comment ?

Perdu, il invoqua la mémoire des Anciens, qui avaient érigé le dolmen et creusé la caverne où il vivait. Ils demeurèrent silencieux.

C'était à lui et à lui seul, John, rumeur de Mâchecombe et dieu dans l'ombre, qu'il appartenait de trancher.

« Je ne suis pas un dieu… Je suis humaine, juste humaine ! »

Ne l'avait-elle pas affirmé haut et fort ? Si elle avait été une femme-des-hommes, elle n'aurait rien su de l'existence des humains. Aucun homme ne l'envisageait. Comment John n'avait-il pas reconnu plus tôt cette évidence ?

Une immense jubilation gonfla sa poitrine.

En lui offrant Alix, la montagne recomposait le clan.

Et John accepta cette idée comme le fondement du reste de sa vie.

54

Une mauvaise nouvelle accueillit Robert et Mélina Straub à leur arrivée à la colonie. Pour une raison inconnue, le docteur L'Essart avait quitté la salle d'attente, puis s'était faufilé au premier étage et avait sauvagement agressé un gendarme. Finalement, sous la menace d'une arme qu'il dissimulait sur lui, il s'était retranché avec une otage dans un des dortoirs transformés en salle d'autopsie.

Après un rapide débrief de ses troupes, la capitaine entraîna Robert dans un bureau du rez-de-chaussée où aboutissaient les images de vidéosurveillance. Un des écrans montrait une jeune femme hissée sur un tabouret, qui se tenait sur la pointe des pieds, pendue à une corde accrochée à une poutre.

— L'Essart a confirmé qu'il ne traiterait qu'avec vous, déclara-t-elle. C'est sa seule condition. Mais il n'est pas question que je risque votre…

— Vous allez risquer quoi, ma peau d'ancien gendarme ? Cette femme est à peine plus âgée que ma fille, alors ne me les brisez pas avec vos histoires de procédure. Vous avez d'autres négociateurs sous la main ? Non. Moi, je suis là, et je suis partant. Que voulez-vous de plus ?

Mélina Straub réfléchit un court instant. La situation lui déplaisait, mais il fallait agir. Aussi se rangea-t-elle à l'avis de Robert, et entreprit-elle de le briefer.

— Elle s'appelle Nina Alvarez. Elle a 28 ans, elle est originaire de Dunkerque. Sa spécialité, ce sont les insectes nécrophages.

— Parlez-moi plutôt de L'Essart : pourquoi a-t-il demandé à s'entretenir avec moi ?

— Vous en savez autant que nous. Ne vous plantez pas, ajouta-t-elle d'une voix vibrante de stress, sinon vous et moi, on aura de sérieux problèmes.

Robert lâcha un petit sourire, puis s'engouffra dans l'escalier.

Avant d'entrer dans la salle où le docteur L'Essart s'était retranché, le policier eut une pensée pour ses enfants. Cette vie à la montagne, loin des dangers de la ville, il l'avait choisie. Justement pour les protéger, leur offrir le bon air des montagnes, l'horizon, une nature grandiose. Où avait-il failli ?

Il vérifia une dernière fois son gilet pare-balles et frappa en s'annonçant. En retour, il obtint un simple : « C'est ouvert. »

Que ressentait-il en poussant la porte ? De la peur ? Pas exactement. Une immense lassitude, sans doute engendrée par sa migraine. Et de la colère aussi, dirigée contre cet homme qui compliquait une situation déjà épineuse.

Les persiennes fermées plongeaient le dortoir dans la pénombre, et une désagréable odeur de bois pourri flottait dans l'air.

La respiration de Nina était rapide à travers le bâillon qui l'entravait, son visage était rouge, et ses yeux imploraient Robert. Il soutint son regard pour la rassurer, puis il chercha à localiser le médecin au milieu des tables supportant les ossements.

Il le trouva assis contre un mur, à quelques mètres de sa victime, arme en main.

— Je ne fais pas confiance aux types dans ton genre, Robert-Bob, alors tu vas commencer par te déshabiller, au cas où tu aurais dissimulé un flingue sous ton gilet.

Le policier retira sans discuter le Kevlar qui lui tenait chaud. Tout en déboutonnant sa chemise, il demanda :

— Qu'est-ce qu'on fait ici ?

— Vous avez bouleversé l'ordre des choses, quand vous vous êtes mis à vous entretuer. La forêt est sacrée, vous êtes un danger pour elle.

Robert acheva de se dévêtir en essayant de comprendre où le médecin voulait en venir. Il était difficile de lire en lui à cause de son visage à moitié figé par les cicatrices. Il n'avait plus de sourcils ni de cils non plus, et sa chevelure filasse laissait entrevoir des zones de peau dépigmentée et glabre.

— C'est pour ça que tu retiens Nina en otage ? Si c'est ce que tu souhaites, je peux te donner ma parole que personne ne prospectera plus dans la forêt primaire.

Une fois en caleçon, Robert leva les mains et tourna sur lui-même.

— Je m'installe où ?

— Évite mon axe de tir. Je te préfère vivant.

Le policier attrapa une chaise et s'approcha du tabouret de Nina, qui émit un gémissement étouffé derrière son bâillon.

— Ne la touche pas !

— Tu n'as pas besoin de jouer les terroristes pour qu'on discute. Je suis là, non ?

— Cette demoiselle connaît les risques de son métier, on ne porte pas une arme sans savoir qu'elle sert à tuer des gens.

— Peut-être, mais ce n'est pas une raison.

Indifférent à la menace, Robert grimpa sur sa chaise. Les jambes de Nina tremblaient de plus en plus.

— Tu me préfères vivant, doc. Alors tu ne me tireras pas dans le dos. Pourquoi faudrait-il qu'une femme ait peur pour que deux hommes se parlent ?

55

Alix attendit longtemps avant de bouger.

Près de sa paillasse il y avait un broc d'eau claire et une bassine, un pain de savon, une serviette usée jusqu'à la corde et une robe cousue avec des morceaux d'étoffe rapiécés. Après l'avoir négligée pendant plusieurs jours, son geôlier lui permettait de se changer, et elle imagina, pleine d'espoir, qu'il allait lui rendre sa liberté.

Se laver fut une source de satisfaction incroyable. Rester digne malgré les circonstances, accomplir les gestes qui faisaient d'elle une personne civilisée la soulagea autant que de débarrasser sa peau de jours et de nuits de crasse et de stress. Le savon artisanal embaumait le thym et la résine de pin.

Quand elle eut fini, Alix passa rapidement la robe. Un peu trop grande, un peu râpeuse, elle sentait bon la lavande. Puis elle lava sa culotte et l'accrocha à une rugosité de la roche où le soleil darderait bientôt ses rayons.

Là, elle fut interrompue par l'irruption de son geôlier, les bras chargés d'un panier en osier débordant de fleurs sauvages, de fruits, de viande séchée, de fromage et de pain, qu'il déposa à ses pieds en souriant. Il s'était coiffé, portait une longue tresse qui retombait sur son poitrail dénudé, et de son corps énergique émanaient des fragrances de miel et de sève de résineux qu'en d'autres lieux et circonstances la jeune femme aurait appréciées.

Stupéfaite, Alix le dévisagea, incapable de détourner le regard. Elle avait le sentiment d'observer un enfant dans le corps d'un homme. C'était déstabilisant.

En cet instant, son expression candide le rangeait dans la catégorie des gentils. En cet instant, si elle oubliait l'horreur de sa condition, Alix aurait pu se croire hors de danger.

— Mange.

Soucieuse de ne pas susciter sa colère, Alix s'assit sur la paillasse et piocha dans la corbeille. D'abord des grains de raisin, suivis de morceaux de viande et de pain. Les produits étaient délicieux. Et elle crevait de faim.

Debout près d'elle, il la scrutait, curieux et attentif. Soudain, il leva l'index comme s'il réclamait la parole. Alors qu'Alix s'immobilisait, dans l'attente qu'il parle, il sortit en laissant la porte grande ouverte.

De là où elle se tenait, elle le vit s'éloigner, fascinée par l'arbre tatoué dans son dos, par le tronc noueux dont les racines se perdaient dans le haut du pantalon, par les branches maîtresses qui épousaient ses côtes, ses bras et sa nuque. De nouveau, l'image d'un animal s'imposa à elle, associée cette fois à un végétal. Par la souplesse de sa démarche, cet homme évoquait une liane en mouvement.

Que faisait-il ? Provoquait-il une situation qui lui permettrait de la punir si elle franchissait le seuil de cette salle ?

Le couloir taillé dans la pierre demeura longtemps désert, assez longtemps pour qu'Alix regrette de ne pas avoir tenté sa chance. Trop tard, son geôlier revenait avec un collier de fleurs fraîches qu'il passa autour de son cou. Son regard et son expression avaient changé. Il paraissait concentré.

— Je suis le dieu dans l'ombre. Je suis l'invisible qui observe la nuit. Je suis le roc et l'oiseau, l'ours et le loup.

La sidération céda la place à la réflexion. Alix toucha le collier de fleurs avec la conscience aiguë qu'il n'augurait rien de bon.

Il l'avait parée comme… Comme ?

Comme une vierge offerte à King Kong. Oui, c'était exactement ça. Il l'avait préparée pour… un accouplement nuptial.

— Je sais qui tu es, maintenant. Mais qui seras-tu demain ? ajouta-t-il en refermant la porte.

Face à elle, il fit glisser le long de ses hanches son pantalon de treillis élimé. Il ne portait rien en dessous, et son sexe se raidissait déjà.

Tétanisée, Alix fut impuissante à repousser l'homme qui s'était accroupi près d'elle. Il la retourna sans mal, souleva sa robe, puis il la saisit par la taille et positionna un genou entre ses cuisses pour les écarter.

L'esprit d'Alix quitta la caverne où un psychopathe avait décidé de la violer. Il s'en alla planer loin au-dessus de la montagne, loin de cette grotte sordide. Elle avait souvent imaginé sa première fois. Jamais elle ne l'avait évoquée devant quiconque, par peur du ridicule, mais elle rêvait d'un grand amour. Elle fantasmait un homme bienveillant qui la guiderait. Elle avait imaginé ses yeux ardents, habités de sincérité. Cet amant serait peut-être juste passager. Cela n'avait pas d'importance, rien ne dure éternellement… En revanche, il aurait les mains douces et ses caresses seraient délicates. Il prendrait soin d'elle et de son plaisir, et elle du sien. Ce serait un moment fondateur de sa vie de femme.

En fait, elle avait tout imaginé sauf cette horreur qu'elle s'apprêtait à subir. Et ce n'était pas juste. Des voix venues du fond des âges hurlèrent dans son crâne, et l'union de leur détresse, de leurs peurs et de leur colère ramena Alix sur la paillasse où l'homme, penché sur elle, cherchait gauchement à la pénétrer.

— Arrête ! Tu n'as pas le droit de me faire du mal !

Ce cri du cœur suspendit les gestes de son agresseur qui la lâcha. Alix en profita pour rouler sur elle-même et le gifler de toutes ses forces. Puis elle recula sur les fesses, entraînant de sa main meurtrie le drap dont elle recouvrit son intimité.

— Je ne suis pas un animal, John ! Tu es fort et je ne le suis pas ! Tu m'effraies, tu comprends ? Maintenant, tu as le pouvoir de décider si tu vas être bon avec moi !

Le visage de son bourreau trahit l'inquiétude et l'étonnement. Alix fut stupéfaite de ne pas y lire la moindre once de colère. Au point qu'une bouffée d'espoir gonfla sa poitrine, et lui donna le courage de se relever. Il se dressa à son tour et se rhabilla sans la quitter des yeux. Son silence embarrassa tant Alix qu'elle ne put s'empêcher de le rompre.

— Seuls les monstres violent les femmes. Et je suis sûre que toi, tu es quelqu'un de bien. Tu es un homme, et les hommes ne se comportent pas comme ça !

Dans la clarté du soleil, dont les rayons entraient en oblique par l'ouverture, Alix vit nettement les pupilles de John se rétrécir, tandis qu'une extrême dureté s'invitait sur ses traits.

— Qu'est-ce que tu as dit ?

— Que les vrais hommes ne violent pas les femmes !

Le poing refermé, os et chairs ramassés pour détruire, jaillit avec une telle rapidité, que, effrayée, Alix perdit l'équilibre en tentant de l'esquiver. Sa tête heurta violemment le sol de la grotte. Elle n'éprouva ni peur ni douleur. Elle n'eut pas conscience que John avait interrompu son geste et qu'il demeurait immobile, comme statufié. Elle perdit connaissance sous le choc et elle s'affaissa comme une poupée de chiffon.

56

Au moment où Robert Ravaillé, chef de la police municipale de Mâchecombe, grimpait en caleçon sur une chaise pour retirer la corde du cou d'une jeune gendarme dénommée Nina, celle-ci perdit l'équilibre et fit basculer le tabouret sur lequel elle prenait appui. Il la retint à bras-le-corps et faillit tomber à son tour, se rattrapant *in extremis.*

— Aide-moi, bordel ! hurla-t-il.

— Elle ne souffre pas vraiment, se contenta de répondre Lionel L'Essart. Elle craint juste de mourir, comme vous tous !

— Mais qu'est-ce que tu racontes, bon sang ! Bouge ton cul !

— Toi et moi n'appartenons pas au même continuum, Robert-Bob, tu le sais bien.

Le policier eut toutes les peines du monde à desserrer le nœud coulant. Quand il y parvint, la jeune femme s'écroula. Il l'accompagna jusqu'au sol, où il entreprit de la libérer.

— Robert-Bob, le sauveur de ces dames ! Stop, laisse-lui son bâillon. C'est avec toi que je veux avoir cette conversation.

— Ta gueule. C'est toi qui as voulu me voir, alors viens pas me…

— Pendue ou pas, cette fille va mourir. Est-ce que c'est grave ? Elle manquera à des parents, quelques amis, trois collègues libidineux. Et bientôt plus personne ne se souviendra d'elle. Sauf son dieu si elle en a un, lui saura le vide immense qui l'aura rongée toute sa vie.

Du bout du pied, Robert poussa sa chaise afin de la placer entre la gendarme et son bourreau, et s'y assit. L'adrénaline et les battements de son cœur renforçaient sa migraine au point qu'il avait l'impression qu'on lui enfonçait une aiguille dans l'œil.

— Tu es vulgaire, doc. Qu'est-ce que tu essaies de prouver ?

— Je ne suis pas plus vulgaire que toi qui envisages cette femme comme une occasion de racheter tes fautes. C'est ton obsession, jouer les bons samaritains pour sauver ton âme.

— Si c'est une conversation avec moi que tu veux avoir, tu n'as plus besoin d'elle. Laisse-la sortir, elle est terrorisée.

— Toujours à te soucier des demoiselles en détresse. À ce propos, des nouvelles de ta fille ? Vous devriez tous être en train de chercher cette pauvre enfant perdue, non ?

— Pourquoi tu me parles d'elle ? Qu'est-ce que tu espères, à la fin ?

Le médecin se leva, dépliant sa longue silhouette décharnée. Il récupéra son bâton de marche et, du bout ferré, retira les housses en plastique qui recouvraient les ossements disposés sur les tables.

— De quel droit vous êtes-vous permis de défaire ce qui a été fait ? La montagne ne voulait pas rendre ces corps ! De quel droit ? S'ils ne retournent pas vite à la terre, ils seront morts pour toujours !

— Cette mise en scène ne te ressemble pas. Pourquoi tentes-tu de nous faire croire que c'est toi, l'Embaumeur ? Tu ne ferais pas de mal à une mouche !

— Tu ne me connais pas comme je te connais, Robert-Bob !

— Dis-moi ce que tu veux !

— Je veux que les actes sacrés soient respectés, je veux que les hommes tiennent leurs promesses, et je veux que toi et tes amis remettiez ces dépouilles là où vous les avez trouvées.

— Des gens sont morts, les familles méritent de savoir ce qui leur est arrivé.

— Ces personnes ont peut-être désiré être ensevelies là-haut. Ces personnes ont peut-être voulu disparaître ! Y as-tu songé, dans ta petite tête étriquée ?

Sonné par sa migraine, Robert se massa les tempes. Il aurait aimé que le médecin ne hausse pas la voix, il aurait préféré être ailleurs, avec sa fille et son fils, loin d'ici, quelque part en vacances dans un endroit tranquille d'où ils ne reviendraient jamais. Mais non, il était dans ce dortoir, avec cette gendarme qui gémissait et ce cinglé qui exigeait qu'on replace les squelettes au creux des troncs.

— Maintenant, il va falloir m'écouter ! menaça Lionel L'Essart en pointant son arme vers la jeune femme. Sinon, puisqu'elle ne me sert à rien, on peut se passer tout de suite de sa présence.

Dans le brusque changement de ton du preneur d'otage, Robert décela une ferme résolution.

— Tu choisis mal ton jour pour faire chier le monde, doc. J'ai un mal de crâne atroce qui m'empêche de réfléchir correctement, alors sois indulgent et explique-moi précisément ce que tu attends de moi, parce que je n'y comprends rien.

— Comment avez-vous pu croire que je les avais installés au petit bonheur la chance ? Il existe un ordre sous-jacent, l'univers lui-même répond à des lois, et mes protégés aussi, c'est une évidence. Ils m'appellent l'Embaumeur, mais que savent-ils de ces choses ?

— Mais qu'est-ce que tu veux, bordel ?

— Que tu ailles dire aux gendarmes qu'ils ont jusqu'à ce soir minuit pour se plier à mes demandes. Et profites-en pour rapporter un seau d'aisances et de l'eau fraîche pour toi et notre jeune militaire. Contrairement à ce que les gens pensent quand ils voient mon visage, je ne suis pas un monstre !

57

Un mal de tête lancinant voilait les perceptions d'Alix. Bouger engendrait de terribles élancements dans son cou. Même penser se révélait douloureux. Ses muscles s'étaient raidis lorsque le fou avait essayé de la frapper.

Un linge humide couvrait l'arrière de sa tête. Du sang maculait le sol, où elle était tombée. Elle s'étonna de ne ressentir aucune douleur au visage. Du côté de son entrejambe ? Pas d'ecchymose, pas de sang, pas de souffrance. Il ne l'avait pas violée pendant qu'elle était inconsciente.

Soulagée, Alix tendit l'oreille.

Quelqu'un versait un liquide dans un récipient, tout à côté. Et dès que les bruits cessèrent, des mains retirèrent le linge. Alix devina à travers ses paupières la lueur d'une lampe à huile. Elle entrouvrit les yeux et les referma aussitôt, éblouie par la lumière. Elle avait cependant eu le temps de distinguer son agresseur, son regard soucieux, ses traits harmonieux, ses cheveux ramassés en chignon.

Faible et effrayée, Alix le laissa éponger le sang. Ses gestes étaient d'une infinie douceur et elle eut envie de hurler. Il lui sécha les cheveux, puis appliqua une pommade odorante autour de la plaie.

Peu à peu, Alix parvint à se calmer. Avec ce déséquilibré, il n'y avait aucun moyen de savoir à quoi s'attendre.

Alors qu'il tentait de la violer, il s'était interrompu parce qu'elle le lui avait demandé. Mais ensuite ? Qu'est-ce qui avait provoqué sa fureur ? Tout ce qu'elle avait dit, c'était que les vrais hommes ne violaient pas les femmes... Sa réaction était incompréhensible.

— Par ma faute tu es blessée ici, dans l'Éveil, mais je te guérirai. Cette pommade préservera ton sang et ta peau. Si tu veux, tu peux boire cette eau, elle t'aidera à dormir. Je ne t'ai pas blessée dans le Rêve, tu ne crains rien. Tu peux m'y rejoindre, je vais aller rêver aussi.

Alix devina que son agresseur espérait une réponse particulière, mais elle ne trouva pas la ressource pour aller dans son sens. La prudence aurait dû glisser dans sa bouche des mots d'apaisement. Oui, elle le rejoindrait dans le Rêve. Oui, elle ferait là-bas tout ce qu'il souhaitait. Incapable de mentir, elle avait pourtant bien à l'esprit que, si elle ne réussissait pas à saisir sa logique, elle ne s'en sortirait pas.

— Je n'ai pas cherché à vous peiner ou à vous provoquer, dit-elle en se redressant. Je ne sais même pas pourquoi vous m'avez frappée !

— Je ne t'ai pas frappée.

— Vous en avez eu l'intention. Pour moi, c'est tout comme !

Alix parvint à repousser la peur qui l'étranglait, et ajouta :

— Je suis désolée, mais je ne comprends rien à ce que vous racontez, je ne sais pas comment aller dans le Rêve. Ça vous va, ou vous allez encore vous mettre en colère ?

Certaine que sa bravade se retournerait contre elle, Alix demeura immobile face à son geôlier dans une attitude frondeuse, les yeux rivés aux siens. Ses lèvres tremblaient, sa conscience était en quête d'un recoin où se cacher.

John soutint son regard sans ciller, et sa prisonnière y lut tour à tour de la surprise, de la gravité, mais aucune colère.

— Tu as vécu trop longtemps en dehors du Réel, déclara-t-il enfin. Avec moi, tu vas apprendre.

— Je ne veux rien apprendre de vous ! Je veux rentrer chez moi, vous entendez ? Laissez-moi partir !

— C'est ici, chez toi, répliqua-t-il avec un sourire.

Puis il sortit et verrouilla la porte.

Alix s'effondra sur sa paillasse et sanglota, vidée.

Rien ni personne ne l'avait préparée à ce qu'elle était en train de vivre. Jusqu'à présent, son expérience des autres avait été décevante. Jamais elle n'avait su s'intégrer à un groupe, ou nouer des liens d'amitié aisément. Comment imaginer, dans ce cas, qu'elle puisse composer avec un esprit aussi différent ?

Le réservoir de la lampe à huile était presque à sec. D'ici à quelques minutes, elle se retrouverait dans le noir, et cette perspective la terrifia. Devait-elle appeler ? Non, c'était trop risqué.

Alix décida de se faire toute petite, priant pour qu'il l'oublie. La flamme devint minuscule, puis se réduisit à un point incandescent sur la mèche. L'infime chaleur disparut à son tour. Elle remonta alors le drap sur elle et s'apprêta à traverser une interminable nuit.

Une ou deux heures plus tard, le claquement de la serrure la fit sursauter. Alix se recroquevilla. Dans la lumière du néon installé dans le couloir, elle découvrit une frêle silhouette qui s'agenouilla à ses côtés.

Alix attendit, le souffle coupé.

Un murmure effrayant monta dans le silence.

Soudain, des doigts aux ongles longs palpèrent son crâne, trifouillèrent ses cheveux jusqu'à rencontrer son front. Le contact de cette peau rêche la fit gémir de dégoût.

Une voix éraillée envahit alors tout l'espace.

— On ne veut pas de toi ici. On n'a pas besoin d'une bouche de plus à nourrir, surtout si tu ne sais rien faire...

Alix tenta de soulever sa tête, mais la femme qui parlait l'en empêcha d'un geste ferme.

— Pas bouger !

— Aidez-moi, s'il vous plaît. Je veux rentrer chez moi, aidez-moi.

— Mon John n'est pas pour toi ! Tu dois t'en aller.

De nouveau, Alix voulut se redresser. De nouveau, la femme exerça une forte pression sur ses épaules pour la clouer au sol.

— Pas bouger !

— Qui êtes-vous ? Marise ? Cerise ? Marie, peut-être ?

— Pas bouger, on a dit ! susurra la voix sur un ton qui glaça Alix. Pas de bruit. Tu attends d'abord, femme-des-hommes, et quand tu vois monter la Lune, tu pars.

58

À califourchon sur l'une des branches maîtresses du grand châtaignier, John cherchait dans la contemplation de la nature un remède aux meurtrissures engendrées par les paroles d'Alix.

Enfant, il venait souvent à la châtaigneraie pour observer les animaux. Tout au long de l'année, la faune se regroupait là pour se désaltérer dans les mares et, à l'approche de l'automne, pour se nourrir des fruits qui jonchaient le sol.

John s'en voulait d'avoir cédé à la colère. D'autant qu'elle avait été relayée par un mal plus délétère : la frustration d'avoir été rejeté. Ce sentiment nouveau était si douloureux qu'il tentait à présent de le déplacer de son affect vers son intellect.

En refusant de voir qu'Alix avait oublié sa condition humaine, à trop vivre parmi les hommes, John avait failli. Pire, il avait été indigne d'elle. Il avait eu envie de la frapper.

Heureusement, depuis les Souvenirs, la voix du père l'avait stoppé avant qu'il commette l'irréparable. Mais John ne se sentait malgré tout pas soulagé, car sa fureur avait tant effrayé Alix que la peur l'avait assommée aussi sûrement que l'aurait fait ce coup de poing, s'il ne l'avait retenu *in extremis*. Et tout ça le perturbait beaucoup...

Dans le crépuscule, les oiseaux avaient cessé de chanter et, désormais, les premiers cervidés arrivaient près de la mare. John repéra un mâle de deux cents kilos, suivi de plusieurs biches accompagnées d'une ribambelle de faons.

Le mâle était trop lourd. Quant aux femelles, une loi naturelle interdisait de les occire tant qu'elles nourrissaient leurs petits.

John patienta.

Il existait une hiérarchie dans l'ordre de passage. Bientôt, ce serait le tour des daguets, ces jeunes mâles qui s'inclinaient devant l'alpha, masquant leur impatience de prendre sa place et de se désaltérer.

La nuit avalait tout, si bien que sa proie approcha sans se méfier. Lorsqu'elle fut en dessous de lui, John se laissa tomber, poignard en main. La lame s'enfonça dans la gorge du cerf, qu'il contraignit à se coucher tandis que ses congénères détalaient.

Chasser ici n'était pas conforme à ses règles. Hélas, les hommes qui participaient à la battue effrayaient le gibier, qui se raréfiait. Et John devait reconstituer ses stocks. C'était la pleine saison d'abondance, là où d'ordinaire il cueillait, chassait, fumait la viande et les poissons en prévision de l'hiver.

Les hommes chamboulaient toujours les projets des humains.

Du bras, John soutint la tête de plus en plus lourde du daguet, jusqu'à ce que la mort ternisse l'œil de l'animal. Il se recueillit un instant sur la dépouille, puis dépeça la bête et préleva les cuissots. Ensuite, il découpa la carcasse en plusieurs morceaux qu'il aspergea d'huiles essentielles. Il les déposerait en différents endroits de son territoire, là où il avait l'habitude de passer. Les chiens ne résisteraient pas à l'odeur du sang, et les huiles neutraliseraient leur flair.

Au moment de repartir, il comprit ce qui le perturbait tant.

Avec Alix, il n'avait pas été à la hauteur. S'il avait su prendre la vie du cerf, geste maintes fois répété et maîtrisé, il n'avait pas su honorer son humaine avec respect. Or, s'il voulait survivre, c'était à cet acte essentiel qu'il devait se consacrer.

59

Quand les premiers rayons de lune frappèrent la paroi, Alix gagna la porte, entrebâillée sur le couloir enténébré. Durant les heures qu'avait duré l'attente, elle s'était efforcée d'apaiser ses craintes. Non, il ne s'agissait pas d'un piège tendu par son geôlier, il était bien trop perché pour imaginer un tel traquenard. Elle ne comprenait pas grand-chose à cet individu, mais elle avait la certitude qu'il ne raisonnait pas comme la plupart des hommes.

Les sens aux aguets, elle s'aventura hors de la salle. En la privant de repères, le silence la tétanisait. Elle finit par percevoir un ronronnement lointain qu'elle décida de suivre, comme une lueur dans l'obscurité. Une main plaquée contre la roche, elle osa ainsi un pas, puis un autre sur ce qui lui semblait un couloir descendant en pente douce. Engluée dans la nuit, elle se convainquit que chaque mètre parcouru représentait une victoire. Imaginer qu'elle reverrait très vite les siens lui permit de repousser l'effroi avec courage.

Bientôt, ses doigts palpèrent une forme. Alix devina une chaise. À côté, elle buta sur une table où traînaient de nombreux objets. Elle tenta de les identifier, avec plus ou moins de succès. Reconnut une lampe à huile. Stimulée par cette découverte, Alix poursuivit sa fouille à l'aveugle, et ses paumes, à force de persévérance, rencontrèrent le grattoir d'une boîte d'allumettes.

En s'enflammant, le soufre illumina un monde souterrain. Elle eut le temps de distinguer trois autres chaises, des meubles, un plafond taillé dans le roc et deux issues. Après quoi elle s'empressa d'allumer la lampe et, munie de son précieux éclairage, poursuivit son exploration en quête de la sortie.

Elle longea des placards et des étagères chargées de bocaux, dont certaines, accessibles avec un escabeau, culminaient à plus de deux mètres. Hormis le ronflement lointain, il n'y avait toujours aucun bruit. La salle se rétrécit pour devenir couloir. Au bout, une porte s'ouvrit sur un nouvel espace enténébré où l'air humide empestait le champignon.

Effrayée, la jeune femme rebroussa chemin. Dans une réserve où des couteaux de boucher étaient suspendus au-dessus d'un plan de travail, elle découpa un morceau de pain et une épaisse tranche de jambon séché qu'elle fourra dans un torchon, et garda le couteau.

Emportant les provisions, la longue lame brandie devant elle, elle atteignit ensuite un stock de bûches et découvrit, masqué par un panneau de bois, un escalier qui la conduisit deux ou trois niveaux plus bas, dans un boyau pentu où une brise agita la flamme de sa lampe. Galvanisée, Alix accéléra ses foulées jusqu'à une cavité. Là, l'écho feutré de ses pas se perdit dans les hauteurs. Puis la caverne céda la place à un nouveau tunnel en pente, qui la livra à la nuit étoilée.

Bouleversée, Alix s'immobilisa, contemplant l'immensité du ciel.

Par où aller, maintenant ?

Le vent caressait son visage, apportant un bruit de clapotis. Elle traversa la végétation qui se dressait face à elle et gagna un promontoire d'où elle distingua la vaste étendue argentée et mouvante d'un lac.

Alix laissa tomber un caillou dans le vide. Compta. Une dizaine de mètres, guère plus. C'était trop haut, néanmoins, pour qu'elle saute. Elle explora la plate-forme et dénicha un étroit sentier dans une ligne de fracture de la roche. Marcher sur ce sol lui blessait les pieds. Heureusement, le chemin s'achevait sur une volée de marches naturelles qu'elle s'employa à descendre.

Arrivée en bas, elle glissa sur une surface couverte d'algues et chuta, lâchant sa lampe, son couteau et son baluchon. Finalement, un de ses pieds se coinça entre deux galets, sous cinquante centimètres d'eau. Elle hurla de douleur et eut aussitôt la conviction que sa cheville endolorie refuserait de la soutenir plus longtemps. Elle devrait s'enfuir à la nage.

En pénétrant dans l'eau froide, Alix suffoqua. Elle serra les dents et s'éloigna bravement de la paroi rocheuse. Tout ce qu'elle avait à faire, c'était respirer, se concentrer sur l'effort, rien d'autre.

Rapidement, pourtant, elle prit conscience du caractère désespéré de sa situation. Sans repère visuel, elle risquait de tourner en rond. Et dans cette eau qui ne dépassait pas les dix degrés, elle s'épuiserait vite...

Le rire atroce de la femme s'éleva derrière elle, quelque part sur la berge, et elle sut qu'elle l'avait poussée vers la mort.

Personne ne viendrait la chercher.

Elle accéléra alors la cadence de son crawl. Hélas, ses mouvements se désordonnèrent et elle but la tasse.

Elle ne sentait déjà plus ses extrémités.

— John !

Alix jeta ce prénom dans les airs avec toute l'énergie qu'il lui restait. Puis elle leva les yeux vers la voûte céleste.

La panique se dissipa, l'angoisse la quitta. Sans plus esquisser le moindre geste, elle se laissa glisser vers le fond.

Sa dernière pensée fut pour Noa. Jamais elle ne saurait quel genre d'homme son petit frère deviendrait.

JOHN

60

John cheminait sur la rive du lac quand des clapotis l'alertèrent.

Son nom, soudain, traversa la nuit.

Il s'immobilisa. Droit devant, une concentration de reflets argentés trahissait la présence d'un nageur en difficulté. Sans quitter ce point des yeux, il déposa les quartiers de gibier sur un rocher et dévala la berge pour se jeter à l'eau.

Les clapotis devinrent des éclaboussements, puis le calme revint.

John nagea dans la direction estimée, deux mètres en dessous de la surface. Les yeux écarquillés, il accomplissait d'amples mouvements de brasse afin de se donner une toute petite chance de trouver Alix.

Jamais il n'avait touché le fond du lac, trop profond, trop sombre. L'attendait, tapie tout en bas, la nuit la plus absolue qui puisse exister, et que même lui redoutait d'approcher. Il l'effleura pourtant ce jour-là. Pour Alix, aucun danger n'était trop grand. Il se heurta à des arbres pétrifiés, manqua être agrippé par leurs branches griffues, et enfin ses doigts se refermèrent sur les cheveux de la jeune femme, qu'il remonta à la surface et ramena jusqu'à la rive. Là, il colla son oreille contre sa bouche.

Elle ne respirait plus.

L'idée de la perdre déchira le cœur de John. Pas maintenant, pas déjà !

— Je refuse, père, aide-moi !

Il invoqua l'ensemble de ses Souvenirs, sonda l'immensité de cette matière et isola le moment où son père lui avait enseigné les gestes de premiers secours à un noyé.

« Masse la poitrine, frappe les côtes, ne cogne pas trop fort. »

John déchira la robe et plaça ses mains sur le thorax d'Alix.

— Comme ça ?

« Appuie, relâche, appuie, relâche… »

Pour John, il n'était pas envisageable qu'elle meure. Il venait seulement de la rencontrer, un monde nouveau se révélait à lui, monumental, insondable, où l'humaine était censée jouer un rôle primordial.

« Pince le nez, tête en arrière, bouche ouverte, et souffle. La vie appelle la vie. Souffle encore… »

Il souffla dans la bouche d'Alix, une fois, deux fois. Sans résultat.

— Tu ne peux pas mourir ! gronda-t-il en reprenant le massage cardiaque.

Et si elle mourait quand même ?

Alors il faudrait désigner un fautif à cette tragédie. Et c'était lui, John, le dieu dans l'ombre, qui n'avait su prévoir ce qui n'était pas encore advenu. Or, protéger les siens, veiller sur la forêt, la montagne, c'était son rôle.

Il avait failli.

« Appuie, relâche, appuie, relâche… Stop, souffle, emplis ses poumons, donne-lui un peu de ta vie pour qu'elle revienne ! »

Soudain, le corps d'Alix fut secoué par de violents soubresauts. Réactif, il la positionna sur le côté pour l'aider à recracher l'eau de ses poumons. Elle toussa, vomit une invraisemblable quantité de glaires, puis d'horribles gargouillements jaillirent de sa gorge, au point que John, stupéfait, finit par en rire.

Plus tard, il l'interrogerait sur ce qu'il ne comprenait pas, à commencer par la raison qui l'avait poussée à s'enfuir, mais à présent il devait la réchauffer. Alors il la souleva pour l'emporter sous la montagne, heureux.

Dans la caverne, il allongea Alix sur la banquette où il dormait d'ordinaire, près de la réserve, retira sa robe trempée et la frictionna avec une serviette si rêche qu'elle lui rougit la peau. Alix grelottait. Dans la lumière du néon, les cernes qui ombraient son visage blême trahissaient l'épreuve qu'elle avait traversée. John lui passa un tee-shirt et une culotte, puis une chemise en chanvre, un pantalon de treillis et un gilet.

Quand elle fut au sec, il s'assit à côté d'elle et posa sa cheville blessée sur sa propre cuisse. Il s'enduisit ensuite les mains avec l'onguent dont il se servait pour apaiser son corps fourbu et massa l'articulation malmenée. Exhalant une odeur revigorante de menthe et d'arnica des montagnes, la graisse se liquéfia au contact de la peau. La chaleur revenait.

John apprécia cet instant durant lequel Alix s'abandonna en l'observant. Sous ses doigts, il sentait les muscles, les tendons, les cartilages et les os. Consciencieux, il appliquait une pression légère et régulière. Les yeux d'Alix s'emplirent alors de reconnaissance et John sut que, pour la première fois, il la réconfortait. Et il souhaita que ce silence dure éternellement, qu'il scelle l'alliance du dernier être humain de la montagne avec une humaine de retour d'entre les hommes.

— John ?

Il releva la tête, surpris d'entendre Alix l'appeler. Ses doigts s'immobilisèrent malgré lui.

— Je recommencerai. Je ferai tout pour m'enfuir, même si je dois en mourir, tu comprends ?

Un moment, John fut tenté de lui dire la vérité. Elle était une humaine que les hommes avaient laissée tomber. Elle appartenait à la montagne et la montagne lui appartiendrait le temps qu'elle vivrait dans l'Éveil. Mais une révélation de cette ampleur demandait de la patience.

— Repose-toi, Alix. J'ai enfermé ma mère, ajouta-t-il devant son air effrayé. Elle ne reviendra pas.

61

Pour la cinquième fois, Robert s'apprêtait à retourner dans le dortoir où, depuis bientôt dix heures, Lionel L'Essart menaçait la jeune gendarme. La nuit s'était installée et la situation n'avait guère évolué.

La capitaine Straub s'était engagée à contacter sa hiérarchie pour que soit envisagé le rapatriement des squelettes dans la montagne dès le lever du jour. Mais personne n'était dupe de cette promesse, et surtout pas le preneur d'otage, qui avait pourtant accepté le report de son ultimatum.

Robert avait quant à lui obtenu l'autorisation de sortir afin de récupérer de l'eau, de la nourriture et un matelas pour Nina. À défaut d'avoir le droit de se rhabiller, il avait même été prié de se chercher un déodorant. « Je préfère l'odeur de mes chèvres à vos miasmes ! » avait lâché L'Essart, plein de mépris.

Celui-ci n'avait pas bu de la journée, et il n'avait ni pissé ni mangé. Malgré ça, le coup de fatigue qu'espérait Mélina Straub pour le neutraliser en douceur n'arrivait pas. Tandis que, pour Robert, la donne était différente. Rarement il avait subi une migraine aussi douloureuse, entretenue par la chaleur, le stress et l'absence de repos.

Au coucher du soleil, le preneur d'otage avait exigé qu'on lui fournisse des marqueurs pour dessiner la répartition des squelettes, prouvant ainsi qu'il connaissait parfaitement le cimetière sauvage. Avait-il des complices ? Était-il un assassin, ou juste un fossoyeur ? Il demeurait de nombreuses zones d'ombre, mais il ne faisait plus guère de doute à présent que l'ancien médecin était l'Embaumeur.

Plusieurs fois, le policier avait tenté de le confondre en l'interrogeant sur les approximations qui émaillaient son plan. Le cadavre d'Hervé Pratz, notamment, n'y figurait pas. Or, les détails de cette inhumation intéressaient particulièrement Robert, car elle datait de la veille de la disparition d'Alix. Mais si Lionel L'Essart était un authentique malade mental, ça ne faisait pas de lui quelqu'un de stupide.

À ces questions aussi essentielles que piégeuses il se contentait en effet de répondre, en le fixant avec un sourire oblique : « Je me demande pour qui sonne le glas. » Et Robert ne parvenait pas à se débarrasser de l'idée que cet homme n'avait pas entièrement dévoilé son dessein. Qu'espérait-il en jouant ainsi au chat et à la souris avec les autorités ?

Au cours de l'après-midi, les gendarmes avaient perquisitionné sa bergerie. À son retour, Mélina avait affirmé que les conditions de vie qu'offrait cet habitat ressemblaient à s'y méprendre à celles de la maisonnette aux pierres arc-en-ciel. « Spartiates » avait été le qualificatif de Robert, « moyenâgeuses » celui de Straub.

Ce fut en tout cas avec ces éléments nouveaux que le policier, sorti pour se ravitailler en eau, retourna dans le dortoir. Là, il retira le bâillon de Nina, qui gisait sur le matelas, toujours entravée, pour qu'elle se désaltère.

— Collez votre joue sur la bouteille. Elle est fraîche, ça vous fera du bien.

Lui qui avait passé la journée en caleçon crevait de chaud, alors elle, dans son uniforme, devait être au supplice. Pour la soulager, il humecta son visage et ses cheveux, et laissa le bâillon pendre autour de son cou.

Se relever lui arracha ensuite un gémissement tant sa hanche l'élançait. Il se massa la nuque. Il rêvait d'une douche glacée, un luxe inaccessible à cet instant. Assis à l'équerre contre un mur, juste en dessous de la caméra de vidéosurveillance, Lionel L'Essart avait quant à lui posé son pistolet contre sa cuisse et paraissait dormir. C'était tentant. Après dix heures à endurer cette fournaise, sans manger ni boire, il était sûrement épuisé.

— Un chevalier servant, persifla cependant le médecin. Dis à mademoiselle que, si elle intervient dans notre conversation amicale, elle goûtera au plomb qu'elle promettait aux vilains.

— Elle t'entend.

— Je ne souhaiterais pas qu'elle se méprenne et croie qu'elle a voix au chapitre. Tu veux bien t'en assurer, Robert-Bob ?

Pourquoi ce type l'appelait-il ainsi ? Et pourquoi continuait-il à donner l'impression qu'il croyait au retour des squelettes dans la montagne ?

Rien dans cette situation n'avait de sens. Mais le pouvoir appartenant à celui qui braque l'arme, Robert remit son bâillon à Nina en lui soufflant qu'il était désolé, puis se redressa avec une nouvelle grimace de douleur.

— Où en étions-nous ? Oui, tu devais deviner l'ordre dans lequel j'ai offert une sépulture décente à ces malheureux.

Ce petit jeu durait depuis la tombée de la nuit.

Pour la centième fois, Robert scruta les squelettes allongés sous les bâches en plastique, essayant d'imaginer sur quels critères il pouvait en établir un classement.

— J'ai l'esprit ouvert, doc. Mais là, tout ça me dépasse. Je ne comprends rien au message que tu espères nous transmettre…

Les yeux remplis d'une intention cruelle, le médecin s'approcha du policier, qui recula jusqu'à buter contre une table.

— Il n'y a pourtant rien de compliqué à comprendre. Vous avez profané la forêt, et maintenant elle cherche à se venger ! Elle a d'ailleurs déjà commencé avec Alix. Et sais-tu pourquoi tu ne la retrouveras jamais, Robert-Bob ? Parce que ta fille est *devenue* la forêt, alors que toi tu n'en fais pas partie. Tu pourrais la frôler sans même la voir !

À ces mots, Robert se crispa. Avec Mélina Straub, qui suivait leur discussion grâce à la vidéosurveillance, ils étaient convenus de faire intervenir deux hommes s'il réussissait à s'emparer du pistolet. Mais Lionel L'Essart manifestait une vivacité inchangée. Et puis il parlait enfin d'Alix, aussi le policier le laissa-t-il le menacer à moins d'un mètre sans rien tenter, et demanda :

— Tu sais quelque chose sur la disparition de ma fille ?

— Sois tranquille, tu sauras tout bientôt. Je te dois bien cette petite entaille au serment qui me lie à la montagne.

— Qui a inhumé ces cadavres, doc ? Tu ne me feras jamais avaler que tu étais seul pour trimballer autant de corps. Qui s'amuse à entrer chez moi déguisé en ours pour terroriser mon gosse ? explosa soudain Robert.

Les yeux rieurs, le médecin fit quelques pas et s'arrêta brusquement devant une table.

— Réponds, bordel !

— C'était une belle femme, murmura-t-il en ôtant la bâche d'un coup sec. Regarde ce qu'il en reste.

Le squelette était incomplet, et le crâne dissimulé par des bandes de tissu où du lierre s'était enraciné.

— Les renards me volent des os, les chenapans. Mais l'essentiel est là, je crois. À toi de voir.

Déstabilisé, Robert observa alternativement la dépouille et le visage défiguré par le feu, figé dans un sourire atroce.

— Cadeau, Robert-Bob, c'est ton œuf de Pâques en pleine canicule ! Hâte-toi de l'ouvrir, ou il va fondre.

Soudain, une angoisse ravagea l'estomac du policier. Il n'avait aucune envie de toucher à ce crâne, ni maintenant ni jamais.

— Fais-le, ou la gendarmette monte tout de suite au ciel. Approche, voyons ! On dirait que tu as peur.

Fasciné, révulsé, Robert tendit la main vers le crâne emmailloté qui se détacha et roula sur la table. Il voulait en même temps savoir et demeurer dans l'ignorance, être ici et loin de ce fou. Mais, par-dessus tout, il voulait en finir.

— C'est dedans que t'attend la surprise ! Souviens-toi des chasses aux œufs, les gamins se battent toujours pour le plus gros.

Le tissu pourri, amalgamé à de l'humus et à des restes de chair, se délitait. Alors il déchira plusieurs épaisseurs, dévoilant la cavité nasale, épluchant le crâne comme on écale un œuf dur. Sous la mandibule, ses doigts entrèrent en contact avec un anneau.

— Je leur rends leurs bijoux avant de les ensevelir. C'est important qu'ils puissent payer le passeur.

Robert ne respirait plus. Il savait déjà, mais se situait encore dans cet espace-temps où il pouvait prétendre le contraire.

Il frotta l'intérieur de l'anneau doré, faisant apparaître les mots qu'il avait lui-même fait graver sur l'alliance de Solange : « Et moi donc, si tu savais. »

Ce crâne, cette peau séchée, racornie, ces orbites vides, ces dents ternies par les années, la mort, la nuit… C'était tout ce qu'il subsistait de la seule femme qu'il avait jamais aimée.

Il fixa la bague qu'il tenait dans sa main, referma le poing dessus et se tourna vers Lionel L'Essart, qui l'observait d'un air curieux.

— Tes yeux pour pleurer, Robert-Bob, voilà ce qu'il te reste.

Dans l'esprit du policier, toute notion de danger se volatilisa. Il n'y eut plus de pistolet chargé ou d'otage, plus de militaires armés à proximité. Il n'y eut plus que lui et sa colère. Il fallait que ce monstre meure, que sa chair et ses os se mélangent, que cette bouche d'où ne sortait que l'ignominie se taise pour l'éternité.

Robert se jeta sur Lionel L'Essart, mais, aussitôt, un voile rouge sombre obscurcit sa vue, et une douleur indicible enserra sa poitrine.

62

Lovée sous le drap, Alix écoutait le silence, incapable d'oublier les derniers mots de son ravisseur, son geôlier, son agresseur et à présent son sauveur.

Depuis combien de temps vivait-il dans cette grotte ?

Longtemps, si elle en jugeait par ce qu'elle avait vu de l'univers souterrain au cours de son évasion manquée.

John enfermait-il souvent sa mère ? Était-elle aussi sa prisonnière ?

La jeune femme se fustigea. Accorder un prénom à ce fou furieux revenait à l'humaniser.

Après l'avoir massée, il s'était retiré dans une partie de la caverne qu'elle ne pouvait voir de la banquette. Elle l'avait entendu trafiquer quelque chose sans parvenir à deviner ce qu'il faisait. Un néon était resté allumé un long moment.

Où était-il, désormais ?

La cheville d'Alix avait désenflé, mais son corps n'était plus que souffrance. Chaque geste stimulait des muscles raidis par la peur, l'adrénaline et le stress.

Elle se redressa et tenta de prendre appui sur son pied blessé. La douleur la foudroya. Alors elle changea de tactique et, sur sa jambe valide, gagna la table où elle prit la boîte d'allumettes. Sans traîner, elle en enflamma une, puis s'empara d'une chaise dont elle se servit comme d'un déambulateur, et s'approcha des étagères. Il y avait là des bocaux par centaines et des tiroirs qu'elle fouilla, utilisant plusieurs allumettes, jusqu'à ce qu'elle trouve des bougies.

Soudain, elle eut la certitude qu'elle ne craignait plus pour sa vie. D'ici à quelques jours, sa cheville serait guérie. Et elle songea que ce temps de repos forcé jouerait en sa faveur, car la vigilance de son geôlier faiblirait à mesure qu'il s'habituerait à sa présence.

En attendant, pour échapper à ce calvaire, Alix devait entrer dans sa tête. Jusque-là, elle avait tâtonné, mais la mère de John avait éclairé son obscurité. La vieille l'avait appelée « femme-des-hommes », elle lui avait craché ces mots à la figure comme s'il s'agissait d'une insulte. Pour une raison qu'elle ne saisissait pas, avec ces deux-là, il valait mieux parler d'« humain ». Avoir compris cela représentait déjà une victoire, qu'Alix fêta en piochant dans une corbeille de fruits.

À plusieurs reprises, alors qu'elle se sustentait, elle crut entendre un bruit de pas à proximité.

— John ?

Comment apprivoiser celui qui se prenait pour le *dieu* dans l'ombre ?

Sans réfléchir, elle attrapa une autre bougie, glissa la boîte d'allumettes dans la poche de son treillis. Ne plus subir ne signifiait pas qu'elle n'aurait plus ni mal ni peur, en revanche elle ne permettrait plus à quiconque de décider à sa place. Une main enserrant son unique source de lumière, l'autre avançant la chaise par petits bonds successifs, Alix repoussa alors les ténèbres devant elle tandis qu'elles se refermaient dans son dos. Hélas, les bruits de pas avaient cessé et, bientôt, elle ne sut plus où chercher dans ce labyrinthe minéral.

Découragée, elle voulut s'asseoir, mais sa cheville se déroba et elle s'écroula, pantin désarticulé hurlant de douleur.

La flamme de la bougie vacilla, manqua s'éteindre.

Alix demeura ainsi jusqu'à ce que la silhouette de son geôlier émerge des ténèbres et la soulève sans manifester le moindre effort. Quelques minutes plus tard, Alix était de nouveau allongée sur la banquette.

John, lui, récupéra plusieurs lampes à huile qu'il alluma et posa sur la table, puis il entreprit de masser la cheville de la jeune femme.

— Si tu la laisses tranquille, ton articulation ira vite mieux. Si tu insistes, elle sera blessée pour toujours.

Alix garda le silence.

— Tu es morte cette nuit, mais la mort t'a laissée repartir.

— La mort ne décide rien, c'est toi qui m'as sauvée.

— J'étais là. C'est tout.

Alix fut prise d'un sentiment de malaise. Elle songea à cette femme qui lui avait ouvert la porte afin qu'elle s'évade.

— Cette grotte, tu y vis depuis longtemps ?

— Depuis toujours.

— Tu veux dire que tu y es né ?

Il s'immobilisa et lui lança un regard soupçonneux.

— Le monde existait avant que tu naisses, tu le sais ?

Cette réponse, décalée comme souvent, rendit Alix perplexe. Elle répliqua :

— Quand j'étais petite, je croyais qu'il y avait juste eu les dinosaures avant moi. Que les rois et tout ça, c'était dans les livres de contes. Imaginer que mes parents avaient été des enfants, c'était également très abstrait. C'est plus tard que j'ai compris que le monde était bien plus grand et plus vieux que moi.

Les yeux de John s'adoucirent, et ils harponnèrent ceux d'Alix tandis qu'il reprenait son massage.

— Je connais les rois, pas les livres de contes. Me diras-tu ce que c'est ?

— Ce sont des histoires écrites pour expliquer aux enfants le danger que représente le monde des adultes. Tes parents ne t'en lisaient pas ?

— Les histoires écrites par les hommes n'intéressent pas les humains.

Les paroles de John étaient habitées d'une immense conviction. Cet être ne plaisantait jamais. Tout ce qu'il vivait paraissait essentiel, tout semblait précieux, unique.

— Dans ce cas, pourquoi allais-tu voir mon frère ?

Alix attendit une réponse qui ne vint pas.

— Il y a des dessins de toi sur le frigo. J'en ai aussi dans ma chambre. Il t'appelle Dandelombe... Il dit de toi que tu es l'esprit de la forêt.

Un sourire illumina les traits de John, et il hocha la tête plusieurs fois, comme si les propos d'Alix éveillaient en lui une discussion intérieure. Il garda pourtant le silence, appliqua un onguent à base de miel et de lavande sur la cheville et la nuque de la jeune femme, puis se leva.

— Merci, John.

Sa reconnaissance était sincère. Et elle était soulagée d'être parvenue à établir le contact avec son geôlier.

— Il faut racheter ses fautes, Alix. C'est ainsi que vivent les humains.

63

Attablé à côté de sa mère, John préparait des mélanges de plantes tout en réfléchissant. Des enfants de lui, des enfants à lui, des enfants comme lui… Cette perspective, jamais il ne l'avait sérieusement envisagée. Condamné à une existence solitaire, il avait vécu dans l'idée qu'il ne retrouverait pas les autres êtres humains dont lui parlait son père.

Avec Alix, tout était désormais possible.

Alix était une humaine, il n'avait plus aucun doute sur ce point. Et grâce à elle, John serait en mesure d'engendrer. Il fallait juste qu'il comprenne comment l'amener à accepter ses avances.

Depuis sa naissance, John étudiait les animaux. Il savait pister, piéger, tuer, dépecer, préparer les morceaux, les conserver. D'un coup d'œil, il déterminait quel individu abattre, identifiait une femelle en chaleur, une autre pleine, ou une bête malade. Pour sa survie, le père lui avait transmis tout ce dont il avait besoin. John connaissait les sèves comestibles, les racines, les insectes, les champignons. Le père avait validé cent fois l'acquisition de ces fondamentaux. Il avait tout prévu. Tout, à l'exception d'un sujet : la sexualité humaine. Jamais il ne l'avait évoquée.

Bien sûr, il avait parlé à John de reproduction, lui avait expliqué comment un embryon devient fœtus dans l'utérus maternel, lui avait enseigné les mots « spermatozoïde », « ovule », « morula », « jumeaux dizygotes », « placenta », « cordon ombilical »...

Il avait également insisté sur le fait que, contrairement aux animaux, les humains ne pouvaient se reproduire au sein de la famille.

Pas le père avec son enfant.

Pas la mère avec son enfant.

Pas entre frères et sœurs.

John avait retenu la leçon. La mère et la sœur étaient interdites.

À présent, il se sentait bien seul pour deviner comment aborder convenablement l'humaine. Et, finalement, se voyait réduit à extrapoler à partir de ses observations.

Certains oiseaux s'unissaient pour la vie, certains mammifères aussi. D'autres manifestaient une sexualité débridée durant les périodes de chaleurs. Les mâles couvraient alors le plus de femelles possible, et les femelles s'accouplaient avec de multiples partenaires. John avait par ailleurs constaté que les mâles étaient excités d'un bout à l'autre de l'année, pas les femelles. Elles donnaient donc le signal aux mâles pour qu'ils s'affrontent, et le vainqueur gagnait l'opportunité de prolonger sa singularité dans les générations suivantes.

Alix n'était ni une biche ni une louve.

Le problème demeurait entier.

Sa mère, autrefois, aurait pu lui être d'un précieux secours. Hélas, aujourd'hui, elle n'était plus qu'un pâle reflet de ce qu'elle avait été. À la regarder tandis qu'elle sélectionnait feuilles, fleurs et racines, il était aisé de s'apercevoir que seules ses mains se souvenaient, virevoltantes et précises, à la fois serres d'aigle et fourrure de loutre. La douceur, la force… et l'oubli.

Comment emporter les faveurs d'Alix ?

Les mammifères mâles se défiaient, les oiseaux paradaient, certains insectes offraient à manger à la femelle avant de la couvrir…

Les femelles nourrissaient leurs petits, elles consacraient même l'essentiel de leur temps à cette fonction. Le mâle avec la femelle avait-il le devoir d'agir comme la mère avec sa progéniture ? Devait-il nourrir Alix davantage ?

Cette piste lui semblait intéressante. Restait en revanche une autre inconnue. Comment Alix se comporterait-elle pendant et après l'accouplement ? Allait-il, à l'instar des insectes mâles, courir le risque d'être dévoré ?

Sa mère marmonna en travaillant. Elle ne s'adressait pas précisément à John, mais l'accablait de reproches. Pourquoi fallait-il qu'elle vive enfermée dans cette caverne qu'elle détestait ? Des hommes rôdaient dans la forêt ? Il n'y avait qu'à s'en débarrasser et abandonner leurs cadavres aux charognards. Avec la chaleur qui régnait dehors, il ne demeurerait plus que des os en un rien de temps.

— Et puis mets-y l'étrangère avec, elle pourrira aussi.

John pensait avoir agi avec raison en ne révélant pas à sa mère l'existence d'Alix. Hélas, il avait manqué de rigueur. Et son erreur avait failli tourner au drame.

La résurgence de ce souvenir le fit tressaillir. Depuis l'irruption d'Alix dans sa vie, John ressentait de l'appréhension. Il s'en était aperçu en l'arrachant aux eaux noires du lac, terrifié à l'idée d'être à jamais privé de sa présence dans l'Éveil. Mais que lui avait-elle apporté qu'il craignait tant de perdre ? Que lui arrivait-il ?

« Celui qui ne possède rien est libre pour toujours. »

John décida de ne pas écouter le souvenir de son père, et asséna à sa mère d'un ton sans appel :

— Alix est mon humaine, elle va rester ici. Si je ne me prolonge pas dans une descendance, je disparaîtrai, et toi aussi.

— Cette femme-des-hommes te conduira à ta perte, fils.

— Alors, ce sera dit.

64

Le 24 août

Une aube grise sortit le monde de l'Éveil d'une nuit mouvementée.

John avait peu dormi. L'orage qui s'était abattu sur la vallée lui avait tenu compagnie. Depuis son observatoire, il avait admiré des heures durant, tonnerre contre roc, les masses électriques de la terre et du ciel qui s'étaient effleurées, s'épousant et se déchirant dans une danse diluvienne.

John s'inquiétait pour sa mère.

Qu'allait-il faire d'elle maintenant qu'Alix était là ?

John soupçonnait en effet que l'esprit mauvais d'une femme-des-hommes se soit sournoisement glissé en elle. Cette créature qui la possédait la rendait méchante, jalouse et capricieuse. La vraie nature de sa mère n'était pas ainsi. Perdue dans ses souvenirs mélangés et ses rêves obscurs, elle était devenue incapable de vivre complètement dans l'Éveil ou de se projeter dans l'Imaginaire. Parfois, ses propos prouvaient qu'elle était présente, juste sous la surface de sa conscience. Ces jours-là, si peu nombreux, John profitait de sa compagnie. Il avait alors l'illusion de ne pas être seul.

En parler avec Alix était peut-être une solution. Elle aurait à coup sûr un point de vue sur cette question.

Mais John n'en était pas encore arrivé là avec son humaine. En fait, il conservait même de sa courte nuit un songe perturbant où elle se révélait être une femme-des-hommes, entourée de leurs enfants hybrides, erreurs monstrueuses dont il était responsable.

De toute évidence, il doutait encore. Le Rêve, en tout cas, le mettait en garde.

Pourtant, ils avaient eu une vraie conversation, et John aurait dû s'en féliciter, mais il ne parvenait pas à oublier qu'Alix voulait rentrer chez elle. Pour lui, avoir trouvé son humain et vouloir le quitter ne répondait à aucune logique !

Tout là-haut dans le ciel, l'étoile du Berger scintillait. John cessa de ressasser ses pensées angoissantes et apprécia l'instant. Le vent d'est avait un goût de sel. Avant d'embrasser les sommets des Pyrénées, il avait dû caresser la Méditerranée.

John se leva et s'étira longuement. Il devait redescendre pour soigner Alix et discuter avec elle. Même s'il se sentait plus à l'aise dans le silence, il avait l'intuition que ces échanges étaient importants pour elle.

Au petit jour, dévaler la falaise voilée de rosée pouvait être périlleux. Aussi assura-t-il ses prises plus précautionneusement qu'à l'accoutumée, sollicitant davantage son corps rompu à l'escalade. Sans corde, sans assurance, il était aussi libre que les bourrasques qui agitaient ses cheveux lâchés.

En cours de route, John scruta la forêt en contrebas. Ces derniers temps, retourner sous la montagne exigeait beaucoup de prudence. Les hommes étaient en effet venus nombreux, avec des chiens, des drones et des hélicoptères.

Dedans, il découvrit Alix encore endormie, alors il se rendit sans bruit dans son antre. Quand il avait le sentiment d'être perdu, John consultait les carnets de son père.

Il les gardait à l'abri de la lumière et de l'humidité à l'intérieur d'un coffre hermétique entreposé dans une niche située à un peu plus d'un mètre du sol, et dont le couvercle pouvait servir de secrétaire.

Il aimait entendre le claquement des fermoirs en métal, le sifflement de l'air qui s'y engouffrait, respirer l'odeur du papier et de l'encre, et contempler avec une joie presque enfantine les objets précieux qu'il délivrait de l'obscurité.

Délicatement, il retira les attaches et amena le couvercle vers lui. Les pieds ainsi délivrés vinrent s'emboîter dans des encoches pratiquées dans le sol, formant comme un petit bureau.

Être ici, c'était retrouver son père. Ses piles de carnets numérotés de 1 à 132.

À force de les lire, il en connaissait certains passages par cœur. Ses doigts avaient usé les couvertures noires, écorné des pages. Et puis il les avait nourris de ses propres notes, intercalées au point que certains, trop garnis, peinaient à se refermer.

Il en saisit un, l'ouvrit au hasard.

« … À quelle époque a débuté le règne des hommes, quand a cessé celui des humains ? Cette frontière est indéfinie. Le désir de liberté a emporté les consciences. La liberté de penser s'est convertie en liberté de faire, d'agir, d'acheter, d'entreposer, de souiller, de détruire. La liberté de tout et de son contraire, sauf celle d'envisager, de projeter, d'inclure… »

Au fil de ses écrits, son père abordait l'art de la chasse, de la pêche, ce que signifiait être un fils, une fille, un père, une mère, il prodiguait des conseils, évoquait ses propres erreurs pour qu'elles servent d'enseignement à ses descendants. Il avait raconté les hommes, leur mode de vie, la conduite à tenir si par malheur son existence était révélée. Les carnets renfermaient toute la connaissance nécessaire à la survie de sa lignée. Mais ne disaient pas un mot sur la manière de communiquer avec une humaine qui avait grandi au milieu des hommes.

« Définis d'abord ce que tu cherches, et tu trouveras. »

John sourit. Son père avait raison.

Il décida qu'il devait avant tout s'appliquer à parler le même langage qu'Alix. À cette seule condition il parviendrait à la dissuader de retourner chez elle, puisque chez elle, c'était avec lui.

Après des heures de lecture, John retourna auprès d'elle. Il s'empara d'une chaise, puis s'assit face à elle, bras croisés, et patienta le temps qu'elle se réveille.

— Je veux deux choses, murmura-t-il alors qu'elle ouvrait les yeux. Je veux que tu sois mon humaine et je veux qu'on partage les quatre dimensions du Réel.

Après ça, il se tut et observa Alix. Sur son visage passèrent des émotions qu'il ne sut interpréter. Suspendu à ses lèvres, il attendit. Des mots, une promesse, un espoir…

— Là d'où je viens, avant de s'engager avec quelqu'un, on apprend à le connaître. Moi, je ne sais rien de toi.

— Je t'ai dit qui j'étais.

— À ta façon, oui. Mais ça ne suffit pas pour que je décide d'être… ton humaine. D'abord, je ne suis même pas certaine de ce que cela signifie.

Déstabilisé, John garda le silence.

— J'ai un petit frère, Noa, dont je m'occupe depuis que notre mère est morte, raconta Alix.

— Éclat-de-Rouille.

— Et toi, tu vis seul avec ta mère ? Où est ton père ? Tu as des frères et sœurs ?

Les questions ébranlèrent la mémoire de John. Il se revit avec sa sœur dans la salle où leur père les enfermait quand ils désobéissaient. Il revit leurs dessins d'enfants esquissés au charbon de bois.

Il se rappela qu'Alix les avait observés. Songea que la montagne avait conservé la trace de Marie pour qu'elle hérite de son souvenir.

— Marie est là, souffla John en désignant son propre front.

— Qui est Marie ? Pourquoi n'est-elle pas ici ?

À ces mots, John fut brutalement happé par une réminiscence.

Les flammes embrasaient le ciel, sautaient d'un arbre à l'autre. Le feu était une créature vivante et insatiable qui se protégeait derrière un mur de chaleur que John ne pouvait pas approcher. Pourtant, c'était là qu'il devait se rendre, là où le monstre rouge et orange sévissait, là où les troncs éclataient et les pommes de pin transformées en projectiles propageaient l'incendie.

Ses yeux se dilataient, sa peau se craquelait, ses cheveux roussissaient et son cœur, bientôt, manquerait de sang, desséché par la fournaise. La forêt partait en fumée et, avec elle, la maison arc-en-ciel, aussi bien cachée des hommes qu'un morceau de charbon dans la nuit.

Sa forêt brûlait, son cœur brûlait et, là-haut, Marie était piégée par les flammes.

— John ! Qu'est-ce qui t'arrive ?

John se força à respirer.

Le feu hurlait dans son esprit, à jamais synonyme de l'effroi.

Marie était morte.

Marie l'intrépide, Marie l'irremplaçable.

Marie dont les restes reposaient depuis dans l'une des chambres mortuaires du tumulus. Auprès des Anciens, pour l'éternité.

— Reviens !

Les poings d'Alix frappaient son torse. Fort, de plus en plus fort.

— Reviens !

Alix était la cascade, l'eau contre le feu, ses poings des caresses qui apaisaient le désespoir conservé intact dans les Souvenirs.

John la regarda.

— Qu'est-ce qui s'est passé ? Tu ne réagissais plus.

— J'étais avec Marie dans les Souvenirs.

Il apprécia le silence interrogateur d'Alix. Elle ne demandait qu'à apprendre et il fut heureux de partager ces instants avec elle.

— Le Réel se divise en quatre parties, Alix. L'Éveil, le Rêve, les Souvenirs et l'Imaginaire. Pour être complet, l'humain doit exister dans toutes. Toi, tu existes dans les quatre, Marie n'existe plus que dans les Souvenirs, et parfois dans le Rêve. Tu ne la verras pas dans l'Éveil. Le feu l'a prise et ne l'a pas rendue.

Alix secoua la tête, sourcils froncés. Bouleversée.

— Je suis désolée, John. Je… Et ton père ?

— Mon père a quitté l'Éveil avec Marie. Tu vas rester ?

— Je ne sais pas. J'ai besoin de comprendre quelle serait ma place si je restais. Et qui tu serais pour moi si j'étais ton humaine. Ce que ça signifie exactement. C'est une décision importante, je ne vais pas te répondre maintenant.

Déçu, John écourta l'échange. Discuter avec Alix se révélait plus compliqué que prévu. Il se leva et partit vaquer à ses occupations.

65

À travers ses paupières closes, Robert entrevoyait la lumière du soleil, un éclat rougeoyant. La chaleur sur ses joues était agréable et sa hanche lui fichait la paix. Où était-il ?

À côté de lui, il perçut le froissement de pages qu'on tournait. Il capta aussi des bruits de pas étouffés. De temps à autre un moteur démarrait, un téléphone sonnait. La vie bruissait ailleurs, quelque part, et il s'en moquait. Une immense lassitude le clouait sur ce matelas qui empestait la naphtaline. Que s'était-il passé ?

Il songea que se prendre un camion en pleine poire, si l'on en réchappait, devait laisser une sensation similaire. Aussitôt, cette image le renvoya à l'accident survenu à l'auberge. Ceux qui s'y trouvaient avaient eu de la chance. Sauf ce pauvre Joseph… Robert se remémora l'instant où il avait déverrouillé le coffre-fort de son vieil ami. La boîte en fer remplie de pépites d'or émergea des limbes, puis des paquets de mèches pour lampe à huile, la poudre de myrtille sur ses doigts.

D'un coup, les pensées s'agrégèrent. Alix partie à la recherche de Christophe, les orpailleurs, le barrage sauvage, le déluge d'eau et de boue, le cadavre peint en bleu, les squelettes dans les arbres, Cisco, sa gueule de bois.

Les événements s'enchaînèrent ainsi jusqu'à la visite de la gendarme chez lui, son ristretto dans la cuisine. Ensuite, c'était le noir complet.

Robert entrouvrit les yeux et découvrit un pan de mur nu, une fenêtre qui donnait sur le massif de la Mâchecombe, un paravent et une silhouette assise en tailleur à son chevet.

— Hé, boss ! Heureux de te revoir parmi nous. Comment tu te sens ?

— J'ai la tronche en vrac.

Pourquoi Christophe lui souriait-il comme ça ? Et lui, que foutait-il, en caleçon, sur un matelas moisi ?

— On est où ?

— Tu le demandes sérieusement ?

Robert grommela qu'il n'était pas d'humeur à plaisanter et recentra la discussion sur le sujet qui le préoccupait réellement :

— Des nouvelles d'Alix ?

— Hier en fin de journée, on a trouvé des nasses dans un lac d'altitude, en pleine zone interdite. Des nasses en osier, comme celles que les anciens utilisaient. N'empêche, elles fonctionnaient impeccable, y avait du poisson dedans.

Si Robert avait été d'attaque, il serait allé camper là-haut et aurait attendu que le braconnier vienne les relever. Mais ces derniers jours, il avait épuisé ses réserves, alors il se contenta d'écouter Christophe.

La battue de la veille avait révélé des sentiers entretenus au cœur de la forêt primaire. Hélas, on n'avait pas réussi à les remonter jusqu'à une habitation ou un bivouac. C'était à croire qu'ils naissaient et se perdaient dans la végétation. Les gendarmes avaient toutefois prévu d'y installer de discrètes caméras dans l'espoir d'identifier la ou les personnes qui les empruntaient.

« La forêt mange les gens ! » murmurèrent des voix venues de l'enfance. « La Mâchecombe mâche les cons. »

Robert musela très vite le souvenir de ces couillons lassés par les billes et la marelle, qui jouaient à se faire peur avec les histoires stupides des disparus de la forêt. Grognon, il réclama un café et, pendant que Christophe partait satisfaire sa demande, s'assit sur le lit et étira ses membres fourbus.

Il avait renfilé son pantalon et un marcel quand son adjoint lui rapporta une tasse fumante et une boîte de gâteaux secs.

— Dis-moi où on est, maintenant, lui intima Robert en trempant ses lèvres dans le breuvage brûlant.

— Mais… tu crois que t'es où, là ?

— J'en sais foutre rien. Straub m'a sorti du lit en tambourinant à ma porte. On a pris un ristretto à la maison, et… Je me rappelle même pas de quoi on a parlé. J'ai pris double dose de morphine hier soir, ça a dû me sonner. Qu'est-ce que…

— Vous avez fait un malaise, intervint Mélina Straub en entrant dans la pièce.

— Il ne se souvient de rien, glissa Christophe. C'était bien une attaque de panique, le toubib avait raison.

— Ah ! lâcha seulement la gendarme, l'air embarrassé.

— Ah, quoi ? Vous allez arrêter de tourner autour du pot ! S'il ne s'agit pas d'Alix, c'est quoi ? Il est arrivé quelque chose à Noa ?

— Pas du tout, votre fils va bien. En revanche, nous avons eu maille à partir avec Lionel L'Essart. Ça ne vous évoque rien ?

— Mais qu'est-ce que vous racontez ? J'ai l'impression d'avoir pris un bus en pleine gueule et je ne suis pas du tout en état de jouer aux devinettes… Vous lâchez l'info ou non, bordel ?

66

À l'écouter s'affairer pendant des heures, Alix se fit la réflexion que jamais elle n'avait rencontré quelqu'un d'aussi discret que John. Il ne parlait pas, ne sifflait pas, ne chantait pas. Il paraissait entretenir le silence avec un soin méticuleux, en permanence à l'affût.

Parfois, elle le surprenait à rêver, le geste suspendu. Sur son visage passaient alors mille expressions, comme s'il vivait pleinement ce à quoi il songeait. On aurait dit un enfant. En cela, elle l'enviait, mais elle n'oubliait pas sa puissance, ni son sexe qu'il avait cherché à enfoncer en elle sans se soucier de savoir si elle le désirait.

Qui était-il ? D'où venait-il ? Alix devait en apprendre le plus possible sur lui si elle voulait tromper sa vigilance.

En éludant ses questions, elle avait pris un léger ascendant. Désormais, c'était John qui espérait quelque chose d'elle. Il n'imposait plus, il demandait. Les rapports de force s'inversaient. Elle avait par ailleurs le sentiment que, plus elle partagerait son langage, plus il la respecterait.

L'Imaginaire, l'Éveil, le Rêve et les Souvenirs.

Sur le moment, Alix avait jugé le concept délirant. Mais à bien y réfléchir, cette façon d'envisager la vie ne lui semblait pas si éloignée de la sienne. En effet, elle-même était influencée par ses rêves et ses cauchemars, se projetait dans son futur, qu'elle construisait jour après jour, et chérissait le souvenir de sa mère.

Dans le fond, le plus complexe était d'exister dans ce qu'il nommait l'Éveil. Même ici, prisonnière dans cette caverne, Alix peinait à ne pas s'échapper par la pensée. Pourtant, vivre l'instant présent était le seul moyen de ralentir le temps.

L'Éveil, le Rêve, l'Imaginaire et les Souvenirs… ERIS. Voilà ce que signifiaient les lettres tracées au charbon près des dessins d'enfant.

Soudain, cette déduction mit Alix mal à l'aise.

Les auteurs de ces dessins étaient certainement John et Marie. Nés dans cette forêt, loin de la civilisation. Ce qui impliquait que, en dehors de sa sœur et de sa mère, Alix était la première femme à entrer dans la vie de John.

C'était étrange. La brève expérience qu'elle avait de lui ébauchait l'image d'une personnalité hors normes. Il disait ce qu'il était, ce qu'il voulait, sans circonvolution ni artifice.

John ne lui demandait pas son avis, il affirmait.

Les apparences et sa réalité ne faisaient qu'un.

Il ne triche pas, alors cesse d'avoir peur, et fais comme lui.

Alix gagna la table où l'attendait une paire de béquilles réalisées avec des branches de noisetier tressées et agrémentées d'un épais rembourrage. Elle s'en saisit, les glissa sous ses aisselles et fit quelques pas. Décidément, John était un être plein de surprises.

En suivant les câbles électriques qui couraient au plafond, Alix dénicha les interrupteurs, sortant plusieurs salles de l'obscurité. La première, elle l'avait déjà entraperçue. Il s'agissait d'une champignonnière dont elle referma aussitôt la porte, incommodée par l'odeur de moisissure. La deuxième, à laquelle elle accéda par un étroit couloir, elle l'appela le « salon », pour la distinguer de la « cuisine », où elle avait passé la nuit. Tout y était recouvert de bois, du sol au plafond, et les meubles étaient incorporés dans les murs. Des étagères exposaient des crânes de loup, d'ours et de lynx. De cerf, biche, chevreuil, sanglier ou encore bouquetin. De dizaines de spécimens d'oiseaux aussi, et de petits mammifères. Il devait y avoir un exemplaire de chaque espèce vivant dans la forêt de la Mâchecombe.

Au fond de la pièce, un escalier l'amena dans une grotte naturelle qui servait d'atelier et de zone de stockage. Là, elle découvrit également une roue à aubes actionnée par un ruisseau souterrain, source de l'énergie qui alimentait l'endroit.

Plus bas, un corridor lui permit de rallier la grotte par où elle s'était évadée. Elle voulut voir à quoi ressemblait ce lac dont elle ne connaissait que les eaux noires mais fut arrêtée par une grille cadenassée. Sa liberté se réduisait à l'habitat troglodytique de son hôte.

Ton ravisseur, se corrigea-t-elle.

En poussant son exploration, Alix s'aperçut que les salles communiquaient au moyen de couloirs aux entrées dissimulées par des éléments de décor. Ainsi remarqua-t-elle, au-delà de la cuisine, une réserve reliée à la champignonnière où était emmagasinée assez de nourriture pour tenir une année. Il y avait des bocaux par centaines, de légumes, de fruits, des pâtés, des plats cuisinés, des confitures, des pots de miel, de la farine, des fruits secs. Et au plafond, suspendus à des crochets, une vingtaine de jambons de sanglier séchaient.

Ce spectacle ruina le moral d'Alix. Le projet de John n'était-il pas en réalité de l'enfermer à jamais ?

Revenue sur ses pas, son attention fut attirée par un espacement entre deux cloisons. Derrière ce qui se révéla être des battants escamotables, elle découvrit un nouveau corridor, au bout duquel elle buta sur une autre porte, close.

Elle s'accroupit pour regarder à travers la serrure, devina une pièce chichement éclairée… et un bruit. Un grattement sur le vantail.

— Ça sent ta chatte. On veut pas de toi, j'ai dit. On veut pas de toi !

Alix recula, horrifiée. Elle déguerpit aussi vite que le lui permettaient ses béquilles de fortune tandis que, dans son dos, la mère de John criait de plus en plus fort, jusqu'à hurler et que les mots se fondent en une longue et douloureuse plainte.

67

Après deux cafés, Robert avait repris ses esprits et il put se concentrer sur le visionnage de la vidéosurveillance. Ce fut comme s'il regardait un film où un autre interprétait son propre rôle, et cette distance lui fut salvatrice, car il devina l'intention de Lionel L'Essart avant même de se souvenir que ce salopard l'avait contraint à démailloter le crâne de sa femme. Un cauchemar !

Robert s'était effondré aussitôt après.

En observant l'irruption des gendarmes pour lui porter secours et neutraliser l'Embaumeur, il fut envahi par un calme étrange.

Il avait voulu lui faire ravaler son sourire.

Mais il n'était pas un assassin.

— Tu tiens le coup, boss ?

— Faudra bien. Pour nous tous, Solange est morte il y a des années. La retrouver, retrouver son corps, c'est… C'est presque une libération. Une page qui se tourne. Et ce type n'y changera rien.

— Je suis désolée, Robert, murmura Mélina. Il y a néanmoins quelque chose que je ne saisis pas, je croyais que son corps avait été retrouvé.

Comme le policier tardait à répondre, Christophe s'en chargea :

— L'enquête a conclu que Solange avait fait une chute. Blessée et affaiblie, elle a ensuite tenté de rejoindre le sentier, sans succès. Elle était encore vivante quand…

— … elle a été attaquée par des animaux sauvages, souffla Robert. Les détails n'ont pas fuité, à l'époque. Le juge a compris qu'il fallait protéger mes enfants.

Mélina lança un regard perplexe à Christophe et soupira.

— Les experts se sont bien plantés, visiblement. Ou L'Essart est doué pour brouiller les pistes.

— On a localisé l'endroit où elle est morte. Il y avait des lambeaux de vêtements ensanglantés, son ADN et du matériel génétique appartenant à différents plantigrades et à des loups. On a également prélevé des poignées de cheveux arrachés et des morceaux de cuir chevelu.

Sur ces mots, Christophe jeta un coup d'œil gêné à Robert, qui le rassura d'un signe et poursuivit lui-même :

— On recense régulièrement des attaques de bétail. Ce qui laissait peu de place au doute. Ça faisait des semaines que je la cherchais… J'avais même trouvé un de ses gants de VTT à plusieurs kilomètres de la falaise, quelques jours après sa disparition. Si seulement j'étais parti dans la bonne direction, Solange serait peut-être encore là.

Un silence plana sur ce regret. Puis Robert ajouta :

— Je peux voir son alliance ?

Mélina récupéra un sachet à scellés dans un tiroir de son bureau. Le policier fit glisser l'anneau dans sa paume, et l'examina comme s'il s'agissait de la plus précieuse chose au monde.

— Je vous la restituerai dès que je l'aurai fait authentifier. Est-ce que vous auriez conservé la facture du joaillier ?

C'était la procédure, mais Robert savait que c'était inutile. Cette alliance était celle de Solange. Il avait lui-même choisi le texte gravé sur sa face interne.

« Je t'aime ! » chuchota sa femme dans son esprit.

— Et moi donc, si tu savais…

Il y eut de nouveau un court silence.

— Lionel L'Essart exprime une sorte de jubilation perverse quand il parle de vous et de votre drame, déclara la gendarme. Et j'ai l'intime conviction qu'il a exigé votre présence dans le dortoir dans le seul but de vous faire souffrir. Pourquoi ?

— Il me reproche d'avoir failli à mon engagement de protéger la forêt primaire.

— Sa haine pour vous s'expliquerait par son amour immodéré pour les arbres ? C'est un peu… extrême, non ?

Robert raconta à Mélina que le médecin traumatisé par l'incendie auquel il avait échappé lui avait fait promettre que jamais d'autres gens ne seraient piégés par le feu comme lui-même l'avait été. Promesse qui avait été facilitée par la mission que lui avait confiée la municipalité de Mâchecombe : interdire l'accès à la zone pour garantir les conditions nécessaires au projet de retour à la forêt primaire. Trop souvent profanée par des braconniers.

— En fait, je me suis bien fait couillonner, marmonna Robert. Cet individu n'a qu'un but depuis toujours, préserver son cimetière sauvage. Et il vivait probablement là-haut bien avant l'incendie, même s'il a prétendu le contraire. Je présume qu'il est furieux qu'on ait découvert son secret et qu'il m'en tient pour responsable. Il a parlé pendant que j'étais dans le coaltar ?

— Oui. Et il refuse la présence d'un avocat au prétexte, et je reprends ses mots, « qu'il n'a de comptes à rendre qu'à la montagne et aux esprits de la Mâchecombe ».

— Ma fille ?

— Pas une allusion.

— Et ma femme ?

Tout au long de ces années, Robert avait imaginé que Solange avait été dévorée par des animaux après une longue errance.

Il s'était trompé. Le corps de Solange avait été emporté par L'Essart et placé dans le tronc d'un arbre où il avait lentement pourri. Était-il tombé par hasard sur son cadavre ou l'avait-il assassinée pour protéger son cimetière ?

— Comme pour les autres victimes, il évoque une coïncidence, prétend que les hommes sont malheureux et que les meilleurs d'entre eux choisissent de mourir dans la forêt pour qu'il s'occupe de leur dépouille.

— Il cherche à nous endormir avec ses conneries. Il n'a pas pu faire ça tout seul, c'est impossible.

— En tout cas, il décrit précisément la façon dont il prépare les corps, les pigments à base de myrtille qu'il utilise pour les peindre, le type de cordelette dont il se sert, le choix des arbres, la manière dont il déplace les cadavres à l'aide d'un traîneau semblable à ceux des bûcherons...

— Foutaises !

— Je n'écarte aucune piste, Robert. On attend la datation des corps. S'il s'en trouve parmi eux qui ont été ensevelis pendant qu'il était hospitalisé, nous aurons notre réponse. Mais pour l'instant, nous ne possédons aucun indice qui tendrait à prouver qu'il n'a pas agi seul.

Robert avait conscience qu'il demeurerait longtemps des zones d'ombre dans cette affaire complexe. Les questions étaient trop nombreuses. D'où Joseph Vidal tenait-il ses dix kilos d'or ? Pour qui achetait-il des mèches pour lampe à huile ? Et pourquoi stockait-il des antiépileptiques et autres hypnotiques délivrés grâce à des ordonnances du docteur L'Essart ?

Loin d'apporter des réponses, la minutieuse perquisition de la maison du vieil homme réalisée par les techniciens de la Scientifique avait contribué à épaissir le mystère.

— Désolé, je n'y crois pas une seconde.

— Quoi qu'il en soit, tant que l'enquête n'aura pas prouvé l'inverse, L'Essart n'est pas un assassin. On le tient pour recel et dissimulation de cadavres, ainsi que deux ou trois autres bricoles, rien de plus.

Robert secoua la tête de dépit.

— Vous pensez vraiment ce que vous dites ?

— L'Essart affirme que les défunts viennent à lui, que les âmes perdues espèrent qu'il les honore pour « trouver leur chemin à travers la mort ». Et on sait qu'il n'est pas responsable du décès de Pratz, puisqu'on se dirige vers un règlement de comptes entre villageois et orpailleurs.

— Je veux lui parler.

— C'est contraire à la procédure, vous le savez. Et je n'ai plus l'excuse de la prise d'otage pour vous y autoriser. Je suis désolée.

— Pourtant, je suis certain qu'il a encore des choses à dire…

Mélina Straub sembla un instant déstabilisée.

— Il a proposé de nous accompagner sur le site où il a découvert le corps de votre femme, soupira-t-elle. Il prétend que des enquêteurs jugeraient cet endroit intéressant pour remonter jusqu'à son assassin.

— Quel assassin ? Qu'est-ce qu'il raconte ?

— Aucune idée. Mais jusqu'à présent, il n'a pas menti.

— Il nous manipule. Il va nous tendre un piège.

Inquiet, Robert tenta de convaincre la capitaine que L'Essart profiterait de cette sortie pour se volatiliser dans la forêt de Mâchecombe. C'était irrationnel mais, avec cet homme-là, il fallait s'attendre à tout.

— S'il voulait disparaître, pourquoi venir ici ?

Argument imparable.

Alors, Robert s'accrocha à l'idée que, peut-être, l'Embaumeur savait comment localiser Alix.

68

Sans nouvelles de John depuis un long moment, Alix décida de retourner à la grille. L'idée que la clé était peut-être cachée à proximité la taraudait. Elle n'eut cependant pas à sonder les parois, car cette fois elle était ouverte.

Devant le ciel sans nuages, elle sentit son cœur s'emballer. Dehors brillait un franc soleil. Elle s'avança avec prudence sur le promontoire, emprunta le sentier et l'escalier où elle s'était blessée. Parvenue sur la berge, elle se retourna pour scruter la végétation qui masquait l'entrée de la caverne, n'y vit personne.

À la lumière du jour, les eaux émeraude du lac scintillaient avec un léger clapotis. Sur la rive opposée, une grève sablonneuse formait une longue bande claire sous la masse sombre des arbres situés au-delà.

Alix soupira. Elle n'avait aucun moyen de s'enfuir. Sa cheville rétablie, elle pourrait nager jusqu'à la plage, s'enfoncer dans la forêt pour s'y dissimuler. Mais cette montagne, c'était le territoire de John. Il la pisterait aisément, comme il le faisait pour le gibier. Et quand il la ramènerait, quelle serait sa punition pour l'avoir de nouveau défié ?

Soudain, la jeune femme perçut une présence derrière elle. Elle se tétanisa, puis fut immédiatement rassurée par l'odeur de John. Il était si près qu'elle pouvait sentir la chaleur émanant de son corps.

Les secondes s'égrenèrent, interminables.

— Merci de me laisser respirer l'air des montagnes, murmura Alix, troublée.

Le souffle court de celui qui la dépassait d'une tête agitait ses cheveux. Et Alix devina qu'il était infiniment plus stressé qu'elle.

Que redoutait-il ?

Ce mâle tout-puissant, musclé telle une panthère, au regard féroce, aux mains capables de déchirer et d'étrangler autant que de soigner et de soulager, cet être qui cassait tous les codes de la civilisation dans laquelle elle avait grandi aurait-il tout simplement peur qu'elle ne s'en aille ?

Alix hésita, les yeux accrochés à la plage, sur l'autre rive.

— Pourquoi m'as-tu choisie ?

Silence.

— D'abord tu m'as jetée dans la combe, tu m'as enfermée, tu as essayé de me violer, puis tu m'as soignée et tu m'as sauvée de la noyade alors que je tentais de m'échapper. Je ne comprends pas pourquoi tu te comportes ainsi avec moi.

Elle s'arrêta, attentive et anxieuse.

Comme il restait silencieux, Alix décida de vider son sac.

— John, je refuse de vivre dans la terreur, je refuse de te côtoyer ou même de te parler en me demandant si tu vas m'agresser d'une manière ou d'une autre. Sache que c'est mal de prendre quelqu'un sans son consentement. C'est mal de traiter l'autre comme s'il n'était rien. C'est interdit, quand on est humain.

Dans son souffle qui s'interrompit, Alix capta la frayeur qui s'emparait de John. Si elle avait dû le décrire en cet instant, elle l'aurait associé à… un monolithe. Glacial, mutique, intense.

— Je ne te dis pas ça pour te blesser, mais j'ai besoin d'être certaine que tu n'essaieras plus jamais de me violer.

Gonflée à bloc, Alix osa enfin se retourner vers John. Son visage impassible répondait à la rigidité de son corps. Dans ses yeux de fauve, Alix ne lut aucune animosité, juste une attente inquiète.

— Promets-le-moi, John !

— Tu étais prête. Je devais t'honorer.

Soudain, la logique de l'agression dont elle avait été victime lui apparut, limpide. Comme un animal, John l'avait flairée. Et comme un animal, il avait probablement senti qu'elle était féconde. Il ne cherchait pas à la violer mais à l'engrosser !

Alix inspira pour repousser la terreur qui l'envahissait et se lança, non sans avoir soigneusement choisi ses mots.

— Les humains ne forcent pas leurs semblables à enfanter. Les humains n'emprisonnent pas leurs semblables. Tu souhaites que je sois ton humaine, mais, pour le moment, je ne veux appartenir à personne. Si un jour j'acceptais de rester, et j'ai bien dit « si », ce serait uniquement parce que je serais amoureuse de toi.

Interdit, John fixa longuement Alix, puis il tourna les talons et disparut dans les profondeurs de la grotte.

69

Pour ne pas s'éloigner d'Alix, John s'était attelé à des occupations qu'il reportait depuis longtemps. Pour l'heure, il se tenait dans la réserve, où il dressait un inventaire de son stock de bocaux.

Ce jour-là, même cette tâche, pourtant simple, lui sembla fastidieuse tant ses pensées vagabondaient. Lui qui croyait s'être défini une bonne fois pour toutes chancelait sur ses bases.

Alix disait qui elle était, ce qu'elle voulait et ce qu'elle ne voulait pas. Mais lui, qui était-il réellement ? Jamais John n'avait eu à se poser cette question. Et pour y répondre, il devait remonter à ses origines. À son premier souvenir.

Hélas, John avait beau fouiller sa mémoire, il n'isolait pas, dans cet enchevêtrement de jours et de nuits, d'aubes et de crépuscules, la fondation de son être. Il échouait à capturer le moment de sa naissance.

En revanche, il se rappelait chaque instant passé avec Alix, dans toutes les dimensions du Réel. Dans le Rêve, elle était son humaine. Dans l'Imaginaire, il projetait leur vie future, leur descendance. Dans le Souvenir, elle avait affirmé qu'elle demeurerait auprès de lui si elle était amoureuse. Elle avait déclaré ça d'un ton particulier et glissé entre ses mots une intention qui avait chargé l'expression « être amoureuse » d'une puissance unique, si bien que John se les répétait inlassablement, surtout depuis qu'il avait consulté le dictionnaire de son père.

« Amoureux : qui aime quelqu'un d'autre, qui éprouve de l'amour. »

Cette définition l'avait laissé sur sa faim, aussi était-il allé directement au mot racine, « amour », qui l'avait envoyé à « passion », puis à « obsession ». Là, John avait lu sur le papier la description de ce qui grandissait en lui, de ce bouleversement qui était né avec l'arrivée d'Alix dans sa vie.

Incapable de se concentrer, il s'apprêtait à quitter la caverne pour défouler son corps et libérer son esprit quand, subitement, son odorat le prévint que la jeune femme était souffrante.

John se précipita dans la pièce voisine, où il trouva Alix en train de vomir. Aussitôt, il enclencha le chauffage du cumulus, qu'il n'utilisait d'ordinaire qu'en hiver. Après quoi il réunit des torchons, des vêtements propres, plusieurs bassines, et retourna auprès d'Alix, qui s'était assise sur le seau d'aisances. Pliée en deux, sa robe relevée, elle grimaçait de douleur. Des larmes roulaient sur ses joues.

Il posa d'autorité une bassine sur ses genoux et s'accroupit près d'elle.

Alix sentait très mauvais.

Lorsqu'elle vomissait, sa figure se ratatinait avant de se projeter d'un coup dans un mouvement de gueule très disgracieux, yeux exorbités, langue dehors et sueur au front. Entre les spasmes stomacaux qui l'agitaient, elle crachait une salive visqueuse qui s'étirait en filaments reliant sa bouche à la bassine.

John les attrapait pour les faire disparaître dans sa main. Il n'aimait pas l'idée que les miasmes puissent remonter le long des fils jusqu'au corps d'Alix. Et quand la diarrhée la terrassait, il soutenait son visage, souffrant avec elle, grimaçant.

Jamais il ne se serait éloigné d'elle malgré sa puanteur.

Elle était si humaine !

70

Épuisée par son intoxication alimentaire, Alix décida de ne pas quitter la banquette avant d'être sûre qu'elle tiendrait sur ses jambes.

John avait laissé une lampe à huile allumée sur la table et, à l'autre bout de la salle, un néon en fin de vie clignotait au plafond. Il y avait aussi un broc et un verre posés sur le sol, d'où émanaient des effluves de basilic et d'autres plantes inconnues. Rien à manger, en revanche. John considérait que c'était encore trop tôt.

Les vomissements et la diarrhée avaient cessé, et elle s'était endormie après avoir bu la décoction. De temps à autre, elle avait émergé, demandé à boire. Un verre était alors apparu dans son champ de vision, une main tonique avait soulevé sa tête puis l'avait rallongée et avait remonté le drap sur son corps grelottant.

À un moment, elle avait réclamé un Coca, et sa requête avait suscité une intense perplexité.

— Tu ne connais pas le Coca… évidemment.

John était resté à son chevet, l'avait nettoyée, décrottée. Il avait eu pour elle des gestes tendres, tandis qu'elle se vidait en hurlant de douleur, trempée de sueur et frissonnante.

Si on avait exigé d'elle qu'elle décrive son geôlier, elle en aurait été incapable. Un tueur aux mains de velours ? Un enfant dans le corps d'un homme ?

John était passionné, son regard s'enflammait vite, pourtant il manifestait une intelligence indéniable et, la plupart du temps, son comportement était celui d'un individu calme et réfléchi. Sur son visage, elle avait lu tour à tour de la colère, de la bienveillance, de nombreuses rêveries, beaucoup de gravité et une confiance inébranlable.

Que faire de ce puzzle ? Et que faire de cette étrange certitude qu'il ne la jugeait pas, qu'elle n'aurait aucune honte à avoir déféqué et vomi devant lui quand ils se retrouveraient ? Que faire de cette facilité qu'elle avait eue à s'abandonner lors de sa toilette, alors qu'elle était trop faible pour se changer elle-même ?

John ne connaissait pas l'hypocrisie. Ses yeux ne mentaient pas. Et c'était à cause d'eux qu'elle ne le considérait plus comme un fou, mais comme l'être le plus fascinant et déroutant qu'elle ait jamais rencontré. Alix aurait donné cher pour qu'un génie sorte de la lampe et lui raconte l'histoire de John.

Ce qui la déstabilisait le plus, c'était quand il se murait dans le silence ou esquivait brutalement un sujet. En réalité, elle avait parfois l'impression que, pour lui, ses pensées faisaient partie de leurs échanges. Et peut-être que, dans son monde, c'était possible. Que tout ça se valait, coexistait, comme les quatre parties du Réel qui composaient la vie de John.

Alix réussit à sourire. Réfléchir lui faisait du bien. Elle ferma les yeux.

Quand elle les rouvrit, John était réapparu, sans un bruit. Il s'était attablé et feuilletait un gros livre.

John savait lire !

Que lisait-il ? Apparemment, il s'agissait d'un dictionnaire à la couverture rafistolée. Sa lecture le happait totalement, il remuait les lèvres tandis que ses yeux parcouraient les lignes.

Fatiguée, la jeune femme ne parvint pas longtemps à l'observer. Elle se rendormit en se demandant ce qui pouvait tant passionner le dieu dans l'ombre.

71

Le 25 août

Quelques instants d'incertitude, c'était tout ce qu'il restait à Robert Ravaillé en ce 25 août, soit huit jours après la disparition de sa fille, une éternité. Ensuite, son monde basculerait.

Deux cents mètres en contrebas, l'ombre de l'hélicoptère dans lequel il avait pris place vibrait au-dessus de la canopée, bondissait sur les rocs et les falaises et se perdait sur la surface étincelante d'un torrent. Dans quelques minutes, il saurait si la Mâchecombe lui avait tout pris.

La veille, Lionel L'Essart s'était étonné qu'on ne réponde pas positivement à sa proposition. « Il y a urgence, les amis ! » avait-il fait savoir à Mélina Straub. Et quand la capitaine avait rétorqué qu'une affaire ancienne ne méritait pas de précipitation, il s'était simplement esclaffé, méprisant : « Vous n'avez rien compris. Je vais le conduire à sa fille ! »

Douze heures de calvaire absolu pour Robert, le temps nécessaire pour organiser le décollage de trois hélicoptères et un déplacement du suspect dans des conditions de sécurité optimales. Le massif de la Mâchecombe, sa légendaire forêt aux disparus, ses véritables squelettes et son or attiraient du monde. Depuis la révélation par les médias de l'affaire des orpailleurs, les gendarmes avaient procédé à des dizaines d'interpellations.

De là-haut, le policier aperçut la vieille route encombrée de véhicules militaires. La traque d'Enzo Rossi se poursuivait, jour après jour, quadrillant un secteur si vaste que cela demanderait des semaines de mobilisation. Tandis qu'il scrutait les alentours, il sentit le regard de Christophe sur lui. Si Mélina Straub n'avait pas exigé que Robert dépose son arme de service, elle avait en revanche jugé plus raisonnable de le faire monter dans un appareil avec son adjoint, qui le connaissait bien.

Le sol se rapprocha. Robert chassa l'image de Lionel L'Essart refusant qu'il le ramène après l'opération d'Ange Caruso. « Ta fille est venue me chercher, *elle* me raccompagne. » Le médecin avait-il déjà prévu de s'en prendre à elle ?

Si L'Essart avait attiré Alix dans la montagne dans l'espoir d'agrandir son cimetière sauvage, comment Robert parviendrait-il à se contrôler ?

Le policier ferma les yeux et respira lentement. Il fallait qu'il se calme.

En descendant de l'appareil, il n'était plus qu'un automate guidé par cinq décennies d'exercice de la bipédie. Il n'écouta pas les recommandations de la capitaine, qui lui criait de se baisser pour que sa tête ne flirte pas avec les pales. Que son corps finisse déchiqueté lui indifférait. L'ensemble de ses pensées, de ses envies, de ses angoisses et de ses peurs était concentré sur ce qui allait se jouer ici et maintenant.

Bousculant son adjoint sans le voir, il emboîta le pas aux gendarmes. Le groupe composé d'une dizaine d'individus gravit une pente caillouteuse pour déboucher sur un plateau rocheux piqué de sapins isolés ou serrés en d'étroits bosquets. Pendant que, derrière lui, Christophe appelait son chien en sifflant, Robert contempla les eaux émeraude d'un lac qui scintillaient en contrebas.

Ce vallon situé au plus profond de la forêt primaire, semblable à un décor de début du monde, était à près d'une journée de marche du site d'orpaillage où Alix avait disparu. Comment serait-elle parvenue jusqu'à cette zone inextricable ?

Comment ?…

— On se fait balader ! hurla Robert.

— Tais-toi ! lui demanda Christophe, qui siffla de plus belle.

Quelque part, des aboiements se rapprochaient.

— Ornicar !

Le saint-hubert, famélique, se jeta dans leurs jambes en jappant. Et s'il était là, c'était qu'Alix était à proximité !

LIONEL

72

John se trouvait à moins d'une heure de la caverne quand des hélicoptères le survolèrent à une altitude si basse qu'il ressentit l'air brassé par les pales. Le bruit de tonnerre s'éloigna, puis se stabilisa, et il comprit que des hommes étaient sur le point de débarquer près du lac.

Pour la cueillette des plantes médicinales, destinées à soulager les spasmes intestinaux d'Alix, il s'était légèrement vêtu et seulement armé de son couteau de chasse. Il ne s'équipait de son arc et de vêtements de camouflage que pour chasser ou s'approcher du village. Si haut dans la forêt, il ne croisait jamais personne. Il le regrettait désormais.

Guidé par la puanteur des moteurs, il pista les machines monstrueuses et finit par les deviner à travers les branches. Trois individus montaient la garde à côté. Des traces de piétinement couchaient les herbes alentour. D'autres hommes s'en étaient allés, et John en fut soulagé, car ils s'étaient de toute évidence orientés dans la direction opposée à celle de la caverne.

Inquiet de cette agitation, il contourna la zone d'atterrissage jusqu'à une paroi rocheuse qu'il escalada pour se dissimuler dans un bois de chênes nains. L'air était chargé des effluves de sueur mélangés à des parfums synthétiques.

John perçut aussi la présence du chien. En passant d'un bosquet à un autre, il repéra un groupe de gendarmes qui patientaient devant une des caches que son père avait fabriquées dans la montagne. Celles-ci servaient uniquement l'hiver, quand le mauvais temps le surprenait. John y stockait des produits de première nécessité, bougies, couverture et nourriture, de quoi tenir une semaine.

Comment les hommes avaient-ils découvert l'entrée de cet abri, pourtant totalement invisible ?

Soudain, la réponse gifla John.

D'abord une senteur familière l'alerta. Celle-ci précéda l'apparition d'une femme-des-hommes, qui se faufila hors de la cache à quatre pattes. Puis celle, immédiatement après, d'un policier dont les traits affaissés dévoilaient qu'il portait un malheur plus grand que lui – John savait qu'il était le père d'Alix pour l'avoir vu à la ferme quand il visitait l'enfant. Dans son sillage, enfin, se matérialisa l'origine de l'empreinte olfactive qu'il avait un court instant refusé de reconnaître.

Celle de son père.

La surprise le fit suffoquer.

Son père n'avait pas rejoint l'atmosphère et l'eau des pluies ainsi qu'il le croyait. Il était là, au milieu d'hommes qui entravaient ses poignets. Et, sur la moitié de son visage, la peau semblait avoir poussé de manière anarchique, comme s'il s'effaçait derrière un autre lui-même.

Pour John, il n'y avait qu'une explication possible à sa présence ici, si près de sa maison sous la montagne, une seule raison à cet acte insensé qui mettait le secret de son existence en péril : son père voulait l'informer de son retour dans l'Éveil.

Par réflexe, John étreignit le manche de son poignard. Il projeta l'action, imagina une attaque de face, puis considéra qu'une telle stratégie ne lui permettrait pas de triompher de dix hommes. En revanche, bientôt, ils seraient obligés de marcher en file indienne sur l'étroit sentier qui passait près de lui. Là, il pourrait frapper une fois le dernier à sa portée. De dos, nuque, nuque et gorge pour les trois premiers. Trois coups très rapides. Il s'agirait de sectionner les artères, sans émotion, comme il donnait la mort au gibier, sans souffrance. Ils s'effondreraient en même temps, et leur chute ferait se retourner les autres.

La lame, ensuite, s'enfoncerait dans la chair. Ventre et gorge. Viser le côté du cou pour sectionner la carotide et couper la trachée d'un geste vers l'avant ou trancher les viscères par le flanc pour éviter les muscles abdominaux.

John aurait tué cinq de ces petits hommes bleus avant que leurs camarades aient seulement le réflexe de sortir leur arme de l'étui. Un sixième, voire un septième, pendant qu'ils chargeraient une balle dans la chambre. Il en resterait deux à neutraliser, dont la femme. Tout dépendrait alors de l'attitude de son père. Quant au chien, il l'avait déjà aperçu errant dans la montagne et n'était pas inquiet, il se coucherait.

Accroupi à la lisière du bosquet, John apaisa son cœur et son esprit, ferma les yeux pour puiser en lui la force de vaincre ses ennemis. Il repoussa l'image d'Alix qui l'attendait sous la montagne. Il ne devait pas se laisser distraire.

La mort ou la vie, la victoire ou la défaite, tout allait se jouer dans l'Éveil.

Quand il rouvrit les yeux, John était redevenu une rumeur, et la voix de son père s'élevait, vibrante.

— Je l'ai achevée moi-même ici, Robert-Bob. J'ai abrégé une existence de misère, je lui ai accordé le repos éternel. Grâce à moi, la belle Solange est retournée à la terre, et Alix ne tardera plus à la rejoindre !

Sidéré par ces terribles paroles, John mit quelques secondes à remarquer que, tout en parlant pour endormir la vigilance des hommes, son père formait des signes avec ses doigts, des signes qu'il lui avait appris pour chasser en silence.

Ses doigts disaient : « Ne bouge pas. Viens me chercher ce soir. »

73

Dans le monde de John, la nature offrait toujours le poison et l'antidote, parfois dans la même racine ou le même fruit. Il existait un remède à chaque maladie, et une maladie à chaque excès. Ainsi la mort et la vie puisaient-elles à des sources communes.

En revanche, les êtres humains mouraient et ne revenaient pas. En tout cas pas sous une forme identique. Et voilà que son père, longtemps absent de l'Éveil, sortait du néant.

Qu'était-il advenu de lui ? Était-il contaminé ? Quoi qu'il en soit, il se rappelait les signes, et il avait su communiquer avec son fils. Jamais John n'oublierait la joie sauvage qui avait éclairé ses yeux quand leurs regards s'étaient croisés.

À présent, depuis les jardins de la colonie de vacances, John étudiait les déplacements des militaires. Il vit des policiers entrer dans le bâtiment, le quitter aussi. Et il remarqua de nouveau cette femme gendarme à la tête enfoncée entre les épaules, qu'il surnomma Cou-de-Tortue.

Avec le coucher du soleil, les ampoules illuminèrent les pièces, facilitant l'observation. Perché dans un chêne, John repéra son père. Il indiquait des lieux sur des cartes affichées aux murs. Cou-de-Tortue écrivait beaucoup.

D'autres hommes bleus travaillaient dans cette salle, et avec eux le père d'Alix. John devina qu'il criait, puis il le vit récupérer sa veste et sortir d'un pas rageur, le chien sur ses talons.

John attendit.

La patience était sa force. Les hommes vivaient le jour, et lui la nuit. De la même manière que la chouette et l'aigle, ils n'étaient pas destinés à se rencontrer.

La lune monta, trahissant les plantons postés près des issues. Le village ressemblait à un camp retranché. John imagina que la présence de son père était pour eux un événement exceptionnel. Mais ils commettaient une erreur en concentrant leur surveillance sur l'extérieur. Car John était déjà dans la place, comme le ver dans le fruit est protégé de l'oiseau.

La nuit s'installa peu à peu, les lumières s'éteignirent. Le bruit des télévisions s'estompa. Le sommeil emportait villageois et militaires. Dans le bâtiment, il ne resta bientôt plus qu'une pièce éclairée au rez-de-chaussée, où deux silhouettes se tenaient face à des écrans.

La cloche de l'église sonna trois coups.

Quand il descendit de l'arbre, John s'était recouvert la peau de poudre de charbon, attaché les cheveux et enduit les paumes de résine. La rumeur drapée de nuit seule ne suffirait en effet pas à tromper tant d'ennemis. John devait devenir la nuit elle-même. Ainsi que le lui avait enseigné son père, il enfila des gants pour ne laisser aucune trace, et s'élança.

Grimper le long de la façade fut un jeu d'enfant. Il se rétablit souplement sur la corniche, juste à côté d'un œil-de-bœuf à la vitre cassée, glissa une main à l'intérieur, débloqua le système de fermeture et s'introduisit dans les combles.

Une touffeur irrespirable habitait ce lieu. Peu à peu, la vue de John s'adapta. Il étudia cet endroit habillé de mille toiles d'araignées et, sans un bruit, avança de solive en solive, évitant les piliers qui soutenaient la charpente. Rapidement, il repéra un escalier.

Là, malgré ses précautions, les marches grincèrent, alors John se fit lenteur, arc-boutant ses bras contre les cloisons pour soulager la charge qu'il infligeait au sol. Interminable descente au bout de laquelle attendait une porte, poignée ronde et gonds grippés. Dans le silence, l'ouverture se gagna millimètre après millimètre, jusqu'à révéler un espace suffisant par où il se faufila.

Sous ses pieds nus, le revêtement en plastique sentait mauvais et cette sensation désagréable alimenta la peur de l'inconnu qui ferraillait dans son ventre. En réalité, c'était la première fois que John s'aventurait dans une bâtisse aussi vaste. Son expérience des habitats des hommes se résumait aux bergeries en ruines du hameau abandonné où il avait tant aimé jouer avec Marie, et à la ferme où vivaient Alix et son jeune frère.

Où trouver le père ?

Une étrange boîte lumineuse était fixée au mur, trop haut pour qu'il l'atteigne. Dessus, une silhouette humanoïde courait, et une flèche à côté indiquait la direction d'un escalier.

John dévala les marches pour rejoindre l'étage où il avait repéré son père depuis l'extérieur. À l'extrémité du couloir, un gendarme assis derrière un bureau regardait l'écran de son téléphone.

Dehors, l'église du village sonna quatre coups.

John se demanda comment le neutraliser sans alerter les autres. Les lieux baignaient dans une semi-obscurité, mais s'il était une ombre, il n'était pas invisible pour autant.

Alors qu'il réfléchissait, la réponse se présenta sous les traits d'un deuxième gendarme, qui surgit à quelques mètres de John. Aussi vif qu'un félin, celui-ci se recula pour disparaître dans un recoin.

Le nouveau venu s'éloigna vers son collègue. À travers leurs propos, John comprit qu'ils se relayaient à la surveillance d'un suspect. En toute logique, dans un instant, celui qui était assis s'en irait.

John attendit.

Le gendarme n'eut pas le temps de crier quand son poing s'abattit sur sa tempe. Le bruit mat de sa chute inquiéta son collègue qui appela une fois, puis deux, puis se leva en faisant crisser les pieds de sa chaise. John l'imagina en train de contourner le bureau, de marcher dans sa direction, et se rua vers le couloir au moment où sa cible s'engageait dans l'escalier.

Le choc front contre mâchoire neutralisa le factionnaire. John le dépouilla de ses clés et se hâta jusqu'aux deux portes du fond. La première s'ouvrit sur la salle aux murs couverts de cartes topographiques. Quelqu'un dormait là. La fenêtre béante charria un air tiède chargé d'effluves féminins : Cou-de-Tortue. Il se désintéressa aussitôt d'elle, considérant qu'elle était inoffensive dans son sommeil.

La deuxième porte, elle, était verrouillée.

Il gratta le vantail, et le même bruit lui répondit.

Il testa alors plusieurs clés et finit par trouver son père juste derrière. Les hommes l'avaient enfermé dans une minuscule pièce aveugle qui empestait les produits de nettoyage.

— Par où es-tu entré, fils ?

John indiqua le plafond sans lâcher son père des yeux, fasciné par les reliefs que dessinaient les cicatrices sur son visage et son crâne. On aurait dit que les racines d'une plante cherchaient à sortir de sa chair. Instinctivement, il tendit la main pour s'assurer de la réalité de cette vision, effleura la peau boursouflée, durcie. Ce contact le meurtrit, et il éprouva de la peine.

— Attends.

John regarda son père donner un coup sec dans la serrure avec le manche brisé d'un balai.

— Remets les clés où tu les as prises. Personne ne doit savoir que j'ai reçu de l'aide.

John patienta tandis que Lionel déposait ses empreintes sur les factionnaires inconscients puis, son père sur les talons, il regagna les combles.

L'un après l'autre, ils marchèrent sur la corniche jusqu'à l'angle du bâtiment et dégringolèrent le long du tuyau de descente des eaux de pluie. Quelques secondes plus tard, ils avaient déjà rejoint le vieux chemin qui entourait Mâchecombe, et s'enfoncèrent dans la forêt.

Parvenus au dolmen, le père et le fils s'autorisèrent enfin une puissante étreinte. À cet instant-là, le dieu dans l'ombre redevint l'enfant.

— Nous devrons satisfaire leurs cœurs sombres, sinon ils nous traqueront jusqu'à la mort, énonça Lionel.

John aurait aimé laisser éclater sa joie, mais les mots de son père ne l'y autorisèrent pas.

— Où est la fille de Robert-Bob ? Où est-elle ?

— Sous la montagne, avec moi. Bientôt, elle sera mon humaine.

John perçut un éclair dans les yeux de son père.

— Si je te demandais de partir maintenant, là, tout de suite, et de ne jamais la revoir, tu ferais quoi ? Réponds-moi, John, c'est important, tu ferais quoi ?

74

Le sommeil d'Alix avait été entrecoupé de courtes périodes de veille où elle s'était pliée de douleur au-dessus du seau d'aisances, avait tenté de se réhydrater, et renoncé face à la violence des spasmes, qui la secouaient tout entière. Affaiblie, elle s'était finalement emmitouflée sur la banquette en attendant que ça passe.

Quand elle émergea enfin, elle avait perdu le compte des heures, et n'aurait su dire depuis combien de temps John n'était pas venu la voir. Elle se sustenta du bout des lèvres malgré la faim qui lui trouait l'estomac, se contenta de pain et d'eau, dédaignant le jambon, les pâtés en bocaux et autres victuailles dont regorgeait le garde-manger.

Très vite, des haut-le-cœur stoppèrent son élan. Elle replaça le pain dans le torchon qui le protégeait de l'humidité et attrapa le dictionnaire sur la table. En guise de marque-page, John y avait glissé une feuille de platane séchée.

Alix l'observa un moment, interdite. Cette essence ne poussait pas à cette altitude. Pour en trouver, il fallait descendre dans les plaines. Loin de Mâchecombe et de son massif, où Alix pensait que John avait vécu toute sa vie.

La présence de cette feuille fut toutefois la moindre de ses surprises. Car si la double page sur laquelle s'ouvrit le dictionnaire définissait ce qu'était un « amortisseur », elle traitait aussi et surtout d'« amour ».

Cette découverte la mit mal à l'aise. La peur que lui inspirait John avait graduellement baissé pour ne plus être qu'une appréhension. Mais l'amour changeait tout.

John appartenait autant au monde des humains qu'à celui des animaux. À quoi ressemblerait donc un John amoureux ? Avec cet être entier, puissant, psychorigide et bourré de certitudes, l'amour serait sans nul doute immodéré, exclusif, absolu. Fou.

Alix se détesta.

Pour ne pas être contrainte de répondre à ses attentes, elle avait allumé un brasier dans le cœur de John. Elle s'était montrée cruelle malgré elle. Et elle devait quitter la montagne avant que la situation ne dégénère.

Alix manquait d'énergie, et sa cheville était encore douloureuse.

Tant pis. Ça irait. Il faudrait bien que ça aille.

Un hurlement lui rappela que la mère de John vivait dans cette caverne. Cette fois, elle l'entendit clairement demander de l'aide. La prudence lui dictait de déguerpir, mais elle ne put se résoudre à ignorer une détresse pareille.

En entrebâillant la porte derrière laquelle la femme était retenue, Alix fut saisie par une puissante odeur d'urine, de ménagerie et de sueur. Elle s'avança dans la salle chichement éclairée par un néon où des poules nichaient sur une belle épaisseur de paille maculée de fientes.

— Madame ? J'ai ouvert ! Je vais partir maintenant.

Soudain, Alix aperçut ses chaussures de randonnée, posées à côté d'un fatras d'objets dont l'essentiel était dissimulé derrière un rideau épais. Chaussée, elle augmenterait ses chances de rallier le village, ou au moins un des refuges dans lesquels se trouvait une radio.

— Madame ? continua d'appeler Alix pour se rassurer tout en s'approchant.

Au moment où elle se baissait pour prendre les chaussures, le rideau s'écarta sur une silhouette hurlante, la main prolongée d'un couteau.

Par réflexe, Alix para le premier coup, mais elle ne put esquiver le second, qui laissa une estafilade sur son avant-bras. À la charge suivante, elle s'apprêtait à riposter quand elle découvrit le visage déformé par la haine de cette femme devenue grise à force de vivre recluse.

Stupéfaite, elle se tétanisa. La lame brandie la frappa.

75

La flamme d'une lampe à huile projetait une lumière tamisée sur les parois de la cache où John avait conduit son père. À sa demande, ils s'étaient peu éloignés du village, alors qu'ils auraient pu directement cheminer vers leur maison sous la montagne.

John aurait voulu connaître la raison de ce choix, tout comme il brûlait d'apprendre ce qu'il était advenu de lui depuis la mort de Marie dans l'Éveil, pourquoi il ne réapparaissait que maintenant, et ce qu'il convenait de faire pour que les hommes cessent d'infester la forêt. Mais il attendait que le père s'exprime le premier. C'était ainsi qu'il avait été éduqué. La parole devait être rare et respecter la hiérarchie des âges ou du niveau de savoir. Hélas, le père se taisait, préférant farfouiller dans la réserve.

Lorsqu'il mit la main sur le carnet dont il avait lui-même doté chaque cache dans la montagne, des années auparavant, la moitié de son visage se fendit d'un sourire, l'autre demeura figée par les cicatrices. John se sentit désemparé. Il était incapable d'interpréter l'expression qu'affichait cette figure ravagée.

— Parle-moi d'Alix !

Jamais John ne s'était opposé à une décision du père. Il avait grandi en se répétant ses enseignements.

Tout ce qu'il disait était essentiel. Et même quand il ne disait rien, il racontait quelque chose.

— Elle sera la mère de la nouvelle humanité.

Le père apprécia sa réponse sans émettre de commentaire.

— Tu l'as rencontrée comment ?

Ce fut au tour de John de réfléchir à ce qu'il allait dire. Il n'avait pas rencontré Alix. Elle s'était présentée à lui au bout d'une succession d'événements.

— J'ai voulu que les hommes disparaissent de la montagne et ils se sont multipliés.

Pour commencer, John avait repéré les chercheurs d'or et longuement analysé leurs faits et gestes. Trois hommes enivrés par leur puissance destructrice, des saccageurs.

— J'ai scarifié le plus fort dans son sommeil pour lui signifier qu'il n'était pas le bienvenu, mais il n'a rien voulu comprendre, et d'autres sont arrivés. Des hommes du village, ils étaient deux.

Entre les étrangers et eux, la poudre avait parlé. Et, après le déluge de feu, il n'en était resté qu'un à terre. Celui-ci constituait le plus grand danger qui soit. Car un mort mettait toujours en péril la quiétude de la forêt.

John remonta le fil des Souvenirs et se fixa sur l'instant qui l'intéressait.

Le vent d'ouest charriait les relents de vomissures et de merde de l'homme-charogne, cadavre habillé de sang, les tripes à l'air, et le musc de l'ourse qui dévorait ses entrailles. De tous ses congénères vivant dans la montagne, cette femelle aux grandes griffes égorgeuses était la plus intelligente. John l'avait surnommée Voleuse-à-l'Oreille-déchirée. Marron sale le jour, noir charbon la nuit, ombre tueuse sous la lune.

Il avait ensuite remarqué deux types d'empreintes qui menaient jusqu'à la vieille route, puis jusqu'à un homme blessé en uniforme. John s'était longuement interrogé sur son sort. Isolé, tabassé, s'il venait à mourir là, il représenterait un nouveau danger. Alors il l'avait déposé dans un refuge et soigné.

De retour près du corps auquel il manquait désormais une jambe et la moitié de l'autre, John avait hésité.

L'ourse n'était-elle pas la solution, la meurtrière idéale ?

Hélas, la plaie par arme à feu incriminait un homme.

Si les autres le découvraient, ils remueraient ciel et terre pour appréhender le tueur.

D'autant que ce n'était pas un des voleurs d'or qui gisait devant lui mais un habitant d'en bas. Un chasseur, ramasseur de champignons, un fouineur que John avait déshabillé et peint en bleu selon les rites des Anciens.

— J'ai voulu l'ensevelir, mais les arbres étaient sous l'eau. Je l'ai donc caché dans un tronc, près du canyon.

— Tu as agi avec sagesse. Mais tu ne parles pas d'Alix.

Leur première rencontre s'était faite de loin, le jour où le ballon de son frère avait roulé à ses pieds. Il ignorait alors ce qu'elle deviendrait pour lui. La deuxième fois, elle était nue sous la douche. Et John l'avait trouvée belle, dangereuse.

La troisième rencontre remontait à quelques jours. Tapi sur un rocher, John avait laissé Alix s'approcher de lui, l'avait respirée. Il aurait aisément pu lui faire perdre sa trace dans la montagne, mais en avait décidé autrement.

— Tu as cherché à t'amuser avec elle, je me trompe ?

— Elle a beaucoup de choses à apprendre avant de pouvoir se débrouiller seule.

— Qu'est-ce que tu ne me dis pas ?

John envisagea de répondre qu'il ne comprenait pas de quoi le soupçonnait son père, mais le simple fait de mentir dans l'Imaginaire le mit mal à l'aise.

— Le troisième voleur d'or l'a repérée. Il l'aurait attrapée, c'est sûr.

— Ce n'était pas ton problème, John. Tu ne savais pas encore qu'elle serait ton humaine.

Pour se défendre, John invoqua son premier souvenir des orpailleurs.

Autour du feu de camp, ils étaient trois. Des hommes sans vergogne. Des êtres sans code, livrés à leurs appétits. Soif de sang, faim de viande.

Le plus vieux était doté d'une musculature impressionnante, le dominant. Son dos était recouvert d'un tatouage représentant un crâne humain aux yeux injectés de sang.

Le deuxième rôtissait le cuissot d'une biche. Celui-ci puait la maladie.

Quant au troisième, il introduisait son sexe dans la gueule du faon pour qu'il le tète…

— Il aurait fait pareil avec Alix. Alors je me suis servi de son chien pour l'attirer à moi et la soustraire à la menace…

— Et comme tu ne réussissais plus à la sortir de ta tête, tu as voulu la garder pour toi. Je ne me trompe pas, n'est-ce pas ?

John acquiesça sans un mot.

— Ne te blâme pas. Nos humaines ont un pouvoir magique sur nous, ça s'appelle le désir, mon fils. Tu n'aurais pas dû vivre seul si longtemps. C'est moi, le fautif.

Les mots du père soulagèrent John.

— J'ai échoué à faire partir les hommes de la montagne, père.

— Ce n'était pas à toi de t'en occuper. C'était à Robert-Bob. Il aurait suffi de le prévenir que l'ordre naturel avait été rompu pour qu'il se charge de débarrasser la montagne de ces parasites.

— Comment aurais-je pu l'alerter sans me dévoiler ?

— En lui faisant parvenir une pièce en bronze des Anciens.

— Je ne comprends pas : pourquoi ne me l'as-tu pas enseigné ?

— Je n'avais pas prévu d'être contraint de te quitter. Sache en tout cas que j'ai parlé avec Alix, John, et tu as raison, c'est une humaine, n'en doute pas.

Le père approcha la lampe, ouvrit le carnet et commença à noircir des pages de son écriture tarabiscotée.

Durant près d'une heure, John l'observa, attendri. Sa main gauche tremblait légèrement. Était-ce ainsi que les humains vieillissaient, ou le feu dévorant avait-il emporté plus que de la matière ?

— C'est pour Alix, annonça-t-il finalement en confiant à John une besace où il venait de glisser le carnet. Quant à toi, n'oublie jamais une chose : tant que chaque humain n'honorera pas son humaine comme son égale, la violence qui a fait d'eux des hommes se perpétuera.

Cet enseignement, John aurait aimé l'entendre plus tôt. Aussitôt, le sens des mots le percuta, et la honte s'abattit sur lui. Puisque Alix était destinée à devenir son humaine, comment allait-il racheter ses fautes ?

— John, je suis parti longtemps dans le monde des hommes. Ils m'ont soigné, mais ils ne m'ont pas guéri. Aujourd'hui, je ne suis plus celui que tu côtoies dans les Souvenirs. C'est ainsi, on ne doit pas le regretter.

De nouveau, le visage ravagé s'égaya d'un demi-sourire. Pourtant, dans ses yeux demeura une profonde tristesse.

— Je ne peux pas rester, mon fils, je dois quitter l'Éveil. S'ils me rattrapaient, ils me jetteraient dans un endroit pire que la mort.

L'émotion lui fit marquer une pause puis, alors que John s'apprêtait à prendre la parole pour exprimer qu'il ne partageait pas son avis, le père se ressaisit :

— Écoute-moi : il existe toujours une solution, mais, cette fois, elle sera définitive. J'ai vécu près de toi sans me manifester dans l'attente du jour où tu aurais besoin de moi, et nous y sommes. Quand j'aurai accompli ce qui doit être, les hommes rendront sa tranquillité à la forêt. Et il faudra que tu fasses exactement ce que je dis, John, parce que tu ne dois pas cesser d'être une rumeur. Dans le cas contraire, ils finiraient par t'enfermer ou te tuer ! Tu es le dernier humain, ta responsabilité est immense. Promets-moi que tu feras ce que je te demande.

John acquiesça, conscient qu'il recevait son ultime leçon et qu'ensuite il laisserait à jamais derrière lui le domaine de l'enfance.

— Dis-le !

— Tu sais bien que oui.

— Bien. Quand j'aurai quitté l'Éveil, tu iras au village. Près de l'église, il y a une maison avec un porche blanc. Tu ne peux pas te tromper : dessus, il y a un heurtoir en forme de tête de loup. Tu y trouveras un stock de médicaments pour ta mère. Un jour, tu seras obligé de t'en procurer autrement. Le vieux Joseph ne t'échangera plus rien contre l'or, les orpailleurs l'ont tué…

Interdit, John perçut l'émotion qui altérait la voix de son père, tandis que son regard s'abîmait dans le vide. C'était la première fois qu'il manifestait de la sympathie pour ce vieil homme dont John connaissait l'existence sans jamais l'avoir vu.

— Après ça, Alix te les fournira. Ensemble, vous y arriverez.

John se retint de dire que sa mère n'avait plus de traitement depuis des jours et que son comportement le préoccupait. Le père n'avait pas besoin de savoir.

— Ton monde restera en équilibre, John. Nous serons réunis pour toujours dans le Rêve et l'Imaginaire. Les Souvenirs, garde-les pour ta vieillesse, pour que tes enfants et leurs enfants me connaissent. À présent, dis-moi où se cache l'homme qui voulait prendre Alix.

Celui que John avait surnommé Œil-de-Travers avait trouvé refuge dans une zone humide où le flair des chiens se perdait, à proximité d'un réseau de cascades. Non loin se dressait une falaise couverte de lierre, de mousse et de lichen qui masquaient les entrées de nombreuses grottes.

Le père enregistra l'information, étreignit longuement son fils et lui confia une lettre, écrite un peu plus tôt sur une des pages du carnet destiné à Alix.

— Celle-là est pour toi. Viens. Allons chasser une dernière fois.

76

Le 26 août

Quand l'aube céda la place à l'aurore, John et son père se séparèrent. Les heures passées s'étaient écoulées si vite, laissant à chacun une impression de vide immense et de bonheur concentré, mais aucun regret.

John avait eu la chance de revoir son mentor, de goûter après des années de solitude au plaisir inouï d'être deux rumeurs glissant dans les ombres de la forêt. Pratiquée en solitaire, la chasse avait toujours été un moment intense. Aux côtés du père, l'expérience était cependant bien différente. Le partage, l'entraide, la communication muette ou par cris brefs imitant les rapaces, tout lui était immédiatement revenu. Mais contrairement à avant, des deux, John était désormais le plus rapide.

Chaque foulée qui l'éloignait de son père l'enfonçait un peu plus dans un état d'Éveil où celui-ci n'existerait plus. Tout autour, les oiseaux stridulaient, les feuillages bruissaient, des arbres craquaient, le torrent clapotait, la forêt entière s'avançait vers l'automne dans un harmonieux vacarme. Le père, lui, resterait à jamais silencieux.

Ce nouveau silence hurlait dans la tête de John, et la peur avait enflé au point de transformer sa marche en une course éperdue, qui s'acheva au bord du lac alors que le soleil grimpait déjà haut dans le ciel. Là l'attendait la pire des visions.

Les hommes avaient envahi son éden.

Regroupés au loin, sur la rive opposée, ils déchargeaient d'un hélicoptère du matériel pour étudier le refuge où le père les avait menés la veille.

Fou d'inquiétude, John dissimula le carnet destiné à Alix, puis il s'immergea et nagea sous l'eau en direction des marches qui menaient à une des issues de sa caverne. À bout de souffle, il profita des broussailles, invisible silhouette, pour se faufiler jusqu'à la grille qu'il cadenassa derrière lui.

Quelques secondes suffirent à John pour comprendre qu'il était arrivé malheur. Une odeur ferreuse précéda la vision d'Alix. Inconsciente, elle gisait dans une mare de sang. Peut-être s'était-il trompé en songeant, après l'avoir sauvée de la noyade, que la mort ne voulait pas d'elle...

Il ne s'expliquait pas comment tout ça avait pu se produire, mais la mère l'avait poignardée, et s'était échappée. Aucun doute, les hommes qui avaient investi la montagne la retrouveraient. John n'y pourrait rien.

Alix mourante et sa mère partie, son clan était disloqué. Les temps à venir seraient monstrueux, et il se retint de hurler son désespoir.

John rassembla ses esprits et saisit les poignets d'Alix. Sous ses doigts, un pouls battait faiblement.

« Comprime l'artère en amont de la plaie. »

Enfant, il s'était entraîné sur sa sœur des dizaines de fois. Avec le père, il avait ainsi appris à recoudre les chairs sur un animal mort, à pratiquer un garrot, à ranimer un noyé.

« Empêche le sang de couler ! »

Alix souffrait de profondes entailles au thorax et sur les avant-bras ; elle avait âprement lutté. John attrapa une étoffe, la déchira en lanières pour garrotter le bras, et confectionna des tampons pour comprimer les blessures, ainsi que son père le lui dictait dans les Souvenirs.

La certitude que seul il ne pourrait la sauver le bouleversa. C'était terrible, mais les hommes représentaient son unique chance de survie. John déposa alors un baiser sur le front d'Alix, qui entrouvrit les yeux, et il eut le sentiment de sombrer dans ses iris aussi clairs que l'eau d'une cascade.

— J'ai froid, murmura-t-elle.

John la couvrit, puis il se pencha pour lui parler à l'oreille.

— Quand tu seras prête, rejoins le canyon au nord du lac. Au fond, il y a un sentier qui grimpe. Va tout là-haut, et cherche le tumulus où reposent les Anciens. Je t'y attendrai jusqu'à la fin du monde.

Il se redressa ensuite pour observer le visage d'Alix, qu'il trouva plus pâle encore que celui de Blanche-de-Lune, mais beau, si beau. Et dans son regard, il lut qu'elle avait compris.

— Jusqu'à la fin du monde ! répéta-t-il.

Sur ces mots, il gagna l'entrée de la caverne avec un drap qu'il avait imbibé d'huile, et qu'il enflamma. Aussitôt, une épaisse fumée noire monta vers le ciel.

Il déverrouilla la grille, et patienta.

77

La veille, à la colonie de vacances, Robert s'était fait virer par Mélina Straub parce qu'il exigeait d'assister à l'interrogatoire de Lionel L'Essart. « Rentrez chez vous, Ravaillé. Laissez faire les professionnels ! » avait-elle ordonné, sans négociation possible.

Alors quand, dans la nuit, on l'avait réveillé pour lui annoncer que l'Embaumeur s'était échappé et que lui-même se trouvait dorénavant sous protection, il avait ravalé ses sarcasmes. Deux gendarmes avaient été sérieusement amochés. Ce n'était pas la peine d'ajouter au sentiment d'échec général.

Les mots de la capitaine l'avaient pourtant meurtri. Il n'avait visiblement plus la carrure pour tirer des aveux aux criminels, ou même pour protéger la forêt. Son savoir-faire s'était perdu dans ses choix de vie. Et à présent qu'elle n'avait plus besoin de sa connaissance des gens et du terrain, Mélina Straub le court-circuitait. Elle le collait au placard. Mais dans le fond, le pire, c'était qu'elle avait pris la bonne décision.

Car si Robert n'en avait rien dit, et s'il ne s'expliquait pas comment ce vieil infirme avait faussé compagnie aussi facilement à des militaires, la fuite de L'Essart le rassurait. À ses yeux, elle ne pouvait signifier qu'une chose : Alix était vivante, et il avait regagné la montagne pour s'occuper d'elle.

En revanche, le policier ne saisissait toujours pas les motivations qui avaient poussé le médecin à les conduire dans cette zone reculée de la forêt primaire, car il n'y avait rien d'intéressant dans cette planque. Peut-être que l'équipe chargée d'investiguer sur un périmètre élargi leur apporterait des réponses…

En attendant, pour ne pas tourner en rond à en devenir fou, Robert avait nettoyé la cuisine, repassé ses chemises, classé ses papiers, et tentait même maintenant de remplir une grille de mots fléchés. Exténué par une enfilade de nuits écourtées, il ne parvenait pas à se concentrer, alors il lâcha son stylo et rejoignit la salle de bains où le miroir lui renvoya le reflet d'un bagnard.

Sa barbe ombrait un visage déjà mangé par les cernes. Il songea que Solange l'aurait détestée et il alluma sa tondeuse, avant d'être interrompu par la sonnerie de son téléphone. Un rapide coup d'œil à sa montre lui indiqua qu'il était bientôt 11 heures.

— Salut, Bob, ça serait bien que tu te pointes à la salle des fêtes avec ta plaque de shérif, annonça la voix stressée de Manolo.

Depuis l'accident de l'auberge, un bar-tabac éphémère avait été installé dans des locaux de la commune, mais Isaura avait restreint ses commandes pour des raisons évidentes de sécurité. Avec la battue, elle n'avait en effet personne pour surveiller les stocks.

— Raconte.

— Le livreur de cigarettes m'a planté, et ça commence à chauffer, ici.

D'après Manolo, les villageois étaient furax. L'un exigeait une marque en particulier, un autre ne fumait que des légères, un troisième des mentholées, un quatrième avait besoin de filtres pour ses roulées, et le cinquième était agacé parce que sa recharge arôme cerise de vapoteuse était en rupture, même sur Internet. Ils étaient tous tellement à cran qu'ils l'insultaient.

Robert enfila son uniforme en vitesse et s'équipa de son arme en se demandant comment il allait procéder. Jusqu'à ses 30 ans, il avait été fumeur, et il gardait un souvenir détestable de l'état de manque. Pourtant, celui-ci avait toujours été de son fait, survenant chaque fois qu'il avait décidé de tenter d'arrêter. Il n'osait donc imaginer la nervosité dans laquelle l'aurait plongé un sevrage contraint.

Quand il déboucha dehors, Robert fut surpris par l'absence des gendarmes missionnés pour veiller sur lui. Il jeta un coup d'œil dans leur véhicule, resté portières ouvertes, puis du côté de la route. Il appela. Sans succès.

— Par ici, Robert-Bob !

Le policier dégrafa son holster, posa la main sur la crosse de son pistolet, et revint sur ses pas. Lionel L'Essart était adossé au tronc du tilleul, au milieu de la cour. Par terre gisait un gendarme avachi, ligoté et visiblement inconscient. Le deuxième, bien plus jeune, il le tenait devant lui, la lame d'un poignard pressée contre sa gorge.

L'œil exercé de Robert remarqua aussitôt la besace imbibée de sang que le médecin portait en bandoulière. Le liquide noir gouttait sur les pieds nus de celui que tous, maintenant, surnommaient l'Embaumeur.

— Doc, lâche le gamin. C'est moi que tu veux, non ?

Le militaire grimaçait de frayeur, blafard. Ses jambes tremblaient. Lionel L'Essart, lui, manifestait une force insoupçonnée.

— Demande-moi ce qu'il y a dans mon sac, Robert-Bob. Ne sois pas timide.

Le cœur de Robert manqua un battement. Il releva lentement sa main, et avança jusqu'à se trouver à deux mètres du médecin.

— Je te tue ici, et sans une hésitation, si tu as fait du mal à ma fille !

— Tu ne me comprends vraiment pas, Robert-Bob. Mais moi, je te vois. Je te vois depuis le premier jour. Face à moi, ton âme est à nu.

— Qu'est-ce que tu racontes ?

L'Embaumeur fronça les sourcils.

— Parce que tu n'as pas tenu ta promesse, j'ai dû débarrasser moi-même la forêt de ses détritus ! Jeune homme, ajouta-t-il en flanquant d'autorité sa besace dans les mains de son otage, montrez au chef de la police de Mâchecombe ce que ça donne, quand on fait le boulot à sa place.

Paralysé par la peur, le gendarme ne réagit pas.

— Montre-lui !

— Allez, gamin, obéis ! renchérit Robert.

Il peinait à cacher son stress, sa voix chevrotait. Le militaire tâtonna pour ouvrir la besace et plongea ses doigts à l'intérieur.

— Je ne peux pas !

Agacé, Lionel L'Essart fit pression sur la lame de son poignard. Dans la seconde, un filet de sang perla sur la gorge de l'otage, qui gémit de douleur.

— Je suis médecin, je sais où frapper pour que ça dure… ou pas.

Les paupières closes par la terreur, le gendarme se ressaisit, rouvrit la besace et jeta son contenu devant lui. Malgré le masque mortuaire, Robert identifia immédiatement la tête d'Enzo Rossi. Elle roula et s'immobilisa au pied d'une pancarte émaillée vantant les qualités d'un soda à base de pulpe d'orange sur laquelle on devinait encore le slogan « Secouez-moi, secouez-moi ! ». Une lubie de

Solange, qui avait l'habitude d'amasser des objets qu'elle réutiliserait pour de la déco. « Peut-être, un jour, on ne sait jamais », disait-elle.

Le policier sentit un frisson parcourir son échine.

— Soulagé, Robert-Bob ? Tu as vraiment cru que je ferais du mal à la seule humaine digne de vivre dans ces montagnes ?

— Où est ma fille ?

— Fais ton job : veille sur la Mâchecombe, si tu ne veux pas que la rumeur dévore ceux que tu aimes. Et fais comprendre à tes semblables qu'ils doivent rendre la terre aux humains. Sinon, ils mourront comme celui-là !

Joignant le geste à la parole, Lionel L'Essart leva sa lame pour frapper son otage. Dans la seconde, Robert dégaina son arme et tira. L'Embaumeur s'écroula, touché à la jambe. Et, tandis que le policier se précipitait pour s'emparer du poignard, L'Essart se sectionna la fémorale d'un geste vif et précis dans l'aine.

Le sang jaillit.

— Pourquoi t'as fait ça, bordel ! hurla Robert en appuyant désespérément ses paumes contre la blessure pour contenir l'hémorragie. Pourquoi ?

— Cesse de vouloir me mettre en cage, Robert-Bob. Laisse-moi partir en paix.

— T'as pas le droit ! Où est Alix ? Rends-moi ma fille !

— Elle n'est déjà plus à toi.

Un sourire aux lèvres, Lionel L'Essart s'éteignit dans les bras du policier en larmes.

ROBERT

78

Quand John fut certain que les hommes avaient repéré l'entrée de la caverne, il se hâta de remonter le corridor.

Derrière lui, déjà, il les entendait investir son univers et se répandre dans le dédale.

— Elle est ici ! Faites venir le toubib et appelez Straub !

John se réfugia dans la salle de la roue. Couper l'alimentation électrique lui aurait donné de meilleures chances de fuite, mais il ne devait pas ralentir les secours. Pour Alix.

Tant pis, il avait un autre plan.

Un été où il y avait eu peu de pluie, John s'était engagé dans le lit de la rivière souterraine. La voûte rocheuse s'abaissait sur une dizaine de mètres. Encordé pour ne pas se faire emporter par le courant, il s'était aventuré dans le boyau jusqu'à un siphon qui avait marqué la fin de son exploration. Poursuivre au-delà aurait été déraisonnable. C'était pourtant précisément ce qu'il s'apprêtait à faire.

« Risquer de mourir pour continuer à vivre, disparaître pour exister. »

Il remplit ses poumons et se laissa tomber dans les eaux tumultueuses et rugissantes des récents orages. Sa dernière vision de la caverne fut l'irruption d'une silhouette équipée d'un fusil d'assaut. Ensuite, il n'y eut plus que le noir et le froid.

Et la rumeur se transforma en une boule de peur projetée dans l'inconnu.

Bringuebalé de toute part, John glissa et rebondit, heurta le roc. Conscience figée sur la violence de l'instant, chairs cognées et meurtries, muscles tendus, bouche close. Virage d'un côté, de l'autre, la rivière grimpa et descendit. Puis, d'un coup, tout ralentit. L'eau se ramollit, devint froide viscosité dans laquelle la boule d'angoisse déploya ses membres pour nager vers une voûte minérale engloutie par les ténèbres.

L'espoir survivant dans les paumes de ses mains qui suivaient la roche lisse, John chercha l'oxygène à grands mouvements de brasse. Ne pas ouvrir la bouche malgré la douleur grandissante, tenir coûte que coûte, ne pas trahir Alix dont le pâle visage aux yeux si grands réclamait sa présence. Comme les Anciens, comme sa sœur et son père, John était destiné à mourir, mais pas ici, pas maintenant. Pas avant de s'être assuré que son amour allait bien.

Ses doigts, enfin, crevèrent une surface invisible, et John jaillit, gorge déployée sur un hurlement rauque. Il s'agrippa un long moment pour reprendre son souffle, les oreilles bourdonnantes, les muscles ankylosés. Dès qu'il s'en jugea capable, il se laissa finalement dériver, et gagna une zone où il put se hisser hors de l'eau.

Une fois encore, la mort n'était pas passée loin, et John réussit à sourire de sa chance insolente.

La mort ne voulait pas d'Alix.

Elle ne voulait pas non plus du dieu dans l'ombre.

79

— Mais qu'est-ce qu'ils foutent, bordel !

Alors qu'il l'informait par radio des circonstances de la mort du docteur L'Essart, la capitaine Straub avait proposé à Robert de la rejoindre dans la montagne, où ses hommes, déjà sur place pour investiguer sur la zone désignée la veille par Lionel L'Essart, avaient repéré une fumée, semblable à un S.O.S., aux alentours de midi.

L'hélicoptère l'avait embarqué une dizaine de minutes plus tard dans un champ près de chez lui et, depuis, muni de jumelles, il patientait sur une des rives du lac. De sa position, il n'apercevait que les deux sentinelles postées à l'entrée d'une sorte de grotte.

Le policier zooma une énième fois sur les silhouettes, puis remonta le chemin emprunté par les militaires. C'était à peine croyable. Sans le flair des chiens, personne n'aurait décelé ce sentier, situé sur une étroite bande de terre coincée entre la falaise et le lac, et camouflé par un rideau de végétation.

Là, il songea à Lionel L'Essart. Après coup, Robert était convaincu que, quand celui-ci avait levé son couteau pour frapper l'otage, il espérait mourir de sa main.

Mais Robert n'était pas un assassin.

Quelque part, pourtant, l'Embaumeur triomphait. Car en se suicidant, il emportait à jamais la vérité sur les derniers instants de Solange.

Mais il n'emporte pas Alix.

Étrangement, cet homme lui avait donné une chance de revoir sa fille en le conduisant dans cette partie isolée de la forêt de la Mâchecombe. Sinon, aucun homme n'aurait été dans les parages pour repérer la fumée.

Désormais, l'attente était insupportable, et Robert bouillait d'en être réduit à suffoquer près de l'hélicoptère. Pas un bruit, pas une parole, pas un coup de feu ne lui parvenait. Et les liaisons par talkie s'étaient arrêtées, empêchées par l'épaisseur de la roche.

À ses côtés, Christophe était aussi anxieux que lui, mais Robert ne s'en préoccupait pas. Il n'avait plus la force de soutenir qui que ce soit en dehors de lui-même. Et encore, plus pour très longtemps.

Soudain, un mouvement attira de nouveau son attention vers l'entrée. Dans ses jumelles, il vit deux sauveteurs chargés d'un brancard, puis il reconnut la capitaine qui émergeait à son tour.

— On évacue une femme, entre 20 et 30 ans, blessures multiples par arme blanche, pouls faible.

Aussitôt, Robert s'empara du talkie que tenait Christophe et vociféra :

— C'est qui ? Vous allez dire qui c'est, oui ou merde ?

— C'est votre fille. Elle est vivante.

La réponse libéra toutes les tensions accumulées depuis des jours.

Robert se retint de pleurer. Il avait envie de voler vers Alix, mais ses jambes ne le supportaient plus, à tel point qu'il dut s'asseoir. La main de Christophe enserra son épaule. Sans doute son adjoint lui adressait-il des mots réconfortants. Il ne les entendit pas. Un bourdonnement vibrait dans ses oreilles, et son champ visuel se rétrécit.

Non, pas maintenant !

Son cœur cognait fort dans sa poitrine.

Quand, enfin, le brancard approcha, il fut incapable d'esquisser le moindre geste vers elle.

— On vous évacue aussi, Robert ! Vous êtes blanc comme un linge. Votre place est à l'hôpital, auprès de votre fille ou en cardio, les médecins en jugeront.

Christophe et Mélina Straub l'aidèrent à grimper dans l'appareil, puis le sanglèrent sur un fauteuil. Son adjoint lui parlait, mais Robert ne l'écoutait pas. Il saisit les doigts d'Alix. Ils étaient glacés, ses paupières étaient bleues et ses joues blafardes.

Elle était vêtue d'une curieuse tunique faite de pièces de tissu disparates cousues ensemble. Alix en robe, c'était si rare. Mais ce qui le happa, ce fut tout ce sang qui maculait son bras et son habit, déchiré par une lame furieuse.

Le sang de sa fille, c'était si dur à voir. Alors il porta son regard sur le visage d'Alix, et le fixa sur la veine qui pulsait au niveau de sa tempe.

Le mouvement, la vie.

L'hélicoptère était déjà loin de la Mâchecombe quand il laissa libre cours à ses larmes. Après neuf jours d'angoisse, Robert Ravaillé avait enfin retrouvé son enfant.

80

Les sens en alerte, John écouta le noir, sonda la masse d'air qui l'environnait. Cette caverne était plus vaste que toutes celles qu'il connaissait et il capta, au loin, un bruit de cascade qui le renseigna.

Né sous la montagne, John ne la craignait pas. Alors il ferma les yeux. Aussitôt, sur l'écran de ses paupières naquirent des formes luminescentes qui l'aideraient à se concentrer.

L'air ne vibrait presque pas. Les mains tendues devant lui, paumes tournées vers l'avant, John glissa ses pieds sur le sol. Butant sur des aspérités, redoutant le vide, il progressa ainsi avec une lenteur extrême.

Régulièrement, il faisait claquer sa langue contre son palais, se concentrait sur les sons qui se réverbéraient, en déduisait des volumes, des distances. De cette manière, il devina un obstacle proche, laissa ses doigts courir sur la roche. Elle était… collante. Il sentit des toiles d'araignées… des filaments… des champignons à peine odorants. La surface était couverte de moisissure. Il continua de s'éloigner de l'eau, fit quelques dizaines de mètres encore, jusqu'à ce que le sol se dérobe sous un de ses pieds.

Là, il s'accroupit avant de s'allonger au bord du gouffre. De l'air montait vers lui, mais le risque de se rompre les os en s'y aventurant était trop grand. Il contourna donc l'abîme à quatre pattes.

John poursuivit ensuite son exploration, perçut bientôt un goutte-à-goutte, puis un ruissellement. Le sol se rida de bourrelets et de cuvettes d'eau. Sous ses mains se matérialisèrent des stalagmites et des bassins aux parois minéralisées, étagés comme les marches d'un escalier gigantesque qu'il dévala, rassuré par l'absence de cascade. Plus loin, il atteignit une nouvelle pente ascendante. Le sol s'asséchа, devint poudreux. Et lui qui cherchait des mouvements d'air rencontra des éboulis.

Cette découverte lui redonna de l'espoir. Ses doigts palpèrent des cailloux aux formes variées, estimèrent leur densité, et finirent par dénicher des nodules de silex. Il en cassa immédiatement plusieurs en les frappant les uns contre les autres, récupéra deux morceaux qu'il jugea de bonne taille, et les entrechoqua.

Une fraction de seconde, les étincelles produites libérèrent John de la nuit éternelle. C'était assez pour que l'image des lieux s'imprime sur sa rétine. Il fit alors demi-tour et rejoignit le vide tant redouté.

Ce n'était en réalité pas un gouffre, mais une cuvette profonde qui s'achevait sur le lit d'une ancienne rivière. John s'introduisit dans le boyau, se guidant grâce à ses silex. Des heures durant, rampant dans des espaces partiellement inondés, escaladant des murs de cascades qui s'étaient taries, il parcourut des kilomètres sous la montagne, jusqu'à ce que ses pieds entrent en contact avec des déjections.

Tout ce temps, il avait été une créature concentrée sur ses sens, moins humaine qu'animale. Et quand une nuée de chauves-souris le dépassa, il les suivit, débouchant à flanc de falaise, trente mètres au-dessus d'une frondaison de feuillus.

À la faveur du crépuscule, il descendit, s'aidant des buissons qui s'enracinaient dans les failles de la paroi. Rarement le contact avec l'humus lui avait procuré une telle joie.

81

Au chevet de sa fille endormie, Robert cochait mentalement les cases qui le séparaient du retour à la normale, à sa vie telle qu'elle était avant l'accident survenu à l'auberge.

La case « Alix retrouvée », d'abord.

Puis la case « Alix vivante, mais blessée ».

Désormais, il en était à la case « Alix hospitalisée et soignée ».

Il attendait avec impatience son réveil. Ils se diraient les mots idiots que s'échangent ceux qui s'aiment et qui ont cru se perdre. Ensuite, il la quitterait pour qu'elle se repose. Les médecins l'imposaient. Alix avait frôlé la mort. Elle avait été perfusée dès son arrivée, et plusieurs poches avaient été nécessaires pour la stabiliser.

La case « Bloc opératoire pendant six heures » avait été interminable.

Dors, ma fille, papa veille sur toi, tu n'as plus rien à craindre de personne.

Plus tard, Robert entendrait son histoire. Probablement la capitaine Straub exigerait-elle la primeur de cette audition. Il s'en fichait. Plus rien n'avait de réelle importance. Alix était sauve.

Tout au long de l'après-midi, Robert avait somnolé par à-coups dans ce fauteuil en similicuir inconfortable.

Maintenant que la fatigue se dissipait, il se reprochait son attitude. Quand Alix avait manifesté le désir de s'établir à Mâchecombe, il n'avait rien tenté pour l'en dissuader, comblé qu'il avait été de la garder près de lui. En réalité, il avait refusé de voir qu'elle sacrifiait ses loisirs et son temps libre pour élever Noa et s'occuper de la ferme. À présent, il se sentait misérable.

Pour la case « Retour d'Alix à la maison », tout allait changer. Robert transformerait la grange en résidence de standing pour jeune femme célibataire. Au moins, elle aurait ainsi son intimité.

Robert réfléchissait déjà à ce qu'il faudrait mettre en œuvre. Et à l'aide qu'il allait devoir demander, car les médecins qui l'avaient pris en charge à sa descente de l'hélicoptère s'étaient montrés inquiets. Ses douleurs et sa perte de connaissance évoquaient une angine de poitrine. Ayant refusé d'être transféré au service cardio de Toulouse, il était reparti avec un traitement à base d'aspirine et avec un pulvérisateur de trinitrine, ainsi qu'une ordonnance pour faire des analyses et un test d'effort. En attendant, il avait promis de se ménager, d'arrêter le vin, le confit de canard et le fromage. Maintenant qu'Alix dormait paisiblement sous sa surveillance, il était de toute façon prêt à promettre tout et n'importe quoi. Il allait mieux, et même bien.

Noa, lui, rentrerait le lendemain de Collioure avec Jackie. Alix avait besoin de calme, mais les retrouvailles avec son petit frère ne pourraient pas nuire à son rétablissement.

Soudain, Robert se redressa. Alix venait d'enserrer ses doigts. Il scruta son visage, découvrit ses yeux entrouverts.

— Je suis là. Ne te fatigue pas.

— Papa…

Il aurait voulu lui dire qu'il avait failli mourir d'inquiétude, mais s'en empêcha. Désormais, il penserait d'abord à elle.

— Tu as été blessée. Les chirurgiens t'ont soignée, tu ne crains plus rien. Ils ont dit que tu devais te reposer, alors pas question de te lever.

Robert parlait trop, il ne parvenait pas à faire autrement. Depuis qu'Alix avait disparu, il rêvait de cet instant.

— Je dis des bêtises parce que je ne suis qu'un papa poule tellement heureux de te voir !

Les lèvres d'Alix tremblotèrent.

— Tu as soif, je ne sais pas si tu as le droit de boire, je vais me renseigner.

— Maman…

Ce mot renvoya Robert aux images des squelettes prisonniers des arbres. Il se revit démaillotant ce crâne et comprendre, en saisissant l'alliance de sa femme, qu'il tenait entre les mains tout ce qu'il subsistait d'elle. Son cœur s'affola. Lionel L'Essart avait-il enlevé Alix pour lui montrer son cimetière ?

— Quoi, maman ?

Alix referma les yeux. Elle paraissait épuisée.

D'un geste, Robert attrapa sa veste saharienne et récupéra la pièce ancienne sertie en médaille qu'il avait offerte à Alix. Il avait changé la chaîne et s'était juré qu'il replacerait ce porte-bonheur autour du cou de sa fille à la première occasion.

Le talisman avait fonctionné à l'auberge, lorsque la voiture de Christophe avait tout défoncé jusqu'au mur du fond.

Pas question de tenter le sort une seconde de plus.

82

Caché dans les bosquets à la lisière de la forêt, John étudiait les abords du village plongé dans l'obscurité. Des voitures de gendarmerie barraient encore la route et les chemins et, régulièrement, un drone traversait le ciel avec un léger bourdonnement.

Dès que l'appareil s'éloigna, il gagna le lit du torrent dont les eaux dévoraient les berges, et se hâta de le descendre jusqu'au vieux pont de pierre. Avec agilité, il en escalada l'un des piliers, puis enjamba le parapet pour s'accroupir sur le tablier, à l'abri du halo des réverbères. De là, il observa un instant les alentours et s'élança au cœur de Mâchecombe à travers les venelles et les jardins.

Derrière l'église, il reconnut le heurtoir en forme de tête de loup dont son père avait parlé et franchit la porte cochère. John se plaqua contre le mur d'enceinte de la cour. Tous les volets étaient clos, à l'exception de ceux d'une dépendance dans laquelle il s'engagea. Ses yeux habitués à la nuit devinèrent un fatras de casiers en bois, une voiture, un établi et un étroit battant fermé par un étrange cordon rouge.

Méfiant, John choisit de se faufiler par une petite fenêtre voisine. Il atterrit alors dans un vestibule. Là, quelques marches le hissèrent dans une cuisine, où il s'immobilisa.

Des chiffres vert fluorescent brillaient dans le noir comme des lucioles en parade amoureuse.

23 : 23.

Ses doigts effleurèrent la surface grasse d'un plan de travail, qui déposa sur sa peau une odeur de sucs carnés. En dessous, il remarqua un réfrigérateur dont l'ampoule avait claqué. John renifla les victuailles et jeta son dévolu sur des œufs, qu'il goba goulûment. Son dernier repas remontait à la veille. Il croqua aussi dans une tranche de pain rassis qui traînait dans une panière et l'avala avec un verre d'eau.

L'exploration de la demeure le laissa ensuite perplexe. Il y avait tant d'objets dont la fonction échappait à sa compréhension. Et pour les autres, les vêtements, les chaussures, les chapeaux… Pourquoi en posséder autant ? Que faire de sept manteaux ? De douze pipes ? Le père n'en avait qu'une, la réparait quand nécessaire, ou en fabriquait une nouvelle quand l'ancienne avait été trop usée par le feu.

Il y avait quelque chose de fascinant dans cette collection d'assiettes qu'un buffet révéla. Dans ces couverts et ces verres dont certains, lourds, aux pieds ouvragés et teints dans la masse, diffractaient la lumière. Pourquoi un verre devait-il être décoré ?

Dans un bar en forme de mappemonde, il découvrit cette fois une quarantaine de bouteilles aux noms inconnus et pour quelques-uns imprononçables. Les fragrances étaient incroyables, variées, subtiles ou puissantes. John goûta à tout du bout des lèvres, apprécia ou détesta.

Après ça, il pénétra dans une chambre, où il mit la main sur un poste de radio qu'il alluma. Son père en avait un, lui aussi. Pendant que des voix vantaient une marque de voiture, une assurance, des panneaux solaires et un lubrifiant, John fouilla la penderie jusqu'à dénicher un pantalon et une chemise à sa taille. Puis il quitta son treillis trempé, ignora le dégoût que l'odeur de ces affaires lui inspirait, et les enfila.

À la radio, une nouvelle voix annonça que la jeune policière municipale de Mâchecombe, sauvée dans la journée après un assaut des gendarmes, était désormais hors de danger.

Il n'y avait plus de temps à perdre.

« Disparais, John ! Ils ne chercheront pas celui qui n'existe pas. »

— Je donnerai le carnet à Alix, comme tu me l'as demandé.

« Contente-toi de le déposer dans sa maison et disparais. »

Depuis sa naissance, John suivait les recommandations de son père. Grâce à lui, il savait ne faire qu'un avec la forêt et les montagnes, le ciel, la nuit et l'eau, entrer en communion avec les animaux, devenir eux en les mangeant.

Un jour, il retournerait également à la terre en étant mangé. Mais en attendant, seul maintenant appartenait à l'Éveil. Seul maintenant contentait.

Manger, chasser, dormir, vivre pour être. Tout simplement être.

Ainsi se définissait le monde de John jusqu'à récemment.

— Je ne peux pas l'abandonner. Je serai nous, ou je ne serai pas.

Quelques instants, John redouta qu'un événement fâcheux ne s'abatte sur lui pour le punir de sa rébellion. Mais rien ne survint. Alors, il saisit une paire de ciseaux, et commença à couper sa barbe.

— Ne sois pas fâché, père, tu ne pouvais pas prévoir Alix.

83

Le 27 août

« Fais ton job : veille sur la Mâchecombe, si tu ne veux pas que la rumeur dévore ceux que tu aimes. »

Absorbé par ses pensées, Robert laissait son regard errer sur le lointain massif situé à cinquante kilomètres à vol d'oiseau du centre hospitalier de Foix. Il sursauta quand la main d'un gendarme se posa sur son bras.

— Monsieur Ravaillé ?

— Merde, vous m'avez fait peur ! Vous ne pouvez pas frapper, bordel ?

— J'ai frappé plusieurs fois, monsieur. Je suis désolé.

— Un problème ?

— La capitaine Straub vous demande.

Robert se leva, non sans difficulté. Ses articulations grinçaient, ses muscles refusaient de se détendre, et l'idée de faire le trajet jusqu'à Mâchecombe lui sembla soudain insurmontable. Et puis, il ne voulait pas quitter Alix.

— Ça attendra !

— Elle est dans l'aile voisine.

Après un rapide passage aux toilettes, Robert, bien obligé de capituler, emboîta le pas au gendarme mais demeura un mètre en retrait, histoire d'éviter d'avoir à lui faire la conversation.

Quelques minutes plus tard, il trouva Mélina Straub au milieu du couloir, devant la salle des infirmières du service de gériatrie.

Qu'est-ce qu'on fout ici ?

— Bonjour, Robert. Je suis contente que votre fille soit tirée d'affaire…

— Vous savez qui l'a poignardée ? C'est tout ce qui m'intéresse.

— Je vais vous le dire, mais, d'abord, je dois faire appel au grand professionnel que vous êtes.

— Cessez votre baratin, Mélina. Je vous écoute.

— Lionel L'Essart a menti.

— Il n'a pas pu attaquer Alix ! Il était…

— Nous sommes d'accord, l'interrompit-elle.

— Alors crachez le morceau, merde !

L'air vaguement cordial de la capitaine se mua en embarras. Tandis qu'elle se lançait, le policier remarqua enfin la présence d'un factionnaire devant une porte.

— Nous avons interpellé une femme dans la maisonnette arc-en-ciel, tôt ce matin.

— OK… Et ? Elle a été identifiée ?

— Elle était couverte de sang. L'IJ le confirmera, mais puisqu'elle n'était pas blessée, nous pensons que c'est elle qui a agressé Alix.

— Une femme aurait poignardé Alix ? Je… Pourquoi ?

— Nous l'ignorons. Elle n'est pas en état d'être interrogée.

— Vous n'avez pas répondu, Mélina. A-t-elle été identifiée ?

— Oui.

— Attendez, c'est la femme de Lionel L'Essart, n'est-ce pas ? C'est elle qu'il protégeait et non son cimetière. Elle n'est pas morte dans l'incendie !

— Non, il ne s'agit pas de Carmel L'Essart.

— Capitaine, j'ai dû dormir trois heures. Pardonnez-moi, mais ce n'est pas le bon jour pour les devinettes.

— J'ai rencontré votre épouse une fois, il y a quinze ans. Vous vous en souvenez ? Vous aviez invité la brigade à un barbecue.

Un doute effroyable envahit le cœur de Robert. Pourquoi la gendarme employait-elle subitement ce ton badin ? Dans quelles circonstances prépare-t-on son auditoire en ménageant ses effets ?

— Je ne comprends rien à ce que vous racontez.

— Elle n'a pas sa place en gériatrie, je vous l'accorde, mais l'hôpital affiche complet.

D'un geste affectueux, Mélina passa son bras sous celui de Robert et l'entraîna vers la porte de la chambre que le factionnaire gardait.

— Vous allez devoir faire preuve de sang-froid, mon ami.

L'univers entier sembla vibrer autour de Robert, qui sut en entrant dans la pièce que plus rien ne serait comme avant.

Sur le lit, une maigre silhouette, couverte par un drap léger. Sur les bras dénudés, de nombreuses cicatrices. Griffures, ou scarifications ? Robert aurait eu toutes les peines du monde à le dire, si seulement il s'était posé la question.

En fait, toute son attention se concentrait sur le visage de la femme, sur ces cheveux épais – *aussi gris qu'ils avaient été blonds* –, et sur ce nez cabossé, probablement brisé à plusieurs reprises – *autrefois un nez de princesse Disney qu'Alix aurait rêvé d'avoir*. Les traits s'étaient fanés et la peau, ridée, paraissait sèche, mais c'était bien elle.

Solange.

Impossible !

Cette fois, ses jambes le soutinrent. Le séisme se déroulait dans sa tête. Qu'allait-il dire aux enfants ? Comment réagiraient-ils ?

Alix avait fait son deuil… Comment vivait-on le cheminement inverse ? Et Noa, il n'avait eu de maman que dans son cœur, il rêvait d'elle à partir des vidéos et des photos de famille. Voudrait-il la rencontrer quand il apprendrait que cette inconnue avait poignardé sa grande sœur ?

C'était un cauchemar.

Robert allait se réveiller et la réalité s'imposerait dans toute sa simplicité. Il serait dans son lit, s'apercevrait qu'il était toujours gendarme. Un bond de vingt ans en arrière… C'était tout ce qu'il espérait, là, tout de suite.

D'ailleurs, pourquoi aurait-il cherché à installer sa famille à Mâchecombe, dans ce bled habité par des péquenots qu'il avait fui à 18 ans ? Hein, pourquoi ? Seul un cauchemar pouvait expliquer un choix aussi contraire à ses aspirations profondes.

Et puis il avait tenu le crâne de Solange entre ses mains, retrouvé son alliance…

Non, cette horreur aussi appartenait au cauchemar. Un putain de cauchemar en plusieurs épisodes !

Même mort, Lionel L'Essart le torturait encore.

Pourquoi ? POURQUOI ?

— Putain, Mélina, qu'est-ce que je vais raconter à mes mômes ?

ACTE III

ALIX

84

Si monter dans un bus était une activité banale pour un homme, pour John, c'était comme demander à un agneau de vivre incognito chez les loups.

Des gens s'impatientaient derrière lui. Il les avait côtoyés pendant d'interminables minutes et s'était préparé à s'enfermer avec eux. Trois femmes, cinq enfants et deux hommes. Dix individus aux effluves corporels différents mais tous puants. John s'était pourtant contraint à demeurer avec eux sous l'Abribus pour se fondre dans la masse, craignant à chaque instant d'être reconnu pour ce qu'il était malgré son travestissement : un étranger, un humain, un ennemi.

Ce qu'il n'avait pas prévu, en revanche, c'était qu'à l'intérieur du véhicule il y en aurait deux fois plus.

— On n'a pas la journée, vous savez. Vous avez besoin d'un renseignement ? Vous descendez où ?

« Si on te parle, tu réponds avec des phrases courtes et un ton neutre. »

Sur l'affichage des horaires, John avait lu le nom correspondant à sa destination, alors il déclara en singeant l'accent étrange du chauffeur :

— Saint-Jean-de-Verges.

— C'est un bon début, mais j'en ai trois, moi, des arrêts, à Saint-Jean-de-Verges. Centre, Terrassou et Chiva. Vous savez lequel vous intéresse ?

Chiva, l'acronyme de Centre hospitalier intercommunal des vallées de l'Ariège, l'endroit où la voix de la radio avait dit qu'Alix se trouvait.

John prononça le mot magique, et le chauffeur se dérida instantanément.

— Eh bah, voilà, c'était pas si compliqué.

Maintenant certain qu'il empruntait le bon bus, John paya. À regret, il récupéra la monnaie potentiellement contaminée que lui tendit l'homme, et la rangea dans la poche du jean – trop large pour lui, et bien trop court – avec les billets de banque qu'il avait également empruntés chez Joseph. Cet argent empestait, comme ces gens, et comme ce siège sur lequel il s'installa.

En se refermant, les portes l'emprisonnèrent dans l'habitacle encore suffocant des dernières chaleurs. Le bus démarra, et John préféra se coller à la vitre sale plutôt qu'être frôlé par sa voisine. Si ça n'avait tenu qu'à lui, il aurait même voulu respirer un autre air que les autres passagers, parce que leurs poumons rejetaient leurs miasmes et des particules de tous ces produits artificiels qu'ils avaient ingurgités.

Écœuré, il enfouit son nez dans le tissu de sa casquette, s'apprêtant à traverser les quarante-cinq minutes les plus longues de son existence. Puis, pour échapper à l'Éveil le temps du voyage et ne pas céder à la panique, il décida de se plonger dans les Souvenirs.

Un matin, le père les avait habillés à la façon des hommes, Marie et lui. Il avait glissé leurs pieds dans des chaussures étroites où les orteils se serraient douloureusement et, par les sentiers connus d'eux seuls, ils avaient quitté la montagne.

« Où on va ? avait demandé Marie.
— Patience ! Après ce qui vous attend, vous serez de véritables humains. »

Eux qui pensaient déjà l'être étaient montés dans un bus identique à celui où John était recroquevillé. Il gardait dans un coin de sa mémoire, cadenassées pour qu'elles ne se répandent pas, les odeurs des autres. L'horreur du synthétique, des après-rasage et des cosmétiques en tout genre, l'âcreté des vapeurs du moteur, des haleines, de la crasse, de la merde et de la sueur.

Ensuite, plus loin, il s'était heurté au mur olfactif de la ville.

John l'avait vécu comme un choc. Jamais il n'aurait imaginé une telle quantité de voitures, d'individus, d'habitations entassées, un tel chaos de murs, de tôles et de chairs. Et au-delà de la puanteur des égouts et des gaz d'échappement, de la poussière et de cet air qui collait à la peau, ce qui l'avait profondément marqué, c'était le vacarme.

Le bruit infernal, permanent, bruit des hommes et des machines sur l'asphalte, sous la terre, dans les airs. Le bruit saturait l'esprit. Le bruit n'était pas une accumulation de sons, le bruit était même le contraire des sons : le bruit ne recelait aucun sens. Ça, John l'avait vite compris. Mais il n'avait en revanche pas compris à quoi il servait aux hommes.

Dix jours et onze nuits, John, Marie et leur père avaient subi cet enfer. Les enfants avaient ainsi appris à se fondre dans cet environnement hostile au cas où ils seraient contraints de s'y confronter à un moment de leur vie.

John se revit découvrir la moquette, les plastiques qui emballaient les objets, les animaux découpés en tranches, le pain sans couleur, la terre martelée, le goudron, la saleté qui imprégnait tout, même les feuilles des arbres. Il se rappelait le bus, les gens, ces heures passées à singer les hommes, à manger une nourriture insipide, à manquer de sommeil à cause du bruit et de la lumière omniprésente. Et cette foule désincarnée, automates imitant la vie, indifférents à tout.

« Ressembler à l'ennemi signifie parler comme lui, marcher comme lui, rire et pleurer comme lui. »

Alors ils avaient observé, espionné et appris.

Le bus pénétra sous un tunnel, et John vit son reflet dans la vitre.

L'expression inchangée de ses yeux le rassura. Il parvint même à sourire à cet étranger au crâne rasé et au visage glabre qui lui faisait face.

Était-il beau ou effrayant ? Tout ce qu'il pouvait affirmer, c'était qu'il se sentait nu et vulnérable. Il se recroquevilla sur le siège et fit mine de dormir.

« Ne chantez pas au milieu des hommes, ne sifflez pas, ne vous asseyez pas par terre, ne vous décrottez pas le nez, ne pleurez pas, ne les fixez pas, mais ne fuyez pas leur regard non plus, ne vous déchaussez pas et ne vous dévêtez pas, ne faites pas de bruits intempestifs, n'imitez pas le cri des animaux, imitez-les, eux, et n'oubliez pas que les hommes des campagnes s'épient tandis que ceux des villes s'ignorent, ne mangez pas avec vos doigts, n'éclatez pas de rire, ne grimpez pas dans les arbres, ne vous baignez pas dans la rivière, ne vous servez pas dans les magasins, ne faites pas vos besoins à l'extérieur, n'écrivez pas sur les murs, ne dites jamais qui vous êtes, ne faites confiance à personne… »

Comme son cœur s'apaisait, John osa relever les yeux. Certains passagers soliloquaient, d'autres s'affairaient sur leur téléphone, ou somnolaient. Aucun d'eux ne semblait avoir remarqué sa présence.

Plus détendu, John observa les agissements des gens au gré des arrêts du bus et découvrit qu'ils se saluaient sans se connaître. Il tenta l'expérience sur sa voisine, qui lui lança un regard sinistre avant de se replonger dans la contemplation d'images sur son portable. Alors il se tourna de nouveau vers la fenêtre et s'imprégna du paysage inondé par les pluies torrentielles des derniers orages.

85

À la descente du bus, John suivit à distance un groupe de personnes qui se rendaient comme lui à l'hôpital. Il longea un immense parking où s'entassaient des centaines de voitures dont la puanteur ne semblait gêner que lui. Et lorsque les portes automatiques s'ouvrirent, de nouvelles odeurs s'imprimèrent dans sa mémoire.

La casquette baissée sur les yeux, il abandonna les individus qui le précédaient devant un comptoir d'accueil et s'enfonça dans le hall couvert d'une verrière où la lumière filtrait à travers des tissus tendus. John cherchait un endroit isolé où il aurait pu se poster, mais n'en trouva aucun. La compagnie des hommes ne se fuyait pas si aisément.

Derrière d'immenses parois vitrées, un jardin constituait l'unique zone de verdure des alentours. Coincés entre les bâtiments, ses arbres étaient chétifs, et l'herbe curieusement coupée très court. John décida de ne pas s'attarder sur ce détail et observa la foule, immobile.

Soudain, il repéra un gendarme qui se dirigeait vers les toilettes. Immédiatement, il le suivit et se positionna à côté de lui pour uriner. La seule façon de rester rumeur parmi les hommes, c'était de leur ressembler. John le salua donc et l'autre lui répondit, le regard fixé sur le jet qui éclaboussait le fond de l'urinoir. La pisse de cet homme sentait l'ail.

Lorsqu'il eut fini, John se lava les mains, puis il sortit des toilettes dans le sillage du gendarme qui le conduisit jusqu'à une cabine d'ascenseur bondée. Une telle promiscuité fut à la limite du supportable. Mais il tint bon, car dans son esprit grandissait l'idée que le militaire le mènerait à Alix.

Comme personne ne portait de couvre-chef, John retira sa casquette. Malgré la climatisation, il transpirait de stress, convaincu qu'il risquait la mort à chaque nouvelle inspiration.

Il y eut deux arrêts.

John était au supplice.

Enfin, au troisième étage, le gendarme descendit.

Sans une hésitation, il s'engagea dans un long couloir flanqué de portes innombrables et en poussa une. Quelques minutes plus tard, il réapparut en compagnie d'un homme que John, qui se tenait à distance, reconnut aussitôt : c'était le père d'Alix. Visiblement, le militaire avait été chargé d'aller le chercher, car ils revenaient ensemble vers l'ascenseur.

John s'interdit de baisser les yeux lorsqu'il les croisa, et les salua d'un signe de tête qu'ils lui rendirent. Il n'avait plus peur.

Elle était là-bas.

86

John demeura le dos collé à la porte qu'il venait de refermer.

Une odeur de sang et de chimie flottait dans l'air. Derrière ce cocktail dominant traînait aussi celle d'un après-rasage et, au-delà, presque cachée, presque effacée, à l'image de son corps allongé sous un drap, survivait l'empreinte olfactive d'Alix.

Un liquide incolore coulait au moyen d'un fin tuyau transparent depuis une poche accrochée à une potence jusque dans ses veines. De l'autre côté du lit, une machine émettait des sons discontinus. Son écran affichait des courbes et des chiffres. Plus loin, une porte coulissante s'ouvrait sur une salle d'eau aveugle.

Sans un bruit, John contourna le lit et déposa sa besace sur le fauteuil. Un rapide coup d'œil par la fenêtre lui permit de juger qu'il pouvait disparaître par le toit-terrasse en quelques secondes si nécessaire.

Des ombres marquaient le visage d'Alix. D'entre ses lèvres desséchées s'échappait une haleine chargée d'effluves artificiels. Les hommes l'avaient soignée, mais aussi droguée. Pour la transformer en une femme-des-hommes, pour l'avilir, retirer de sa tête ce qui faisait d'elle une humaine :

le souvenir de lui et du monde que, ensemble, ils devaient engendrer…

La certitude qu'un affreux processus de déshumanisation était en cours le révulsa, au point qu'il la découvrit doucement. Il fallait qu'il la sorte de cet endroit, qu'elle respire un air sain, qu'elle se désaltère avec de l'eau des sources.

Déterminé, John s'apprêtait à la soulever dans ses bras quand il vit l'impensable : Alix possédait une pièce des Anciens !

Abasourdi, il recula.

Il n'eut pas le temps d'essayer de comprendre, car quelqu'un entrait.

Aussitôt, il disparut sous le lit en attrapant de justesse sa besace. Persuadé qu'il était encore visible, il la posa sur son ventre, logea ses pieds dans l'armature du sommier et se colla contre celui-ci.

Deux paires de chaussures en plastique se déplaçaient dans la pièce, pieds nus à l'intérieur. Il devina des ongles peints, sentit l'odeur de ces femmes-des-hommes.

Là, au milieu du silence, la voix d'Alix s'éleva.

John éprouva un immense soulagement. Alix ne se contentait pas de respirer, l'esprit à jamais plongé dans le Rêve. Elle était revenue dans l'Éveil. Et elle était ici, à quelques centimètres de lui.

La joie, l'amour, la folie, la mort, le devenir des humains et le néant, Alix était l'incarnation du plein et du vide à la fois. Le problème, c'était que ces différents états de l'Éveil ne pouvaient cohabiter. John devait choisir qui était Alix, et il ne s'en pensait pas capable. Pas maintenant, pas encore, pas sans savoir comment cette pièce était apparue à son cou.

Les deux femmes reparties, John voulut sortir de sa cachette, mais la porte s'ouvrit de nouveau. Chaussures de marche et grosses chaussettes, après-rasage et transpiration sèche. Le père d'Alix était de retour.

Accroché sous le lit, John n'entendit plus que leurs respirations. Et puis, soudain, la voix tremblante d'Alix qui murmura :

— Papa, dis-moi que ce n'est pas maman. S'il te plaît…

— Ma chérie… Personne n'y comprend rien, mais c'est bien elle.

— C'est pas possible… Elle a failli me tuer !

Le murmure se mua en sanglots, que le policier chercha à interrompre en promettant que tout irait bien.

John, lui, n'écoutait plus.

Le désespoir l'avait envahi.

Son père lui avait enseigné la veille, dernier héritage, qu'au porteur de cette pièce incombait la tâche de préserver la forêt primaire et de garantir l'ordre naturel sur le territoire des humains. Or, Alix ne pouvait être cette personne, qui appartenait obligatoirement au cercle des hommes.

Auquel cas, il était complètement seul.

87

— J'aimerais m'entretenir avec Alix, maintenant. En tête à tête.

Vaguement agacé par le ton autoritaire de Mélina Straub, Robert quitta la chambre, pesta le temps de traverser le service, et se planta face aux portes des ascenseurs, dont une cabine s'ouvrit sur Jackie et Noa.

Un instant de grand doute le figea. Il ne se sentait pas prêt.

— Papa ! Je te l'avais bien dit, qu'on retrouverait Alix et qu'elle irait bien !

Désemparé, Robert se contenta d'enlacer l'enfant qui lui avait sauté dans les bras.

Il songea aux graves blessures qui témoignaient de la violence de l'agression subie par sa fille. Puis chassa cette vision de son esprit.

— Tu as raison, elle va bien.

— Je suis désolée, je sais qu'on ne devait être là qu'à 18 heures, mais le petit ne tenait plus en place, expliqua Jackie.

— C'est très bien comme ça, c'est… Excuse-moi, je dois m'isoler un moment avec lui.

Sur ces mots, Robert attrapa la main de Noa et l'entraîna dans la salle des familles. Il fut soulagé en découvrant qu'elle était vide. Ce qu'il était sur le point d'annoncer à son fils était difficile, et il ignorait de quelle manière il fallait s'y prendre.

« Vois-tu, Noa, il fut un temps où les gens partaient en voyage et on n'avait plus de nouvelles d'eux pendant des années… »

Non, ça ne va pas.

« Si demain tu partais en mission sur Mars, on n'aurait plus de nouvelles de toi pendant très longtemps. Eh bien, c'est ce qui est arrivé à ta maman. Enfin, elle n'est pas allée sur Mars, mais ce que je veux dire… »

Merde !

Il pensa à Alix, interrogée par la capitaine à quelques mètres de là. Comme il aurait préféré qu'elle soit avec eux ! Elle avait toujours les mots justes, et puis Noa la considérait comme sa mère. Il encaisserait probablement mieux le choc si ça venait d'elle.

Non, ce serait encore pire !

— Qu'est-ce qu'il y a, papa ?

Serait-il heureux ? Gêné ? Voudrait-il seulement la rencontrer ? Sa mère était une étrangère à moitié folle qui avait poignardé sa sœur !

— C'est Alix ? Pourquoi personne ne veut rien me raconter ?

Robert prit une profonde inspiration et se lança :

— Noa, on a retrouvé Alix loin du village, dans une caverne.

— Dandelombe l'a protégée ! J'en étais sûr !

— Il ne l'a pas protégée, mon grand. Il…

Dans les yeux de Noa, Robert devina que chacune de ses paroles pourrait à jamais planter dans son cœur le poison de la culpabilité. Il devait donc les choisir avec soin.

— En fait, il ne voulait pas qu'elle parte. Il prétendait qu'elle appartenait à la forêt.

— Tu l'as vu ?

Robert hocha la tête.

— Autant te le dire tout de suite. De toute façon, tu finiras par l'apprendre... Dandelombe n'existe pas, Noa. C'est quelqu'un du village qui t'a joué un mauvais tour et a gardé Alix dans la montagne.

— Quelqu'un du village ?

— Oui, le docteur L'Essart.

— Le monsieur qui vit tout seul avec ses chèvres ? C'est lui qui a caché Alix ?

— C'est lui.

L'enfant parut soulagé.

— Comment vous l'avez retrouvée, alors ?

Robert n'avait pas de réponse à lui apporter. Les gendarmes ne s'expliquaient pas qui avait allumé ce feu de détresse ni comment cette personne s'était débrouillée pour disparaître dans les cavernes. Celles-ci avaient été sondées, il n'y avait aucune issue. Quant au boyau de la rivière souterraine, il était trop étroit pour qu'on y passe avec un équipement de plongée. Seul un apnéiste confirmé aurait pu s'en sortir, et encore.

Pourtant, contrairement à ce qu'il venait d'affirmer à Noa, l'idée que Lionel L'Essart avait bénéficié de l'aide d'un complice ne faisait désormais plus aucun doute, et il faudrait bien qu'il creuse autour de ce Dandelombe. Mais il avait pour l'instant plus urgent à faire. Son rôle était de protéger et de rassurer son fils, et ça impliquait parfois de lui mentir...

— Le docteur L'Essart ne fera plus de mal, lui souffla-t-il à l'oreille en le serrant dans ses bras. Jamais.

Et ça, au moins, c'était vrai.

— Comment tu peux en être sûr ?

— Il est mort, Noa.

— Tu l'as tué ?

— Non, bien sûr que non ! Promis, je t'expliquerai tout, mais plus tard. Pour le moment, je veux t'annoncer une grande nouvelle.

Robert détacha son enfant de lui pour le regarder.

— En fait, cet homme avait caché quelqu'un d'autre avec Alix. Ta maman était là-haut aussi. Ta maman est vivante, Noa. Je sais que c'est difficile à croire, mais elle est vivante, et bientôt tu pourras la voir !

Robert cessa brutalement de parler. Il s'était emporté, son ton s'était enflammé, et à présent il attendait une réaction.

Les yeux de Noa brillaient un peu plus que d'ordinaire, ils cherchaient un endroit où se poser, revenaient régulièrement sur le visage de son père. Ses mains quittèrent la gangue protectrice de celles de Robert et ses doigts s'agacèrent sur la couture de son bermuda.

— Je peux la voir ?

— Les médecins s'occupent d'elle, elle a passé beaucoup de temps dans une caverne et…

— Sans sortir ?

— Je l'ignore, mon grand. Mais quand elle ira mieux, elle nous racontera, j'en suis sûr. Tu es heureux ?

— Je sais pas, papa. Et toi, tu es heureux ?

Robert prit la question comme un uppercut. Qu'éprouvait-il, au juste ? Un bouleversement pareil demanderait du temps pour que chacun reprenne ses marques, il faudrait revisiter son mode de vie, ses certitudes, ses projets…

— Je ne sais pas non plus, Noa. Tout ça est si… soudain !

— Alix, elle, doit être contente. Elle me parle souvent de maman pour que je l'oublie pas. Mais je peux pas l'oublier, je m'en souviens pas. Et maman, elle se souvient de moi ?

— Pour l'instant, elle ne se souvient de rien.

— Elle saura qui on est un jour ?

— Les médecins l'espèrent fort, ils font tout pour.

— Elle nous aime toujours ?

— Une maman n'arrête jamais d'aimer ses enfants.

88

Une paire de chaussures de randonnée touchait presque les coudes de John, qui s'était doucement posé sur le sol pour soulager ses bras douloureux.

— Une gourde est apparue au fond de cette combe, dites-vous.

— Oui.

Il avait identifié l'odeur de Cou-de-Tortue, quelqu'un d'apparemment respecté chez les hommes puisque le père d'Alix n'avait opposé aucune résistance à son injonction de quitter la chambre.

À présent, il écoutait, bouleversé, celle qu'il considérait comme son humaine relater sans hésiter à cette femme-des-hommes ce qu'il lui était arrivé alors qu'elle suivait son chien sur la piste des orpailleurs.

— Vous n'avez pas vu qui l'a déposée ?

— Non, madame.

— Et vous avez bu son contenu sans vous méfier.

— Oui.

Alix ajouta qu'elle était déshydratée. Sidérée. Elle ne réfléchissait plus, elle voulait juste survivre.

— Donc, si je vous ai bien comprise, vous perdez connaissance près du campement des orpailleurs, vous vous réveillez dans une combe et, après un temps indéterminé, vous buvez l'eau d'une gourde et vous vous retrouvez prisonnière dans la caverne où l'on vous a découverte. C'est bien ça ?

— Oui.

— Avez-vous vu votre agresseur ?

— Pas les premiers jours. Il me laissait dans le noir, m'a expliqué qu'il était le dieu dans l'ombre. Il m'a... Je l'ai entendu respirer, là, à cette distance, comme si vous étiez lui. Je crois... qu'il me respirait...

— Il vous respirait ?

— Il a baissé ma culotte et...

Plus Alix parlait de lui, plus John se tétanisait. Chacun de ses mots le blessait, son intonation le blessait. Que pouvait-il y avoir de mal au fait de se familiariser avec l'odeur de son humaine ? N'était-ce pas essentiel, de savoir identifier l'autre, de distinguer sa singularité pour la retrouver si elle se perdait, de sentir qu'elle était souffrante, excitée, féconde ?

— Prenez votre temps, mademoiselle Ravaillé.

— Il est... Il m'a...

— Il vous a violée ?

Alix déglutit, tandis que John retenait son souffle.

— Oui, enfin non, il...

Alix se mit à pleurer. Dans ses sanglots, John mesura sa propre incapacité à infléchir le cours de l'Éveil. Il faillit hurler de douleur et de regret.

— Faisons une pause.

— Non, non, continuons.

John ne voulait plus rien entendre et, par-dessus tout, il voulait partir loin de cette chambre. Mais il ne pouvait bouger sans que Cou-de-Tortue découvre sa présence. Et il n'était pas envisageable que ça arrive, sinon il serait obligé de la tuer, elle, et de tuer les autres, les gens du bus, ceux dans les voitures sur la route. Il faudrait tuer tous les hommes et…

— Revenons à votre agresseur, dans ce cas. Vous dites qu'il vous laissait dans le noir, au début. Vous ne répondez cependant pas à ma question : l'avez-vous vu à un moment ?

— Oui…

— Pourriez-vous le décrire ?

— Oui…

Les sanglots d'Alix ravageaient le cœur de John, incapable de comprendre pourquoi elle le trahissait. Ou plutôt si. Alix avait été déshumanisée. Déjà. Il était trop tard pour la sauver.

Son cerveau se liquéfiait, s'écoulait dans sa gorge ravagée d'amertume. En apparence, son corps demeurait indemne, mais il ressentait un vide, qui l'aspirait avec une voracité effrayante.

Le téléphone de Cou-de-Tortue vibra.

— Pardon, je dois m'absenter un instant. Voulez-vous que je vous remonte un café ? demanda-t-elle après quelques secondes.

— Avec plaisir, merci.

— Très bien, alors je reviens vite.

Les pieds du fauteuil grincèrent sur le linoléum, les chaussures de randonnée s'éloignèrent, la porte se referma.

John, qui s'était de nouveau plaqué contre le sommier, se posa sur le sol à plat dos avec soulagement. Ses mains tremblaient d'avoir serré le châssis du lit. Dans son champ de vision apparurent les pieds et les jambes nues d'Alix, puis elle se réfugia dans la salle d'eau.

La perspective de retourner à son existence solitaire lui brisait le cœur. Pourtant, il connaissait bien la solitude. Mais celle qui l'attendait serait horrible, car il la vivrait à travers la merveilleuse et délétère certitude qu'à deux tout aurait pu être possible. Et qu'il n'en restait rien.

« La mère que t'a rendue la montagne est celle d'Alix. Laisse-la reprendre place parmi les hommes, tu es autonome, à présent. Tu n'as plus besoin d'elle. »

À plusieurs reprises, John se répéta les derniers mots écrits par son père juste avant de le quitter. Lus dans la forêt de la Mâchecombe, ils paraissaient acceptables. Beaucoup moins maintenant qu'ils le condamnaient à l'isolement éternel.

La vie sauvage parviendrait-elle à le combler alors qu'il avait goûté à l'échange, au bonheur simple d'être deux et au désir ?

« Si je te demandais de partir maintenant, là, tout de suite, et de ne jamais la revoir, tu ferais quoi ? Réponds-moi, John, c'est important, tu ferais quoi ? »

À cette question posée par son père dans l'Éveil, John avait répondu :

« Je reste avec elle. »

Et aujourd'hui qu'il s'adressait à lui dans les Souvenirs, la réponse avait-elle changé ?

— Elle sera avec moi pour toujours, murmura-t-il. Elle connaîtra Marie. Elle…

John s'interrompit. L'Imaginaire avait osé créer des enfants qu'il n'aurait jamais. Les faire disparaître revenait à tuer ces êtres non nés, et il éprouva de la compassion pour sa descendance qu'il ne rencontrerait pas.

Pourquoi son père ne lui avait-il pas dit qu'Alix redeviendrait une femme-des-hommes ?

John roula sur lui-même et se releva.

— J'aurais dû t'écouter, dit-il en attrapant sa besace.

Selon les dernières volontés de son père, il glissa le carnet qu'il lui avait confié sous l'oreiller de celle qui n'était de nouveau plus que Blanche-de-Lune, puis il ouvrit en grand la fenêtre et se sauva.

89

Alix se releva des toilettes en grimaçant. La douleur était neutralisée grâce aux antalgiques, mais elle ressentait des tiraillements désagréables au niveau de ses points de suture. Elle avait l'impression d'avoir 100 ans.

Le miroir, par contre, lui renvoya l'image d'une enfant désorientée, poignardée par sa mère morte, devenue pendant huit ans la mère d'un autre sous la montagne.

Pourquoi John lui avait-il menti ? Il ne pouvait ignorer que Solange n'était pas sa mère !

Penser à lui dans cette chambre d'hôpital aseptisée le rendit soudain lointain. C'était comme s'il perdait de sa consistance. Alix songea qu'il ne vivrait plus que dans ses souvenirs et que, un jour, même ses souvenirs se déliteraient.

En revanche, Solange hébergée en gériatrie était une réalité d'une extrême dureté. Découvrir qu'elle n'était pas orpheline, qu'elle avait souffert depuis ses 15 ans pour rien ébranlait ce qu'Alix avait reconstruit sur les ruines de cet immense chagrin. Sa mère était vivante. Allait-elle pour autant la retrouver un jour ?

Pour l'instant, elle était incapable de la revoir.

De cette tragédie Alix aurait aimé ne conserver que des cicatrices physiques. Mais elle le savait, le bouleversement serait total.

Qu'allait devenir sa famille, dont sa thérapeute comparait les membres à des piliers soutenant le toit sous lequel chacun vivait, construction qui évoluait au fur et à mesure des naissances et des deuils ?

Jamais la psychiatre n'avait mentionné une résurrection.

La fraîcheur de l'eau sur son visage et ses mains la renvoya dans la combe aux galets. Elle aurait préféré oublier ces moments effrayants où elle s'était vue mourir. Mais il y avait cette gendarme, qui ne tarderait pas à revenir. Et lui parler de John se révélait étrangement douloureux.

Avant de se recoucher, Alix saisit son oreiller pour le replacer et vit qu'on avait glissé un carnet dessous. Aussitôt, sa curiosité fut piquée.

« Alix, ma sœur humaine, fille des hommes, miracle de la vie… »

Ces mots la pétrifièrent.

Elle le referma brusquement.

Puis le rouvrit, incrédule.

Le carnet était vierge en dehors des premières pages, et ce texte rédigé à son intention était signé de Lionel L'Essart.

Intriguée, Alix attrapa sa potence, décidée à partir à sa recherche. Il ne pouvait pas être bien loin.

Elle parcourut le couloir. Emprunta l'ascenseur qui la mena jusqu'au hall inondé par une belle lumière. Dans une sorte de patio, des gens attablés buvaient un café ou mangeaient un sandwich, les yeux rivés sur un écran de télévision qui diffusait des images de Mâchecombe. Le portrait de son père s'afficha à côté de celui du médecin.

« ARRÊTÉ PAR LE CHEF DE LA POLICE, L'EMBAUMEUR SE SUICIDE. »

D'abord sous le choc, Alix comprit très vite que ce n'était pas Lionel qui avait déposé ce carnet dans sa chambre, quelques minutes plus tôt.

Le cœur battant, elle scruta les visages autour d'elle.

Où es-tu ?

Un homme d'un mètre quatre-vingt-dix avec des cheveux longs et une barbe de Viking, ça ne passait pas inaperçu, même en période de vacances, alors que la région était envahie par des touristes du monde entier.

Alix peinait à imaginer qu'il soit venu jusqu'ici, dans cette foule, quand, soudain, elle songea que la façon dont ce carnet avait atterri sous son oreiller ne comptait pas.

Accrochée à sa potence, elle se rendit au jardin, pieds nus, dans sa blouse jetable, et s'assit au milieu des familles, le carnet serré dans ses mains. Là, elle garda quelques instants les yeux fixés sur le feuillage qui s'agitait dans le vent léger. Une mésange qui lançait des cris stridents sauta de ramure en ramure, puis disparut dans un minuscule trou du tronc.

L'oiseau n'existait que pour ceux qui l'avaient vu s'y cacher.

Comme le texte de Lionel, entre les pages de ce carnet.

Les risques qu'avait pris son porteur pour le lui remettre lui donnaient une valeur inestimable.

Pouvait-elle envisager de le confier aux gendarmes sans le lire ?

L'ÉVEIL

90

Alix,

Ma sœur humaine, fille des hommes, miracle de la vie,

À l'heure où tu liras ces lignes, quel qu'en soit le moyen, je serai mort, car ma mort est nécessaire à la survie de John.

Ce que je vais te révéler, tu ne devras en parler à personne. Ni aux autorités, ni aux médias, ni à ton père. Robert-Bob ignore l'existence de John, et il faut que les choses demeurent ainsi.

D'abord, tu dois comprendre qui est John, car si tu n'y arrives pas, il sera le dernier de notre espèce. Oublie tout ce que tu as appris, débarrasse ton esprit des fumées empoisonnées du pseudo-savoir et concentre-toi sur ce que te dit ton cœur.

Sache, Alix, que nous naissons tous humains, et que la plupart d'entre nous, en grandissant, deviennent des hommes. Et si je les appelle encore des hommes, c'est par égard pour ceux qui gardent en eux une once d'humanité, mais l'écrasante majorité ne vaut pas mieux que des robots.

J'ai été de ceux-là, j'ai été un chirurgien annihilé par des chiffres, des lignes de crédit et des lignes de débit. On a réussi à me faire croire qu'une vie avait un prix, que chaque acte devait être rentable, qu'un échec valait un succès à condition d'être en conformité avec les statistiques. Les chiffres dévorent les vies, Alix. La voilà, l'absurdité du monde des hommes !

Je suis né humain, on a fait de moi un homme, et j'ai trouvé la force de renouer avec l'humain que j'avais effacé. Pour John, c'est différent. John est et restera à jamais un être humain. Rien ni personne ne le pervertira, rien ni personne ne le peut.

Alix, s'ils l'attrapaient, ils l'enfermeraient, ils chercheraient à le normaliser, et John en mourrait.

Je lui ai appris à survivre, j'ai fait de lui cet être unique et pur, compassionnel et empathique que tu as découvert. Il m'a parlé de toi et de l'amour qu'il te porte. Cet amour est comme un être qu'il nourrit, à qui il enseignera à son tour ce qu'il sait et qu'il chérira toujours. Aucune femme ne sera plus aimée que toi, Alix.

Tu es la première humaine qui ne soit pas de son clan à avoir partagé sa vie. La seule à savoir qu'il existe là-haut, dans la forêt primaire, un hybride aussi fort qu'un animal et aussi intelligent qu'un humain. Tu détiens le pouvoir de le protéger.

Lorsqu'ils viendront t'interroger, ils m'auront déjà tué, mais ils te tairont la vérité. Ils te raconteront que je suis un assassin, ils m'appelleront « l'Embaumeur », ils saliront mon nom et, si tu ne veilles pas scrupuleusement à ce que tu vas leur communiquer, tu leur jetteras John en pâture.

En réalité, je n'ai été assassin qu'une fois, par nécessité. Je n'y ai pris aucun plaisir. Et je n'ai dissimulé les corps dans les arbres creux que pour protéger ma famille de la folie des hommes. Tout comme John.

Dis-leur que je suis responsable de tout. Dis-leur que je t'ai enlevée et séquestrée. Ne parle pas de John, ne mentionne même pas son nom, il doit à jamais rester une rumeur.

S'il t'a emmenée sous la montagne, c'était pour prendre soin de toi et de cette forêt qu'il aime tant. Tu es devenue son clan. Alors ne doute pas de lui. John est infiniment bon.

À présent, il faut que j'évoque un sujet qui t'a beaucoup fait souffrir. Et il faut surtout que tu saches que mes enfants, qui n'ont pas connu leur mère, ont vu en Solange un cadeau providentiel.

Si tu veux des détails sur les circonstances qui ont conduit à l'arrivée de ta maman sous la montagne, questionne John. Cette vérité est la sienne. En revanche, n'oublie pas que savoir, c'est courir le risque de ne plus ignorer.

Tu as sûrement déjà remarqué le grand dolmen en amont de ton village. Entre le tablier et le pilier nord, il y a une cachette qui te permettra de communiquer avec John.

C'est là que le vieux Joseph, que j'ai rencontré à l'armée et qui ne m'a jamais jugé, déposait les médicaments pour ta maman. Grâce à eux, je l'ai gardée loin d'un monde qui ne voulait plus d'elle.

Sans eux, Solange serait un danger pour John.

Sans eux, elle parlera de lui.

Si tu tiens à lui, manifeste-toi, préserve-le du péril des hommes.

Maintenant que tu en sais assez pour te décider, j'en ai terminé, Alix. Et je suis heureux d'avoir eu l'honneur de guider tes doigts au cours de ma dernière intervention chirurgicale en ta compagnie.

Souviens-toi de moi comme d'un père à qui il a fallu force et courage pour que son fils devienne celui que tu connais.

Le nom qu'on a donné à la première humaine était Lucie, la lumière, celle que les hommes ont perdue. Les temps de grands malheurs approchent, personne ne peut plus empêcher la chute de cette civilisation coupée de ses racines. Si tu le veux, la première humaine de la prochaine humanité s'appellera Alix. Alix, celle qui vient d'une noble lignée.

J'ai confiance en ton jugement, je n'ai pas peur, tu es celle que John attendait. Protège tes souvenirs, ils t'offriront la stabilité, ne bride pas ton imaginaire, il créera l'avenir, et laisse tes rêves pénétrer ta conscience, ils sont le pont entre les mondes.

Je t'ai dit qu'il y avait mieux à faire que de vouloir ressembler à tes aînés. Vois celle que tu es aujourd'hui, Alix, et sois-en fière.

Lionel,
Le père à jamais hors de l'Éveil

91

Alix acheva sa lecture dans un état de sidération tel que, pendant quelques instants, elle oublia qu'elle se trouvait à l'hôpital, assise en blouse et petite culotte au milieu de personnes venues voir un parent. Au-dessus d'elle, la mésange s'agitait de branche en branche et s'égosillait en pure perte.

En parcourant ces mots, elle avait senti une tempête se lever dans son cœur et son esprit. Ses certitudes vacillaient, ses doutes s'estompaient. Revisités à l'aune de ce qu'elle venait de découvrir, la présence de sa mère dans une chambre voisine et les événements vécus auprès de John prenaient un tout nouvel éclairage.

Ce personnage si singulier, qui avait choyé Solange comme sa propre mère, qui était né dans la montagne et n'avait connu que la forêt, était ce que son père avait fait de lui. De la même manière que n'importe quel enfant, à cette différence près que Lionel lui avait enseigné une version falsifiée du monde.

La couleur jaune était unanimement jaune parce qu'on l'apprenait ainsi. Sauf pour John.

Il l'avait torturée, séquestrée, avait tenté de la violer. Il avait aussi privé un homme de son épouse, et deux enfants de leur mère durant huit ans.

Devait-il répondre de ses actes ou devait-on accuser celui qui l'avait créé ?

Lionel avait modelé John en lui inculquant dès son plus jeune âge l'idée que les hommes étaient des humains dénaturés devenus des robots, des êtres pervertis, des créatures maléfiques et contagieuses qu'il ne fallait pas approcher, au risque de perdre toute humanité.

John n'avait pas eu accès à d'autres pensées que celles de son père, ni même eu l'occasion de découvrir une autre vision de la réalité. Ainsi, son but ultime était de survivre et de fonder son propre clan pour sauver son espèce.

Cette façon unique qu'il avait de parler, son raisonnement insolite, sa fureur quand elle l'avait qualifié d'homme, et sa douceur quand il s'était agi de la soigner. Tout s'expliquait.

« Si tu veux des détails sur les circonstances qui ont conduit à l'arrivée de ta maman sous la montagne, questionne John. Cette vérité est la sienne. »

Soudain prise d'une envie irrépressible de voir sa mère, Alix gagna le service de gériatrie. Elle s'était pourtant promis de ne pas se rendre à son chevet, et les sangles qui entravaient ses poignets lui rappelaient de quoi elle était capable.

Faire face à Solange dans un fauteuil roulant, apathique, absente, exhuma aussitôt le souvenir du visage haineux de cette folle l'agressant au couteau. Néanmoins, les confessions de Lionel avaient fait naître l'espoir que, peut-être, un jour, lorsque l'effet des drogues s'estomperait, Alix retrouverait sa mère.

Avec quels médicaments Lionel avait-il emprisonné l'esprit de Solange ?

« Grâce à eux, je l'ai gardée loin d'un monde qui ne voulait plus d'elle. »

Que signifiaient ces mots ?

— Si vous m'en aviez parlé, je vous aurais accompagnée, mademoiselle Ravaillé.

Alix sursauta. Ses doigts se crispèrent sur le carnet de Lionel.

Une subite envie de pleurer lui fit perdre ses moyens, mais ses larmes eurent le mérite de désamorcer instantanément la suspicion de la gendarme. Attendrie, Mélina Straub la fixait désormais gauchement, un gobelet dans une main et un sachet de sucreries dans l'autre.

— Faut pas vous mettre dans un état pareil. C'est simplement que je me suis inquiétée de ne pas vous voir dans votre chambre. Et maintenant, votre café est froid. Venez, je vais vous reconduire jusqu'à votre lit.

Alix laissa la capitaine lui prendre le bras tandis qu'elles traversaient le service de gériatrie en direction des ascenseurs. Et comme elle n'avait ni sac ni poche, elle n'essaya même pas de dissimuler l'objet qui pouvait faire basculer l'enquête.

Après quelques mètres, les jambes d'Alix se mirent à trembler. La capitaine Straub raffermit son étreinte pour lui permettre d'avancer sans flancher.

— Voulez-vous que j'appelle un médecin, mademoiselle Ravaillé ? Vous n'avez pas l'air bien.

— Ça va, souffla Alix en s'appuyant contre la paroi vitrée. Mais les sutures sont douloureuses.

Les portes se refermèrent sur les deux femmes. Silencieuses. Alix sentait le regard inquisiteur de la gendarme sur le carnet.

— Votre mère vous a poignardée. Cette idée aussi fait mal.

— Vous avez des enfants, capitaine ?

La cabine s'arrêta. La gendarme reprit son bras.

— Non. Je suis mariée à ma carrière. Vous aimeriez en avoir un jour, vous ?

— Seulement si je suis certaine de pouvoir les protéger.

Alix songea que cette obsession avait conduit Lionel L'Essart à enterrer des dizaines de cadavres dans des arbres creux, à déchirer une famille et à mourir pour que John demeure à jamais invisible. Avait-il seulement imaginé à quelle horrible solitude il le condamnait ?

De retour dans la chambre, elle posa le plus naturellement du monde le carnet sur la table de chevet et s'assit sur le lit en soupirant.

— Vous préférez que je revienne plus tard ?

— Mon agresseur… c'est le docteur L'Essart.

92

Le 30 août

— Ça fait bizarre d'être là, avec maman. Enfin, ce que je veux dire…

— Je sais, Al.

Il y avait tant de pudeur dans les silences de son père, tant de douleur dans son attitude. Il semblait encore plus distant que d'ordinaire, comme s'il retenait en lui une colère inouïe. Qui aurait pu l'en blâmer ?

Alix non plus n'en menait pas large.

D'un côté, elle souffrait de l'amnésie de sa mère, et d'un autre, elle redoutait une guérison qui révélerait vraisemblablement l'existence de John, ce qui aurait pour conséquence de lancer des hordes de gendarmes à ses trousses.

La mort de l'Embaumeur avait frustré les enquêteurs et ils traqueraient John sans relâche pour lever le voile sur cette affaire où nul ne serait jamais jugé pour avoir décapité un homme et caché une trentaine de corps, les dérobant à leur famille.

Dans le fond, Alix ne craignait pas sa capture. John était capable de s'enterrer des semaines, et cent militaires ne sauraient pas le débusquer dans cette forêt primaire dont il connaissait le moindre recoin. En revanche, elle craignait qu'il puisse croire un instant qu'elle l'avait trahi.

Alix avait fait le choix de le protéger. Et pourtant, trois jours après avoir commencé à mentir aux gendarmes, elle se questionnait. Pouvait-elle taire l'œuvre folle d'un homme aujourd'hui disparu, alors qu'il avait séquestré et drogué sa mère durant des années ? Comment osait-elle tromper les siens ?

Depuis qu'elle avait lu le texte de Lionel, Alix ne cessait de penser à John. Son souvenir l'obsédait. C'était comme si une part de lui l'avait… contaminée, et la peur qu'il lui avait inspirée s'était envolée.

Après tout, l'éducation, le dressage et la manipulation étaient des variantes du même concept. Elle-même était devenue Alix Ravaillé parce que née en France, au XXIe siècle, dans cette famille, avec cette culture et une intention éducative particulière. Et cette définition de l'individu, John n'y échappait pas. Il n'avait pas eu d'autres options que d'être lui, ni elle d'être Alix.

« Le Réel se divise en quatre parties. L'Éveil, le Rêve, les Souvenirs et l'Imaginaire. Pour être complet, l'humain doit exister dans toutes. »

Sa voix, parfois, résonnait dans la tête d'Alix. Le monde selon John possédait une profondeur si singulière…

Où se trouvait Solange, en ce moment, absente et présente dans l'Éveil ? Se souvenait-elle, se projetait-elle ? Qui était cette personne sanglée dans un fauteuil, dont les mains venaient de s'agiter, et dont la bouche émit un son rauque, plus une plainte qu'un mot ?

Sa mère ?

La mère de John et de Marie ?

Les analyses toxicologiques de ses cheveux avaient révélé que Lionel L'Essart lui avait longtemps administré un cocktail de Ritaline et de datura, surnommée « l'herbe du diable », pour la rendre docile et perturber sa mémoire. Son accès de violence envers sa fille pouvait s'expliquer par un syndrome de manque avancé.

Solange guérirait-elle jamais d'avoir tant souffert ?

Les médecins se montraient de moins en moins pessimistes. Ils avouaient tâtonner encore mais espéraient que, avec le traitement adéquat et des séances de thérapie psychologique et cognitive, Solange reviendrait à elle.

Son corps est dans l'Éveil, son esprit dans l'Imaginaire et le Rêve.

— J'ai essayé de discuter avec elle. Elle me regarde comme si j'étais transparent. C'est étrange, car elle n'est plus là.

Voir son père aussi désemparé bouleversa Alix, qui se nicha dans ses bras.

— Je ne sais pas si j'arriverai à oublier qu'elle a voulu me tuer. Même si elle n'était pas dans son état normal, c'est difficile…

« Notre mère était perdue entre deux mondes, ni tout à fait dans le Rêve, ni tout à fait dans l'Éveil. Moi, je te parle depuis les Souvenirs et l'Imaginaire. » John murmurait à son oreille, et Alix sentit des frissons parcourir sa peau.

— On va naviguer à vue. Demain, elle sera transférée en psychiatrie à Toulouse. Ensuite, on verra. J'admets que je suis complètement paumé, moi aussi.

Les yeux de Solange demeuraient vitreux, sa bouche laissait échapper un filet de salive que Robert essuya tendrement.

— Pauvre petite maman.

Soudain, Solange se redressa un peu.

— John… susurra-t-elle.

Alix sursauta violemment.

Si Robert découvrait l'existence de John, il devinerait tout : qu'il se dissimulait sous les oripeaux de Dandelombe, qu'il avait caché les derniers corps dans les troncs et libéré Lionel. Qu'il avait gardé Solange sous la montagne et, enfin, qu'il avait enlevé Alix.

John serait alors l'homme à abattre.

Jamais Alix ne convaincrait son père que cet être-là répondait à une logique différente de la leur.

Jamais Robert n'excuserait quiconque d'avoir agressé et séquestré sa femme et sa fille.

Et jamais son père ne lui pardonnerait de lui avoir menti.

— Chérie ? Ça va ?

John n'était pas le problème de Robert, il n'était qu'une rumeur. Sauf pour Alix.

— Oui, pardon, je suis fatiguée… Tu peux me raccompagner ?

Le temps qu'il leur fallut pour rallier le service de traumatologie parut une éternité à Alix, qui redoutait d'être questionnée sur le nom qu'avait prononcé sa mère. Mais, visiblement soucieux, Robert demeura silencieux jusqu'à la chambre. Là, Alix fut surprise de trouver Christophe, assoupi dans le fauteuil, un bouquet de fleurs sur les genoux.

— Chris ?

— Mioche, s'exclama-t-il en bondissant sur ses pieds pour l'enlacer. Je te préviens, tu ne me refais plus jamais un coup pareil !

Alix le détacha doucement d'elle en grimaçant.

— Pardon, dit-il en l'aidant à s'allonger. Je suis trop content de te voir !

— Moi aussi. Je te croyais occupé à sécuriser la montagne. Vous êtes venus à bout des chercheurs d'or et des amateurs de faits divers sordides ?

— Pas encore, mais ton père a eu pitié de moi, hein, Bob ?

— Il m'a surtout harcelé pour avoir un jour de repos.

— Tout de suite les grands mots ! Tiens, c'est pour égayer ta misère. C'est sympa, chez toi, mais côté déco, t'es pas au top !

Joignant le geste à la parole, Christophe tendit le bouquet à Alix et s'assit sur le lit tandis que Robert s'éclipsait.

— C'est gentil. C'est bien la première fois que tu m'offres des fleurs.

Amusée, Alix jeta un coup d'œil dans la chambre, sans trop savoir où poser les roses. Alors Christophe récupéra le bouquet, dont il se débarrassa dans le lavabo de la salle d'eau.

— J'aurais dû prendre un truc en pot.

Quand il revint s'asseoir près d'elle, il entrelaça ses doigts aux siens.

— On t'a cherchée partout…

— Je sais. J'aurais dû t'écouter.

— Non, ce n'est pas ça. En fait, j'ai compris à quel point tu étais importante pour moi. Je ne m'en rendais pas compte.

— Qu'est-ce que tu me fais, là ?

Gênée, Alix retira ses mains et les glissa sous le drap.

— Je t'aime, mioche. Je t'aime depuis qu'on est gamins, et je sais que toi aussi. C'est pas vrai ?

— Oui, mais…

Elle n'acheva pas sa phrase. Elle avait si souvent rêvé cet instant qu'à présent elle se sentait désemparée.

Un sourire aux lèvres, Christophe enveloppa son visage entre ses paumes et l'embrassa.

Alix ferma les yeux pour lui rendre son baiser. Et sur l'écran noir de ses paupières closes, le souvenir de John se dessina.

93

Le 10 septembre

Chargé d'un panier rempli de victuailles, Robert quitta l'échoppe du boucher. Il était invité pour le déjeuner chez sa fille, sortie de l'hôpital trois jours plus tôt.

Deux semaines s'étaient écoulées depuis le sauvetage d'Alix et, malgré le suicide de Lionel L'Essart, l'enquête avait fait des bonds de géant. Plusieurs magistrats avaient été saisis. Deux juges instruisaient le dossier Caruso. Lui était mort, mais ses complices seraient poursuivis pour orpaillage illégal, attaque à main armée et meurtre. Les investigations de Mélina Straub étaient également quasi bouclées. Entêtée, elle avait comparé les déclarations fiscales de tous les villageois avec leur train de vie, afin de dénicher des trafiquants d'or parmi eux. Elle avait fait chou blanc.

En attendant, chaque jour, Robert et son équipe redescendaient de la forêt avec des hurluberlus persuadés d'être à deux doigts de faire fortune. Dans le lot, il n'y avait pas que des enfants de chœur. Mais les renforts promis par la préfecture tardaient à arriver.

Le juge à qui on avait confié l'affaire de l'Embaumeur avait clôturé le volet enlèvement et séquestration imputé à Lionel L'Essart, abandonnant les relevés d'empreintes et les analyses ADN. L'auteur des faits ayant été identifié par un agent assermenté de la police municipale, le coût faramineux de ces vérifications ne se justifiait pas. De plus, le groupe de la capitaine Straub avait accumulé suffisamment de preuves démontrant que l'ancien chirurgien avait organisé sa vie dans la caverne où il retenait ses prisonnières avec la complicité de Joseph Vidal.

Là-haut, on avait découvert des réserves d'eau et de nourriture, des tenues de camouflage adaptées à toutes les saisons, du matériel militaire, des chaussures, des besaces, des jumelles, une arbalète. Autant de choses dont les factures avaient été retrouvées au domicile du vieil homme. Quant aux médicaments qu'il se procurait grâce aux ordonnances rédigées par Lionel L'Essart, il s'agissait bien de ceux qui avaient drogué Solange. En revanche, nul ne saurait avec certitude si le vieil homme avait joué un rôle dans sa disparition.

En remontant la rue de l'église, Robert accéléra le pas pour dépasser au plus vite la porte avec le heurtoir en forme de tête de loup qui le fascinait tant quand il était gamin.

Dans l'enquête concernant l'Embaumeur, ce qui comptait d'abord pour le magistrat instructeur, c'était de pulvériser la mauvaise réputation de la Mâchecombe en offrant un nom à chacun des corps dissimulés par Lionel L'Essart et en déterminant la cause de leur mort. Sur les vingt-sept cadavres, seuls seize, accidentés ou suicidés, avaient pour l'instant été rendus à leur famille. Et, vu l'ampleur de la tâche, le groupe de la capitaine Straub avait été dessaisi au profit de spécialistes de la division Criminalistique Identification Humaine. Ses hommes et elle avaient donc quitté les bureaux improvisés de la colonie de vacances.

Robert, de son côté, ne parvenait toujours pas à mesurer si la « résurrection » de sa femme le soulageait ou l'embarrassait. Les habitants de Mâchecombe le soutenaient, et beaucoup étaient choqués par ce qui était arrivé. La plupart espéraient les revoir ensemble. La plupart ignoraient que, au moment de la disparition de Solange, leur couple traversait des difficultés.

La vérité, c'était qu'avec le temps Robert avait fini par apprécier sa vie de célibataire, dédiée à son travail, à la sauvegarde de la forêt et à ses enfants. Était-il prêt à refaire une place à Solange ? En aurait-elle envie ?

D'un haussement d'épaules, il chassa ces préoccupations et s'engagea dans l'artère principale de Mâchecombe, où il fut alpagué par la femme du boulanger.

Depuis qu'il était devenu le « héros qui avait arrêté l'Embaumeur » dans les médias, tout le monde voulait lui parler, et il avait décidé de jouer le jeu, car les gens comptaient sur lui.

Le village n'avait plus de maire – Cisco avait jeté l'éponge même si personne n'avait jamais rien su de son implication dans l'affaire des orpailleurs –, plus de premier adjoint non plus, et les membres du conseil municipal s'étaient défaussés les uns après les autres. Aucun ne briguerait le siège vacant. Et tous les regards se tournaient désormais vers le chef Ravaillé, selon eux le plus qualifié pour les protéger tous. C'était d'ailleurs la raison pour laquelle la commerçante l'avait hélé : elle souhaitait l'assurer de sa voix et de celle de son mari.

Robert se présenterait-il ? Cette perspective le séduisait. Être maire lui permettrait notamment de sécuriser le site d'orpaillage, d'y faire bâtir un mirador, d'interdire cette zone en y organisant une veille permanente. Et puis, quelle plus belle revanche aurait pu espérer celui que tous, ici, avaient surnommé « Bob la pompe » ?

Robert remercia la boulangère et prit la direction de l'auberge, dont il apercevait les échafaudages. Les travaux avançaient bien. Isaura parlait de rouvrir son établissement pour les vacances de la Toussaint.

Bientôt, à Mâchecombe, il n'y aurait plus une trace du terrible accident qui avait bouleversé leurs vies quelques semaines plus tôt.

94

Pour témoigner de sa joie, son père avait l'habitude de dire qu'il bichait. L'expression correspondait parfaitement au sentiment qui gagna Robert alors qu'il trinquait avec sa fille. Il bichait.

L'excellent déjeuner se clôturait avec une frangipane confectionnée par Jackie, agrémentée de figues du jardin de Christophe, et arrosée d'une coupe de champagne. Tous fêtaient l'installation d'Alix dans la grange familiale que Robert et Christophe s'étaient démenés pour aménager en loft en un temps record.

— Quand Solange reviendra, elle sera contente de voir son projet réalisé, se félicita Robert.

— J'ai pas envie qu'elle habite ici ! s'écria soudain Noa.

Il préférait sa vie d'avant, celle où Alix était sa « maman-sœur », et où il n'avait pas besoin de répondre à tout un tas de questions bizarres que lui posaient les gens. Adultes ou enfants, tous semblaient avides de savoir comment il vivait ce miraculeux retour. Face à ça, Robert s'était trouvé démuni et lui avait donné le seul conseil qui valait : « Dis-leur de s'occuper de leurs oignons ! »

Dans la bouche d'un enfant de 9 ans, l'expression vieillotte déstabilisait la plupart des curieux. Mais les gamins de son âge s'obstinaient à partager avec lui les détails sordides dont fourmillait Internet, dont un mème représentant la tête de Solange zombifiée et hurlant : « *I'm back !* »

Souvent, Robert était réveillé en pleine nuit par les cauchemars de Noa, qui cherchait sa sœur dans une chambre vide et finissait en pleurs.

Sortirait-il indemne de ce cataclysme ?

Et Alix ?

Robert la surprenait parfois à l'écart, en train de contempler la montagne, comme maintenant. Elle venait en effet de s'éloigner du groupe et se tenait, les bras serrés sur la poitrine, le nez levé vers les sommets où elle avait passé des jours entiers, enfermée par un fou.

Il espérait que la tendre relation que Christophe et elle avaient nouée l'aiderait à guérir. Celui-ci s'approchait d'ailleurs pour l'enlacer, protecteur, mais Alix le repoussa et fila en direction de la forêt.

Robert rejoignit son adjoint en quelques enjambées.

— Je ne sais pas ce qu'elle a, murmura ce dernier, visiblement désemparé.

— Je m'en occupe.

Alix marchait d'un bon pas sur la route de la Mâchecombe et Robert peinait à la rattraper. Il dut l'appeler plusieurs fois pour qu'elle accepte de ralentir. Elle paraissait furieuse et malheureuse.

Depuis le retour de sa fille, Robert s'était montré extrêmement discret, n'avait posé pratiquement aucune question, laissant Alix témoigner à sa guise. Ce n'était pas en la forçant à discuter qu'il en apprendrait plus sur ce qu'elle avait vécu dans la montagne.

Noa, quant à lui, n'avait plus jamais évoqué Dandelombe. Et quand son père l'avait interrogé sur les raisons qui l'avaient amené à jeter tous ses dessins de lui, Noa avait répondu qu'il ne venait plus le voir, donc il n'était plus son ami.

Robert ne doutait pas de la parole de son fils. Il doutait en revanche des conclusions de l'enquête sur l'Embaumeur. Il était évident pour lui que Lionel L'Essart n'avait pas agi seul et que, quelque part au fond d'elle, refoulées par le traumatisme, Alix détenait des éléments qui lui permettraient d'identifier la pièce manquante : Dandelombe.

— Parle-moi, dit-il, enfin à sa hauteur. Je vois bien que ça ne va pas. Je… Je respecte ton silence, ma chérie, mais il y a une chose qui me hante. L'Essart, est-ce qu'il t'a fait du mal ?

— Non, je n'y arrive pas, c'est tout…

— Je n'aurais pas dû te laisser seule avec lui. Quand tu l'as assisté pour opérer Caruso, c'est là qu'il t'a repérée, tu ne m'enlèveras pas ça de la tête.

Des larmes perlaient aux yeux d'Alix. Robert aurait aimé l'enlacer, la câliner, mais ces gestes fermeraient aussitôt la conversation. Alors il s'abstint et attendit qu'elle parle.

— Quand il s'est tué devant toi, ça ne t'a rien fait ?

S'il avait dû se montrer honnête, Robert aurait répondu que non. En fait, voir mourir l'homme qui avait apporté tant de souffrances à sa famille l'avait soulagé. Mais un père dit-il des mots aussi cruels à sa fille ?

— Pourquoi tu me demandes ça ?

— Parce que tu n'en parles jamais.

— Ce type nous a fait beaucoup de mal. Je ne sais pas si je suis capable d'avoir des regrets. Toi, en revanche…

— Je vais bien. J'ai juste besoin d'un peu de solitude, et de temps. Maman, Chris, tout ça va trop vite, tu comprends ?

95

Malheureuse de mentir à son père, Alix était constamment à fleur de peau. Elle n'avait qu'une hâte : tourner la page. Oublier.

Mais comment ?

Comment oublier John ?

Au belvédère, le bouquet de fleurs déposé par Noa le 15 août s'était rabougri.

Que n'aurait-elle donné pour confier son tourment à sa mère, comme elle avait appris à le faire ces dernières années ? Hélas, dans son esprit, la douce voix de Solange s'était tue, remplacée par celle, éraillée, atroce, de la femme qui l'avait poignardée.

Le cœur d'Alix était gonflé de tristesse. Et pourtant… Solange était vivante, Christophe était amoureux d'elle, et ils fêtaient son installation dans le loft. N'était-il pas là, ce bonheur promis à sa mère à chaque anniversaire de sa disparition ?

Alix accéléra ses foulées en direction du sommet. La montagne avait toujours été son havre, son refuge.

« Il existe là-haut, dans la forêt primaire, un hybride aussi fort qu'un animal et aussi intelligent qu'un humain. »

Depuis son retour, elle se sentait déchirée. Crucifiée par chaque regard qu'elle posait sur son père à qui elle taisait ses secrets, attristée de rejeter Christophe, et terrorisée à l'idée de trahir John dont le souvenir l'habitait.

Ses pas la menèrent au grand dolmen. Elle y était déjà venue avec ses parents, pensait bien connaître l'énorme tablier de roche soutenu par de gros blocs excavés par les anciens. À la différence près que, cette fois, elle savait où chercher.

« Entre le tablier et le pilier nord, il y a une cachette qui te permettra de communiquer avec John. »

Quatre symboles étaient gravés sur les piliers, identiques à ceux de la caverne.

Les quatre dimensions du Réel.

Le monde selon John était ici, et Alix en éprouva une joie irrépressible.

Juste au-dessus d'un motif figurant un œil ouvert, qu'elle attribua à l'Éveil, elle trouva un renfoncement où elle glissa son foulard. John comprendrait le message mieux que des mots. Puis, fatiguée par sa marche, elle s'assit par terre et ferma les yeux.

L'été touchait à sa fin. Il n'était pas 18 heures, et déjà le soleil frôlait les cimes. Avant qu'il bascule derrière le massif, la douce chaleur de ses rayons fabriquait de drôles de taches mouvantes sur ses paupières. Elle goûta l'instant et laissa sa détresse inonder ses joues.

Jamais elle ne s'était sentie aussi perdue.

LE RÊVE

96

De minuscules grains d'or s'agitent dans les rayons du soleil. Alix examine son poing serré autour de l'arc. Son bras scintille, comme son buste dénudé, l'écorce de l'arbre où elle guette le gibier et la mare. Comme John qui se tient face à elle.

On dirait qu'il vient de prendre naissance dans le vent pour la guider. Il lève la main, elle tend la corde de l'arc, vise une biche qui offre son flanc. Elle visualise la trajectoire de la flèche, modifie légèrement sa position, bloque sa respiration, et lâche.

Aussitôt, l'animal s'affale sans un cri, et John lui tranche la carotide. Le sang s'écoule, forme une étrange flaque de mercure, l'œil de la victime s'éteint sans peur.

La vie pour la vie, la mort de l'un pour l'avenir des autres.

D'un geste sûr, Alix ouvre les entrailles de la biche, retire les intestins qu'elle dépose pour les corbeaux aux ailes d'or qui les accompagnent lors de leurs chasses, et dépèce la bête. John l'aide à écarteler la carcasse écorchée sur un cadre de branchages, puis à la traîner jusqu'au torrent où ils se nettoient.

Quand Alix se redresse, John est là, tout près d'elle, et l'embrasse soudain à pleine bouche. Elle goûte à ses lèvres et…

Alix se réveilla.

Ornicar la fêtait à grands coups de langue.

Désorientée et agacée d'avoir été interrompue, la jeune femme le rejeta d'un mouvement brusque.

Le chien couina.

— Alix, putain ! Qu'est-ce qui te prend ?

Dans les yeux de Christophe, elle lut autant d'inquiétude que d'incompréhension, et s'en voulut.

— Trop de champagne, désolée. Je te demande pardon, mon petit père, ajouta-t-elle en prodiguant d'affectueuses caresses au chien.

Tandis qu'elle tentait de se relever en grimaçant de douleur, Christophe la stoppa.

— Reste assise, Alix, il faut qu'on parle.

Alix se sentit prise au piège. Elle gardait le souvenir de la peau de John sur la sienne. Jamais un rêve n'avait été si intense, ne lui avait paru si réel.

— J'aimerais ne pas me faire de souci pour toi…

— Je sais.

— J'ai la sale impression que tu me fuis, murmura Christophe. Tu ne supportes même plus que je te touche…

Alix hésita.

Avec Christophe, elle avait toujours été d'une grande franchise. Il avait été son frère, son confident. Il connaissait tout de ses déboires amoureux depuis le collège. En fait, il la connaissait par cœur. Un temps, au lycée, elle lui avait raconté qu'elle n'était plus vierge, comme elle le faisait avec ses camarades pour qu'ils la laissent tranquille. Et il avait tout de suite perçu qu'elle mentait.

Quand elle avait perdu sa mère, Christophe avait été aussi solide qu'un roc, prêt à tout entendre, et surtout résolu à lui prouver qu'elle se trompait lorsqu'elle affirmait que le monde ne serait plus jamais beau.

Et il y était parvenu.

Ce qui était vrai, en revanche, c'était que son enfance avait pris fin ce jour-là.

— J'ai pas été violée, Chris. C'est pas ça…

Au soupir de soulagement qu'il émit, Alix sut qu'elle avait deviné ses peurs.

— Tout ce que je te demande, c'est du temps. Je veux une vie normale… On aura une vie normale. Mais d'abord, j'ai des images à faire sortir de ma tête.

97

Le 30 septembre

Trois semaines avaient passé, transformant la fin d'un été torride en automne boueux. Alix et Christophe cheminaient péniblement sur un tapis de feuilles orange et rouge détrempées par la bruine, après avoir abandonné leurs quads au pied d'un grand mélèze.

Le week-end précédent, ils étaient allés à Toulouse pour prendre l'air et, au retour, s'étaient arrêtés pour visiter Solange. Même si elle n'avait pas parlé, elle semblait plus apaisée. Et elle avait souri.

Depuis qu'Alix avait repris le travail, Robert la cantonnait à des missions sans risque. En l'occurrence, elle aurait pu monter au refuge pour remplacer la radio défaillante sans chaperon. Mais son père n'autorisait plus aucun membre de son équipe à patrouiller seul dans la forêt primaire, malgré l'immensité de la zone à couvrir.

La promesse de l'or attirait toujours de nombreux individus, et ces obstinés n'étaient pas les moins dangereux. Récemment, il y avait eu des tirs d'intimidation, dont les auteurs couraient encore. Ça ne rigolait plus vraiment à Mâchecombe, où la plupart des villageois déploraient que leur éden devienne un camp retranché. Alix était de ceux-là.

Chaque jour, elle s'était rendue au dolmen pour constater avec regret que son foulard n'avait pas bougé. Et elle commençait à croire qu'elle avait fantasmé l'idée que John chercherait à entrer en contact avec elle. En réalité, elle n'avait pas le courage d'admettre que sa vie telle qu'elle était aujourd'hui ne lui convenait plus, et qu'elle espérait une raison de la fuir.

Mais quand la veille, enfin, ses doigts s'étaient refermés sur le vide, la joie farouche qui avait emporté son cœur l'avait convaincue qu'il ne s'agissait pas seulement d'un désir de prendre en main son destin. Alix avait changé, et la mutation était profonde. Essentielle. Vitale.

Soudain, alors qu'elle se tenait aux côtés de Christophe, elle fut troublée en songeant que John était peut-être dissimulé dans les frondaisons et les suivait. Alix s'arrêta et s'appuya contre le tronc d'un conifère.

— Ça va ? s'inquiéta Christophe.

— Ça va.

Après avoir bu quelques gorgées à sa gourde tout en scrutant les environs, elle se remit en marche sur le sentier que les nombreux passages des militaires avaient durablement marqué. Et, une demi-heure plus tard, ils parvinrent au refuge.

Fatiguée par l'ascension, Alix reprit son souffle, les yeux rivés sur ce rocher où son regard avait croisé celui de John pour la première fois. Lorsqu'elle rejoignit Christophe à l'intérieur, il débranchait déjà la radio défaillante. Elle l'observa un instant et, subitement, ressentit un besoin urgent de lui dire la vérité.

— Je ne suis pas amoureuse de toi, Chris. Je suis désolée, j'ai longtemps cru que je l'étais, mais je me suis trompée.

Christophe se redressa lentement pour lui faire face. Son visage exprima des émotions différentes, et ses mains s'agitèrent nerveusement.

— C'est qui ? lâcha-t-il d'une voix sourde.

Stupéfaite, Alix bafouilla un « Quoi ? » qu'elle jugea aussitôt pathétique. Puis elle se ressaisit :

— Qui est qui ?

— Te fous pas de ma gueule ! asséna Christophe en brandissant le foulard qu'elle avait caché pour John.

Alix pensa qu'elle allait défaillir.

Chris savait, et John n'avait pas eu son message.

— Tu me fliques depuis quand ?

— Je ne comprenais pas pourquoi tu passais des heures à te balader là-haut, alors qu'il y a tous ces mecs louches qui traînent dans le coin.

— Depuis quand ? insista-t-elle.

— Le jour où on a fêté ton installation, quand je t'ai trouvée au dolmen, je me suis dit : c'est le contrecoup de ce qui lui est arrivé. Elle m'a demandé du temps, et je vais lui en laisser, parce qu'il a dû lui faire sacrément mal, L'Essart, pour qu'elle soit abîmée au point qu'un baiser de moi la dégoûte !

— Depuis quand ? répéta Alix d'une voix blanche.

— C'était pour qui, le foulard ?

— Personne !

Devant son cri désespéré, Christophe ferma les yeux un bref instant et fit craquer les articulations de ses doigts.

— Comme tu veux, mioche. Quand t'en auras assez de me prendre pour un con, tu me feras signe. En attendant, je me casse. Compte pas sur moi pour me battre contre un fantôme.

98

À travers les arbres, Alix suivait des yeux la silhouette de Christophe, qui marchait devant elle, courbé. Sur ses épaules ne pesait pas seulement un sac à dos, mais un orgueil bafoué, et une jalousie qu'il avait laissée croître sans la manifester d'aucune manière.

L'amour déchaîne l'irrationnel dans le cœur des hommes, Alix en avait conscience. Elle était par ailleurs aussi lucide sur sa propre inexpérience. À 23 ans, elle n'avait jamais dépassé le stade du flirt chaste et des baisers profonds, pas même avec Christophe.

Dans la caverne, la vision de John, nu et puissant, l'avait d'abord sidérée, effrayée, puis fascinée quand elle avait compris qu'il ne la toucherait plus sans son consentement. Cette curiosité, elle avait eu du mal à l'admettre. Et ce n'était qu'après de nombreuses séances qu'elle l'avait avouée à sa psychiatre, tant elle nourrissait de la honte à ce sujet.

Sans surprise, celle-ci avait évoqué l'émergence probable d'un sentiment de loyauté et d'attachement de la victime pour son geôlier, *a fortiori* après qu'il était aussi devenu son sauveur. Cependant, Alix refusait d'envisager que son trouble et son ambivalence vis-à-vis de John puissent relever du syndrome de Stockholm. Sa thérapeute se trompait, mais ce n'était pas sa faute. Car comment aurait-elle pu se figurer un être tel que lui ?

Son sac à dos sanglé sur le porte-bagages, Alix enfourcha son quad et prit la direction du village. Mais parvenue à la bifurcation du belvédère, elle attendit que Christophe disparaisse dans un virage et s'engagea sur la route du col. Là-haut, les gendarmes avaient rouvert un vieux sentier sur la ligne de crête qui lui permit de réduire des heures de marche à une courte expédition motorisée.

Quand il fallut redescendre et que la pente se raidit, elle se résigna à abandonner son quad et continua à pied avec le sentiment extraordinaire de n'exister que pour elle, seule au-dessus du monde plongé dans les nuages. Instinctivement, elle s'orienta vers les lacs.

Le territoire de John.

À cette pensée, la douleur qui enserrait son cœur s'envola et son esprit s'apaisa.

Mais la découverte de la maisonnette aux galets arc-en-ciel où sa mère avait été retrouvée, confuse et ensanglantée, la reconnecta vite avec la réalité. L'endroit avait été visité à maintes reprises, le mobilier saccagé, la façade taguée d'insultes et de mots obscènes.

Persuadée que John s'en tiendrait à jamais éloigné, Alix poursuivit en direction de la caverne. Là aussi, des individus avaient laissé s'exprimer leurs bas instincts. Les panneaux en contreplaqué installés par les gendarmes pour interdire l'accès avaient été arrachés et gisaient par terre avec les scellés.

Alix entra, partagée entre l'angoisse de retourner sur les lieux du drame qui l'avait conduite à l'hôpital et l'infime espoir de tomber sur un indice qui la guiderait jusqu'à John. Dedans, les enquêteurs avaient tout exploré de fond en comble lors de la perquisition, mais les bocaux vides sur la table de la cuisine, les déjections humaines et les reliefs de repas récents, tout cela était le fait de vandales.

Alix inspecta chaque salle avec émotion. Il ne demeurait rien de l'univers de John. Tout avait été renversé, pillé, dégradé. Les quartiers de Solange avaient été littéralement ravagés et, à l'endroit où elle-même avait été retrouvée agonisante, on avait dessiné le corps démembré d'une femme, peint en bleu. Le choc pétrifia un instant Alix.

Dans la cuisine, la banquette où John l'avait soignée avait quant à elle été incendiée. Du dictionnaire il ne subsistait qu'un morceau de couverture. Le reste avait dû servir à allumer un feu au beau milieu de la pièce, feu dans lequel les casseurs avaient jeté à peu près tout ce qui pouvait brûler.

Écœurée par tant de violence et de haine, Alix remonta le couloir jusque dans la salle où John l'avait emprisonnée. Elle se revit, apeurée dans le noir, proie sans défense d'un monstre qui surgissait sans bruit de nulle part, et qu'elle avait fini par apprivoiser. Ce souvenir lui fit lever les yeux vers la coursive que John empruntait souvent, et dont il descendait au moyen d'une corde.

Dans le garde-manger, elle débarrassa des bris de verre une sorte d'escabeau qui servait d'étagère à confitures et utilisa le meuble comme une échelle de fortune pour se hisser en haut. À un moment, la douleur faillit l'arrêter. L'espoir d'y trouver une trace de John fut néanmoins plus fort.

Après quelques mètres, le surplomb se fit tunnel, se couda à angle droit pour déboucher dans une pièce en cul-de-sac. L'endroit avait dû être étroit à l'origine, mais on y avait excavé des niches qui servaient de banc pour l'une, et de couchage pour l'autre. Nombre de cavités hébergeaient également des objets. Dans la pénombre,

Alix aperçut des lampes à huile, s'empressa d'en allumer une, puis elle s'assit sur le couchage et respira l'oreiller.

Le tissu était imprégné de l'odeur de John.

Elle était dans sa tanière.

Là, elle remarqua un renfoncement plus grand que les autres qui contenait une cantine en métal et un coffre.

Dans la première, elle tomba sur son arme de service, dont elle vérifia le chargement avant de poursuivre son investigation et de se saisir de petites caisses en bois renfermant quantité de silex taillés, de pointes de flèche, de fossiles et de cristaux.

Ensuite, Alix s'intéressa au coffre. Celui-ci était rempli de dizaines de carnets numérotés. Elle en attrapa un au hasard, l'ouvrit, et comprit qu'il s'agissait du journal de Lionel. Ils étaient destinés à son fils.

Aussitôt, elle les fourra dans une gibecière. Elle aurait aimé emporter tout ce qui trahissait l'existence de John, mais elle venait d'entendre des voix qui s'apostrophaient à son sujet. Son sac à dos, abandonné dans la cuisine, avait de toute évidence attisé la curiosité.

99

Alix eut tout juste le temps de redescendre de la coursive et de se cacher derrière la porte avant que celle-ci s'ouvre brutalement.

— Y a personne ! beugla une voix.

Son cœur battant à tout rompre, elle estima que ses chances de sortir sans se faire remarquer étaient proches de zéro, alors elle récupéra son pistolet et se décala. Un homme se tenait à quelques mètres, observant les hauteurs de la grotte au-dessus de l'escabeau.

— Hé, venez, on n'a peut-être pas tout vu, ici !

Il restait à Alix une poignée de secondes pour se décider. Passé ce délai, elle se retrouverait coincée, et la peur la paralyserait totalement.

Depuis qu'elle avait repris le travail, ses collègues avaient intercepté plusieurs groupes de randonneurs équipés en matériel d'orpaillage, mais cela s'était fait sans elle. C'était précisément le genre de situations délicates auxquelles son père avait tenté de la soustraire.

— Police ! Retourne-toi, ordonna-t-elle en rasant la paroi.

Le type qui se dressait devant elle était très jeune. Dans son regard, elle lut cependant de la défiance. Si elle lui laissait la moindre opportunité, il l'agresserait.

— Recule, et fais ce que je te dis !

Sa voix chevrotait, ses jambes flageolaient. Pourtant, Alix tint bon.

— Tu vas voir ce qu'on va te faire !

— Ferme-la !

Son vis-à-vis obtempéra avec un sourire mauvais. Il était sur le seuil de la porte quand ses comparses apparurent dans le couloir, l'éblouissant avec leurs torches.

— Baissez vos lampes et reculez ! Vous n'avez pas le droit d'être ici !

En retour, Alix obtint des protestations qui se transformèrent en commentaires amusés sur la panique qui ne semblait pas être du bon côté de l'arme.

— Mais je te reconnais, s'exclama soudain une femme à peine plus âgée qu'elle. T'es la fiancée de l'Embaumeur !

L'expression avait un temps été utilisée par certains médias, et Alix s'était fait une raison. En revanche, le ton plein de sous-entendus lui répugna.

— Super donjon ! Il t'a ken, hein ?

Alix tira juste au-dessus des têtes.

La déflagration roula longuement entre les parois de la caverne.

Un instant, elle crut être devenue sourde, puis les voix lui parvinrent de nouveau.

Des insultes, des cris.

La peur avait changé de camp.

Alix, elle, ne réfléchissait plus comme d'habitude. Désormais, rien ni personne ne pourrait l'empêcher de partir à la recherche de John. Le danger s'approchait de lui et elle devait absolument le prévenir.

À coups d'ordres brefs, elle repoussa les intrus jusqu'à la salle à manger. Dans son sac à dos, elle attrapa une bobine de cordelette, en coupa plusieurs longueurs et les jeta à la jeune femme.

— Toi, attache tes potes et serre bien ! Vous deux, par terre ! Et pas d'embrouille, ou je tire dans le tas !

Lorsque la femme eut entravé ses comparses, Alix la fit allonger à son tour et s'occupa d'elle. Elle vérifia ensuite les liens des deux autres, qui se mirent à hurler au secours.

Indifférente, Alix alluma son talkie et sortit pour lancer un appel :

— Ici Alix Ravaillé, est-ce que vous m'entendez ?

La voix de son père s'éleva dans la seconde.

— Bon sang, Alix, ne me dis pas que t'es remontée là-haut !

— J'ai interpellé trois individus à la caverne, éluda-t-elle. Tu peux être là dans combien de temps ? Ils sont surexcités.

— Je suis déjà en route. Christophe m'a raconté.

Alix eut un moment d'angoisse, mais elle se retint de demander à son père de quoi ils avaient parlé, et enchaîna :

— Surtout, ne t'inquiète pas si tu ne me trouves pas en arrivant. Je suis équipée pour la nuit, je vais patrouiller dans la zone.

Sans attendre la réponse de son père, elle coupa son talkie. Puis elle fourra la gibecière dans son sac de randonnée et s'élança en direction du lac, en veillant soigneusement à masquer ses traces.

100

Pour Robert Ravaillé, entrer dans cette caverne où sa femme et sa fille avaient été séquestrées, c'était comme pénétrer chez l'ennemi.

Après le sauvetage d'Alix un mois plus tôt, il n'avait pas obtenu l'autorisation des gendarmes de visiter le lieu. Et, sa colère apaisée, il s'en était finalement trouvé soulagé. Dans le fond, il n'avait aucune envie d'être confronté à leur enfer.

Cette fois, pourtant, il n'avait plus le choix. Arme et torche à la main, il remonta un long couloir excavé dans la roche, guidé par les voix des suspects qu'il découvrit étendus sur le sol d'une grande salle, occupés à tenter de dénouer leurs liens.

— Beau travail, ma fille, apprécia-t-il en constatant la qualité des nœuds.

Se détournant des trois jeunes gens qui l'imploraient de les libérer, arguant qu'ils étaient d'innocents randonneurs, il entreprit de fouiller leurs affaires. Sans surprise, il dénicha ce à quoi il s'attendait : fusil de chasse, munitions et kits d'orpaillage.

— Vous me faites de jolis enfants de chœur !

Comme les suppliques dérivaient vers des propos insultants, Robert opta pour une solution radicale. Il les bâillonna et partit en exploration.

Dans les rapports d'enquête, Alix avait décrit l'endroit, ses salles reliées par des corridors, ses accès cachés, ses stocks de nourriture et de matériel. Après le passage des experts de la gendarmerie, et plus récemment des squatteurs, orpailleurs et amateurs de faits divers, il ne subsistait néanmoins plus grand-chose. Même dans l'espace réservé à Solange, où Alix avait évoqué un amoncellement de vêtements, de chaussures et de tissus rafistolés.

Mal à l'aise, Robert ne s'attarda pas. Ce n'était pas le moment de flancher en imaginant Solange blessée, jetée ici par Lionel L'Essart, tandis que lui arpentait la montagne le jour, et rentrait le soir, épuisé, pour consoler sa fille et bercer son nourrisson. Il frémit malgré tout en se figurant sa femme en train de recouvrer ses esprits dans cette caverne humide. Un enfer qu'il n'aurait même pas souhaité à son pire ennemi. Et la culpabilité l'étreignit plus intensément que jamais.

Son investigation le conduisit dans une salle nue où une paillasse gisait au sol. C'était là qu'Alix avait été enfermée. Comment avait-elle tenu le choc face à l'idée d'une mort proche et des violences innommables qui la précéderaient sans doute ? Robert frissonna, puis se reconnecta à ses instincts de policier, comme un réflexe de survie.

Il utilisa l'escabeau pour gagner la coursive en surplomb. Il l'emprunta avec prudence, le dos plaqué contre la paroi, jusqu'à une chambre aveugle.

Grâce à une paire de rangers et aux vêtements entreposés dans les alcôves, il sut tout de suite le genre de l'occupant. Un homme, un mètre quatre-vingt-dix environ. Un chasseur qui fabriquait ses couteaux et ses flèches, collectionnait crânes d'animaux et fossiles.

Et trop grand pour être Lionel L'Essart.

— Te voilà enfin, Dandelombe.

Soudain, l'idée que ce type qui vivait juste au-dessus de l'endroit où Alix avait été séquestrée soit encore en liberté le mit dans une rage froide.

— Bordel, lâcha-t-il entre ses dents, incapable de se maîtriser. Je le savais !

Dès le départ, Robert s'était interrogé sur la façon dont le médecin avait pu transporter Alix, inconsciente, sur des distances considérables. Tout comme les corps dissimulés dans les arbres creux. L'Essart avait affirmé avoir utilisé un traîneau, mais en réalité il s'était surtout donné beaucoup de mal pour cacher l'existence de l'occupant de cette planque.

Les réflexes de l'ancien gendarme succédèrent à la colère du père. Robert enfila des gants et entreprit d'étudier le contenu des coffres. Il négligea les collections de silex taillés contenus dans des caissettes en bois pour se focaliser sur les espaces vides. Aux traces de poussière, on aurait dit que des objets avaient été emportés.

Quand ?

La chaleur émanant d'une lampe à huile éteinte le renseigna. Quelqu'un était venu très récemment.

Il songea immédiatement qu'Alix avait peut-être croisé son ravisseur en s'aventurant là. Cette pensée le bouleversa et il comprit que plus jamais il ne vivrait serein tant que cet homme serait en liberté.

Il reprit alors sa fouille en quête d'un indice, n'importe quoi qui le conduirait à ce malade. La première des deux dernières caissettes était remplie de graines de différents végétaux, et la seconde renfermait plusieurs permis de conduire, des passeports et des cartes d'identité. Au fond, glissée dans une enveloppe, la lettre d'adieu d'une adolescente harcelée à sa famille.

Antonina, 16 ans, s'était suicidée dans la forêt des disparus. Tenir l'ultime témoignage d'amour de cette enfant envers ses proches secoua Robert. Ses doigts se mirent à trembler et ses yeux s'embuèrent de larmes.

Décidément, il était trop vieux pour ce boulot.

Il inspira profondément pour se calmer, et examina les autres documents.

En tout, il y avait là les papiers officiels de vingt et une personnes, âgées de 15 à 71 ans. Et parmi ces visages, il reconnut celui d'un saisonnier qui avait travaillé à l'auberge l'année de l'incendie. Il était resté six mois, puis s'était volatilisé un beau matin en emportant la caisse, et on ne l'avait plus revu. Sans doute avait-il tenté de passer en Espagne *via* la Mâchecombe, ignorant les dangers de cette montagne dans laquelle on s'égarait facilement.

Quoi qu'il en soit, il suffirait à présent de l'identifier parmi les squelettes de l'Embaumeur pour prouver que ce dernier n'opérait pas seul. Lionel L'Essart n'avait en effet pas pu ensevelir ce corps alors qu'il respirait à l'aide d'un tuyau dans le nez sous des kilomètres de bandages à l'hôpital.

— Je te tiens !

Un instant, Robert s'imagina remettre en héros ces documents aux autorités compétentes. Mais il se reprocha aussitôt sa sensiblerie. Cette pièce cachée serait son secret le temps qu'il attrape lui-même le type qui avait torturé sa fille, et qu'il lui fasse bien comprendre que nul n'avait le droit de toucher aux enfants de Robert Ravaillé.

Après avoir empoché les papiers d'identité, il redescendit et se hâta de déplacer l'escabeau pour que personne n'ait l'idée d'aller jeter un œil au-dessus, comme il venait de le faire. Le moment ne s'y prêtait pas, car les renforts arrivaient, mais dès que l'occasion se présenterait, Robert reviendrait pour tout nettoyer.

Lorsqu'il retrouva la lumière du jour, une équipe de gendarmes parvenait à la caverne. Il guida les militaires jusqu'aux individus neutralisés par Alix. Puis il appela Christophe sur son talkie, et lui annonça qu'il le rejoignait.

— Aujourd'hui, on patrouille ensemble, toi et moi. Je voudrais faire un tour du côté du site d'orpaillage, au cas où il y aurait des loustics dans les parages.

— Alix n'est pas avec toi ?

— Elle a besoin de s'aérer.

— Tu sais dans quel secteur elle s'est barrée ?

— Chris, j'ai vu la caverne. Après ce qu'elle a traversé, c'est normal qu'elle ne tourne pas rond.

Le talkie grésilla, Chris hésitait.

— Quoi ? Qu'est-ce qui t'arrive ?

— Elle nous prend pour des cons !

Robert s'arrêta au milieu du chemin, les traits soucieux. Devant lui, la vallée de la Mâchecombe étalait sa frondaison sous un ciel délavé. Il profita un court instant du paysage, son cœur s'emballait déjà.

— Qu'est-ce que tu sais, Christophe ? Parle, putain !

— Alix ne randonne pas, Bob. Elle va retrouver son nouveau mec.

LES SOUVENIRS

101

« Quand tu seras prête, rejoins le canyon au nord du lac. Au fond, il y a un sentier qui grimpe. Va tout là-haut, et cherche le tumulus où reposent les Anciens. Je t'y attendrai jusqu'à la fin du monde. »

Le souvenir de la voix de John guida Alix dans une étroite gorge envahie par la végétation. Là, elle chemina jusqu'à une impasse, où elle buta sur une paroi abrupte. Il lui fallut un examen attentif pour repérer un raidillon qui disparaissait dans les hauteurs.

Elle s'y hissa avec prudence puis s'engagea sur un sentier qui épousait une faille dans la roche. Au sommet de la falaise, elle déboucha sur un plateau où poussaient des sapins clairsemés. Alix s'approcha d'une éminence rocailleuse qui en occupait le centre, en fit lentement le tour et découvrit, masquée par des ronces, l'entrée du tumulus mentionné par John.

Stressée et excitée à la fois, elle ferma son blouson, rabattit sa capuche pour se protéger des épines et s'accroupit. Elle avait récupéré une lampe dans son sac et la tenait braquée vers le fond du tunnel.

— John ?

Environnée d'un silence oppressant, elle se déplaça à quatre pattes avant de pouvoir se redresser dans le tombeau composé de mégalithes sur lesquels des motifs en forme de spirales étaient gravés. Dans la première salle mortuaire, elle repéra une lampe à huile identique à celles de la caverne et un bouquet de fleurs séchées. Et dans la deuxième, elle nota que les contours d'une silhouette humanoïde avaient été tracés sur la terre battue. Des coquillages symbolisaient les yeux, et des griffures marquaient le visage.

Nul doute qu'elle se trouvait devant une représentation symbolique de Lionel L'Essart, dessinée, faute de corps, par John. Des fleurs défraîchies ornaient une poterie ancienne.

Alors qu'elle s'installait, dos contre le mur, le grondement lointain d'un hélicoptère lui parvint. Elle l'ignora et ouvrit un des carnets de ce père dont John avait ici célébré la mémoire.

La dédicace, d'abord, retint son attention et lui révéla d'où John tirait son nom.

« Aux enfants du monde, les dieux dans l'ombre. »

Sans qu'elle s'y attende, une émotion la saisit. Elle poursuivit sa lecture.

« Par les mères se transmettra l'avenir. Élever les fils en êtres respectueux de leur mère, de leur sœur, de leur amie, de leur épouse et de leur fille est essentiel. Tant que chaque humain n'honorera pas l'humaine comme une égale, la violence qui a fait d'eux des hommes se perpétuera. »

Les mots de Lionel troublèrent Alix, car ils ne cadraient pas avec la réalité. Dans ses écrits, il rejetait le mensonge, la violence, la domination. Il prônait la solidarité, l'égalité, le respect. Dans ses actes, il se comportait autrement.

Ne l'avait-il pas questionnée sur les raisons qui l'avaient poussée à s'établir à Mâchecombe, tout en sachant que Solange était vivante ? Qu'en la kidnappant, il avait fait de son frère et elle deux orphelins inconsolables ? Et il avait pourtant insisté pour qu'Alix lui raconte en quoi perdre sa mère l'avait changée. Jeu cruel.

Avant la découverte du cimetière sauvage, les habitants de Mâchecombe considéraient Lionel L'Essart comme un misanthrope. Depuis quelques semaines, ces mêmes personnes se souvenaient avec effroi d'avoir côtoyé un psychopathe. En parcourant ses écrits, Alix, elle, sut qui il avait été vraiment.

Lionel L'Essart n'était ni un original solitaire ni un tueur en série. Ce chirurgien promis à un bel avenir avait tout simplement décidé, trente ans plus tôt, de s'isoler avec sa femme pour « retourner à l'état naturel initial de l'espèce ». Et sa seule incartade dans son désir de vie sauvage résidait dans ses échanges avec Joseph Vidal. Des échanges basiques : de l'or contre du matériel et des médicaments.

Tout était noté noir sur blanc.

Persuadé de la chute imminente de la civilisation, Lionel reprochait à ses semblables de s'être transformés en robots sans libre arbitre. Dans le fond, sa propre survie ne l'obsédait pas. Il cherchait à protéger les siens de ce monde inique et insensé. Histoire qui s'était dramatiquement achevée par la mort de sa femme en couches, cinq ans après leur installation dans la caverne. Devenu père dans d'atroces circonstances, et contraint d'élever seul des jumeaux, Lionel avait-il, de douleur, sombré dans la folie ?

C'est ce qu'Alix supposa. En tout cas, en dehors de la dédicace, ses carnets ne comportaient pas un mot sur John et Marie. Ainsi, mentionnés nulle part, ses enfants n'existaient pas pour les hommes.

En réalité, une unique croyance avait guidé toute sa vie : pour sauver l'espèce, il fallait tenir les humains loin de la fureur du monde.

102

Une nuit claire et venteuse enveloppait la montagne. John avait perdu toute notion de faim, de soif ou de froid. L'univers, la terre et les étoiles auraient pu disparaître. Plus rien ne comptait. Rien en dehors de celle qui dormait dans le tumulus, emmitouflée dans un sac de couchage.

La flamme vacillante d'une lampe à huile faisait danser des ombres sur le doux visage d'Alix. John ne se lassait pas d'admirer la délicatesse des cils, la fine arête du nez, le dessin des lèvres, attirant et dangereux. Et la blancheur du cou, la peau si fragile…

John la regardait, cherchant à deviner la matière de ses songes, triste de ne pas y parvenir.

La solitude de l'être était-elle une fatalité ?

Quand les Rêves manquaient de clarté, quand l'Éveil se troublait, quand les Souvenirs n'existaient pas encore et quand l'Imaginaire se faisait incertain, John se réfugiait dans cette tombe pour demander conseil aux Anciens.

Ici, le peuple de la montagne avait gravé, cinq mille ans plus tôt, des spirales figurant des fougères qui se déroulaient pour croître vers la lumière. Selon son père, elles possédaient une signification magique, oubliée au fil des siècles. John pensait qu'elles racontaient une histoire qui montait vers les étoiles. Et que ce tombeau servait de lien entre le ciel et la terre.

Pour fuir Alix, redevenue femme-des-hommes, John avait suivi la ligne de crête vers le levant durant des semaines. Ainsi, il avait découvert l'origine de l'iode portée par les vents d'est : la mer Méditerranée.

Des heures et des heures, il avait scruté l'horizon sans qu'aucun rivage n'apparaisse. John avait alors accepté l'immensité du monde, bouleversé de le trouver beau. Puis il s'était risqué jusqu'à la plage pour goûter l'eau salée, si salée que cela l'avait inquiété.

Comment la vie s'y épanouissait-elle ?

Sur les chemins, il avait croisé tant d'hommes, de femmes-des-hommes et de petits d'homme, mais pas un seul être humain. Ni sur ces rives ni dans ces villes, aussi grouillantes qu'une fourmilière.

Une nuit, il s'était laissé approcher par une femme-des-hommes qui festoyait avec des amis. Elle s'était glissée contre lui et avait commencé à le toucher. Pour acquérir de l'expérience, John aurait voulu ne pas interrompre cet instant. Il en avait hélas été incapable et s'était enfui pour se réfugier dans la forêt. Là, il avait médité pendant des jours, espérant un signe qui le guiderait.

Il s'était éveillé en sursaut, le cœur affolé par un cauchemar. Dans celui-ci, il était seul, perdu au milieu du vacarme de la ville. Aussitôt, il avait compris qu'il s'agissait du signe qu'il espérait.

John avait repris le fil de ses souvenirs et s'était rappelé avec émotion que, au retour de Toulouse, son père, sa sœur et lui n'avaient pas pu s'installer ensemble dans le bus par manque de places. Il s'était donc isolé, plusieurs rangées derrière ceux de son clan, et s'était reclus profondément en lui-même, jusqu'à ce qu'un groupe d'enfants se ruent dans sa direction, éclatant de rires stupides. Une fillette était alors demeurée dans la travée, attendant que John ôte son bagage du dernier siège libre. Sans un mot, il avait posé son sac sur ses genoux, et elle s'était assise avec un sourire timide avant de se plonger dans la lecture d'un livre illustré sur la forêt de Mâchecombe.

La puissance de l'instant revécu avait été telle que John s'était littéralement retrouvé dans ce bus. Les vibrations, les cris, la puanteur des corps, la condensation sur les vitres, la chaleur suffocante…

Il s'était tourné vers la fillette, avait admiré son profil, la forme délicate de ses oreilles. Sa queue-de-cheval était maintenue par une pince décorée d'un papillon bleu. Et il avait murmuré : « Ne perds pas ton temps avec les hommes, ne te laisse pas souiller par eux, tu n'es pas des leurs. »

Étrangement, John avait eu la certitude que, par un miracle qu'il ne s'expliquait pas, Alix l'avait entendu. Alors il avait quitté les rives de la Méditerranée et était revenu avec l'espoir fou que les hommes ne l'auraient pas totalement dévoyée, qu'elle le rejoindrait.

Et elle était ici, abandonnée dans le Rêve, être unique si accessible, et pourtant si différent qu'il avait craint de ne plus la revoir.

Désormais, tout était limpide. Sa place était aux côtés de son humaine, dans cette forêt sans homme et sans chemin. Là, il poursuivrait sa vie.

John plongea la main dans la poterie qui renfermait les offrandes aux défunts. Il en sortit une pièce identique à celle qu'il avait été bouleversé de trouver autour du cou d'Alix, puis il s'assit en tailleur contre la paroi et attendit.

Elle réintégra l'Éveil au milieu de la nuit. Silencieux, John l'observa tandis qu'elle reprenait contact avec son dernier souvenir, si bien qu'elle ne s'aperçut pas tout de suite de sa présence, fouilla son sac, y attrapa une pomme, et suspendit son geste en le voyant.

D'abord, elle leva des yeux inquiets vers lui. Ensuite, son visage s'illumina quand elle le reconnut. Elle s'approcha et, lentement, comme pour le redécouvrir, effleura ses joues recouvertes d'une courte barbe, et son crâne où ses cheveux avaient déjà bien repoussé.

John retint sa respiration, se concentra afin de lutter contre le désir qui l'envahissait. Soucieux de ne pas l'effrayer, il enlaça tendrement celle qui se blottissait contre lui.

— John, partager le Réel avec quelqu'un signifie partager le Rêve, les Souvenirs, l'Imaginaire et l'Éveil, c'est bien ça ?

La voix d'Alix dit à John que le cœur de son humaine recelait de nombreuses questions, et sur des sujets si douloureux…

— Oui.

Lui savait.

Elle, en revanche, n'osait pas encore lui demander la vérité qui change le monde, apporte joie, douleur et responsabilité. Alors il patienta.

— Notre mère souffre, John. Elle est toujours à l'hôpital, perdue entre le Rêve et l'Éveil. Elle se souvient à peine de qui je suis. Par contre, elle te réclame. Elle finira par… John, tu es en danger. S'ils te cherchent, ils te trouveront.

— Les humains ne se trahissent pas entre eux.

Sa réponse avait fusé comme une évidence, mais elle ne satisfit pas Alix, qui parut désemparée par son calme.

— Il reste des preuves de ton existence dans la caverne. Je n'ai pas eu le temps de les détruire.

— Je suis bien plus rapide et malin que les hommes.

— Ils possèdent des moyens que tu n'imagines pas.

— La montagne est ma maison. Tu ne dois pas craindre pour moi.

— Il y a d'autres endroits, plus grands, beaucoup plus grands, où tu serais moins exposé.

— Alix, tes peurs parlent pour toi.

— Tu as raison… Tiens, ajouta-t-elle en lui tendant les carnets de Lionel. Ils t'appartiennent.

Leur vue combla John. Ils étaient l'unique héritage de son père dans l'Éveil.

— Ses mots m'ont éclairée sur de nombreux sujets, mais ils ne m'ont pas permis de tout comprendre… John, ce qu'il explique sur les humains est contraire à ce qu'il a fait subir à ma mère. Son principe de base, c'était que le respect de tout être prime sur le reste. Or, il a retenu une femme contre son gré, il l'a droguée, et nous a privés, mon père, mon frère et moi, d'une épouse et d'une mère pendant des années. Ma mère était… C'est quelqu'un de bien. Si un homme croisé par hasard lui avait demandé, par égard pour ses croyances, de taire son existence et celle de ses enfants, elle l'aurait fait. Elle aimait la forêt et la Mâchecombe comme lui ! Alors, pourquoi ? Dans le carnet que tu m'as apporté à l'hôpital, il a écrit : « Si tu veux des détails sur les circonstances qui ont conduit à l'arrivée de ta maman sous la montagne, questionne John. Cette vérité est la sienne. » Acceptes-tu de partager avec moi tes souvenirs de ce jour-là ?

John aurait voulu dire à Alix qu'on vit plus heureux avec des énigmes en tête qu'avec des réponses qui changent tant le Réel qu'il en devient insoutenable.

Mais Alix avait besoin de savoir.

103

Le 1er octobre

Après une longue marche, John et Alix arrivèrent en vue d'un sentier situé à quelques kilomètres en amont du parking du belvédère. Sans un mot, ils s'installèrent dans un bosquet d'ifs où John alluma un feu couvert. La bruine se chargerait d'avaler la fumée et les garderait hors de la vue des hommes.

À l'aide d'une pointe de charbon, John traça les symboles représentant les Souvenirs et l'Éveil dans la paume droite d'Alix, puis ceux du Rêve et de l'Imaginaire dans la gauche. Dans la foulée, il réalisa la même chose sur lui, se plaça derrière elle et l'adossa contre lui pour l'envelopper de ses bras. Leurs doigts s'entrelacèrent, leurs paumes se collèrent, réunissant les quatre dimensions du Réel. Deux fois. Une pour le jour, l'autre pour la nuit.

John ressentit la tension d'Alix, qui tremblait d'appréhension. Elle vibrait comme les cataractes d'eau d'une cascade frappant le sol.

Un long moment, il se réfugia dans le silence, ouvrit ses sens à la nature. Il perçut un ruissellement à leurs pieds, les grattements d'un ver sous l'écorce, les battements du cœur d'Alix qui résonnaient en lui.

— Je vais t'emmener, murmura-t-il. Tu ne crains rien, nous sommes ensemble.

Alix acquiesça.

Concentré, John invoqua le passé et lui décrivit tout ce qu'il avait vu dans les moindres détails.

— Notre père exigeait beaucoup de nous, Marie préférait courir dans la montagne plutôt que de lui obéir.

C'était une belle matinée, chaude et ensoleillée. Pour la première fois depuis des semaines, John et sa jumelle étaient partis à l'aventure à deux, après des jours éreintants de chasse.

Marie gambadait en tête. Marie agissait toujours plus vite que John. Elle aimait d'ailleurs le taquiner avec ça, lui disait qu'il réfléchissait comme le hérisson et que, fatalement, il finirait dans l'estomac d'un renard. Marie, la merveilleuse Marie dont le rire cristallin cessa soudain.

Des effluves inconnus parvinrent à leurs narines aiguisées.

Puis des sons.

Cri de peur, hurlement de douleur, fracas de pierre et de métal… et d'un coup, plus rien. La montagne avait happé les bruits, et les oiseaux, qui un instant s'étaient tus, reprirent leur chant.

John retint aussitôt sa sœur par la main. La prudence recommandait un demi-tour immédiat. Mais la curiosité des adolescents surpassa l'autorité du père absent. Ensemble, ils marchèrent alors en direction de ce qu'ils avaient entendu et découvrirent un vélo abandonné à l'écart d'un sentier. La roue avant tournait encore sur son axe, émettant un léger grincement.

Du regard, ils examinèrent la pente que longeait le pierreux. Une masse avait chuté là et rebondi pour atterrir un peu plus loin, sous un massif d'ifs dont les branchages incurvés retombaient jusqu'au sol.

John et Marie se glissèrent en dessous.

L'odeur venait de là, et à mesure qu'ils s'enfonçaient dans la pénombre, ils perçurent des halètements, reniflèrent la sueur mêlée à un parfum artificiel.

John toucha le corps immobile. Il était chaud et, à l'intérieur, la vie palpitait. C'était une femme-des-hommes aux cheveux clairs. Elle portait un petit sac sur son dos, des chaussures qui sentaient le plastique, des vêtements qui lui collaient à la peau. Du sang ruisselait sur son visage et son crâne, où béait une large plaie rosâtre.

Marie l'appela doucement malgré les signes de John qui lui intimait de garder le silence.

Lentement, les paupières de la femme-des-hommes se relevèrent.

John sonda les yeux de cette créature et fut surpris de ne pas y déceler de fourberie. Ce spécimen ne paraissait pas hostile.

— Mes enfants… aidez-moi.

John et Marie se concertèrent sans un mot. Pouvaient-ils l'abandonner sans soins au prétexte qu'ils n'appartenaient pas à la même espèce ? Quelle attitude convenait-il d'adopter ?

En attendant, la blessée s'était enfoncée dans le Rêve.

— On l'installe sous le chêne et on veille sur elle, décréta Marie. On ira voir le père chacun son tour. Comme ça, elle ne sera jamais seule.

— Et si elle nous contamine ?

— Et si c'était notre mère que la montagne nous rendait ?

— Pourquoi serait-elle notre mère ?

— Elle a dit : « Mes enfants ».

Marie avait glissé la main de la femme-des-hommes dans la sienne et s'intéressait à ses ongles peints. John estima que la logique de sa jumelle était bancale, mais, dans son imaginaire, le projet d'étudier la créature le travaillait.

Était-elle dangereuse ? Subsistait-il en elle quelques cellules d'humanité, et si oui, était-il envisageable de les faire se multiplier ?

« Le temps offre presque toujours les réponses », enseignait le père.

Les adolescents transportèrent le corps en plusieurs étapes, se reposant à intervalles réguliers, vérifiant que leur protégée respirait encore. Elle était étonnamment légère, pour sa taille, et leur résolution aurait pu ce jour-là déplacer la montagne, tant leur excitation était grande.

Ainsi qu'ils l'avaient appris, ils remontèrent le cours d'un ruisseau pour effacer leurs traces, et dispersèrent sur leurs pas les huiles essentielles qu'ils fabriquaient eux-mêmes. Puis, une fois à l'abri, ils veillèrent la créature, qui reprit connaissance à différentes reprises avant de sombrer dans un sommeil comateux. À chaque réveil, elle s'alarma pour eux.

— Ne restez pas là, mes enfants ! C'est dangereux !

Étrange première rencontre avec cette femme-des-hommes, que Marie couvait comme si elle avait été un membre du clan.

— On prévient le père. Tu as raison, c'est peut-être notre mère.

Rapidement, ils retournèrent sous le bosquet d'ifs où ils l'avaient découverte pour récupérer toutes ses affaires.

Ce fut à cet instant que John repéra le câble sur le sentier en amont, tendu entre deux rochers à cinquante centimètres du sol.

104

Depuis quelques minutes, Robert avait coupé le moteur de son Nissan sur le parking de l'hôpital. Pourtant, il restait là, incapable de se décider.

« Votre femme réclame sa fille, mais celle-ci ne répond pas au téléphone. Vous sauriez où la joindre ? »

Robert avait menti.

« Alix ne randonne pas, Bob. Elle va retrouver son nouveau mec. »

Ses mains se crispèrent sur le volant.

Qui était ce type ? Qu'est-ce qu'Alix fichait avec lui ?

Pour commencer, il fallait qu'il chasse ces putains d'images de sa tête. Sinon, tout le monde allait voir qu'il n'était pas dans son assiette.

Mais comment ne pas se représenter Alix couchée sur cette paillasse, et ce pervers perché au-dessus d'elle ? Bon sang !

« Elle n'est déjà plus à toi », lui avait soufflé Lionel L'Essart, triomphant, juste avant de mourir.

Qu'avait-il voulu dire ?

Robert eut soudain la nausée.

Sa fille avait toujours été de son côté. Pourquoi irait-elle s'amouracher d'un malade qui l'avait séquestrée ?

— Ressaisis-toi, Ravaillé.

Il avait des envies de meurtre. Et elles étaient toutes orientées vers ce fou. Ce complice de l'Embaumeur. Ce Dandelombe qui pénétrait chez lui pour discuter avec son fils. Cet homme qui lui prenait sa fille.

Toute sa vie, Robert avait protégé ses gosses. À présent, tout dépendait de Solange. Si elle confirmait l'existence de ce type aux autorités, Robert indiquerait à la capitaine Straub la cache découverte dans la montagne et enverrait la gendarmerie de la région, GIGN en tête, dans une vaste chasse à l'homme dont ce salopard avait peu de chances de sortir vivant.

En revanche, si elle n'en parlait pas, Robert se chargerait du problème à sa façon. Quand on est champion de tir universitaire et détenteur d'un fusil à lunette de l'armée, on possède des solutions que d'autres n'ont pas.

Déterminé, le policier rejoignit la chambre de sa femme et, appuyé dans l'embrasure de la porte, il la dévora des yeux. Depuis qu'elle avait de nouveau la force de se lever, elle passait le plus clair de son temps dans un fauteuil près de la fenêtre à contempler les arbres du parc, une expression de tristesse infinie sur les traits.

Ses cheveux poivre et sel ressemblaient à de la laine effilochée, et sa dent cassée sur le devant lui donnait l'air d'une sorcière. Elle était amaigrie, affaissée, mais elle avait toujours cette grâce qui faisait se tourner vers elle tous les regards. Robert songea que sa femme était belle.

Quand elle s'aperçut de sa présence, son visage s'illumina et elle se mit à rire.

— Bob ! Mais qu'est-ce que tu as fait à ta barbe ?

Déstabilisé, il resta immobile.

— Ils m'ont avertie que je ne te reconnaîtrais sans doute pas, mais c'est faux… Tu es sexy, comme ça ! On dirait un pirate !

— Sol…

— Vous avez eu mon message, Alix et toi ? Les médecins voulaient vous parler d'abord, mais je… Mon amour, je suis tellement désolée. Je te demande pardon. Ça a dû être si difficile, pour toi et les enfants, et… Enfin, après tout ce que tu as traversé, ton accident, le départ de la gendarmerie…

Incapable d'en entendre plus, Robert quitta la chambre et s'enfuit de l'hôpital comme s'il avait le diable aux trousses.

105

Si elle en avait eu le pouvoir, Alix aurait remonté le temps jusqu'au moment où elle avait décidé de suivre les traces de Dandelombe. Jusqu'à cette Alix qui n'avait à gérer que sa solitude et ses peines de cœur…

Le bosquet d'ifs comme unique témoin, John continuait de raconter comment Marie et lui avaient pris soin de Solange dans cet abri de fortune où elle avait acquis le statut d'humaine. Une humaine terrifiée, éprouvée dans son esprit et dans sa chair.

— Elle parlait de nous comme de ses enfants.

Alix vit John rire et pleurer. Passer d'une extrême gravité, lorsqu'il évoqua l'instant où son père avait découvert Solange, au bonheur absolu quand il expliqua comment la créature était officiellement devenue leur maman restituée par la montagne.

Régulièrement, John observait des pauses. Il interrogeait le ciel ou l'intérieur de ses mains, qui s'animaient pour mimer des actes passés. Et il ne reprenait la parole qu'une fois certain du choix de ses mots. Le voir vivre simultanément dans les différentes parties de son univers était un spectacle unique.

Son récit éclairait tout : la disparition du corps de Solange, l'hypothèse de son errance après son accident, la mise en scène de sa mort par un ancien médecin, habile à tromper les enquêteurs, ses affaires ensanglantées retrouvées des semaines après. Surtout, il apportait la pièce manquante à l'énigme qui avait obsédé Alix pendant des années : Solange avait été victime, comme nombre de vététistes dans la région, du fléau des câbles tendus.

John s'était tu. Maintenant agenouillé devant elle, il la fixait. Ses cheveux ras dégageaient ses traits. Alix avait toujours considéré la beauté physique comme un leurre dont il fallait se méfier, mais le regard de John exprimait sa vraie nature, magnifique de bienveillance et d'humanité.

— La montagne est la montagne, l'aigle et la chauve-souris ne se rencontrent jamais, nul ne peut changer les Souvenirs.

Alix n'eut pas le cœur de le contredire. En réalité, personne n'était capable de changer le passé, mais les souvenirs, si. D'après sa psychiatre, on s'évertuait sans cesse à se rappeler l'histoire qui nous arrangeait.

Qu'allait-elle faire ?

Alix ne pouvait pas se contenter d'accepter ce qui lui convenait et de rejeter ce qui ne lui plaisait pas. Quelqu'un avait provoqué l'accident de sa mère. Impossible, désormais, de l'ignorer. Elle demanda alors à John de lui montrer où le câble était tendu.

Ensemble, ils quittèrent l'abri du bosquet et remontèrent la pente rocailleuse jusqu'à un promontoire. Dans le prolongement de la déclivité où Solange avait chuté, le plateau était interrompu par un à-pic. D'ici, le promeneur se trouvait au niveau de la canopée avec l'illusion de contempler une mer de verdure.

John désigna un espace entre deux rochers. À un ou deux mètres près, ou si elle avait circulé dans l'autre sens, Solange aurait basculé dans le précipice. Et n'aurait eu aucune chance de s'en sortir vivante.

— Le câble, où est-il, John ? Marie et toi, vous l'avez pris ?

John secoua la tête. Une immense tristesse assombrissait ses traits.

— Non, un homme est venu le chercher.

106

Dans les yeux d'Alix, l'effarement céda le pas à la réflexion, et John songea qu'avec ce qu'elle savait des hommes, son humaine était à la fois plus forte et plus fragile que lui ne le serait jamais.

— Quand ? Quand est-ce qu'il est venu ? Est-ce que tu l'as vu ?

John ferma les yeux. Se souvint de la caresse du soleil sur ses épaules nues.

— Au milieu du jour.

— Le jour de l'accident ?

John secoua la tête en signe de dénégation.

— Décris-le.

« La vérité avance toujours avec le vent de la destruction. »

John l'avait appris de son père : la vérité abat les idées fausses, anéantit les contes pour dénuder le réel. Avec elle tombent les espoirs, les leurres, les idées préconçues.

— Taille, tenue vestimentaire, pilosité, couleur de peau, âge apparent, lunettes, bijoux, tout est important. Même le plus petit détail peut m'aider à l'identifier.

— Ils se ressemblent tous.

— Jeune, vieux ? Notre âge ou celui de nos pères ?

— Cheveux ras, un regard dur.

— Si tu le voyais, tu le reconnaîtrais ?

— Alix, je n'irai pas parmi les hommes.

— Jamais je ne te demanderai une telle chose. Mais si tu me racontes chaque détail qui te reste en mémoire, je pourrai enquêter. Et l'arrêter. Dans mon monde, les criminels doivent payer pour leurs crimes. J'ai besoin de toi, John !

— Tu ne changeras rien au passé. Alors pourquoi veux-tu partir ? Tu es humaine, ton monde est ici.

— Non, John, répliqua soudain Alix, agacée. Ma place est à Mâchecombe, aux côtés des miens.

John garda en lui la souffrance que ces mots lui infligeaient. Il était sa famille, elle était son égale, et il se sentait prêt à veiller sur Solange et même à accueillir Noa afin qu'Alix ne soit pas séparée de lui.

Mais cette évidence n'avait de valeur que si elle était aussi celle d'Alix.

— John, tant que je ne saurai pas qui a tendu ce câble ni pourquoi, notre mère sera toujours en danger.

Leurs doigts s'entrelacèrent.

John avait déjà invoqué les Souvenirs, il n'y avait donc plus de nécessité de tenir les mains de son humaine pour les partager. Mais sa chaleur le rassérénait.

Avec la caresse du soleil, le vent avait apporté à John et à Marie une odeur acide. La puanteur de l'animal traqué.

Il s'agissait d'un homme en pleine force de l'âge qui scrutait la pente en dessous.

Très vite, le comportement de cet intrus leur sembla anormal. S'il cherchait la femme blessée, il aurait dû l'appeler. Lui s'efforçait de ne pas faire de bruit, exhalait un stress important et, bientôt, entreprit de décrocher le câble que John avait remarqué plus tôt.

Occupé à organiser les faits dans l'Imaginaire pour les stocker comme des souvenirs, John ne vit pas à temps que l'homme avait repéré Marie, inconsciente du danger, et qu'il la fixait avec des yeux cruels.

John alerta sa jumelle en imitant un cri d'oiseau.

Avec une rapidité et une adresse incroyables, Marie disparut.

Et John déguerpit dans la direction opposée, emportant l'image de celui qu'il surnomma aussitôt « Regard-qui-abîme ».

L'IMAGINAIRE

107

Après vingt-quatre heures passées dans la montagne, Alix s'attendait à être assaillie de questions et de reproches par son père, mais elle ne le trouva pas chez eux. En revanche, sa messagerie était surchargée d'appels de l'hôpital, si bien qu'elle s'y rendit sur-le-champ.

En rejoignant la salle des familles à la tombée du jour, Alix s'était imaginé bien des scénarios. Elle n'était cependant pas préparée à entendre que sa mère ne gardait aucune mémoire des huit dernières années. Ni de sa tentative d'assassinat contre sa propre fille.

— Ta maman m'a parlé comme si on venait de se quitter, lui annonça Robert. Elle m'a même demandé pourquoi je ne me rasais plus.

— Mais… comment c'est possible ?

— Un toubib de Toulouse a repris son dossier et a changé le traitement. Elle est revenue aussitôt à elle.

— Tu veux dire que si j'entre dans sa chambre, elle…

Soudain, sa gorge se serra, l'empêchant de terminer sa phrase.

— Ton apparence risque de la choquer, expliqua son père, qui avait deviné son interrogation. Elle a quitté une ado et tu es aujourd'hui une jeune femme.

— Elle t'a semblé cohérente ?

— En dehors du fait qu'elle a occulté huit ans de sa vie, oui. D'ailleurs, les médecins pensent qu'il vaut mieux éviter de l'interroger. Il faut qu'on l'aide à tourner la page, tu ne crois pas ?

— Elle ne se rappelle pas son accident non plus ?

— Son dernier souvenir, c'est nous deux en train de nous chamailler au petit déj pour une histoire de liste de courses.

Ce n'était pas ainsi qu'Alix avait imaginé ce moment.

Sur le trajet de l'hôpital, elle avait dû se rendre à l'évidence : elle ne pourrait évoquer la tentative d'homicide sur Solange sans mentionner le témoin qui la lui avait rapportée et par là même trahir John. Mais elle ne comptait pas pour autant rester inactive, et vivre en acceptant que le coupable ne soit jamais inquiété.

— Alix ?

Ses yeux perdus dans le couloir revinrent sur le visage anxieux de son père.

— Oui ?

— Avant que tu y ailles, je préfère te prévenir, ça fait bizarre, de discuter avec elle comme si elle rentrait des commissions.

— Et Noa, comment va-t-il gérer ça ? questionna Alix en jetant un regard vers le fond de la salle, où son frère était happé par un dessin animé. C'était encore un bébé, quand elle est morte.

Le mot malheureux lui avait échappé. Tout ça n'avait aucun sens. Elle se sentait complètement déboussolée.

— Je lui ai conseillé de prendre son temps, et c'est valable pour toi aussi. On n'efface pas le deuil d'un revers de main. Sois indulgente avec toi-même.

— Tu te souviens, après l'accident à l'auberge, tu m'as dit que je risquais d'avoir de drôles d'idées en tête. Eh bien, c'est le cas.

— Quelles drôles d'idées as-tu, ma fille ?

Les jambes d'Alix tremblèrent.

— Ce qui est arrivé là-haut. Ces jours passés si près d'elle sans savoir. Je ne comprends pas pourquoi Lionel L'Essart l'a droguée pour nous l'enlever, je ne comprends pas pourquoi il m'a… Je ne sais plus trop à quoi me raccrocher. Qu'est-ce qui est sûr et le restera ? Qu'est-ce qui sera demain le contraire d'aujourd'hui ? Et si maman nous oublie de nouveau ?

— Et si tout redevenait comme avant ?

Alix adressa un pauvre sourire à son père, puis elle se décida à gagner la chambre où sa mère l'attendait.

En entrant, son réflexe fut de fermer la porte, mais elle se ravisa. Le souvenir de son agression au couteau la faisait suffoquer.

Dans la lumière qui baignait la chambre, Alix retrouva pour la première fois le visage paisible de sa maman. Les infirmiers l'avaient coiffée et légèrement maquillée. Un peu de rouge sur les lèvres et de mascara.

Elle réprima un sanglot. Sa maman, celle qui l'avait bercée enfant, celle à qui elle pouvait tout raconter, était là, assise dans le fauteuil près de la fenêtre, et la regardait. À travers ses larmes, elle la vit lui ouvrir ses bras dans une muette invitation.

D'abord hésitante, Alix finit par s'agenouiller aux pieds de sa mère et posa sa tête sur ses genoux. Son être entier s'inscrivit alors dans l'instant. Le présent effaça les peurs passées, les douleurs et les larmes amères. L'Éveil, où l'émotion d'une mère et celle de sa fille se mêlaient, créa un nouveau monde dans lequel Alix sut que son devoir, dorénavant, serait de la protéger.

— J'ai perdu des années loin de toi, ma merveilleuse Alix. Ils me l'ont dit. Mais j'ai beaucoup rêvé de toi, tu sais, au point que je ne suis même pas certaine d'être éveillée.

Une seconde, Alix se soucia que la voix de Solange reste rauque, comme celle de la folle qui avait tenté de l'assassiner. Puis elle chassa cette pensée.

— Tu es éveillée, maman, et moi aussi. On est tous éveillés.

— Comment en être sûre ?

— Je n'en ai aucune idée. Et en vérité, je crois que je m'en fous.

Alix sentit la poitrine de Solange tressauter. Elle riait, et la jeune femme l'imita de bon cœur. Elle était tellement soulagée et reconnaissante de vivre ce moment qu'elle en oublia ses peurs concernant John.

— Oh, mon Dieu ! Mon bébé ! Mon tout-petit !

Alix tourna la tête pour suivre le regard effaré de Solange.

Noa se tenait à un pas, raide, l'air désemparé.

Derrière lui, Robert posa des mains encourageantes sur ses épaules.

— Approche, Noa, murmura Alix. Ne crains rien, je veux te présenter notre maman.

L'enfant n'esquissa pas un geste. Ses traits se durcirent et ses yeux s'emplirent de larmes. Il les essuya du revers de sa manche et se figea de nouveau, les bras le long du corps, les lèvres frémissantes.

— Approche, Nono… tenta Solange.

— Je m'appelle pas Nono ! Et j'ai pas besoin d'une maman, j'ai déjà Alix !

Dans la foulée, l'enfant réclama les bras de son père, qui s'éclipsa avec lui dans le couloir.

— Je suis désolée… souffla Alix tandis que sa mère lui souriait tristement. Il…

— Ne sois pas désolée, ma fille. Il lui faudra du temps pour s'habituer, mais nous nous retrouverons. Noa est humain, ajouta-t-elle plus bas, comme toi et moi.

108

Le 16 octobre

Alix déposa la caisse sur le parquet et remonta l'échelle rétractable qui menait au grenier.

— C'est la dernière, tu peux l'emporter, dit-elle à Noa, qui revenait de la chambre. Je te rejoins tout de suite.

Tandis que son frère s'éloignait déjà, la jeune femme fila étendre le linge et lança un nouveau programme. Ces derniers jours, la machine à laver tournait à plein régime tant les vêtements de Solange, qui avaient été stockés dans des housses et des cartons, empestaient la naphtaline. Robert avait bien proposé d'effectuer un tri, Solange ayant maigri, mais Alix ne se sentait pas le droit de choisir à la place de sa mère. Alors elle avait décidé de tout laver.

À l'annonce de l'imminence de son retour, Alix avait suggéré à son père d'installer Solange dans sa chambre afin qu'elle bénéficie d'un peu d'intimité et il avait accepté sans discuter, l'air perdu. Elle s'efforçait donc maintenant de lui recréer un cocon.

— Bah quoi, ça va pas te mordre ! railla-t-elle Noa qui venait d'ouvrir la caisse remplie de maquillage et d'un nécessaire de coiffure.

Sur le lit, elle disposa un à un les objets. C'était émouvant de retrouver ces brosses, ces peignes, ces accessoires dont elle avait fini par oublier l'existence.

— Son poudrier, regarde ! Et ça, c'est un vaporisateur de parfum. Je suis quasi sûre qu'il appartenait à mamie.

Avec le temps, les choses s'arrangent toujours. Alix avait compté sur ce principe, espérant que Noa apprendrait à aimer cette mère dont il n'avait aucun souvenir. Mais comment imaginer ce qu'il pouvait ressentir ?

Elle, sa mère l'avait allaitée, dorlotée, réconfortée, encouragée. De la même manière que son père, elle avait occupé une place centrale dans sa vie. Pour Noa, c'était différent. On lui imposait une quasi-inconnue en lui demandant de l'aimer comme une maman. Or, il l'avait exprimé clairement, il n'avait pas besoin de Solange. Alix avait rempli ce rôle.

Deux semaines s'étaient écoulées depuis que leur mère avait repris pied dans leur réalité. La veille encore, accompagné de sa psychologue, Noa avait échangé quelques mots avec elle, distant. Et Solange se montrait d'une patience infinie malgré le chagrin que cette situation générait. Elle avait perdu un bébé, et son fils la considérait comme une étrangère.

Jamais Noa n'avait été aussi proche d'Alix. Lui qui s'était battu pour gagner le droit d'aller en classe tout seul avec ses camarades exigeait désormais que sa sœur le conduise à l'école, et vienne le chercher le soir. Il la réclamait pour les devoirs, qu'il ne faisait plus avec Jackie mais dans les locaux de la police municipale. Le samedi, d'ordinaire réservé au rugby, Noa fourmillait d'envies à réaliser avec sa grande sœur, et le dimanche il était prêt à cuisiner, regarder des documentaires, voire les infos qui le barbaient tant, pour rester avec elle.

— Et là-dedans, y a quoi ? demanda Noa en agitant une boîte en fer.

— Hé, là ! Doucement. C'est un trésor.

— Un trésor ?

— Le plus grand des trésors pour une maman, expliqua Alix d'un air mystérieux. Les cadeaux que ses enfants ont fabriqués pour elle.

Depuis ses étranges paroles sur les humains, Solange n'avait plus fait aucune allusion à ce qu'elle avait vécu durant ces huit années, n'avait plus prononcé le prénom de John, même lorsque Alix tentait de la ramener à ses souvenirs en évoquant, par exemple, les quatre dimensions du Réel.

Solange ne semblait pas comprendre. Elle se contentait de sourire, lui disait la plupart du temps qu'elle aimait la jeune femme qu'elle était devenue, et changeait de sujet.

En revanche, elle se battait avec acharnement pour rentrer chez elle. Solange Ravaillé avait hâte de vivre avec les siens et de reprendre le cours de sa vie.

Pour elle, sa dernière dispute avec Robert datait de quelques jours.

Robert, lui, était passé à autre chose.

Taciturne, il parlait peu de ce qu'il ressentait. Il occupait ses journées et ses soirées à patrouiller dans le massif et ne se rendait à l'hôpital que deux fois par semaine, quand Alix y allait quotidiennement.

En secret, celle-ci avait par ailleurs entamé des recherches sur les affaires de câbles tendus de la région. Hélas, ses efforts étaient restés vains, car tous les suspects fichés ou condamnés pour ce genre d'acte avaient un point en commun : le regard noir, frondeur, méchant.

Un « regard qui abîme ».

De la boîte à gâteaux industriels Alix extirpa des coquillages peints, des cartes de Noël, de fête des Mères et d'anniversaire, toutes décorées de paillettes et d'étoiles brillantes accompagnant les mots d'amour d'une fillette à sa maman chérie.

— Ça me fait tellement drôle de retomber là-dessus... souffla Alix.

— Ça aussi, c'est toi qui l'as fait ? questionna Noa en exhibant une petite lune toute ronde qui souriait et adressait un clin d'œil à qui l'admirait.

— Je devais avoir 7 ou 8 ans quand je l'ai offerte à maman.

— C'est une jolie lune, toute blanche. Tu lui ressembles !

Le cœur d'Alix trembla.

« Noa est humain, comme toi et moi. »

Prise d'une intuition, elle déclara :

— C'est rigolo que tu dises ça, j'ai un ami qui me surnomme Blanche-de-Lune. Tu sais qui c'est ?

— Dandelombe !

— Comment tu as deviné ?

Noa hésita un instant, puis il fila dans sa chambre et revint avec une boîte à chaussures qu'il ouvrit précautionneusement.

— Moi, j'ai des vrais trésors !

Ébahie, Alix découvrit un amoncellement de merveilles issues de la forêt primaire : des fleurs séchées d'essences rares qui ne poussaient que sur les sommets, des crânes blanchis de petits animaux, du quartz, une pépite d'or, des plumes d'aigle, une grappe de trois noisettes...

— C'est lui qui t'a donné tout ça ?

— Oui.

Alix se figea, émue, quand elle vit que parmi les trésors de son frère se trouvait un bracelet tressé en cordelette, comme ceux que lui fabriquait jadis Solange.

— Depuis quand il est ton ami ?

— Depuis que je suis petit. Je l'ai rencontré quand on allait jouer près du dolmen.

— J'étais où, moi ?

— Pas très loin, mais il voulait pas te parler. Il t'a montrée du doigt et il t'a appelée Blanche-de-Lune. Il n'aime pas les adultes, je crois.

— Toi aussi, tu as un surnom ?

— Qu'est-ce que ça peut faire, maintenant ? De toute façon, il ne vient plus…

La voix de Noa chevrotait de chagrin.

— Tu es triste de ne plus le voir ?

Son frère hocha la tête.

— C'est normal qu'il se cache, après tout ce qui est arrivé, Noa. Il n'a pas envie que les gens apprennent qu'il existe.

— Pourquoi ?

— Parce qu'il est différent. Lui, tout ce qu'il veut, c'est que personne n'abîme la forêt, comme papa et moi.

Le visage de Noa se rembrunit.

— Papa, il pense que c'est lui qui vous a emmenées loin de nous, maman et toi.

— C'est ce qu'il a dit ? Que Dandelombe nous avait fait du mal ?

— Oui.

Un ouragan naquit soudain dans l'esprit de la jeune femme. Se pouvait-il que son père ait découvert des choses à propos de John ? Mais comment ? Et pourquoi ne lui en avait-il pas parlé ?

— Ce n'est pas vrai, Dandelombe m'a protégée dans la montagne, et aujourd'hui, c'est aussi mon ami.

Devant le silence hésitant de son petit frère, elle ajouta :

— Je sais même qu'il te surnomme Éclat-de-Rouille. Il appelle tous ceux qu'il rencontre autrement que par leur prénom.

— Papa s'est énervé quand il a su que je lui avais demandé de te défendre contre les méchants chercheurs d'or. T'es fâchée, toi ?

— Non, mon cœur !

Alix serra son frère contre elle, un peu perdue.

— Mais maintenant la police sait qu'il existe. J'ai peur pour lui, murmura Noa.

— Ne t'inquiète pas pour Dandelombe, il est fort et la montagne est sa maison.

— Il est fort, mais il a peur de papa.

— Non, il n'a peur de personne.

L'enfant s'agrippa au cou de sa sœur et lui souffla :

— Alors pourquoi est-ce qu'il l'appelle Regard-qui-abîme ?

109

Le 18 octobre

Sans un bruit, Alix sortit de la grange par l'arrière.

Dans la maison, tout le monde dormait. Quelques rares flocons de neige virevoltaient dans la lumière des réverbères.

Le muret d'enceinte franchi, elle se faufila dans les sous-bois pour contourner le village, puis se rabattit vers le centre en coupant par les jardins de la colonie de vacances, désertée par les gendarmes.

Au passage d'une voiture, la jeune femme se cacha dans l'ombre d'un contrefort de l'église, où elle attendit dans le froid que son cœur s'apaise. Elle avait la sensation d'avancer en terre ennemie dans un lieu où elle avait pourtant eu l'habitude de se sentir bien.

Depuis que Noa lui avait révélé le surnom que John donnait à leur père, Alix ne connaissait plus la paix. Il fallait qu'elle sache : surnommait-il Regard-qui-abîme tous les hommes qui profanaient sa forêt, ou seulement Robert ?

Elle se rappelait ses parents se chamaillant parfois, comme le font tous les couples. Mais elle se souvenait surtout de leur amour. Pourquoi son père aurait-il voulu assassiner sa mère ? Il y avait forcément une autre explication.

Cela faisait quarante-huit heures qu'elle ruminait, trépignait, s'épuisait en hypothèses en espérant un signe de John, selon le code dont ils étaient convenus avant de se quitter. Et ce matin-là, enfin, à côté du symbole représentant l'Imaginaire qu'elle avait dessiné sur la porte près du heurtoir en forme de tête de loup, elle avait découvert celui de l'Éveil, discrètement tracé au charbon.

Alix rejoignit le porche et entrouvrit à peine le battant pour qu'il ne grince pas sur ses gonds. Elle était soulagée d'être arrivée à destination.

Dès que ses yeux s'habituèrent à la nuit, elle devina l'allée en gravier blanc qui menait à la façade. Là, sur le banc, John l'attendait.

Une appréhension folle s'empara subitement du cœur de la jeune femme.

— Tu n'as pas froid ?

Sitôt les mots sortis de sa bouche, elle se fustigea de proférer de telles platitudes, mais John attrapa ses mains, les porta à ses lèvres et souffla dessus pour les réchauffer.

— Le froid m'aide à me concentrer, mais pas toi. Viens, j'ai allumé un feu.

Il y avait un mélange de désir et de tendresse dans la façon qu'il avait de caresser ses doigts. Beaucoup de retenue aussi, et Alix songea que l'homme qui avait tenté de la violer dans la caverne avait bien changé. John évoluait. Il s'adaptait.

Alix se laissa guider jusqu'au salon, où des braises rougeoyaient. John s'assit en tailleur devant l'âtre. Elle l'imita.

— Tu as besoin de moi, dis-moi ce que tu veux.

— Je sais que tu considères qu'il est vain de chercher à comprendre le passé, mais j'ai découvert que tu surnommais mon père Regard-qui-abîme. Est-ce le seul ?

Le silence de John l'invita à poser sa véritable question.

— John, as-tu vu mon père ramasser le câble, là où ma mère a eu l'accident ?

Comme souvent lorsqu'ils avaient une conversation, il garda un instant le silence. John ressemblait à un joueur d'échecs projetant la partie en cours sur des dizaines de coups.

— Dans l'Éveil, toi et moi, nous sommes désormais entiers. Nous pouvons nous détacher du père.

— Même si j'ai grandi dans un mensonge ?

— Tu n'es pas ce qu'ils ont voulu faire de toi. Les hommes ont échoué, ton père a échoué.

Alix apprécia le tact que John déployait pour la ménager, mais elle n'était plus cette gamine de 15 ans à qui on annonce que sa mère ne reviendra pas.

— J'ai besoin de t'entendre dire la vérité.

— Dans les Souvenirs, tu peux retrouver ton père d'avant ce jour. Il n'est pas uniquement ce moment. Il est aussi tous les autres.

Alix retint un sanglot.

— Dans trois jours, notre mère quitte l'hôpital et arrive à la ferme. Qu'est-ce que je vais faire ?

— Tu ne peux rien.

— Je refuse de faire semblant, John. Et je n'accepterai pas qu'elle et Noa vivent sous le même toit que mon père. C'est un assassin !

— Je l'ai vu ramasser le câble, pas le tendre.

— John… Dans les Souvenirs, tu as dit que son comportement était anormal. Que s'il cherchait cette femme blessée, il aurait dû l'appeler. Il n'y a pas de doute, au mieux il a menti, au pire il est coupable. Comment est-ce que j'ai pu être à ce point aveugle ?

— Tu ne décèles pas le mal dans le cœur de ceux que tu aimes. Laisse maintenant les affaires des hommes aux hommes.

— Je ne peux pas, John. Dans mon monde, il y a des règles, des codes, des tribunaux avec des juges qui tranchent sur le sort des criminels. Mais ces gens-là ont besoin de preuves, sans quoi il s'en sortira.

Alix sentit John se crisper.

— John, jamais je ne te demanderai de témoigner.

— Dans ce cas, abandonne tout cela derrière toi. Les actes de ton père ne sont pas les tiens. Tu n'en hérites pas.

— Je serai incapable de faire comme si je ne savais pas !

— Il y a longtemps, mon père m'a enseigné ceci : « Souviens-toi de cet agneau que tu aimais enfant et que des loups ont dévoré. D'après toi, tuer les loups aurait-il permis de ressusciter l'agneau ? » La vengeance ne ramène pas les morts, Alix.

— Je ne cherche pas à me venger. Je refuse simplement de vivre en acceptant que les criminels échappent à la justice. Et c'est exactement ce qu'il va se passer.

— La justice ne concerne pas les humains.

— Quand on vit parmi les hommes, la justice est importante, John. Elle est ce qui les retient de s'entretuer.

— Alors parle-lui. Quand ton père saura que tu sais, il sera puni.

110

« Le fils hérite des secrets de son père. Comme le destin du chêne est dans son fruit, la mort de Marie était inscrite dans l'instant où vous avez sauvé votre mère dans la montagne. Cette vérité est désormais la tienne, John. Toi seul connais sa valeur et ce qu'il conviendra d'en faire. »

Dans sa lettre d'adieu, son père lui avait aussi rappelé que, si une vérité engendrait une souffrance, alors il fallait être certain de la nécessité de l'exprimer.

Pour John, elle n'était pas nécessaire, mais pour Alix, si.

Or, il jugea que considérer son humaine comme son égale impliquait de respecter ses croyances quand elles différaient des siennes et décida de lui offrir le moyen de découvrir la vérité par elle-même.

Désemparée, Alix s'était nichée dans ses bras. Il glissa dans sa paume la pièce ancienne récupérée dans le tumulus. Elle la regarda et, par réflexe, porta la main à son cou. Elle avait ôté la médaille de son père à l'hôpital après avoir lu la lettre de Lionel. Une lettre dont les termes la hantaient encore.

— Cette pièce appartient aux morts, murmura John.

— Mon grand-père en a trouvé une semblable loin d'ici, pendant la guerre.

— Non, Alix. Elle vient de la tombe des Anciens, comme celle-ci.

— Pourquoi mon grand-père aurait menti ?

— Il n'a pas menti. Il n'a jamais vu cette pièce.

— Mon père, alors ? Mais… Qu'essaies-tu de me faire comprendre ? Quel rapport y a-t-il entre cette pièce et la tentative d'assassinat sur ma mère ?

— Lui seul le sait.

— Il me l'a confiée en prétendant qu'il s'agissait d'un porte-bonheur.

— Ce n'est pas le cas, et ce n'était pas à toi de la porter.

— À qui, alors ?

— Seul un homme peut être chargé par un humain de protéger la forêt.

— Qu'est-ce que tu ne me dis pas, John ?

— Cette pièce représente le pacte que mon père avait passé avec le tien.

— Quel pacte ?

— Ton père te répondra.

— Arrête de me ménager, s'il te plaît…

— Je ne te ménage pas. Les termes du pacte ne sont connus que de ceux qui l'ont décidé.

— Je ne saisis pas le sens de ce pacte. Le travail de mon père est précisément de protéger la forêt primaire, donc je suppose que Lionel attendait autre chose de sa part. Peut-être qu'il fermait les yeux et le laissait vivre en paix dans une zone interdite. Ce faisant, il vous permettait, à Marie et à toi, d'exister sans que personne soit au courant. En revanche, je ne comprends pas ce que mon père avait à y gagner… Sauf si…

Le visage d'Alix s'animait tandis qu'elle réfléchissait à voix haute. John ne l'avait jamais trouvée aussi jolie qu'en cet instant où elle s'approchait dangereusement de la vérité. Il projeta sa détresse à venir dans l'Imaginaire, espéra qu'il saurait l'apaiser quand elle en aurait besoin.

— Sauf si Lionel s'est servi de ce qu'il savait sur l'accident présumé de ma mère ! s'exclama-t-elle. Il ne disait rien pour le câble tendu. En échange, mon père le laissait tranquillement vivre caché dans la montagne avec l'adolescente qui l'avait surpris en train de ramasser le câble…

Alix se décomposa.

— Lionel a fait chanter mon père, et mon père a accepté le marché sans se douter que, en refusant d'assumer son geste, il condamnait ma mère à demeurer captive pendant huit ans.

L'Imaginaire et l'Éveil se rejoignaient dans l'expression révoltée que John lisait dans les yeux d'Alix.

— Si j'avais su que…

John n'acheva pas sa phrase. Les lèvres d'Alix s'étaient posées sur les siennes. Ce contact le surprit d'abord, mais il était chaud et doux. Et la langue qui glissa contre la sienne lui fit découvrir un plaisir inédit dont il aurait voulu qu'il ne cesse jamais.

— Je garderai à jamais le secret de ton existence, John, souffla Alix en se détachant de lui. En revanche, tant que je n'ai pas confronté mon père, tant qu'il est libre, je dois prendre soin de notre mère et de Noa.

Les paupières toujours closes pour enfouir au plus profond de ses souvenirs toutes les promesses que leur baiser avait fait naître, John fut rappelé dans l'Éveil par la voix d'Alix.

— Tu m'écoutes ?

— Ce baiser signifie que tu veux être mon humaine ?

Alix effleura tendrement les doigts de John et lui sourit.

— Vivre avec toi dans la montagne est impossible tant que notre mère et Noa ne seront pas en sécurité.

— Tu protèges les tiens, je ferais le même choix.

— Il y a autre chose, John. Si je disparais avec toi, mon père nous traquera sans relâche. Tu pourrais être jugé et jeté en prison. Crois-moi, c'est ce qu'il se produira si les hommes te capturent !

— Je choisis de prendre ce risque. Car ma place est à tes côtés. Ne décide pas pour moi, Alix.

— Mon imprudence a déjà révélé ton existence. Je ne supporterais pas qu'il t'arrive malheur, je tiens trop à toi !

La voix d'Alix tremblotait.

— Tenir à moi ?

— Un jour, tu as cherché dans le dictionnaire à définir ce que tu ressentais et tu as étudié le mot « amour ». Eh bien, en ce qui me concerne, tenir à toi, c'est être sur le chemin de tomber amoureuse.

John sourit, et sa joie fit jaillir une expression similaire, quoique ombrée par la tristesse, sur le visage d'Alix.

— Je te promets que je reviendrai. Je ne sais pas encore quand, mais je reviendrai.

Quand la vérité aura fait ses ravages, songea-t-il.

Mais John se tut.

Alix était humaine, c'était pourquoi elle choisissait de protéger les siens plutôt que de le rejoindre. Comme lui resterait dans la montagne pour veiller sur elle.

Là-haut, malgré tout, elle vivrait à jamais en lui dans les Souvenirs, il chasserait avec elle dans le Rêve et l'aimerait dans l'Imaginaire, où il rejouerait ces moments de bonheur volé, vécu dans cette maison vide, pour rompre sa vie de solitude. Quand il en aurait besoin, quand l'absence de l'autre pèserait trop lourd.

Nul ne peut influencer l'avenir avec des mots d'amour.

— Alix, murmura-t-il seulement.

— John, répondit-elle doucement.

Et il la regarda partir sans bouger, avec au cœur la certitude qu'il s'agissait d'un adieu.

LE RÉEL

111

Le 21 octobre

Robert avait toujours aimé préparer à manger à sa tribu. Surtout le petit déjeuner, qu'il considérait comme le repas essentiel de la journée. Il veillait ainsi à ce que tout arrive en même temps dans les assiettes : le bol de porridge de Noa, les œufs brouillés et le bacon pour Alix et lui, les deux expressos dont un au lait, et le chocolat, chaud mais pas trop.

Ce matin-là, la bonne humeur n'était pourtant pas de mise. Robert suivait de loin la conversation qui se déroulait dans son dos. Noa ronchonnait. Alix venait de lui annoncer qu'elle le conduirait à l'école, mais qu'elle n'irait pas le chercher parce qu'elle avait un rendez-vous à Toulouse et qu'elle en profiterait pour dîner avec des amis.

— Je passerai peut-être la nuit là-bas, ça fait longtemps que je ne les ai pas vus.

— C'est qui ? demanda Noa, des reproches dans la voix. Pourquoi je les connais pas ?

D'ordinaire, Robert ne se gênait pas pour questionner sa fille. Mais là, il garda le silence. Le traceur GPS qu'il avait glissé dans la doublure de son anorak lui avait indiqué que, trois jours plus tôt, Alix s'était introduite nuitamment dans la maison de Joseph. Et lorsque, le lendemain, il s'y était rendu, espérant surprendre le complice de L'Essart, il avait juste pu constater la présence de cendres récentes dans la cheminée.

— Dis donc, mon petit gars, depuis quand ta sœur doit te rendre des comptes ? morigéna-t-il Noa en déposant assiettes et bols sur la table. Alix est déjà bien gentille de venir petit-déjeuner avec nous, elle a sa vie. Allez, dépêche-toi de manger, parce qu'on n'est pas en avance ! Quant à toi, Al, tu m'appelles si tu découches ! Avec les premières neiges sur la route, je vais me faire un sang d'encre, sinon…

— Partons sur l'idée que je dors là-bas, et si je rentre, je te préviens. OK ?

Robert acquiesça, persuadé qu'Alix lui mentait les yeux dans les yeux.

— Tu seras quand même là pour le retour de ta mère ?

— Mais oui, papa. Et arrête de t'inquiéter, ça va bien se passer. Bon, Noa, on se bouge, tu vas être en retard !

Robert observa discrètement sa fille. Elle qui d'ordinaire aimait prendre son temps avala ses œufs en quelques bouchées, et disparut dans le couloir après avoir rincé sa vaisselle en vitesse.

Son comportement avait changé. Elle était plus distante, plus absente. Qui était ce type qu'elle retrouvait en secret ? Pourquoi n'en avait-elle jamais parlé ? Robert aurait voulu en discuter avec quelqu'un, pour être sûr qu'il ne se faisait pas de fausses idées. Mais avec qui ?

Le seul qui aurait pu le comprendre avait quitté la région. Mi-octobre, Christophe avait demandé un congé sans solde avant d'entamer une formation de six mois. Et Robert n'était pas dupe. En réalité, il avait choisi de fuir Alix et son « nouveau mec ».

Un fantôme.

Une rumeur tout au plus.

Pourtant, Robert avait le sentiment que, depuis qu'elle avait passé la nuit dans la forêt primaire, Alix fuyait son regard. Et c'était insupportable.

L'incertitude était insupportable.

La suspicion aussi.

Robert avait dû lutter pour conserver son calme, mais cette sensation de ne plus rien maîtriser le rendait fou.

— Prends ton goûter dans le frigo, rappela-t-il à Noa qui faisait mine de déserter la cuisine. Et débarrasse ton bol.

Il avait eu tendance à se montrer trop coulant avec lui, ces derniers temps. La résurrection de sa mère était une pilule difficile à avaler, son retour à la maison aussi. Mais Noa commençait à en profiter.

L'enfant s'exécuta sans rechigner puis il fila dans sa chambre et en revint presque aussitôt, habillé pour affronter le froid, cartable sur le dos.

— À ce soir, papa.

— Couvre-toi mieux que ça, intervint Alix. Il va neiger.

— Il neige déjà !

Depuis l'adolescence, Alix secondait Robert dans son rôle de parent. Des réflexes étaient ainsi apparus, comme vérifier le contenu du sac de son frère, où elle glissa la paire de gants qu'il avait oubliée.

Quand il fut enfin prêt, Robert embrassa son fils et eut droit à une grimace accompagnée d'un : « Papa, tu piques ! »

D'Alix, qui attendait près de la porte d'entrée, il n'obtint qu'un « À demain ! » accompagné d'un signe de la main.

Alix ne l'embrassait plus ; ça aussi, c'était nouveau.

Derrière la fenêtre, Robert regarda la voiture s'éloigner. La montagne était nimbée de grisaille. La météo annonçait une journée froide et humide. À Mâchecombe, la neige fondait, mais, en altitude, les premières chutes avaient tenu.

Robert rangea la cuisine, après quoi il alluma l'écran de son téléphone satellite – dotation de la municipalité pour permettre à sa police d'agir rapidement contre les orpailleurs –, ouvrit l'application du traceur GPS et espéra s'être trompé.

Le point vert représentant Alix se trouvait devant l'école primaire.

Le temps que Robert se prépare un expresso, le point descendit la Grand-Rue. Au carrefour avec la départementale, là où il était censé tourner pour rejoindre la vallée et l'autoroute vers Toulouse, il continua tout droit, traversa la place de l'église, et vira au niveau de l'auberge en empruntant la route du col. Juste avant d'atteindre le parking du belvédère, il bifurqua dans une allée forestière qui s'achevait sur une ancienne carrière de pierres.

Robert imagina Alix en train de sortir de sa voiture avec son sac de randonnée. Elle avait poussé le vice jusqu'à utiliser le même qu'à l'époque où elle faisait ses allers-retours entre la fac et Mâchecombe. Probablement pour faire plus vrai !

Le point vert longea le parking et s'introduisit dans la forêt en suivant le sentier sur lequel Solange avait eu son accident.

Qu'est-ce qu'elle allait foutre là-bas ?

N'y tenant plus, Robert récupéra son fusil, empila des vêtements chauds et quelques provisions dans sa musette militaire, grimpa dans son 4 × 4 et prit la direction du belvédère.

Quand il y parvint, Alix se déplaçait à une demi-heure de marche de là. Il estima prudent de lui laisser plus d'avance, au cas où le type surveillerait ses arrières. En attendant, il rumina contre les saletés que la vie lui servait en ce moment.

La neige tombait dru lorsqu'il se décida à y aller. Ce serait parfait pour ne pas être vu. Désormais, Robert n'avait plus aucun doute. Sa fille s'enfonçait vers le cœur de la forêt primaire. Le territoire de Lionel L'Essart.

À la minute où le signal du GPS disparut, il supposa qu'Alix s'était introduite sous terre. Il enregistra les dernières coordonnées, son objectif. Et dès qu'il arriva à cinq cents mètres de celui-ci, il s'arrêta pour faire un point sur la situation.

Il se trouvait à l'orée d'une vaste étendue herbeuse totalement givrée, où perçaient des îlots de conifères. Là, après avoir cherché de longues secondes d'où provenait l'odeur de feu qu'il sentait depuis que le vent avait forci, il finit par découvrir une cheminée de pierres sèches qui émergeait à peine du tapis d'aiguilles.

Le chemin suivi par Alix disparaissait presque sous la neige. Pas assez néanmoins pour qu'il ne le remarque pas. Il contourna ainsi le tertre, distingua une entrée basse cachée dans un taillis de ronces, et s'introduisit dans un couloir sombre. La lumière d'un feu vibrait au fond. Il n'y avait pas un bruit.

Incertain, Robert demeura tapi dans la pénombre, jusqu'à ce que la voix d'Alix s'élève, claire et déterminée :

— Entre, papa, je t'attendais.

112

D'abord déstabilisé, Robert s'inquiéta du ton que sa fille venait d'employer pour l'inviter à entrer.

Prudemment, il déposa sa musette, dégaina son arme et fit irruption dans une salle circulaire, basse de plafond, où brûlait une flambée. Ébloui par les flammes, Robert ne vit pas aussitôt sa fille, mais il la localisa à la voix tandis qu'elle lui proposait de s'asseoir.

Il préféra rester debout.

— Je pense pourtant qu'on en a pour un moment.

— Qu'est-ce qu'on fout ici, toi et moi ?

— Qu'est-ce que tu m'as offert, exactement ? lui demanda-t-elle en lui lançant d'autorité le pendentif qu'il attrapa au vol.

Robert masqua son trouble.

— Tu me jettes mes cadeaux à la figure, maintenant ?

— Un jour, quelqu'un t'a dit que cette pièce faisait de toi le protecteur de la forêt. Que ton rôle, dès lors, consistait à chasser les hommes de la montagne.

— Qu'est-ce que tu racontes ? Elle vient de ton grand-père et…

— Cette pièce t'a été donnée pour que tu oublies l'existence de la personne qui t'a vu ramasser un câble là où maman a eu son accident.

— Arrête d'employer ce ton avec moi ! Tu…

— Tu as tendu un piège à maman ! Tu as tenté de la tuer ! Pourquoi ? Ça n'a aucun sens !

Robert s'adossa à la paroi, et se laissa glisser à terre.

— J'ai cru que tu avais été battue, là-haut, violée, mais non ! L'Essart t'a simplement retourné le cerveau. Il voulait détruire notre famille, t'arracher à moi comme il nous a pris ta mère, et de toute évidence il a réussi !

— Qu'est-ce que tu lui as fait pour qu'il t'en veuille à ce point ?

— Tu me condamnes sans savoir, Alix. Je ne pense pas mériter ta colère.

— Tu mens depuis des années. Tu m'as caché que tu le connaissais et que tu avais pactisé avec lui…

— L'Essart me jugeait responsable de l'incendie. Ce type est devenu cinglé en traversant le feu. Et si je ne t'en ai jamais rien dit, c'était pour te protéger ! Aujourd'hui, à cause de lui, tu es impliquée dans la mort de Caruso !

— C'est faux ! J'ai tout fait pour le sauver !

— Peut-être, mais pas lui ! Il avait repéré un saignement interne, et il s'est tu. Il t'a rendue complice de son crime ! Il te l'a dit, ça, ou il a omis de souligner ses penchants de psychopathe ?

— Même si c'était vrai, ce n'est pas le sujet. Moi, ce qui m'intéresse, c'est maman et…

— L'Essart a fait en sorte que Caruso ne survive pas, l'interrompit Robert pour garder la maîtrise de la discussion. Et il a assassiné Rossi. Tu ne te demandes pas pourquoi ?

— Ne te dérobe pas ! Pourquoi t'as ramassé ce putain de câble, si ce n'est pas toi qui l'avais mis ?

— Qu'est-ce que tu imagines, Alix ? J'ai passé des années à chercher qui avait posé cette saloperie, là, sur le chemin de ta mère, pendant que tu pleurais toutes les larmes de ton corps parce que tu n'étais pas avec elle ce jour-là !

Tu te sentais tellement coupable… Tu aurais voulu quoi ? Que je te dise que, là où elle avait chuté, tu aurais aussi chuté, et que tu serais peut-être même morte ? Tu aurais voulu que je dise à ma fille de 15 ans qu'un cinglé dont j'ignorais tout avait tué sa mère ?

— J'aurais voulu que tu me dises la vérité !

— Merde, Alix ! Qui nous a fait croire à sa mort ? Qui a séquestré ma femme sous la montagne durant huit ans ? Qui l'a droguée au point qu'elle en a oublié ses enfants ? Et c'est moi que tu traites de monstre parce que je t'ai caché cette histoire de câble ? Dans le fond, il ne s'agit pas de ça, n'est-ce pas ?

— Cette pièce qu'il t'a donnée, c'était pour que tu taises son existence, en échange de son silence. Dis-le, papa ! Dis-le !

— Ma chérie, celui que tu défends a pendu une gendarme de ton âge, il a décapité un homme et m'a jeté sa tête à la figure dans la cour de notre maison, il a dissimulé vingt-sept corps à autant de familles qui ont souffert le martyre à cause de lui. Vingt-sept, tu entends ? Et Dieu seul sait ce qu'il a fait subir à ta mère quand elle était sous sa coupe ! Comment peux-tu accorder du crédit aux élucubrations d'un déséquilibré qui t'a condamnée à vivre toute ton adolescence dans le deuil ? Et pourquoi as-tu attendu aussi longtemps avant de me parler ? Tu es menacée, c'est ça ? Ce foulard au dolmen, ces escapades dans la montagne. Quelqu'un te veut du mal ? Alix, depuis que tu es née, toi et moi on est unis contre vents et marées. On a tout surmonté ensemble. Pas une fois tu ne t'es retournée contre moi. Tu n'es pas comme ça. Tu es la personne la plus loyale que je connaisse. Tu t'es laissé influencer par cet homme, mais ce n'est rien, je ne t'en veux pas. Je t'aime, et quand on s'aime, tout finit par s'arranger. Tu ne crois pas ?

113

Les arguments du père tombaient comme une pluie de coups sur la fille. Et ils faisaient mal. Ils lui hurlaient qu'elle était une imbécile. Et que l'honneur du pauvre Robert Ravaillé, policier exemplaire, mari aimant et père attentionné, était bafoué par une ingrate pour qui il avait tout sacrifié.

Alix déployait des efforts immenses pour ne pas pleurer. Ce serait pire que tout. Dans sa position devenue si délicate, elle se raccrochait à son unique phare : John ne mentait jamais.

Son père, c'était vrai, avait toujours été là pour elle. Il l'avait laissée libre de ses choix, et c'était une qualité rare. Il disait souvent : « Je fais le métier dont je rêvais, je n'ai pas besoin de racheter mes échecs à travers ta réussite, alors vis ta vie telle que tu l'entends. Promets-moi simplement d'y réfléchir à deux fois lorsque c'est important. »

Pour ses rares copines, Robert incarnait le père idéal. Et c'était à ce père formidable qu'elle osait s'attaquer !

— Je veux la vérité, papa. Juste la vérité !

— Je souhaite qu'un jour tu aimes quelqu'un comme ta mère et moi on s'aime. Et quand tu auras connu un amour pareil, on rediscutera. Je serai prêt à t'écouter m'expliquer, les yeux dans les yeux, que quand on aime aussi fort, on peut tuer ! Bon sang, qui t'a mis ces horreurs en tête, Alix ? Ce n'est pas L'Essart, ça fait des semaines qu'il est mort. Toi, tu es totalement chamboulée depuis que tu es redescendue de ta petite expédition dans la forêt. Qui as-tu retrouvé là-haut ? Un complice ? Non… ajouta-t-il, les yeux plantés dans ceux d'Alix. L'Essart ne fréquentait personne en dehors de ceux qui lui ressemblaient. C'est forcément un proche. Très proche. Sa fille, c'est ça ? Elle a survécu ! C'est elle que tu as vue, n'est-ce pas !

Les oreilles d'Alix bourdonnaient. Son père venait d'évoquer la fille de Lionel, cette Marie qui n'existait pas en dehors de son clan. Pire, il se demandait si elle avait survécu.

Aussitôt, son esprit électrisé par le stress bâtit un scénario terrifiant, une suite possible à cet instant où tant de destins avaient basculé.

D'adolescente anonyme croisée dans la montagne, Marie était devenue un problème dont il avait fallu se débarrasser. Or, l'homme qui avait tenté d'assassiner sa femme et menti à la terre entière, à ses enfants en premier lieu, était vraisemblablement aussi capable de réduire au silence le seul témoin de son crime.

Il fallait qu'elle sache.

— Elle s'appelle Marie. Et, oui, elle t'a vu détacher le câble. Et, oui, elle a été brûlée, comme son père, dans l'incendie que tu as déclenché pour la faire disparaître.

Jamais Alix n'avait prêché le faux pour savoir le vrai, et ce voyage vers l'inconnu l'expédia au bord d'un gouffre immense.

L'espace de quelques secondes, Robert montra son vrai visage. Alix vit l'être froid et manipulateur, le rictus détestable, les yeux d'une dureté inouïe.

Les yeux d'un tueur.

Regard-qui-abîme.

Tandis que le masque ordinaire et avenant reprenait sa place, Alix se remémora la douleur de John lorsqu'elle l'avait interrogé sur sa sœur Marie. Devant elle, il avait revécu l'effroyable souvenir de la voir brûler vive. Impuissant, horriblement malheureux, anéanti. Elle prit alors conscience que, ce jour-là, John aurait pu tout lui raconter pour se venger du clan de Regard-qui-abîme, et qu'il n'en avait rien fait pour ne pas la blesser. Il aurait aussi pu la tuer pour que Robert souffre autant que Lionel et lui-même avaient souffert.

Face à son père qui la couvrait de reproches pour la déstabiliser, elle comprit enfin ce que signifiait être humain.

— Alix, je te conseille de réfléchir à deux fois avant de porter des accusations aussi graves !

— Attrape ! répliqua-t-elle en lui lançant la pièce que John lui avait confiée.

Cette fois, Robert ne fit rien pour la récupérer. Elle tomba à ses pieds, il n'avait pas quitté Alix des yeux.

— Je veux que tu me nommes à la surveillance de la forêt primaire. Je serai seule sur cette zone. Personne d'autre que moi n'y sera autorisé.

— Tu as perdu le sens commun !

— Ce n'est pas une demande, c'est un ultimatum. Tu dégages de mon territoire, et je me tais.

— Tu n'as rien, tu bluffes. Cette fille est morte.

Alix soutint le regard de son père, luttant de toutes ses forces contre ses larmes.

— Tu as assassiné une gamine !

— Tu n'as pas de corps. Pas de crime, pas de coupable ! Qu'espères-tu ? Même si tu enregistrais cette conversation, elle serait rejetée au tribunal.

Alix en avait bien conscience. Les seules preuves pouvant incriminer son père étaient le câble et le témoignage de John. Or, John ne parlerait pas. Quant à la mort de Marie, comment dénoncer un assassinat quand la victime n'existait pas légalement ? Pour la société des hommes, Marie L'Essart n'était même pas née ! Robert Ravaillé n'avait donc pas pu la tuer, et il le savait.

— Sois à la maison demain matin à 10 heures tapantes, ma chérie. Ta mère aura besoin de toi. Et ton frère aussi.

— Ils ne rentreront pas, lâcha Alix après un long silence. Maman est partie avec Noa. Et ne t'avise pas de les importuner, parce qu'elle te fera plonger.

— Personne ne la croira, elle est folle.

— Détrompe-toi.

Robert lâcha un soupir.

— J'avoue que tu as bien joué ton coup, ma fille. Ce bluff avec Marie L'Essart, c'était bien vu ! Mais tu as été imprudente. L'inexpérience, sans doute… J'ai récupéré l'ADN de ton gars dans la petite salle au-dessus de la caverne. J'ai tout raflé, Alix. Même les documents d'identité de ses victimes. Et je vais révéler son existence au monde entier. Je vais lui envoyer le GIGN, je raserai la montagne, j'y foutrai le feu, tu entends ! Si tu ouvres ta gueule, il est mort ! Si tu disparais, il est mort !

Les yeux toujours rivés à ceux d'Alix, Robert ramassa la pièce qu'elle lui avait envoyée, et la jeta avec le pendentif dans les flammes. Puis il reprit ses affaires et tourna les talons.

114

Robert détestait longer la falaise où Solange aurait dû mourir. Il ne passait jamais par là. Cet endroit lui rappelait qu'un homme est fait de ses meilleurs comme de ses pires moments. Ici rôdait le souvenir d'un Robert Ravaillé qui avait joué de malchance.

À l'époque, il avait attendu des heures avant de s'aventurer sur le sentier, incapable d'affronter l'image de sa femme agonisante. Ce jour-là, il faisait beau, la vue portait sur plusieurs dizaines de kilomètres, pourtant les choses ne s'étaient pas déroulées comme prévu.

Au sol, il y avait bien des traces de dérapage, puis de chute. Mais le corps de Solange n'était pas là. Elle s'était visiblement relevée, et devait errer dans la montagne. Ou alors elle s'était effondrée un peu plus loin. Par souci de discrétion, Robert avait préféré battre en retraite.

Après de nombreuses tergiversations, il s'était finalement décidé à récupérer le câble, même s'il ne constituait pas un danger pour lui. Des affaires de ce genre, il en traitait régulièrement, et la plupart des coupables couraient toujours. Coller la mort de Solange sur le dos de récidivistes était une idée brillante. Mais après des jours de recherches, Solange était toujours introuvable, et il avait fini par se dire qu'un nouveau disparu à la Mâchecombe attirerait toujours moins l'attention qu'un acte aussi cruel qu'un câble tendu.

Robert avait compris son erreur quand, sur les lieux de son crime, son regard avait croisé celui d'une adolescente hirsute aux joues sales. Une sauvageonne qui n'appartenait ni au village ni aux hameaux alentour.

Qui était-elle ? Une migrante ? Une réfugiée ?

La région de la Mâchecombe en voyait très peu transiter. Trop enclavée, trop éloignée de la mer.

Une gamine espagnole perdue, peut-être ?

Robert n'avait en tout cas pas pu l'approcher. Elle avait disparu dans les fourrés, et s'il n'avait pas vu l'empreinte de ses pieds nus, il aurait pu croire à un mirage.

Une période horrible avait alors débuté où il avait fallu soutenir Alix, s'interdire de lui révéler que sa mère cherchait en réalité à détruire leur bonheur.

Solange était si belle. Tous les hommes lui tournaient autour alors que lui ne bandait que grâce à une pompe. Il ne supportait plus la convoitise qu'elle suscitait et le lui avait dit. Pourquoi se sentait-elle obligée de se maquiller pour faire les courses ? Pourquoi ne se pomponnait-elle pas à la maison ? Elle avait hurlé qu'il était fou et que sa jalousie l'étouffait. Qu'à force de la harceler il finirait par la faire fuir.

Leur destin s'était joué à cette seconde…

Là encore, Robert n'avait fait que se protéger et protéger ses gosses. Avec quel genre de beau-père ils auraient vécu s'il avait laissé faire ?

Quand les restes de sa femme avaient été localisés, des semaines après sa disparition, Robert avait eu le temps de se convaincre que cette adolescente en savait trop. Et qu'elle pouvait témoigner de son implication dans l'*accident*.

Obsédé par cette idée, il avait continué d'arpenter le massif. Marcher seul lui permettait aussi de s'échapper de la maison où pleuraient ses enfants, de se soustraire aux jérémiades de Jackie, qu'il n'avait jamais appréciée, mais qui lui rendait service en veillant sur Noa, et de fuir les regards affligés de tous ces péquenots de Mâchecombe.

Il avait dû prendre sur lui, le capitaine Ravaillé, quand il était rentré au village avec sa hanche en vrac et sa pompe. Il avait dû en avaler, des couleuvres, quand tous se foutaient de sa gueule dans son dos. Sans compter ces types qui lorgnaient sa femme, persuadés qu'il n'était plus capable de la satisfaire. Que croyaient-ils, tous ? Qu'il ignorait ce qui se racontait lorsque Noa était né ? Certains étaient même allés jusqu'à prétendre qu'il était l'enfant d'un autre.

Oui, dans ces montagnes, Robert avait évacué sa haine en traquant sans relâche celle qui l'avait vu retirer le câble. Et il l'avait cherchée si longtemps qu'il avait fini par se demander s'il n'avait pas tout imaginé.

Jusqu'au mois de février.

Dans la neige des hauteurs, Robert avait repéré les traces d'un individu louche, qui semblait braconner dans la zone protégée, et il s'était fait fort de l'appréhender. Mais au petit jeu du chat et de la souris, l'autre avait été le plus malin. Et celui que Robert connaîtrait bientôt sous l'identité de Lionel L'Essart l'avait coincé à la tombée de la nuit.

On aurait dit un animal. Tandis qu'il plaquait son couteau de chasse sous la gorge de Robert, ce dernier n'avait lu ni peur ni remords dans ses yeux.

« Tu ne viens pas chez moi, je ne viens pas chez toi. Tu te débrouilles pour que personne ne traîne dans cette forêt, et j'oublie que tu es un assassin. »

Pour matérialiser ce pacte, L'Essart lui avait glissé de force une pièce en bronze dans la main. Et il avait ajouté : « Ce sera dans six mois, dans un an, dans dix ans ou peut-être jamais, mais si un jour je t'en fais parvenir une autre, alors tu accourras ventre à terre pour régler mes problèmes. »

Acculé, Robert avait accepté le marché. Mais la peur que L'Essart change d'avis l'avait rongé, grignotant ses nuits, creusant d'effroyables cernes sur son visage.

L'été suivant, Robert avait incendié la forêt près de la maison arc-en-ciel.

La gamine avait brûlé vive.

On avait ramassé Lionel L'Essart agonisant sur la route.

Et Robert Ravaillé avait retrouvé le sommeil du juste.

115

Au fond de la grotte, Alix observa les flammes dévorer le bois en comparant cette matière qui se consumait à sa vie qui partait à vau-l'eau. Quand, exactement, son point de vue sur le monde avait-il basculé ?

À son réveil dans la combe aux galets, lorsqu'elle avait pris conscience de sa finitude. Ou peut-être en découvrant le mode de pensée si particulier de John et ses quatre dimensions du Réel. À moins que ce ne soit en comprenant que son père était différent de la représentation qu'elle s'en faisait…

Il y avait eu des bouleversements positifs, et d'autres terriblement délétères. Mais Alix devinait déjà qu'elle se relèverait de ne plus être la gentille petite fille à son papa. Elle n'était pas la première à emprunter cette voie. Et puis on se relève de bien pire que ce qu'elle traversait.

Lorsqu'il ne subsista plus que des braises et des cendres, elle fouilla ses vêtements et finit par dénicher le traceur GPS qui avait permis à son père de la suivre. Elle l'abandonna sur place, récupéra ses affaires et quitta l'abri sous le tertre.

Une grisaille uniforme l'accueillit. La température avoisinait zéro degré. À la nuit tombée, il gèlerait.

Épuisée par sa confrontation avec son père, Alix s'éloigna sans but. Cette épreuve lui laissait une immense tristesse au cœur. En fait, le *statu quo* dans lequel Robert l'avait enfermée lui pèserait à jamais.

Elle le savait responsable de l'accident qui avait failli coûter la vie à sa mère et les avait privés, Noa et elle, d'une maman ; un premier crime et une impardonnable faute morale. Mais Solange était vivante. Elle pourrait recréer des liens avec Noa. Ce n'était pas le cas de Marie, brûlée vive sous les yeux de son père et de son frère, assassinée pour avoir aperçu Robert dans la montagne.

Ce que tu ne peux prouver n'existe pas.

Alix songea à John. S'il avait été là, il lui aurait sûrement dit que la loi des hommes leur ressemblait. Qu'elle était absurde et cruelle.

Après avoir traversé l'étendue herbeuse, Alix pénétra sous le couvert de sapins. À cet endroit, la neige s'était accrochée aux ramures et le tapis d'aiguilles qu'elle foulait rendait sa marche moins pénible.

Une dernière pensée l'effleura. Jamais elle ne saurait pourquoi son père lui avait offert cette pièce, le jour de son arrivée dans la police municipale.

Au fur et à mesure de sa progression, son rythme cardiaque accéléra. L'effort neutralisa alors sa réflexion, et c'était tout ce à quoi elle aspirait pour le moment. Un peu de calme, de silence, et ce vent froid qui lui piquait le visage, lui rappelant à quel point vivre était bon.

À des kilomètres du tertre, en lisière de forêt, Alix organisa son bivouac. Le plafond nuageux était descendu dans la vallée, exposant le flanc de la montagne au franc soleil de la fin du jour.

Quelques minutes lui suffirent pour monter sa tente, qu'elle camoufla sous une couche de poudreuse. Elle déroula son sac de couchage, se prépara un café et s'installa à l'entrée de son modeste refuge. Assise en tailleur face au soleil qui rasait la mer de nuages, elle fut gagnée par l'émotion. Elle éprouvait jusqu'au fond de ses tripes sa chance d'être là, sur le toit du monde.

Quand il ne demeura plus qu'un rougeoiement à l'horizon, Alix connecta son téléphone satellite et composa un numéro.

— Vous êtes bien arrivés, maman ?

— Alix, cesse de t'inquiéter, veux-tu ? Tu as pris la bonne décision et la famille d'Isaura nous a très bien accueillis. Il ne t'a pas menacée, j'espère ?

— Non, j'ai géré. Comment tu te sens ?

— Paumée. Le taxi, ça allait, mais le train…

— Et Noa ?

— On fait connaissance. C'est un petit garçon merveilleux. Je ne te remercierai jamais assez de tout ce que tu as fait pour lui.

— Tu es sûre que tu ne veux pas que je reste un peu avec vous ? Au moins le temps qu'il s'habitue ?

— Sûre et certaine. Pendant huit ans, tu as sacrifié ton adolescence et ta vie de jeune femme. Aujourd'hui, je peux de nouveau remplir mon rôle de mère. Je le veux de tout mon cœur. Quant à toi, j'aimerais que tu tiennes cette promesse que tu m'as faite tous les 15 août au belvédère, comme tu me l'as dit. Sois heureuse, Alix, tu l'as bien mérité.

— Merci, maman, je crois que j'avais surtout besoin de l'entendre. Tu sais, avec Noa, vos relations ne font que commencer. Il a un grand cœur, tu verras.

Solange était officiellement morte, et la ressusciter à l'état civil prendrait du temps. Mais Alix escomptait que Robert ne chercherait ni à la retrouver ni à la priver de Noa. Même si elle n'avait pas de preuve contre lui, Alix était un agent assermenté, et son témoignage devenait dès lors une épée de Damoclès, une ombre qui sèmerait un doute suffisant pour déclencher une enquête.

— Je peux lui parler ?

— Bien sûr. Je t'aime, Alix.

— Je t'aime aussi, maman.

— Dis à John que je pense à lui.

En attendant que la voix de Noa s'élève à l'autre bout de la ligne, Alix songea qu'elle avait accompli son devoir. Sa mère était en sécurité, son frère aussi. Pour le reste, il lui appartenait à présent d'assumer ses choix.

116

Le 22 octobre

Tout au long de son existence, John avait laissé croître en lui la conviction qu'il y avait d'un côté son clan, et de l'autre le domaine des hommes, immense territoire où ne subsistaient que de rares poches de vie sauvage.

Aujourd'hui, son clan disparu lui manquait terriblement. Mais ce n'était rien en comparaison de l'incertitude qui planait autour du retour d'Alix. Car c'était elle qui définirait l'Éveil dans lequel il poursuivrait son chemin. Et il y avait deux possibilités, pas davantage. Soit ils seraient deux, soit il serait seul à jamais.

« L'être humain existe dans l'altérité, vivre seul revient à vivre pour rien. »

Dans la seconde éventualité, il ne lui resterait plus aucune relation à l'autre que dans les Souvenirs et le Rêve. Qu'adviendrait-il alors de lui ? Se racornirait-il comme une feuille jadis si verte à l'approche de l'hiver ?

Matière vivante nourrissant l'humus.

John hésita. Il fixa la lampe à huile posée près de son couchage, chercha une réponse dans la lumière tremblotante.

Nourrir la terre… Pouvait-on imaginer meilleure fin ?

Les hurlements de plusieurs loups l'avaient réveillé au beau milieu de la nuit. Depuis, incapable de retrouver le sommeil, John écrivait. Il avait repris le flambeau de son père et alimentait son journal. Ce travail était lent, chaque mot devait être suffisamment important pour mériter sa place.

Avec la destruction de son garde-manger sous la montagne, John était privé de produits essentiels à sa survie. De la viande, il n'en manquerait pas, mais il ne pouvait s'en nourrir exclusivement, il lui fallait aussi des vitamines et quantité d'autres choses que l'été fournissait à foison. Alors, au cours des trois dernières journées écoulées, et dans le fol espoir qu'Alix le rejoindrait, il avait récolté des fruits de l'églantier et du sorbier des oiseaux dans différentes parties de la forêt, ainsi que des racines de berce.

Régulièrement, il avait consulté les carnets noircis de l'écriture de son père. N'avait-il pas en quelque sorte vécu seul sous la montagne lorsqu'il avait dû élever des nourrissons sans leur mère ?

Hélas, le père n'abordait pas ce sujet.

Pourtant, John connaissait maintenant le poids du temps passé sans parler à personne. La voix au fond de son esprit avait tendance à répéter inlassablement les mêmes phrases, parfois juste des mots. Finalement, il n'avait nul besoin de son père pour savoir que l'humain recherche son semblable. C'était une évidence.

Et puis cette attente l'angoissait.

Comment Regard-qui-abîme avait-il accueilli la vérité d'Alix ?

Le père prétendait que tous les hommes étaient des assassins, mais que la plupart l'étaient sans s'en rendre compte. John aurait voulu comprendre ce qu'il entendait par là. Il n'était hélas plus à ses côtés dans l'Éveil, ce qui le condamnait à poursuivre le chemin en solitaire. Ainsi que sa réflexion.

Découragé par tant d'inconnues, John attrapa son arc et son carquois, enfila une tenue chaude et souleva le pan de bois qui fermait son abri. Sous ses pas, la neige craqua, et ce bruit apaisa son tourment. John aimait l'hiver au moins autant que l'été.

Dehors, le ciel étincelait d'étoiles, et un tapis de cristaux faisait scintiller le sol. Il s'éloigna lentement, les yeux remplis des infinies nuances de la nuit, et assista bientôt au lever du jour.

Devant les ors qui enflammaient les ocres et le mercure, John eut une pensée pour ses mères, celle qui l'avait fait naître et celle qu'il avait sauvée. Il songea aussi à Marie, qui partageait avec lui cet amour pour ce moment où un monde bascule dans l'autre. Il se vit avec elles et avec son père. Le clan réuni.

Non, il manquait Alix.

Cette absence brisa son rêve. John se renfrogna. Il gagna la lisière de la forêt et fut soudain surpris par un envol de rapaces.

Quelqu'un montait vers lui.

Il encocha une flèche, continua d'avancer à pas de loup, distingua une silhouette entre les arbres.

John banda son arc, conscient qu'il serait préférable de disparaître, mais incapable de s'y résoudre.

Puis le parfum d'un corps lui chatouilla les narines.

Il replaça alors la flèche dans le carquois et attendit, accroupi, silencieux, les sens tendus vers celle qu'il aimait.

Il aurait voulu que le Réel s'immobilise pour rester à jamais dans cet instant.

Alix l'aperçut enfin. Son visage s'irradia du plus beau des sourires.

Quand ils se rejoignirent, ils ne prononcèrent pas une parole. John prit la main d'Alix et la guida vers les hauteurs, où ils furent bientôt enveloppés de brume.

Ensemble, ils devinrent silhouette.

Et quand ils atteignirent la ligne de crête où nichent les aigles, leur silhouette céda la place à la rumeur, et la rumeur disparut de la connaissance des hommes.

Remerciements

Nous vouons une admiration sans limite aux humains qui ont inventé l'écriture. Quelle ingéniosité, quel talent d'avoir su tracer sur le sable des sons capturés dans des signes ! Merci donc aux générations lointaines qui, entre autres choses, ont permis aux gens de s'écrire des lettres d'amour, aux écrivains d'inventer des histoires, et aux philosophes de chercher le sens de tout cela. Heureux êtres que nous sommes, nous profitons de siècles de création. Merci à eux, pour la plupart restés anonymes, qui demeurent dans les Souvenirs de l'Humanité aux côtés de celles et ceux que nous avons aimés et qui nous manquent à jamais.

Merci à l'Imaginaire où nous passons une part importante de notre vie à échafauder des histoires, et où nous côtoyons les personnages de nos romans (plusieurs centaines d'individus plus ou moins recommandables que nous apprécions tous comme des familiers). L'Imaginaire est un lieu sans limite, un lieu où tout est possible et où l'avenir se crée.

Merci à Sigmund Freud et aux autres théoriciens de l'inconscient de nous avoir appris qu'il est permis de rêver sans tabou. Le Rêve, refuge idéal, n'est finalement rien d'autre que le livre écrit par l'inconnu qui nous hante, ce passager clandestin qui nous fait agir sans que l'on comprenne toujours vraiment ses motivations.

Merci enfin à l'Éveil pour tout ce qu'il nous apporte, et en particulier pour les êtres de chair et de sang qui y existent. Merci à nos enfants si formidables ; à Amandine Le Goff, dont l'œil redoutable et la passion pour les belles histoires en font une éditrice hors pair ; à Maryannick Le Du et ses correctrices, Lorène, Christine et Isabelle ; à Estelle Revelant, Thomas Girault, Manon Tassy, Julie Buffaud et Anne-Sophie Riou du Cosquer, qui vont porter ce texte jusqu'à vous. Merci à Florian Lafani qui était là au début, et à Julie Cartier que nous sommes heureux de retrouver. Merci à nos amis, nos potes et nos chats (oui, ce ne sont pas des gens, mais eux pensent certainement qu'ils en sont). Et enfin, merci à nos frères et sœurs humains, qu'ils soient près ou loin de nous, ils font de ce monde un endroit fréquentable.

On aurait pu naître et exister dans le Réel sous la forme de loups, de sauterelles ou de chauves-souris. Le hasard a fait de nous ce que nous sommes, ici et maintenant. Merci donc au Big Bang d'avoir sorti du néant tant de merveilles. Nous demeurerons jusqu'à notre dernier souffle d'heureux spectateurs et acteurs des quatre dimensions du Réel.

Nathalie et Jérôme

Composition et mise en pages
Nord Compo à Villeneuve-d'Ascq

#lisez! engagé
Pour plus d'information :
www.lisez.com
Imprimé sur du papier issu de forêts gérées durablement.

CET OUVRAGE
A ÉTÉ ACHEVÉ D'IMPRIMER
SUR ROTO-PAGE
PAR L'IMPRIMERIE FLOCH
À MAYENNE EN AOÛT 2024

N° d'impression : 105380
R15608/01
Imprimé en France